时光里的传承

人民日报2022年散文精选

人民日报文艺部 / 主编

人民日报出版社

·北京·

图书在版编目（CIP）数据

人民日报 2022 年散文精选 / 人民日报文艺部主编 . —北京：人民日报出版社，2023.3
ISBN 978-7-5115-7729-0

Ⅰ.①人… Ⅱ.①人… Ⅲ.①散文集—中国—当代 Ⅳ.① I267

中国国家版本馆 CIP 数据核字（2023）第 040249 号

书　　名	人民日报 2022 年散文精选 RENMINRIBAO 2022 NIAN SANWEN JINGXUAN
主　　编	人民日报文艺部
出 版 人	刘华新
责任编辑	毕春月　刘思捷
封面设计	金　刚
出版发行	人民日报出版社
社　　址	北京金台西路 2 号
邮政编码	100733
发行热线	（010）65369527　65369846　65369509　65369512
邮购热线	（010）65369530　65363527
编辑热线	（010）65369521
网　　址	www.peopledailypress.com
经　　销	新华书店
印　　刷	北京中科印刷有限公司
法律顾问	北京科宇律师事务所　（010）83622312
开　　本	880mm×1230mm　1/32
字　　数	326 千字
印　　张	12.625
版次印次	2023 年 3 月第 1 版　2023 年 3 月第 1 次印刷
书　　号	ISBN 978-7-5115-7729-0
定　　价	58.00 元

目 录

我与一座城

江风海韵润启东　张小澜　/ 008

瑞丽情思　高洪波　/ 011

行走晋江,感受万千气象　彭学明　/ 014

漫步北京城南　肖复兴　/ 019

家在安阳　情在安阳　李长顺　/ 022

冷水江的气韵　张雄文　/ 025

爱上昆明这座城　李朝德　/ 028

常忆是青岛　陈涛　/ 031

与水相依　以堰为名　王国平　/ 034

从阳泉出发　李建永　/ 038

山清水秀的恩施城　叶梅　/ 041

桐城变迁　俞胜　/ 044

湘中明珠是娄底　谭仲池　/ 047

环江岸边，难忘的城　康　健　/ 050

浮云知古城　李　安　/ 055

匠心故事

时光里的传承　朝　颜　/ 060

焊光闪烁，记录拼搏青春　宋明珠　/ 066

因为爱岗，所以坚守　陈必文　/ 074

在飞溅的焊花里……　纪红建　/ 081

练就一身真本事　兰天智　/ 090

"要干就干出个样子"　李亚楠　/ 097

成长与磨砺

戈壁上的小屋　陈世旭　/ 106

高高山上崖柏青　汪　渔　/ 110

一位国门卫士的故事　曹卫华　/ 117

青春，在"火焰蓝"中淬炼　徐向林　孙仲玉　/ 121

长成最棒的自己　杨利伟　/ 129

带着好奇心去探索　施一公　/ 132

珍爱那童年的光　金　波　/ 135

冰上逐梦　张雅文　/ 138

站在能人的肩膀上　万红伟　/ 145

十年奋进路

为了让菌草造福世界　钟兆云　/ 150

风驰电掣入画屏　蒋　巍　/ 158

深海圆梦　要雪峥　/ 164

伶仃洋上一条绚丽的彩虹　何建明　/ 172

"天鲲"遨游　陈朋伟　/ 181

北斗，争当天上最亮的"星"　龚盛辉　/ 189

好一辆漂亮的火星车　黄传会　/ 198

解码"百炼钢做成了绕指柔"　蒋　殊　/ 211

金沙江上，水电建设的传奇　吕　翼　刘建忠　/ 220

为了"羲和号"奔向太空……　王汉超　/ 228

梦想与奋斗

小巷里的"服务员" 陈毅达 / 236

小村的红色文墨 卜 谷 / 244

那片金灿灿的大豆田 陈 晔 / 250

索玛花开大凉山 安 华 / 257

拔节生长的雄安 徐锦庚 / 260

格林村的"甜蜜事业" 申 琳 / 269

让汩汩甘泉流向千家万户 熊红久 / 276

在这里,仰望更璀璨的星空 颜 庆 邓 静 / 282

竹乡厨韵 张培忠 许 锋 / 291

"愿将一生献宏谋" 李朝全 / 299

"争取把竹元村建设得更好" 刘庆邦 / 307

邮政"天路"上的信使 姜 峰 刘雨瑞 / 314

黄河岸边好光景 潘若松 / 324

塞外筑梦 朱悦华 / 332

为国家保管好每一粒粮食 李春雷 / 340

自然与生态

春的脚步　赵丽宏　/ 352

花儿在风里绽放　杜卫东　/ 355

从理解一朵花开始　黄咏梅　/ 357

喜鹊在枝头　魏丽饶　/ 359

野鸭湖　李青松　/ 362

玉环岛上的护鸟人　苏沧桑　/ 369

窗前的杏树　陈海强　/ 375

守望铁塔上的东方白鹳　李荣华　/ 378

水草丰茂　呦呦鹿鸣　徐鲁　/ 385

在这碧波荡漾的地方　陈启文　/ 395

人民日报2022年散文精选

我与一座城

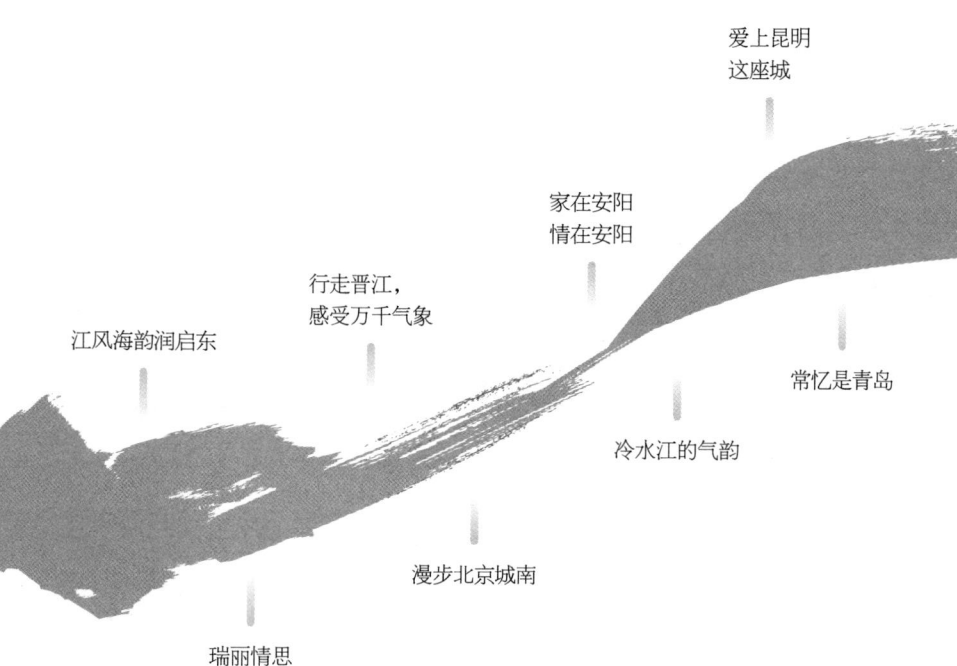

爱上昆明这座城

家在安阳 情在安阳

行走晋江,感受万千气象

常忆是青岛

江风海韵润启东

冷水江的气韵

漫步北京城南

瑞丽情思

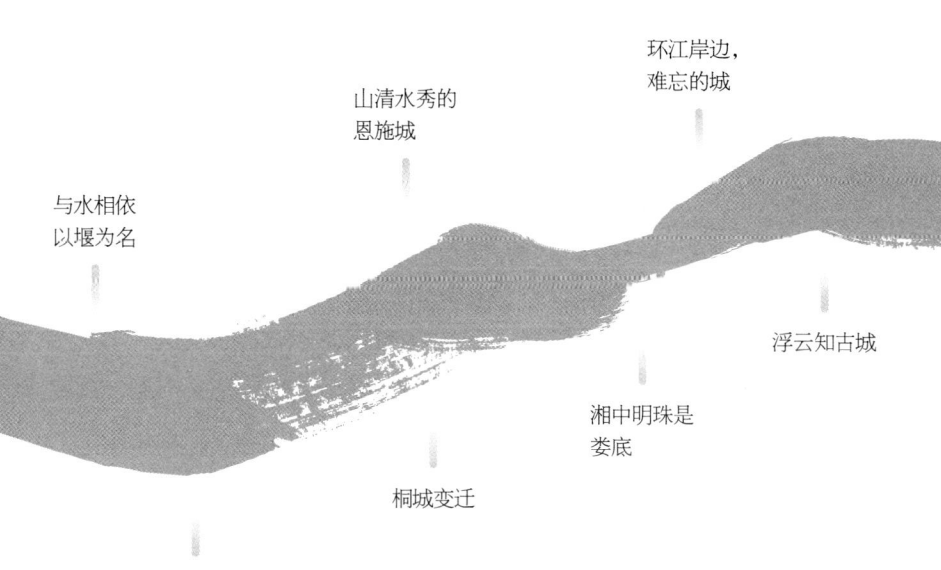

环江岸边,难忘的城

山清水秀的恩施城

与水相依 以堰为名

浮云知古城

湘中明珠是娄底

桐城变迁

从阳泉出发

江风海韵润启东

张小澜

我的家乡江苏启东，位于长江入海口的北岸。小学时候的地理老师讲，我们启东是整个江苏省最早看到日出的地方。家乡的这个"最"，深深地印在我的脑子里。

浩浩荡荡的长江，携带着青藏高原的尘土，裹挟着云贵山川的泥沙，一路奔腾，来到海滨。即将融汇到浩瀚无垠的大海之时，水势却婉转放缓下来，泥沙沉积，壅土成陆。先是小沙洲、芦苇荡，逐渐连点成线，连线成面。1928年，启东县正式设立。它的西边邻县是海门，100年前，还是"海之门"哩。沧海桑田，就在我们眼前如此呈现。

启东的特质是江风海韵，我对它的一切美好记忆都围绕着江海展开。江鲜、海鲜自不必说。清明时节，骑着二八型自行车到油菜花地里春游，常常能闻到风自海上来。因着江海无私，启东水网密布，不但润泽人们的生活，也滋养我们的心灵。像我这个年龄的启东人，小时候没有钓鱼钓虾、下河游泳的，怕是很少的。江海边的启东，泥土含碱，气候温湿，很适宜种植棉花，启东因此成为远近有名的产棉大县。

虽然成陆时间短，但并不妨碍启东的文教兴盛，这大约要得益于清末民初张謇兴办现代教育对启东的深远影响。启东的东南中学，是当地第一所由中国共产党领导的群众学校。新中国成立以后，郭沫若先生还曾为东南中学题写校名和"东风永健"的题词。启东中学，则在最近这二三十年发展迅速，成为另一所盛名远扬的学校。在外多年，常常有刚结识的人，突然感悟到什么似的问我："你是启东中学的吧？"言谈之中，能隐约感受到，启东中学在他们心目中有着很好的声望。

后来，因为工作的原因，我在北京偶遇了启东中学的一位老校长。在聊天中，他用一贯铿锵有力的语气对我说，我们启东中学的学生，要把眼光放长远些，多做些对人民有用的工作，不要被眼前的名利所诱惑。我连连点头答应，至今还常常回想起老校长的这句话。

说张謇对启东影响深远，是源于张謇兴办了一系列现代意义上的新学堂，虽然距离启东至少也有100多公里远，但是影响所及，尊师重教的气氛也迅速在启东氤氲开来。我的一位叔公李素伯，在20世纪20年代就学于南通师范，毕业后留校任教。他不但极富远见地给学生教授鲁迅、冰心等人的作品，影响了许多学生的志趣，而且他自己在现代小品文研究方面也用功颇深。李素伯的铜像，现在就矗立在启东文化名人园内，李素伯纪念馆也正在建设之中。

我自从18岁外出求学，就很少有机会在家乡常住了。在外上学的时候，每年只有寒暑假会回启东；工作以后，就是春节探亲回去。这样来来回回，感受最深的，是启东的交通自慢而快、由繁入简。

由于地理原因，启东地处交通末梢。周边大小城市林立，铁路、机场往往都建在那些城市。20世纪，启东人要出行，必得先取道上海、扬州、南京。我记得小时候去一趟上海，要坐一晚上的轮船。等我上大学的时候，已经是轮渡了。

近十来年，交通的便利正以加速度实现。跨江大桥、隧道、铁路像雨后春笋一样开工、竣工。现在启东人要出行去到国内任何一个大城市，差不多都能"一日达"。我的高中班主任曾经很得意地告诉我，夏天的傍晚，吃过晚饭，他跟师母商量，想去上海看一场电影，说走就走，开车一个半小时就到了上海的淮海中路。

衷心祝福我的家乡启东，这座充溢着江风海韵的美丽城市，每日都有着蓬勃的创造，每日都迎接着可喜的变化！

《人民日报》2022年1月8日第8版

瑞丽情思

高洪波

云南的边陲小城瑞丽,一直让我念念不忘。为什么呢?一是因为我曾经在几十年前,在瑞丽一带有过将近100天的采访活动,留下了非常深刻的印象;二是我原来所在的炮兵团,在十几年前整建制地变成驻防瑞丽的边防团,这对我来说好比娘家整体搬家,所以瑞丽带给我诸多的牵挂。

瑞丽,非常美丽的名字,那里有一条长长的瑞丽江,有茂盛的大榕树,有一座又一座美丽的傣家村寨。无论是翠绿的原野、流经村子的潺潺小河、茂盛的凤尾竹林、醇香的米酒,还是当地各种各样的风俗,都给我留下非常美好的印象。最难忘的是震撼人心的象脚鼓和孔雀舞。

而我印象最深的是一个黢黑色的水罐。这是一个陶土烧制的水罐,古朴、笨拙。无数次搬家,这水罐一直是我的珍藏,不为别的,就因为这里面盛满了一位傣家老妈妈的情意,并且像米酒一样,时间愈久愈醇厚。

记得20世纪70年代中期,告别云南边陲的瑞丽县、途经怒江大吊桥时,由于是边防站,乘客要下车接受检查。我当时别的什么东西也没带,只是抱着这只水罐。边防站的战友们感到奇怪,过去一看,哦,是一罐大叶炒青茶,再端详一下这古朴的水罐,便微笑着递给了我。

我与傣家老妈妈的相识,是在边陲的一座傣家寨子里。当时我以现役军人的身份陪同两位云南作家深入生活,办创作讲习班。

在瑞丽，我首先结识的是老妈妈的女儿，一位有着标准北京口音的县广播站播音员。从这位傣族播音员口中，我才知道她们一家一直在北京生活，几年前才和妈妈一起回到故乡瑞丽。

我是北京人，老妈妈一听我的口音，就有一种"亲不亲，故乡人"之感，十分热情地款待着我，像接待一个远方的亲人。

慢慢熟悉了，才知道老妈妈出生在这里。抗战时期，老妈妈同一位在这里修筑临时机场的青年工程师相恋，机场修完，他们的爱情也趋于成熟。老妈妈跟随这位工程师来到北京，近年才回到阔别许久的故乡。

老妈妈领我穿过长满含羞草的草地，站立在滚滚的瑞丽江畔远眺对岸的异国风光。她在竹楼四周种满鲜花，不无自豪地显示着自己育花的本领。她对房前屋后的花草十分上心，用细细的竹竿编成鸟笼似的篱笆。老妈妈的花大多是本地田野常见的，如夜来香、栀子花、含羞草，以及热带地区常见的蛇皮兰等花草，老妈妈让这些绿色的植物环绕、装点着自己的生活。

临分别时，傣家老妈妈挖出一捆蛇皮兰，又递给我十几棵常青藤，嘱咐道："这些东西在瑞丽不值几个钱，带到北京可就珍贵了，你一定要保护好。"交割完这些绿色的植物，她转身又抱来一只赭黑色的陶器，说："这是大妈从缅甸买的，过瑞丽江时累得我好苦，我一直抱着它，生怕在船上跌碎了。"

水罐就这样到了我的手里，以一种古朴的韵味，赠我以绵邈的情思。

以后，我再没有机会返回瑞丽看望这位老人。

然而这位老妈妈却一直记挂着我。我曾收到过当年同行的一位作家的来信，他再一次走访瑞丽的时候，得知老妈妈至今没有忘记多年前造访过她的北京口音的军人。从来信中，我才知道老妈妈的老伴从北京回到瑞丽后不久便去世了,现在她孤身一人,守着那幢竹楼,竹楼四周种植了许多甘蔗,生活得还不错。

  友人在信中描述的情景,使我心安,亦为之心动。我多么盼望能在一个明丽的夏日,重新踏上那绿荫遮蔽的乡间小道,寻找边陲甘蔗林中翠绿色的竹楼,向那给予我温暖与母爱的傣家老妈妈一诉衷肠啊!那条小路,想必是鲜花依然艳丽、栀子花的清香依然醉人心脾吧?

《人民日报》2022年1月12日第20版

行走晋江，感受万千气象

彭学明

到了晋江，江是要看的。

"晋江"是福建省晋江市的名字，也是这条江的名字。据说，是南迁的晋人思念故乡，便把这条江取名晋江。"晋江"这个名字因此承载了一种情感、蕴含着一种温度，有了厚重的历史、不了的相思，还有美丽的乡愁。听到这个名字，我这个他乡而来的旅人，也仿佛随着晋江之水一下子穿越漫长的时光，看到晋江的先民们正风尘仆仆地翻山越岭，涉水而来，心底不由得涌起一种对历史的敬意。

站在晋江岸边，江水如一匹悠长的绸缎在群山、平原和台地中蜿蜒。绸缎蔚蓝，四野滴翠，金黄的阳光一道一道，从天空中或横斜下来，或直插下来，交相辉映在烟波浩渺的水面上。近，是太阳晕染的辉光、河风拂起的潋滟，和江水洗印的倒影；远，则是一片斑斓而朦胧的七彩光圈和光晕。

到了晋江，海也是不能不看的。

晋江的海，跟所有的海一样，宽广无垠、一望无际。既有孤帆远影，也有千帆竞发。既有万顷碧波，也有滔滔雪浪。海湾如旋律一样起伏，沙滩如诗意一样柔软，海鸥如云朵一样飞翔。而那千万年生就的古礁，则和海风、涛声一道，讲述着岁月的沧海桑田。

有了山和水、江和海，晋江人就有了得天独厚的条件。靠山吃山，靠水吃水，靠江吃江，靠海吃海，成了晋江人自古遵循的生存法则。大自然对每一位耕耘者都是公平的，不会无端厚待或者亏欠谁，想要收获多多，只有靠自己去辛勤创造。

山给了晋江人刚强。水给了晋江人灵性。海给了晋江人胆识。

晋江人的刚强，在于不怕苦、不怕累，闯和拼是刻在他们骨血里的基因。晋江是著名的侨乡。历史上，众多晋江人背井离乡、漂洋过海闯天下。大量的丝绸瓷器从晋江运向世界各地，无数的晋江人在世界各地站稳脚跟定居下来、成为华侨。每一个晋江华侨的背后，有多少功成名就的辉煌志，就有多少筚路蓝缕的奋斗史。在晋江，有一座"侨批馆"。"侨批"是海外华侨华人寄给国内家乡眷属的汇款、书信的合称，所以也称为"银信"。馆中收藏的侨批，每一封都纸短情长，每一封都家书万金。正是这座看起来很不起眼的侨批馆，记录着晋江人闯天下的记忆。在改革开放的大潮中，晋江人也传承了祖先们敢打敢拼的奋斗精神，以出海闯天下的劲头，竞相投身市场。他们呛再多的苦水也不后退，碰再多的钉子也勇往直前。所以，晋江的企业和个体工商户像雨后春笋层出不穷，也成就了一批蜚声中外的知名企业。

晋江人的灵性，在于晋江人兼具干劲和智慧。他们敢干、苦干，却不蛮干、乱干。他们勤劳勇敢，更聪慧睿智。他们有山的刚性与韧性，也有水的灵性和活性。他们既不怕逆水行舟、迎难而上，也知道乘风而起、顺势而为。他们既勇往直前、坚定不移，也善于弯道超车、改弦易辙。这种灵性和胆略、聪慧和睿智，在晋江的发展历史中真是随处可见、俯拾皆是。不说别的，就说泉州晋江国际机场。谁能想到，这个现代化的机场是经过批准后，在晋江企业、晋江侨胞和无数晋江普通市民的自愿捐款助力下，最终成功建起来的？晋江人的敢想肯干，由此可见一斑。而这个机场的建立，一下子打通了晋江连通世界的快捷通道，为走向世界的晋江插上了腾飞的翅膀。

晋江人的胆识，就是放眼长远、着眼大势，不安逸于当下，敢于求新、求精、求变。求新，企业时刻怀着危机意识和前瞻意识，在未来的发展中找自身的不足，谋新的出路。求精，求的是精益求精、好上加好，是百尺竿头更进一步。求变，以量变得质变，以质变得巨变，却又能以不变应万变，始终不变的是企业的理想和追求。晋江的众多企业中不乏"同行"，却能呈现出一种你追我赶、携手共进的良性竞争，这证明晋江人在求新求精求变的胆识之上，更有着宽广的胸襟和共赢的智慧。

在晋江，有一座古老的石桥，叫安平桥。这座始建于南宋、历时十余年才建成的海港石桥，不像我们通常看到的石桥那样有美丽的弧形桥拱，也不像现代大桥那样有美丽的塔柱和斜拉索，更与"气势恢宏""雄伟壮观"这样的褒奖无缘。它矮小、简朴、修长，普通得就像一段栈道，但它却是世界文化遗产"泉州：宋元中国的世界海洋商贸中心"的重要组成部分。一眼望去，除了绵延5里的长度，它似乎没有什么值得注目之处。但你若走到近前，细细观看，就会一下子升腾起一种难言的敬意，也会马上为刚才的轻慢感到羞愧——的确，如果不是在近处亲眼所见，你很难相信这座桥竟是用一块块巨大、厚重的长条石头铺就的！那一块块重达一二十吨的巨大石条，是怎样切得如此整齐的？一二十吨重的石条又是怎样放上桥墩、铺上桥面的？原来，古代晋江的能工巧匠们在建桥时借助了潮汐的伟力。他们把一块块巨大的石条放在船上，停泊在桥墩之间。潮涨时，船跟石条一同上升；潮落时，石条就在两个桥墩上搁浅了。一路过去，一块块巨大厚重的石条就这样放置好了！5里长的石桥就这样在艰难困苦中玉汝于成了！这是怎样的智慧！

800多年的风风雨雨，把一块块坚硬的石条侵蚀得斑驳陆离。800多年的人来人往，把一块块厚重的石条踏磨得光滑闪亮。明媚的阳光映照着岁月古旧的颜色，清新的雨水拍打着时光积淀的锈迹，那长长的安平桥，就这样一直用深情与人们凝望、跟人们诉说。

建成于古代的安平桥，是一座横跨海湾、连接两端的海港桥，质朴而不朽，你不能不看。而今，还有一座党和政府通向民间的连心桥，温暖而动人，我不能不说。

在改革开放之初，当时还没有撤县建市的晋江县委、县政府，便鼓励农民联户集资办企业。后来的晋江市委、市政府为壮大民营企业和民营经济，又通过一系列措施，化解企业在创业创新中遇到的发展困难：邀请知名专家学者来晋江办培训班、开大讲堂，提升企业的创新水平和管理水平；引进一批"国字号"科研机构和院士工作站，为留学归国人员等高端人才建起创业园、孵化基地，让人才成为创新的永恒动力……

与此同时，一项又一项的民生工程、民心工程，为那些在晋江打拼的众多外来务工人员提供了坚实的保障。晋江率先探索新农合跨省异地结报，在福建省率先推行"居住证"制度，并不断提高政策"含金量"，令外来务工人员可以在众多方面享受市民化待遇。特别困难的外来工，也能享有特别的补贴和救助。晋江没有把外来务工人员当作晋江的过客和旁观者，而是当作晋江的建设者、贡献者，当作新的晋江人。

晋江是丰饶富裕的，也是生动美丽的。晋江不仅奔涌着时代的气象，也流淌着人间的真情，呈现着社会的温度。生活在这里的晋江人，无论先来的、后来的，还是本地的、外地的，都在为更加美好的生活共同奋斗，奔向未来。

在晋江，你若靠海，便能感受海的丰饶，你尽可以在晨光洒满海面时撒网、打鱼、赶潮、冲浪；你若在山，便能感受山的壮阔，你尽可以在山花烂漫时踏青、赏花、种田、织布；你若在一望无际的平原，便能感受平原的宽广，你尽可以在秋风里策马奔腾，看一片金黄的稻浪往身后翻飞；你若生活在繁华的市区，便能感受城市的热闹与温情，你尽可以在超市里购物、茶座里品茶，尽可以在遍布城中的公园里挽着亲人的手，看晚霞燃烧，听清风吟诵……无论你在晋江的何处，这方土地都会敞开博大的胸怀接纳你、拥抱你！晋江会为你展现人间的梦想和烟火，晋江有你想要的情意和幸福。

《人民日报》2022年3月16日第20版

漫步北京城南

肖复兴

1947年春,我刚刚落生,住在北京前门楼子东的西打磨厂。那是明朝就有的一条老街,如今,翻修一新,已是外地人来京的旅游打卡地。进街口往东走不远,地势低洼,拐一道小弯儿,老街坊管这里叫"鸭子嘴"。《明史》记载:"正统间修城壕,恐雨多水溢,乃穿正阳桥东南洼下地,开濠口以泄之。"明朝正统年间,这条泄洪沟流向前门楼子东南洼下地,便是"鸭子嘴"。如今,"鸭子嘴"不见了,前两年,在东南侧新修成了三里河公园,花草繁盛,水流蜿蜒,让历史穿越现实。

75年来,除到北大荒6年,其余大部分时间我都生活在北京,该算是"老北京"了。其实,对于那么大的北京,了解多一些的还只在前门一带,东到崇文门,西到宣武门,南到中轴线的南端起点永定门。小时候,这一片的大街小巷,恨不得一天跑八遍,自然熟悉而亲切。尽管这里不少老胡同老宅院被拆,但依然保留着不少老北京的风貌,特别是这20余年因为写作《蓝调城南》等书,我常到这里流连漫步,感怀思旧,目睹它的变与不变。

前些日子,带朋友去杨梅竹斜街看青云阁。青云阁是清末民初京城四大商场之一,名噪一时。门额上"青云阁"三个颜体大字,是书法家何维朴所书,依然清晰还在。青云阁还是杨梅竹斜街醒目的地标,几百年还在,没有什么变化。杨梅竹斜街却有了变化,经过了重修改造,难得的是一些老宅院老店铺还在,甚至一些大门上的沧桑老门联斑驳还在。看到33号门上的"山光呈瑞采,秀气毓祥晖",如见故人,很有些兴奋。

那天,从两广大街穿金鱼池到天坛,想起前人说到的金鱼池:"池阴一带,园亭甚多。南抵天坛,芦苇兼葭,一碧万顷。"其实,在我小的时候,还见过这里的一片湖水。只要看过老舍的话剧《龙须沟》,就知道这里一度变成了臭水沟。如今,又变成了居民小区的楼房。街口立着老舍先生的塑像,楼的对面,一条马路之隔,便是天坛外墙。地理意义上的金鱼池,经过时代的变化、时间的发酵,已经有了历史的新的概念与意义,不能不让人感慨白云苍狗的变化。前两年,我的一位中学同学,特意从繁华小区搬到这里,为了白天逛天坛公园方便,夜晚推开窗户,就能听见天坛里的松涛柏韵。

小时候,出打磨厂东口,便是崇文门,最醒目的就是崇文门城楼和同仁医院了,再往北,是东单公园和东单体育场。如今,城楼不见,医院还在,改建成新楼了。公园变化不大。东单公园,是北平和平解放之后,北京城建的最早的街心公园之一。读中学的时候,常和同学到公园里玩,春天公园里的山桃花,开得绯红一片,是我中学时代明丽的记忆。我们也常到东单体育场打篮球,它有灯光球场,让我们玩得晚饭都顾不得吃,更是"斜风细雨不须归"。这样疯玩篮球的日子,一直延续到1968年夏天我去北大荒。

沿前门楼子一直向南,是如今保存最好的北京中轴线南端。当年,从前门坐有轨电车到永定门,每张车票五分钱。那时,城里可以养鸡,母亲养了两只下蛋的母鸡,几乎每隔十天半个月,就让我到永定门外的沙子口买鸡麸子喂鸡。沙子口,明清两代是赛马之地;再往南的南顶村是踏青之地;西南侧的南海子曾是皇家狩猎之地。南顶村,北平和平解放以后,先建成了肉联厂,现在已建成了楼盘。南海子,如今成为一座浩大的麋鹿湿地公园，四周商业楼盘林立，和路东的亦庄开发区连成一片，成为高楼簇新的新社区。

一天，从南顶回家，路过沙子口，那里我曾经是那样的熟悉——沙子口西口的北京第一食品厂和沙子口医院，往里走的沙子口小学，从童年到年轻的时候，我去过很多次。如今，望着大街两旁林立的高楼、宽敞大道上车水马龙和过街天桥上川流不息的人群，想当年五陵年少扬鞭策马之地，如此沧海桑田的变化，眼前的街景恍然如梦。

古诗说：往来千里路长在，聚散十年人不同。这个世界一切都在变化之中，更何况北京经历过的岁月漫长，其中的沧桑变化是再正常不过的。要看到，这些变化之中，有很多是新中国成立之后才会有的可喜变化。同时，也要看到，对于北京这样一座古都，其悠久的历史和文化的积淀，有恒定不变的部分需要坚守，在变与不变的古都辩证原则和城市建设伦理中，守护和建设好这座世界著名的古都，尤为重要。只有这样，我们在日新月异的城市化进程之中，还能够找到回家的路，以及在回家的路上扑面而来的浓浓的乡愁。

《人民日报》2022年4月4日第8版

家在安阳　情在安阳

李长顺

我与故乡安阳之间，有说不尽的故事。

记得上小学时，下课的铃声刚刚响起，同学们便迫不及待地涌出教室。高年级的学生占据了乒乓球桌子，我们低年级的则跑到高阁寺墙角玩耍。那所小学就叫高阁寺小学，位于原安阳城赵王府内。学校里面，有一座高台楼阁式建筑，被人们称作高阁寺。听奶奶说，那里曾是明朝彰德府的府衙，后来被改建为赵王府。如今，高阁寺已成为全国重点文物保护单位。

那时候，从我家三道街去高阁寺小学，南行、北行的距离都差不多。我最喜欢走县东街，因为能顺路叫上要好的同学，一起去爬高阁寺。高阁寺有几丈高的后墙，我们几个孩子像壁虎一样，身子贴着墙，踩着脚下的砖沿，小心翼翼地往上爬。越过后墙，再翻过汉白玉栏杆，就绕到了赵王府的正面。从大门缝往里窥视，黑乎乎的啥也看不见。我们急匆匆地跑下几十级汉白玉台阶，跑进教室，这时上课的铃声刚好响起。

小时候，我还爱登文峰塔。文峰塔位于安阳天宁寺内，也叫天宁寺塔。登文峰塔，得沿着塔里半尺高的台阶盘旋而上，一直走到五层塔顶，那里是一个平台，平台上矗立着一座白塔，与北京北海公园的白塔极为相似。这是文峰塔的特色之一：塔上有塔。

在文峰塔顶的平台上远眺：古城墙西南角楼、西大街文庙、东南营韩王庙、马号街高阁寺、北大街钟楼……九府十八巷七十二胡同，在视野中一览无余。这是文峰塔的另一妙处：平台观景。

站在塔前，回望文峰塔，只见从下到上，一层层渐宽；从上到下，一层层收紧，仿佛一把巨伞高擎。这是文峰塔最妙之处：上大下小，匠心独具。如今，文峰塔已是全国重点文物保护单位。

其实，作为我国八大古都之一的安阳，又何止两处文保单位？单说课本里介绍的就有很多。身为安阳人，每每看到这些文字，心里都是抑制不住的自豪。读到了课文里的司（后）母戊鼎，再到小屯殷墟去，心里有着说不出的亲切；听过老师讲西门豹治邺的故事，再去安丰乡，路过豹祠，内心不由得涌起莫名的骄傲；学过《满江红》，再去拜祭岳飞庙，收获的是满满的敬佩和感动。还有甲骨文，还有《周易》，还有颛顼、帝喾二帝陵……说起这些，安阳人如数家珍。

几十年弹指一挥间。如今，我已搬到了安阳新城区居住，但还是喜欢经常去老城区转一转。我日日沉浸在安阳厚重的历史文化里，也日日感受着安阳日新月异的发展与变化。

老城的面貌一直都在变。当年的高阁寺小学已经搬迁。这一带被打造成包括西华门老街、府城隍庙在内的历史文化街区。文峰塔旁边原来有一个大水坑，如今变成了杨柳依依、碧水盈盈的褡裢湖。老城里，街坊们的生活质量也得到了大幅改善。

如今，在安阳城里行走，处处充溢着时代气息。护城河以东的庄稼地，已变身为崭新的安阳东区，桃李烂漫，明媚妍丽，气象一新。城市的中轴线上，穿起了一长串"珍珠"：金碧辉煌的中国文字博物馆、太极湖畔的易园、绿树掩映的市民文化广场，还有安阳博物馆新馆、安阳图书馆新馆、安阳市体育运动中心，都是市民休闲、运动的好去处。紫薇、樱花、海棠、巨紫荆、美人梅……路边鲜花盛开，灿烂的花海笑迎各方宾客。在安阳城的东部，安东新区拔地而起，那里有新能源汽车城、航空运动城、机器人小镇，是年轻人创业的乐园。安阳还办起了一年一度的航空运动旅游文化节，不断做大做强通用航空产业。即将建成通航的安阳豫东北机场，将助力这座3000年古都与区域性中心城市在新时代里阔步前行。

不变的是那些文物古迹。现在的安阳人，对于高阁寺、文峰塔等全国、省、市级文保单位，尤其珍惜爱护。彰德古城游园、县前街历史文化街区、仓巷街历史文化街区、安阳老城东南城墙以及魁星阁，这些老城、老建筑、老街道，都得到修缮与保护，成为安阳新的网红打卡地。

几十年间，我曾有过多次离开安阳的机会，但到最后，我都放弃了。也许是我亲情太重，也许是我乡情太浓。我对外面的风景也曾心动过，但终究割舍不断千丝万缕的乡土情愫。我的家在安阳，情在安阳。古老厚重而又活力焕发的安阳，是我的依托，是我的家园，是我一辈子都不愿离开的地方。

《人民日报》2022年6月18日第7版

冷水江的气韵

张雄文

每天,曙光攀上冷水江市区红日岭公园的香樟树顶时,一幅优美的画卷便在这座小城徐徐展开:躺卧峰峦间的楼屋高低不一,在锑都大厦顶端报晓的钟声里,缓缓褪去晨雾的轻纱;锑都中路与金竹西路淌溢晨间的烟火气,裹着喧腾各自奔涌而去;资水澄碧而温顺,带着两岸的葱郁与安逸悄然穿城而过,似乎生怕惊扰到林荫下的晨练者和垂钓者;隐隐在望的新城大桥,将侧身而过的娄怀高速拽入城中,从昔日的荒野上引出宽阔的资江大道与楼宇如林的半座新城;远处的大乘山、祖师岭探入云空,向市区翘首而望……

这座常被外地朋友误以为是一条江的湘中小城,半个多世纪前还在湖南省新化县辖下。后因这里丰富的煤炭储量和有"锑都"美誉的锡矿山锑矿,成为县级市。枕资江而卧的市区,也是我自小神往的乐土。

我的老家麻溪村距市区20余里。那次,父亲领五六岁的我上城,穿过梧桐枝叶覆盖的锑都中路,在电影院门前的小人书摊看了两本黑白印刷的小人书,又破天荒进饭馆吃了碗面条。书与面条的滋味深深刻在我的脑海里,让我心中陡然升腾起有朝一日进城生活的梦想。

12岁那年,家里盖厦屋,前来帮忙的亲邻众多,家里开伙时菜蔬不够。父母忙不过来,便让我搭公交去市区买点青椒。头一回独自上城,我凭小人书与面条的记忆,在大小街巷转了半天后,竟也找到了人头攒动的农贸市场。买了菜再寻回去的公交站时,抵不住街边小贩脆声的叫卖，我将仅剩的1角钱车费换了雪糕。吃罢雪糕，壮着胆上车，售票员是个年轻女子，见我满头大汗，嗫嚅半天，口袋里实在翻不出买票的钱，扑哧一声笑了，举了票夹朝别人走去。这座城里人们的敦厚宽容，令我的进城梦更加蓬勃生长。

念高中时，我在小城的学校寄宿，做了半个城里人。课余闲暇，我常独自徘徊在建新路的新华书店，偶尔会买一两本中意的小说；或与要好的同学沿资水岸边恬然行走，看霞光里渔船点点，听浪花中桨声欸乃，一时沉醉，似乎坠入了某首唐诗的意境。

其后，我考上大学，去了远方的城。家中其他人随在煤矿工作的父亲一起，搬入了冷水江市区。再后来，弟妹们开枝散叶，各在市区买了新居。小城是永远的根。每到年节，我都会匆匆赶回去。开始是挤火车，后来是自驾车；开始是一个人，后来是带上妻儿。陪母亲去农贸市场，成了我年节里的惯例。市场和整座小城一样日新月异，早淡隐了记忆里的模样。跟在母亲身后，听她与春风满面的摊贩们砍价，我只专职提大包小包，乐得倾听，心却无比宁静，似乎能听见儿时梦想落地的声响。

建新路也是我时常流连的场所。除了新华书店和各种风味小吃，通往江边一头，还有年节前必去光顾的香烛门店。在陪母亲买香烛，或者吃一碗山胡椒油香气扑鼻的牛肉面之余，我还会到书店逛逛，哪怕仅在门口站站，也会有少年时的记忆滔滔漫涌而出，温馨之情溢满心头。

冷水江虽是小城，却也不乏铁板铜琶高唱"大江东去"的豪迈。因为丰厚的矿藏，小城曾以富庶闻名一方。那时远在他乡的我，也每每为小城的发展而振奋、自豪。

前些年，小城因资源枯竭，一时沉寂。锡矿山的锑开采年限所剩无多，山上因污染而"疤痕"满眼，寸草不存。当地百姓曾赖以生计的煤炭等也储量告急。走在街上，父老们的面容有了罕见的忧戚，像一把铁锤不时叩击我的心。但小城没有消沉下去，而是卧薪尝胆，埋头改造传统产业，培育绿色产业，发展现代服务业……几年过去，小城又昂然崛起，蓝天碧水之间，钢铁、电力、医药、光电子通信、新材料等产业蓬勃而生。锡矿山经过砷碱渣无害化、土壤复绿等治理，早欣然换上绿装，正向红色工矿旅游之路奔跑。麻溪村也借百年前的古码头、古风雨桥，倾力打造八方来客的梦里水乡。

小城的气韵令我深深迷恋，我回去得也更勤了。我还准备在麻溪老宅长住，不再离开自己的家乡……

《人民日报》2022年6月20日第20版

爱上昆明这座城

李朝德

从家乡曲靖到昆明140公里左右,沿途经过大大小小10多个车站。无论大站小站,火车都会停下。当地村民把装着熟鸡蛋和红薯的篮子举过头顶,乘客们半个身子探出车窗,与村民讨价还价。

那是1985年,我还没有上小学。第一次出远门,去的是省城昆明,一切都觉得新鲜。

火车"哐当哐当"行驶了6个多小时到达昆明。出站时天已经黑透,人们肩扛手提大大小小的包裹往一个窄窄的通道里走。我被喧闹的人群挤散了,拉不到母亲的手。我慌了神,"哇"的一声哭了出来。

第一次来到这座城市,小小的我感受到的是紧张和不安。

亲戚家在火车站的背面,距离也就两三公里。印象中,要穿过一个长长的地下涵洞。出了涵洞再往南走,路面坑坑洼洼。40多分钟后,到达官南路旁边一个叫小街的村子。即便离昆明火车站不远,那里与家乡的农村好像也并没有什么两样,周围有稻田、河流、竹林和低矮的土屋。

但是,第二天清晨,这里却是另外一番景象。老家的农村还在沉睡,昆明的农村却已早早醒来。在自行车的铃铛声中,当地村民往城里涌去,或做工或卖菜,一派生机勃勃。这是老家农村没有的景致。

那天,我跟着昆明亲戚家的一位小叔叔进城去。他带着我与昆明当地的孩子玩耍。我和那些小朋友很快就熟悉起来。我还赢了不少弹珠和好多张彩色小画。老家没有这样的小画，那是只有火柴盒大小的纸片，上面画着彩色的三国人物……临走的时候，一个与我年龄相仿的昆明小朋友送了我5张小画。

那一刻，我开始喜欢上这座城市。

再次来到昆明已是1998年，我到这座城市读大学。还是坐火车，但时间整整缩短了一半多。火车上虽然依然拥挤，但是卫生条件已经好多了。列车员推着小车在车厢里走动着卖商品，小车里吃的喝的应有尽有。那时候的我，绝对想不到的是，后来火车一再提速，今天从昆明回老家，乘高铁最快半小时即可到达。

那年，我们学校所有的文科类学生在龙泉路新校区就读。从新校区到校本部或到城里的书店买书，我们要转几次公交车。一路上，会经过好几个村庄。那时，这些地方虽然叫村子，但已同传统意义上的农村很不一样。村中，家家户户一幢幢房屋拔地而起，村民的生活水平已经有了很大提高。空闲的时候，我们也喜欢站在校内宿舍的阳台上，看着远处的村庄一天天地改变着面貌，渐渐与城市融为一体。

1999年，世界园艺博览会在昆明举办。印象中，不过短短两三年时间，昆明的城市面貌发生翻天覆地的变化。突然有一天，龙泉路尽头的围挡被拆除，一座三层立交桥出现在眼前。那时立交桥还没有通车，我们走到最上面一层眺望这座城市。金色的黄昏，仿佛镶了金边的街道，欢声笑语的人群，夕阳下，一条条道路像镏了一层金，延伸开去……

后来我参加工作，也在这座城市。但我总感觉自己只是工作、生活在这里，我的家乡在另一个地方。工作后有一天去领户口本。当拿到新户口本，看见上面打印着"昆明市五华区某某路"几个字时，我的内心很欣喜，却又有些感伤。欣喜的是，我终于落户在了这座我喜欢的城市；感伤的是，从此，我不能像过去那样经常回到生我养我的家乡了。

屈指算来，如今，我已经在昆明这座城市生活了整整24年，与我在故乡生活的时间几乎已一样长了。现在的我，已经分不清爱哪一个更多一些。

其他城市有四季，昆明可以模糊成一季，或者两季——旱季和雨季，有海鸥的季和无海鸥的季，有菌子的季和没有菌子的季。这座城常年绿树红花，日子在花开花谢中悄悄溜走，十分舒适自在。

那天，闲逛到昆明的官渡古镇。戏台上，有人正在盛装唱着花灯《昆明是个好地方》。台上的人唱得投入，台下的人听得入神。那一刻，我也听入了迷。我突然感到，眼前的一切是那样的熟悉，那样的亲切，仿佛我已在这里生活了很久很久……不知不觉中，昆明这座城已然成为我的故乡。

云的故乡，花之海洋，昆明这座城将我轻轻地揽入怀中。我感激脚下踏着的这片土地，也感恩这片土地上那些如我父老乡亲一般的人们。

《人民日报》2022年7月6日第20版

常忆是青岛

陈涛

虽久未回青岛，脑海里仍会时时浮现那个红瓦绿树、碧海蓝天的城市。

20多年前，我毕业后到青岛，在一所高校教授大学语文。学校安排了宿舍，但对即将领取人生第一份工资的我来说，内心渴望的实则是租一个心仪的房子，有一个独处的空间。可惜工资有限，囊中羞涩，恰好有两个同事跟我想法类似，于是一拍即合，三人合租。

房子在人民路一幢老式筒子楼内，楼下是面积很大的室内菜市场，入口处摆满了各式新鲜海产品，地面湿漉漉的。往南走几十米有夜市，往北几十米是十字路口，平日人流涌动，热闹非常。之所以选在此处，主要是路口有学校班车停靠点，便于上下班。我们三个男青年结伴去旧货市场拉回旧家具，再合力拼装，还去商场买来锅碗瓢盆。待物件一一添置完毕，我们的租房生活也就正式开始了。

我们多会搭乘班车上下班。青岛是海滨城市，建筑依山而建，少有正南正北布局，街道蜿蜒交织，令我原本不佳的方向感愈发错乱，之前表示方位惯用的"东西南北"统统替换成"前后左右"。班车一天天载着我们在城市起伏的街道中穿行，中途还会经过一座海桥，两侧空阔的海面总是很安静。下班后我会早早上车，将车窗拉出小小的缝隙，在海风中安静地欣赏落日，以及被余晖染红的海面。

青岛很美。漫长的海岸线、众多的山脉、辽阔的水域，还有大片大片的绿树，令人心旷神怡。青岛文化积淀丰厚，人文景点、名人故居也多，老舍、沈从文、闻一多等都曾居住于此。工作之余，我常与几个朋友一起四处游览。有时会突然被某处吸引，停下脚步。有时则会直奔中山路逛外贸小店，或者去浙江路参观西式建筑，在点滴中真切触摸城市的肌理，感知它的气息。我也记不清多少次独自乘坐公交车，漫无目的地游走于这座城市的角落。就这样，青岛在我心中的面貌一点点亲切、清晰了起来。

在青岛，我正式告别校园踏入社会，开始了人生的新阶段。这些年，我在各地无数次品尝过一种小吃——煎饼馃子，这常会使我想起青岛的那些清晨。十字路口，早餐摊边，一个年轻人摊着煎饼，另一个年轻人，也就是我，不时望向班车来的方向。有时闲聊，我会客气地表扬摊主好手艺，做出的煎饼馃子品相、口味皆好。他笑笑，有时说句谢谢。直到有一次，他很认真地跟我讲："我在用心做。"当时，我和同事们都把它当成一句笑谈。多年后，我才品出这句话说得真好。专注用心，做任何事都缺不得，即便是做一份煎饼馃子，也一样。

想到饮食，那些久远的记忆立刻涌上心头。2002年世界杯开赛，每逢比赛日我便早早回去，路过菜市场，买点海鲜，再用塑料袋打一些鲜啤，噔噔噔爬上楼，进门后挂起啤酒，将海鲜倒入盆中冲洗几次，再一股脑儿倒入锅中煮。接下来打开电视机，摆开小桌椅，倒好调料和啤酒，等到水沸将海鲜捞出，端到桌上，一切忙完坐定之后，球赛刚好开始。还有一次，与亲戚去黄山路吃烧烤，从进门点单到结账出门，整整半个多小时，三人各自专心眼前饭菜，大快朵颐，竟无暇交谈。

细想起来，那时工资虽不多，维系日常生活还是绰绰有余。但前提是将有限的工资打理好。学校附近有一家餐厅，是我们领取工资后的第一站，几个同事轮流请客，让生活多了几分欢乐。但"好景不长"，通常是两周过后,彼此之间的话题就从去哪里吃、吃什么、买什么变成了还剩多少、能否接济一下,等等。此类事情多次出现后,我开始明白必须要管理一下自己的工资了。

  我在青岛工作的时间不长,也就是一年多的光景。只因父母的反复告诫:年轻时不可以太安逸,总是要在学习中进步,在进步中成长。于是我继续求学,离开青岛,开始新的人生旅途。我曾设想过,若当年不顾父母的催促,而是选择留下,此时我的人生会是怎样?我也曾自问,为何青岛会让我如此怀念?我想,也许在这里的时光就像我奔跑前短暂的蛰伏期,无忧无虑,真切自在地体会着人间烟火。以至于如今每每回望,都感到无比美好。之后,我开始跳出舒适圈,在点滴中学会面对人生中接踵而至的种种挑战,以及更多的平凡生活。这看似简单实则深奥的体悟,正是这座城市教给我的。

  我在离开青岛后的20多年中,回去的次数屈指可数,但每一次都会给我留下深刻的印象。这些年,青岛的市容市貌发生了巨大的变化,天更蓝,水更清,绿意葱茏中的街巷道路愈发洁净美观。海洋产业的发展、海上体育运动基地的建设,更为这座城市增添了无限活力。我仿佛看到一个国际化的现代都市正在发展之路上快速奔跑,它所展开的篇章一次次激发我对未来的无穷想象。

《人民日报》2022年7月16日第8版

与水相依 以堰为名

王国平

人生之路,总会经历许多不一样的遇见。

于我而言,最美的遇见就是邂逅一座城。它,就是与其拥有的大型水利工程同名的都江堰。

最初,我遇见的是它的名字。

少时家贫,除课本外,无书可读,我有限的地理知识主要来自收音机里的四川天气预报。几十个从未到过的地方的名字,我记得滚瓜烂熟。尤其是灌县与渡口,这两个与水有关的城市,给我印象最是深刻。在我幼小的心灵中,觉得"灌"和"渡"这两个字有一种莫名的动感和韵律,生动而鲜活。

1996年7月,我从四川省机械工业学校毕业,背着简单的行囊只身来到了四川省都江堰市。7月正当酷暑,但是都江堰却给了我意外的惊喜。一进城,先是带着雪山凉意的清风为我"接风",接着是浩荡奔流的一江水为我"洗尘"。走进位于宝瓶巷9号的单身宿舍,邻居过来打招呼。她用纯正的河西话说:"灌县这个地方安逸,你们住久了就知道了。"

灌县?难道这就是我幼时念念不忘的灌县?

后来,我来到图书馆查看资料,才知道这座看起来年轻的城市已有几千年的历史。都江堰的历史,可以追溯到新石器时代晚期。大禹曾于此"岷山导江，东别为沱"。公元前256年，秦蜀郡守李冰率众修建大型水利工程都江堰。为了便于管理，这里设置行政机构——湔氐道，汉时升为县，明时易名为灌县。1988年，灌县撤县建都江堰市。这座从远古走来，因水而兴、因灌而功、因堰而名的城市实现了华丽转身。一道堰和一座城，就这样融在了一起。"灌县"之名沿用时间长达600余年，难怪本地人至今仍脱口而出"灌县"。

刚来都江堰时，我在一家工厂工作，先后做过搬运工、钳工、清洗工、铣工……毕业时远大的理想与现实形成了巨大的落差。那时，我真的很茫然。直到有一天，我疲惫地走在回宿舍的路上，走到一座桥上时，碰到两位来自北方的老人向我问路。交谈中，他们动情地说："我们一辈子都没见过这么好、这么干净的水，要是我们那里有这样的一江水该多好啊……"此情此景，让我想起了父亲当年站在这里，痴痴地看着江水，满是羡慕地说："都江堰这一江水才好哦！你在这里工作我就放心了，一辈子都不会把你渴到。"

就在那一刻，我明白自己应该坚定地立足在哪里了。

流水日复一日，我在都江堰奔走与生活。在这里待得久了，奇伟的事物在我眼里都慢慢变得平常。即使是举世闻名的都江堰，我也渐渐忘却了它是一项多么了不起的工程。

那年秋天，我去300里之外的眉山参加一场诗会。在东坡居士的老家，沟渠纵横、稻浪起伏……一幅丰收的画卷正在徐徐展开，令人陶醉。正当我们赞叹不已时，主人肃容道："我们要感谢一个人，他叫李冰，正是他修建的都江堰带给了灌区人民2000多年富足的生活。"主人饱含情感的一席话，给我以巨大的震撼，让我不得不重新审视这座与水为邻、与水相依的城市。文学之梦，点燃了我的激情。

我开始喜欢在南桥凭栏远眺，仿佛眺望我的梦。不远处，雄峙岷江出山口的，正是年代久远、以无坝引水为特征的大型生态水利工程——都江堰。而目光更远处，银装素裹，峰峦如画。冰雪消融，涓流汇川，激荡澎湃的岷江水在崇山峻岭之间穿行，然后从宝瓶口奔涌而出。万顷江水穿过都江堰市，惠泽沿河而居的住户和良田。江水继续分流西去，流向广袤的成都平原，甚至穿过龙泉山，流经更广阔的土地。一幅大美画卷在一江水中徐徐展开。

很长一段时间，我和许多不了解都江堰的人一样，以为所谓都江堰就是鱼嘴、飞沙堰、宝瓶口，或者就是一个面积1000多平方公里的县级城市。今天，当我走遍整个都江堰灌区后，我才豁然明白：都江堰的水流到哪里，哪里就是都江堰！

每天上班的路上，我都会在桥上看看那一江水。让它荡去我身上的浮躁，给我以慰藉和力量。你看它每一秒流过的水，都流向了大地、滋润了农田，我想自己也应该向都江堰学习，不能浪费每一刻的青春。在车间，我所开的铣床铣切一种凸台时，中间有短暂的休息时间。我没有让这时间从我身边流水般溜走，总是快速拿起放在工件架上的书，抓紧时间读一段文字。铣床上四处飞溅的滚烫的铁屑，落在我的头发上、衣服上、书本上……我全不在意。至今，我的一些书上还有铁屑烧焦的痕迹和翻书留下的油渍。

很多个晚上，我都待在简陋的宿舍里，一边听着层层叠叠的涛声，一边坐在从车间捡来的废弃木箱上，写着一些深深浅浅的文字。我写得最多的，还是与这座城市有关的文字。它的远与近，它的古与今，它的梦与歌……我用文字向这座城市致敬。

不觉间，我已在这座城市生活了26个春秋。东流不尽的江水，穿过我的青年和中年,穿过我的梦想与奋斗,以后,还将穿过我的黑发和白发……而我,始终会像禾苗热爱一滴露水、春风热爱一只蝴蝶那样,深深地爱着这座城市。

《人民日报》2022年7月18日第20版

从阳泉出发

李建永

我的人生在阳泉拐了个弯儿。

1984年大学毕业分配之时，可供我选择的城市有三个：以家乡山阴县来定位，就近偏北的大同市、稍远偏南的太原市和东南方向最远的阳泉市。我毫不犹豫选择了阳泉，因为它最远——也许这就是年轻人渴望远行的心吧。

刚到这座城时，正是仲秋时节。从家乡乘火车去阳泉报到，慢悠悠的绿皮车催生着我的困意……当列车员提前预报下一站是阳泉时，我顿时睡意全无。从车窗向外望去，深沉的夜色里，灯光闪耀。我的心中满是憧憬，得有多少高楼林立啊。然而，在火车站候车室待了几个小时后，天亮后背着行李卷行走在大街上，我才恍然大悟。那景象，完全是山城一排一排坡度阶升的人家，在夜色掩映里家家户户灯光闪烁，因此造成的"特效"。

阳泉是一座山城。雄奇巍峨太行山，还有吕梁山，在山西境内之大势都是南北走向；然而山城阳泉的山形水势，却是两山夹一河的东西走向。阳泉有一条桃河。据《平定州志》记载："桃水，源出寿阳县东南桃源沟……水赤色如桃花，故名。"曾经水色如桃花的桃河，那时候却已变成一条穿城而过的季节河。每逢雨季，河水暴涨；干旱年份或少雨季节，则河床裸露，砂石遍布。这成了山城人的一块心病。

两年后，我从位于桃河北侧的某中学，调到位于桃河南边的阳泉市文联做编辑。那时候，大家都如饥似渴地求知。记得当时，我们围在《阳泉日报》副刊部几位年轻编辑身边，七八个文学爱好者，热火朝天地聊着诗歌、散文与小说，兴致勃勃地谈论着理想。大家都憋足劲儿，想搞出点"响动"来。

"响动"偶或有之。有的在《山西文学》接连发表小说，有的在《人民文学》刊登作品。每次"响动"都会在大伙儿心中激起千重浪花。我也搞出一次"响动"。1988年在《人民日报》"大地"副刊发表了一篇杂文。从那以后，年轻的心开始躁动起来。在妻子的鼓励下，我这个农村娃也想走出去见见世面。正如当年从塞北向南走来，如今又扭头向东一折，为理想，为文学，从阳泉出发，走向京城。

北京在我心中，是一座名副其实的海纳百川、欣欣向荣的超大都市。然而，闯京城，大不易。一个外地人有幸融入陌生的大都市，有时候干得风生水起；有时候又难免"水土不服"，让生活的浪花打翻在地。

自十六七岁离开村庄外出上学，我从未向父母吐过苦水。一生都劳作在黄土地上的亲人，不一定了解也未必能理解自己的真实生活。逢年过节回到家，见到慈爱的父母和亲爱的姐姐哥哥，也从来都是报喜不报忧。不过，失意的时候，我却最爱回阳泉，仿佛当初的出发，就是为了回归。

回到阳泉，当年一起搞"响动"的朋友，便会笑呵呵地聚拢到一块儿，见面只一句"回来了"，然后便一起喝茶唠嗑，依然畅谈理想和文学。置身其中，你会感受到老友之间的真挚情感。夜幕降临，住在好友郭哥于桃河北岸的家中。夜深人静之际，我们二人畅谈正欢，每每聊得忘记了时间，不知东方之既白。

早饭后，漫步桃河岸边，我被惊到了——

曾几何时，这条自西向东贯穿整个市区的河流，变成了一条污水河,而今展现在我眼前的,却是另一番景象——一条清澈的河流,岸边花儿盛开、香气扑鼻,鸟儿在枝头欢快地叫着……眼前的景象,以及此后数日之朝朝暮暮,在桃河边的漫步寻访、实地考察,都让我领略到它的美不胜收,并进一步了解到,它已然给阳泉的市容市貌、风貌景观、生态环境,以至关乎人们一呼一吸的空气,带来了巨大的变化。

大前年,与在阳泉市文联工作的一位朋友去阳泉的盂县山区采风。朋友是阳泉当地人。车行在山路上,他告诉我,盂县是三晋"进士之乡",据《山西历代进士题名录》记载,从有科举制度以来,盂县历代进士共有161名,数量在山西全省居前列。阳泉市下辖三区两县:三区即城区、矿区、郊区,分布在狭长的桃河两岸;两县即平定县和盂县。原来盂县竟然这么厉害。这是我在阳泉时不曾了解到的。

阳泉是一座年轻的城市。它的面积在山西省11个地级市里算是比较小的,人口数量在全省也排在后面。但阳泉又是三晋之重镇,经济体量并不小,特别是文化和教育方面,发展成果令人欣慰。

这座城,有文化滋养,有历史底蕴,更有发展后劲。

前些日子,90多岁的岳母打电话说,想你们哩,回来吧,阳泉换上新公共汽车啦。我仔细询问,做记者的亲戚告诉我,百度云计算中心落户阳泉,阳泉正在转型发展,数字经济换道领跑,科技赋能应用场景,比如,智慧无人驾驶正在运营测试之中,你回来也许就能坐上无人驾驶公共汽车和出租车……

哦!年轻而奋进的阳泉,诗意盎然的美丽山城。在我心中,我愿意再次从这里出发!

《人民日报》2022年7月27日第20版

山清水秀的恩施城

叶梅

湖北恩施,真是山清水秀的一座城。

我爱这里的山,从大巴山和武陵山脉汇合而来的起伏群山,一年四季都郁郁葱葱,冬无严寒,夏无酷暑;我爱这里的水,碧玉般的清江穿城而过,蜿蜒数百里,携带着一路的民俗风情、歌谣传说,灵秀清丽地投入长江。

7岁多时,因父母工作调动,我从长江边的巴东来到了恩施,然后在舞阳附小上二年级。从那时起,我在这座城里生活了许多年。1983年,鄂西土家族苗族自治州成立,恩施为自治州首府。从那以后,恩施进入经济社会发展的快车道。尤其是近10年来,迎来了从全域贫困到全面小康的历史性跨越。

我上小学时,恩施城区分作老城、舞阳坝、土桥坝、小渡船几地。如今,只有老城还留有一些过去的痕迹。恩施人对老城的改造一直持谨慎态度。老城在清江的西岸,历史久远,曾建有东西南北四座门。后来,北门没有了,叫作"北门"的其实是指一条沿江的长街,街上店铺林立,是城里最为繁华热闹之处。

离此不远的南门仍然保留着一段宋代老城墙和城门洞。依山而建的城墙高处达山顶,低处临清江,陡坎加垒巨人的石块,以江河、溪沟为堑壕,十分坚固,可谓古代山区城池的标本。前年我回到恩施,见南门城墙巍然依旧,不由得在城门洞里走了好几个来回。仰头看那斑驳的墙面，摸一摸长了苔藓的石砖，很想知道城头经历的风云，是不是都刻进了这一道道布满沧桑的纹路里。

舞阳坝过去可算是恩施城的中心，耸立着全城当时最新最高的几幢建筑。一幢是邮电大楼，一幢是舞阳百货大楼，还有一座东方红电影院，以及城乡人民都特别重视的客运站。那时的恩施交通极为不便，这座客运站是唯一的来往枢纽。黎明时分最为忙碌，大批背背篓、扛箱子的乘客拿着头天买好的车票，天不亮就在车站门口排队等候。从恩施到巴东204公里，盘山路、柴油车，早晨6点半发车，要走整整十几个小时，天色黑尽才摇晃到达巴东县城。如果要接着去武汉，还得再坐上两天两夜的轮船，才能抵达汉口码头。

最近这些年，恩施的交通状况得到了彻底改变，铁路、高速公路和新修的机场，一下子拉近了恩施与世界的距离。318国道、209国道、宜万铁路和沪渝高速公路贯穿恩施全境，全市共有四级及以上公路4932公里。天上地下，四通八达。为了修这些铁路、公路，恩施儿女不知付出了多少心血和辛劳。我曾在北京多次见到恩施铁道办的一些老朋友，他们那些年全身心扑在宜万铁路工程的设计、修建、技术攻关上，很多人累弯了腰，熬白了头发，但他们从不后悔，因为这是鄂西人民多年来的梦想。

如今梦想终于成真。从北京坐着火车可以直达恩施城。火车经过宜昌之后，感觉便如腾云驾雾。火车不是行进在与群山之巅平行的高架桥上，便是钻进长长的大山隧道里，穿山越岭，风驰电掣。遥望窗外，沿途的乡村房屋从过去的土墙、石板屋变成了一幢幢漂亮的小楼。大片山地退耕还林，恩施的森林覆盖率已接近70%，本就是山清水秀，如今更加绿意盎然。

火车直抵恩施，走出具有土家吊脚楼风格的车站，顿时发现熟悉的恩施城变得陌生而又新奇。

如若要看恩施城的全貌，是一定要到五峰山上去的。过去常在节假日，呼朋唤友去登五峰山。山不算高，但从山脚爬到山顶的连珠塔跟前，也有好几里沙石路。有时会抄近道拾级而上，也要爬出一身大汗。当年站在五峰山顶可将恩施全城尽收眼底，老街新市各有特色。最爱看的是清江桥下一湾碧水，宛如绿绸。近年再登五峰山，只见清江上新添一座座形状各异的大桥，车流人群穿梭往来。沿河的"亲水走廊"宛如花园，现代化的高楼鳞次栉比，一圈又一圈伸向远方。从前被人们视为偏僻乡野的七里坪、核桃坝、旗峰坝等已尽成街市。金山大道、施州大道、东风大道、龙凤大道……全市以大道为名的区街竟有了数十条。前两年，因在建和已建的60条道路的命名或更名，还引发市民的热议，可见城市建设的日新月异。

我站在山顶看山城，想找到从前住过的地方，还有常年行走的小街。朋友们伸着手臂，一一指点，却总觉似是而非，心中有几分惊喜，也有几分憧憬。看近处，有欢歌热舞的硒州广场、风雨桥；眺远处，云雾缥缈之间有神奇的大峡谷、梭布垭石林，青山绿水好风景。恩施，这座古老而又年轻的城市，在大自然赐予的秀美山水之间，正在新时代实现绿色崛起。

《人民日报》2022年8月3日第20版

桐城变迁

俞胜

我的老家在安徽桐城的乡村，现在属于嬉子湖镇。从我们村到桐城城关有大概30里路。我小的时候，有一辆往返城关的旧班车路过我们村。班车在简易公路上行驶，掀起两股紧紧咬住车尾的尘柱，让我印象尤深。

我们村子里的人，很少坐班车往返城关，多是步行。到了20世纪80年代中期，自行车日渐普及，再去城关便是骑车去。从老家出发，无论是骑车还是步行，走到"十五里坊"，就等于走了一半。也是从十五里坊开始，就有铺着柏油的省道了，不过那时路面很窄，两辆车会车时都要减速。继续往前，会经过一个叫"乌石岗"的高坡。站在坡顶，就能看到城关的全貌了：一些四五层高的楼房连成一片，楼房的旁边还有几根大烟囱，应该是工厂的厂房。这景色如今看来没什么稀奇，但在当时的我眼里代表着热闹与繁华，寄托着我对"城里"的向往。

我第一次去桐城城关，也是步行。那时我才十一二岁，和三个同村的同学一起，一早上从村里出发，上午10点左右到达城关。我们都是第一次进城，看什么都新鲜。记得那天下着雨，我们三个人脱了鞋，光着脚丫从老车站转到文庙广场，又从文庙广场转到东大街、北大街。当时这几条街道都不算长，但我们依旧兴致高昂，边走边看，嬉笑声洒在湿漉漉的路面上。转到下午三四点，我们在街上每人买了两个包子，美滋滋地吃了，这才带着对城里生活的憧憬和"进过城开过眼"的满足感回家去。

桐城城关的发展，大概是从20世纪80年代中期开始加速的。先是有了新汽车站，从文庙广场到新车站又修了一条主街。1996年，桐城撤县设市。到今天，市区已颇具规模，面貌焕然一新。

去年清明节，我回乡祭祖，刚好有一个下午的空闲时间，我就一个人到市区里面转了转。当年乌石岗的高坡早就被铲平了，我们原来叫作十五里坊的地方，也已经成了市区的一部分。现在的市区，已经发展成一座规模不小的城市。

我在老城区一边转悠，一边打捞少年时的记忆。桐城的新城区是围绕着老城区建设的。老城区围绕"老"字做文章，重建或修缮了历史上的一些老建筑。譬如东作门，就是2008年桐城市政府出资在原址重建的，气势雄壮，古意犹存。我穿过东作门，走进紫来街。石板铺砌的街道，两边的店铺清一色明清时期江淮建筑风格，墙面用灰色的砖石砌成，既有江南的优雅，又有北方的古朴气息。两旁的店铺多是卖杂货或糕点的，展陈着桐城特产的丰糕。店内的主人用我熟悉的乡音跟自家人聊着天，并不急于招徕顾客。与我印象中热情的商贩不同，这里的人们做生意时那股超脱淡然劲儿，既让我觉得新奇，又隐隐有些羡慕。

我要寻觅的"紫来桥"就在眼前。桥东西走向，东接东大街，西抵紫来街，五孔四垛，石料建成。据载，最早捐资建桥的人叫方德益，是桐城派名人方苞的祖先，这座桥由此见证了桐城悠久的文脉。紫来桥取"紫气东来"之意，桥面狭窄，成年男子七八步即可迈过。但在古代，此地却是驿道的要冲。如今，桥面上那道深深的古辙道痕迹还在，无声地印证着此地昔日的繁华。

我站在紫来桥上，清秀的龙眠山就在眼前。而隔着古老的石板，龙眠河的水在我的脚底，清凌凌地、不疾不徐地流着。古桥，流水，此番光景，容易催生人的怀古之情。桐城"六尺巷"的掌故名闻天下，它传颂着桐城人性格中的谦和礼让。桐城人在不同的场合展现性格中的不同特质，各有各的可贵，各有各的光辉。

龙眠河的水仿佛从历史的深处流来，流进现实，还将流向未来。如今，新城绕旧城，那路旁林立的漂亮居民楼，仿佛是哪座大都市的街区被整个搬到了这里。我们村里的不少人家都在市区买了房子，当初的村民如今成了住在现代化小区里的"城里人"。大家有时在市区相约相聚，这里的餐饮业很发达，各地的风味都能品尝到。他们回想从前，都觉得自己现在过着当年想也不敢想的生活。从市区到我的老家，有了一条又宽又直的柏油路，公交车1小时一班，自驾单程不过20分钟。老家的嬉子湖生态旅游区，现在也名声渐起。

蓬勃的城市，奋进的时代。看着眼前这座熟悉又陌生的城市，我的心头涌动着万千感慨，以及对美好明天的期待！

《人民日报》2022年8月8日第20版

湘中明珠是娄底

谭仲池

初夏的一天,我从长沙乘车去娄底。出发时,朝阳灿烂,街道两边高高耸立的楼房、人行道旁葱郁的树木、街心缓缓涌动的彩色车流,勾画出一幅城市清晨的立体画卷。当车子驶上高速公路后,窗外掠过的绿色田野、青翠山峦、碧绿河湖、斑斓村落,瞬间又让我进入了美丽乡村的诗意画境。

湖南娄底是一座工业新城,是伴随着1958年建成的涟源钢铁厂而兴建起来的。1995年5月的一天,我到娄底地区行政公署赴任,行署所在地就在娄底市。一走进这座城市,就有一种特别新鲜的感觉。尽管那时候娄底市的城区人口仅有18万人,城区面积只有23平方公里,但这座城市的建筑、绿化及其交通网络,都很切合丘陵的地理特点,体现了城市建设的新理念。其显山露水、街道宽阔、空间舒展、疏密有致的城市格局,给我留下了深刻印象。

那天晚上,我住进了建在城中一座小山包上的娄底宾馆。因为初来乍到,心情有些激动,久久不能入睡。

"呱呱,呱呱……"久违的蛙声,穿过窗前的树丛,传到我的耳边。虽然不知道青蛙在唱些什么,但从不断传来的蛙声中,我听出了它们对夏天的热情、对泥土的眷恋。透过阵阵蛙声,我仿佛看见山上的草木都在夜色的光影里,与晚风一起摇曳。

我清楚地记得,当时住的宿舍周围,有一排玉兰树,长得大小匀称、枝繁叶茂。每天清早起来，我会在宿舍区的林荫道上散步，听着声声鸟鸣，呼吸草叶芬芳，感受大自然的清新气息。

记得是初秋的一天，我与行署的同志来到娄底地区下辖新化县的一个小村庄。这个偏僻的小山村坐落在连绵青山的怀抱里，景色宜人。但因多年失修的水库经常漏水，造成千亩良田无法耕种。我们踩着乱石和泥沙，在水库下游的河道里察看，听村干部介绍那里的情况。我清楚地记得，当时站在我们身边的农民兄弟们，看着我们的眼神充满了期盼。回到城里后，我没回宿舍，而是朝亮着灯光的行署办公楼走去。我走进办公室，把白天收集到的村里群众反映的意见，全都认真记录下来。次日，便去找有关部门研究解决办法。

我的扶贫联系点在涟源市茅塘乡石门村。那里非常偏僻，整个村子没有一栋像样的房子。我去调研时，石门村的肖安江、肖自江兄弟正好从东北打工回来，他们在外面学会了生产技术。我鼓励他们在家乡兴办热水瓶厂，带头走脱贫致富之路，并协调地、县有关部门，帮助解决了通电、通路问题。一年后，看到拓宽的乡村沙石公路上，一辆辆货车驮着从这里生产的热水瓶，缓缓驶向四面八方，一幢又一幢漂亮的红砖楼房出现在山峦坡边时，我感到特别激动。

在娄底工作的日子里，不管工作有多忙，我始终没有放弃读书和写作。当地的一些文学爱好者会在星期日来看我，与我交流创作心得。我们为各自的写作进步而欢欣鼓舞。娄底一位很有成就的中年作家，连自己创作的心路历程，也详细地与我分享，我们成了很要好的朋友，有时我到长沙开会，会帮他买回治病的中药。

我在娄底工作虽然只有两年时间，但这座城市的山水灵气、干群情谊，给了我精神滋养，为我的前行注入了力量。我在心里深深感激这座城市。

今天，带着剪不断的眷恋，我回到离开了25年的娄底。坐在车上，沿着宽阔的城市大道一路前行，我凝望这座新城的巨大变化，心里不知有多高兴。当时的娄底市，在娄底地区改为地级市后，也相应更名为娄星区，并且建起了雄伟的高铁站。宽广的林荫大道、环境优美的娄底经济开发区、文化气息浓郁的广电体育中心、玲珑的市民广场、美丽的临湖公园，簇拥着这座风华正茂、欣欣向荣的城市。听说，近些年来，娄底新城还先后获得"全国绿化模范城市""国家园林城市""全国文明城市"等荣誉称号。

我来到正在建设中的城北工业新区，看到巨大吊车的钢臂舒展着伸向天空，运土的车辆排成队列，整齐有序地驶向热火朝天的工地。一大片宽敞明亮的现代化厂房，耸立在青山和涟水相接的平地上，这是涟源钢铁厂新建的智能钢板流水线厂房。走进厂房，我被眼前的生产情景深深震撼：一个偌大的厂房里，竟然只有寥寥几个人在控制室操作，其他全是自动化流水线作业，再也见不到往日车间人流涌动的景象。这里的同志介绍，涟源钢铁厂现在拥有千万吨的优势产能，已成为中部地区重要精品钢材生产基地。

娄底，一座意气风发的年轻城市，从乱石、野草丛生的丘陵山岗上崛起，短短几十年间，就发展成为宜居、宜业、宜游，拥有"湘中明珠"与"十里钢城"美名的花园型城市，真是让人自豪、让人眷恋。

在我心里，一座城拥有着历史的重托、时代的呼唤、生命的旋律和飞翔的梦想。当我沐浴着夕阳的余晖，徜徉在曾经多次流连的行署老院落，看到那棵苍劲挺拔的香樟树时，我感受到了娄底城的蓬勃精神与无限生机。我想，娄底就是这样一座城市，涌动着无限的活力，正昂首向着新的征程进发。

《人民日报》2022年8月17日第20版

环江岸边，难忘的城

康健

我与甘肃环县深深结缘，主要是因为我曾在那里上学读书，前后有4年多的时间。那是我的一段幸福时光，虽然不算长，但对我影响至深。

20世纪70年代末，我离开陇东庆阳农村，来到北部的环县上高中，也回到了父母身边，全家人团圆在一起。此前，父母长期在环县的中小学任教，我则留在农村老家爷爷奶奶身边。我在农村生活，也在那里上学，读完了小学和初中。

环县的县城就叫环城，当地人也叫城关。环城夹在东西两面大山之间，主要包括北部的老城和南部的主街。老城是狭义的环城，也是如今环城的精华。据考证，环城在唐代即有完整的城池，现在的老城为元明清故城的遗存。老城的四围有大致完整、高高低低的城墙，城内有学校、机关，还有一些农户和小小的村落，甚至有一块块的菜地和庄稼地。老城尚存的南、北、西三座城门，北门稍显寂寥，西门通往主街北首，南门连通老城和主街中段，最为热闹。出南门再下一道大坡，就可以走到主街上，环县的党政机关和企事业单位多沿着街道两侧分布。

父亲任教的中学和母亲任教的小学都位于环城中。当时，我们全家就住在小学校内。小学背靠城墙，从高到低三级台地，依次是教师宿舍、大操场、教室及办公室，再往外就出了大门。位于高处的教师宿舍，实际上是在城墙上凿挖而成的一排窑洞，一字排开，一家住一孔，生活、办公都在这里。站在窑洞前看远处，视野十分开阔，真可谓登高望远。

向西瞭望，只见在环城西侧的森森大山脚下，环江蜿蜒奔流而来，像是一条细长飘逸的绶带悬浮在山与城之间。这在缺水的黄土高原是难得一见的风景，也为县城平添了一份特殊的魅力。少年时的我们有时会偷偷爬上高高的城墙，在那里可以望见墙外因时而变的四季风景，还有更远处环江左岸台地上巍然屹立的宋代古塔。有多少次，我们在清晨的满天彩霞中，或是黄昏的绚烂夕阳里，远望亮闪闪的环江向天际渐渐隐去，天地山水浑然相融，美不胜收。

  初到环县，我便感到惊讶，这首先是因为这里有全然迥异的地貌。以前我在黄土高原的董志塬这样的平原地带生活，十几年来对这样的地貌风物早已习惯。现在一下子见到大山怀抱、长河相伴的环县县城，在宽阔的河川地带整个铺开，山河尽收眼底，内心的新鲜和惊奇感十分强烈。这种生活环境改变带来的强烈新奇感，加上与父母长久别离后再度相聚并生活在一起的巨大幸福感，让我一时感觉如在梦中。

  环县另一个让我印象深刻之处，是这里的民风淳朴、人心良善、社会和谐，实在是让人如沐春风。那个年代生活还比较艰苦，当地吃的水碱性很大。但是良好的人际和社会环境，让困难的日子也多了几许温暖的气息。

  我在环县读书，即便是紧张的高考复习期间，如今回想起来，也充满着和谐美好的回忆。那时，高考录取率很低，学业竞争非常激烈，但同学们的关系却友善融洽。课业之余，冬日阳光里，同学们会在教室门口的石阶上扎堆儿"晒暖暖"，或是排长队玩一种比拼耐力和技巧的"挤别别"游戏。来自农村的同学有时会送我一把燕麦粉炒制的干炒面，那简直是当时难得的美食享受。这些温暖的人与事令我久久难忘。

  我的父母后来离开环县，到邻近地区工作和生活，还经常有以前环县的学生专程来看他们，多年来绵绵不断。有一位同学住校，他的父亲隔段时间就会赶着毛驴过来，走几十里山路到学校，给他送些口粮和咸菜。这父子俩一个比一个朴实寡言，难得对坐片刻，却不知说些什么。于是儿子便守在父亲身边默默陪着父亲，一切尽在不言中。每当忆及这一幕，我都会为他们的父子温情而感动。

在环县，人与人之间相处很和谐，干部和群众之间也不例外。我在环县上学时，经常看到一些干部和当地群众在县委县政府的院门口墙边聊天、下棋，有时县委书记还会走出来，欣然参与其中。一次，有群众向县委书记反映情况，这人是个暴脾气，说到激动处竟发起了火。书记也不生气，说你不要急嘛，事情已经在办着哩。后来，群众反映的问题该解决还是解决，跟书记发火的事也好像从未发生过一样。说实话，无论何时想起这件事，我都对当地干部心生敬意。他们能够呈现出这样的作风和面貌不是偶然的，而是红色文化传承下的必然。

环县地处陕甘宁交界，天干地薄水苦，过去是远近闻名的苦地方，却成为中国革命的一片红色热土。埃德加·斯诺在《西行漫记》一书中，曾多次写到环城往北约20公里的一个小山村，这就是现在的洪德镇河连湾村，当年是中共陕甘宁省委和陕甘宁省苏维埃政府所在地。1936年，在红一、红二、红四方面军会师后不久，红军在附近的山城堡一带同国民党军发生激战，赢得会师后的一场重要胜利。也是在这一年，习仲勋同志随红军西征，先后任中共曲环工委书记、环县县委书记。

环县盛产糜子，糜子加工后就是黄米。环县的黄米饭曾经养育了人民军队，这也成为很多老革命心中最难忘的记忆。我们常说，当年党领导人民军队靠"小米加步枪"取得胜利。而在我心中，除了小米，环县的黄米也应该记上一功。

长久以来，我和我的同学在环县老区优良传统的熏陶下获益匪浅。譬如，就艰苦奋斗而言，在我的母校即有"教师苦教、学生苦学"这样的拼搏精神一直传承着。当我们为建设"四个现代化"、振兴中华而勤奋读书的时候,支撑着我们顽强奋斗的那股子精气神,都与老区的好传统、好作风内在相通。功夫不负有心人,20世纪70年代末国家恢复高考,一批又一批环县学子通过高考进入国内名牌院校。几十年来,在他们中间,涌现出很多知名科学家、社科专家。

环县方言听起来有一种独特的韵味,与陇东其他地方有很大区别。环县人说话粗粝中带着温柔,语气和缓,尾音上扬,与环县道情、信天游等民歌咏唱之间似乎存在某种内在关联。这里的方言表达也颇有些特殊之处。每天早起,矗立在东山城东大塬上的高音喇叭,用环县道情的一声喊叫连同一节唱段开场,开始环县广播站一天的广播节目,山下县城的人们也由此开启了一天的工作和学习。

上大学离开环县以后,我时时刻刻都关注着环县的发展和变化,注意搜寻着一切关于环县的消息。这些年互联网发展很快,我借助网络的千里眼,下载了在西山上拍摄的环城鸟瞰大图,图像非常清晰,看起来十分震撼。从这张图中可见,环县县城"一江一城"的基本格局还在,但甩绕着环江和环城的路网密布。环江两岸以及环城的楼房从北到南林立,公园绿地一直延伸到河滨乃至城外。那繁华热闹的缤纷街市,那俨然都市的现代景观,不由得让我感到一时恍惚,产生今夕何夕之感。

环县发生的巨大变化,既让我欣慰,也令我激动。前些年,从银川开往西安的银西高铁终于开通,连接起陕甘宁三地,正好也路过环县。远在家乡的母亲听闻喜讯,不畏八秩高龄,欣然乘坐高铁再回环县旧地重游。老人高兴地说,环县县城已经大变样,可谓旧貌换了新颜,完全是一个城市的模样。当年中学小学里面那些背靠城墙凿挖的窑洞宿舍,早就被一排排整齐漂亮的楼房所替代……变化太多太大,真是说也说不完。

我在环县生活的时光只有短短4年多,但从那以后至今整整40年间,那里的一切都让我难以忘怀。环江水一直在我的心头荡漾,所有同环县相关的人和事也在我内心深处时时萦回。我期待着有一天重回环县,再看看今天的环江,看看今天的环城,还有那里我时常惦记的人们。

《人民日报》2022年9月24日第8版

浮云知古城

李安

我的故乡宿松，地处安徽最西南端，与江西九江的彭泽、湖口隔江相望，又与湖北黄冈的蕲春、黄梅毗邻。同时，宿松又处于大别山南麓，是长江流经安徽的入口处，被称为"八百里皖江首埠"。宿松境内，黄湖、泊湖、大官湖、龙感湖四大湖泊交叉相连，烟波浩渺，水质清澈，宜渔淡水资源极为丰富。辖区内"海门天柱"长江绝岛小孤山、保境安民的"南国小长城"白崖寨等驰名四方。从地理上说，宿松是楚头吴尾，宿松的山区、平原、湖区、丘陵，无不浸润着"物华天宝、人杰地灵"的吴楚文化风韵，同时又受越地文化影响。作为一座有着2200多年历史的古城，历代文人墨客如李白、王安石、苏轼等曾游历宿松且留有诗文。在《赠闾丘宿松》诗中，李白写道："大了理宿松，浮云知古城。"在宿松县城南1.5公里处的南台山，至今留有"太白书台"的遗迹。

1984年，我从乡下到县城里的宿松中学读高中，从此开启了在这座古老县城里的一段生活。父亲那时候在县教育局工作，单位有一间平房作为宿舍，所以我没有像其他乡村来的同学那样住集体宿舍，而是和父亲住在一起。每天早晨，我背着沉甸甸的书包，先是步行走过县实验小学浓荫蔽日的梧桐小道，跨过窄窄的青石铺就的南门街，然后穿过老邮局旁曲里拐弯的小胡同，再经过一片弥漫着油条、包子、馄饨、烧卖气味的早餐市场，走过一片不时坐着三五钓叟的黎河塘，最后经过一个酒糟味十足的酒厂，大约半小时后，才走进宿松中学的大门。

学习时间之外,我会在城里闲逛。县城不大,也没有什么高楼大厦,有的只是老街、老巷、老屋,如方家弄的黄家大屋,高家弄的高家祠堂,南门街的徐家祠堂,等等。爱好文学的我喜欢这些略带沧桑的地方,古城老街在我眼前呈现的不是破败,而是古朴幽静的诗意。街巷路旁,随处可见香樟树、桂花树,皖南地域丰饶的花花草草,与古城独特的人间烟火,弥合成一种令我迷恋不已的气息。这里有新华书店,还随处可见书报摊,可以买到心仪的文学期刊。这里还有电影院,有黄梅戏剧团,有灯光球场,有热闹的人民路……那时候,我常常想,我以后就要在这座城市里工作和生活!

1987年的秋天,我离开了故乡宿松去上大学。此后越走越远,最终在遥远的北京定居,忘却了当年要回到县城工作和生活的梦想了。虽然每年都有机会回到宿松看望父母,但只是短暂的逗留。

30多年的时间似乎是一晃而过。不经意间,出走宿松的少年已到了中年。2017年,留在县城工作的同学组织了一场高中毕业30年的聚会。同学相见,分外亲切,时光在每个人的身上都留下了痕迹,老师们更已是"鬓已星星也"。我们在新建成的宿松中学食堂,不约而同地怀念起那踩起来咯吱作响的宿中旧木楼,怀念起那如四合院般的平房教室,大有恍如隔世之感。

这几年,我与宿松又有了很多次"亲密接触"。我的老母亲年近九旬,不习惯北京的生活,甚至不习惯县城的生活,大部分时间就住在离县城不算很远的乡下老宅。因为挂念母亲,我每年都会想方设法回几次宿松,在老家住上一段时间。我发现,故乡不知不觉有了"纵使相逢应不识"的巨大变化,这种变化首先体现在县城的格局和面貌上。20世纪80年代我们眼里宽阔无比的人民路,早已被一幢幢现代化的楼房包围了。县城里新建成了四通八达、纵横交错的陌生大道,道旁高楼鳞次栉比。有的街区旁边，就是美丽的公园。公园背靠山地，里面遍布绿植与鲜花，间杂湿地与沟渠。让人觉得，城市与自然已经完美地融为一体。我想，这哪是我记忆中的故乡啊，变化真是太大了！

故乡的城市化和现代化让我高兴。尤其令我高兴的是，高铁宿松东站于2021年正式开通运营，这意味着我从北京往返宿松再也不用火车转汽车，省却了很多旅途上的麻烦。巧的是，宿松高铁站离我老家村庄不远，不到3公里。2022年暑假，我第一次坐上了连接北京与宿松的高铁。我注意到，宿松高铁站的外观设计很像一个黄梅戏戏台，这个灵感和设计理念大概与宿松人爱唱爱听黄梅戏有关，也许还有文化搭台、经济唱戏、发展宿松的美好寓意。最近又看到来自老家的消息，随着城镇化发展，与我家毗邻的"五里乡"改成"松兹街道"了。这意味着，与我的村庄一河之隔的邻村已经变成城区了，而我祖祖辈辈生活的村庄也自然成为城郊了。

返京前的一个清早，我和一位老同学在池塘边垂钓。当我们坐在小马扎上静候鱼儿上钩的时候，晨光熹微，微风吹拂下的水面呈现一圈圈的涟漪，透出十足的诗意。我忽然想起唐代诗人司空曙的《江村即事》："钓罢归来不系船，江村月落正堪眠。纵然一夜风吹去，只在芦花浅水边。"我衷心希望，故乡宿松越变越美好，越来越发达。同时，又能守护好那些最美好的东西，让一代一代的宿松人始终能够"望得见山，看得见水，记得住乡愁"。

《人民日报》2022年11月23日第15版

人民日报2022年散文精选

匠心故事

因为爱岗，
所以坚守

时光里的传承

焊光闪烁，
记录拼搏青春

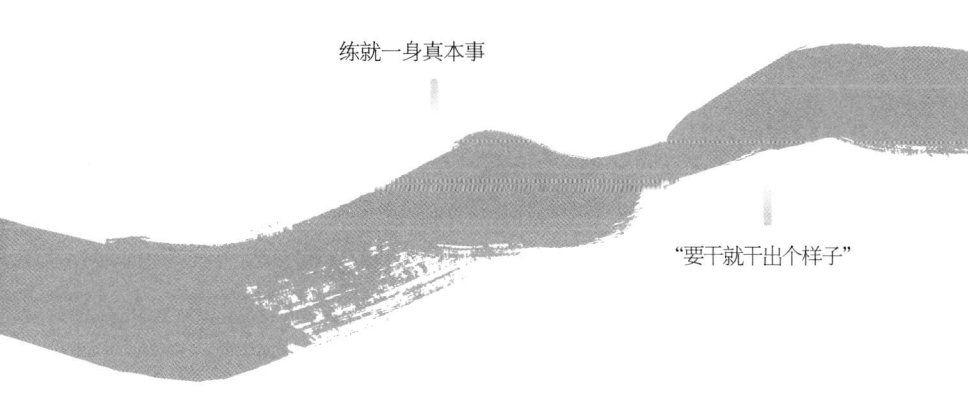

练就一身真本事

"要干就干出个样子"

在飞溅的
焊花里……

时光里的传承

朝颜

一

遂川多山。

从县城一路向西,朝罗霄山脉的深处走去,沿途是连绵的丘陵、苍翠的林木、潺潺的溪流,还有缭绕的云雾。

这里群山环绕、土壤肥沃、雨露充足,平均海拔高度在300到800米之间,成就了得天独厚的茶树生长环境。茶叶,如今已成为江西省吉安市遂川县的重要产业。

置身于茶叶主产区汤湖镇,层层叠叠的梯田茶山将我包围。一座遥望形似狗脑袋的山岭,数次被当地人指给我看。200多年来,这座山成为一种茶的起源标记,并为之赋名。"狗牯脑",我用南方方言反复念诵出这三个字音,如此素朴,如此亲切。

茶人梁华平伸出了他的右手,掌心厚实,镌刻着和年龄极不相称的粗糙纹路。我只轻轻一握,便感知到了其间的力道。作为遂川狗牯脑茶制作技艺的传人,这位80后年轻人,已经有20多年的手工炒茶经验了。

二

一切还得从祖上梁为镒说起。

18世纪末,青年梁为镒还是一位放排工。一次突如其来的洪水,将他的木排悉数冲散。他幸得保住性命，辗转流落到南京，被种茶世家杨氏收留。不久，梁为镒与杨氏女子结为夫妻。他们带着茶种和制茶技艺回到家乡，在狗牯脑山上开垦茶园。

当年的种茶人梁为镒没想到的是，狗牯脑茶有一天会扬名世界——1915年，狗牯脑茶被当地茶商收购，送展巴拿马万国博览会，一举荣获金质奖章。以茶叶谋求生计的梁家人由此意识到手艺的价值。他们立下祖训，在家族内将手艺世代承袭，绝不外传。

手艺传到梁华平的爷爷梁奇桂这一代时，已是改天换地的新中国了。1964年，遂川县狗牯脑茶厂成立，由梁家人负责管理。为了扩大生产，梁奇桂勇敢地做了破除祖训的第一人。他开办培训班，带徒传艺，培养出几千名制茶工匠。

从汤湖镇街上，到山上的祖屋和老茶园，需要从山下步行1个多小时穿过茶间小径，登百余级石阶，方可抵达。这一路，都有漫山遍野若有若无的茶香相伴。童年的梁华平，便是嗅着这茶香长大的。春天，是紧锣密鼓的制茶季，爷爷、父亲都在灶台边忙碌着，梁华平则饶有兴趣地观察、学习。他看着爷爷手把手地教父亲炒茶，那些动作，那些姿势，那些念念有词的口诀，那些对鲜叶的满意或挑剔，早已谙熟在心。

制茶技艺的传承，首先从认茶和采茶开始。单芽、一芽一叶、一芽二叶……从单手采到双手采，由慢到快，由少而多。烧火也是基本功，火势要均匀，热力要稳定。柴最好是密度大的硬柴，这样恒温持续的时间方能长久，便于炒茶人掌握火候。火势温暾，容易红梗；火势太旺，又容易焦边。

12岁，关于制茶的所有流程，梁华平已尽数通晓。无论采摘、摊青、杀青、揉捻，他都要动手试上一试。最难的，是炒茶。起初，父亲只让他炒粗茶练手，就是那种不太值钱的大叶子茶。大铁锅温度高，手法不熟练，烫伤是常有的事，起个大水泡，痛得龇牙咧嘴。他不服输，忍痛接着炒。

除去在部队服役的两年时间，梁华平几乎从未离开过茶。乡村里许多年轻人都往大城市跑，但梁华平从未想过要离开家乡，从事其他行当——接过茶园和制茶技艺，是他心中不可推卸的责任。

2008年，遂川狗牯脑茶的制作工艺成为省级非物质文化遗产。身为代表性传承人的父亲梁光福年岁渐高，梁华平责无旁贷地接过了技艺传承的重任。

于是，每到新茶开采的季节，梁华平都要心无旁骛地沿着这条蜿蜒的山路，前往茶园。

三

春风吹开满山的芽头，封存了一冬的寂静很快被茶人踏破了。

农历二月二十九，是茶园开采的日子。新采的芽头摊开在簸箕里，铁锅烧得旺旺的，这里将要举行一场家族"斗茶"比赛。无论父子、兄弟或叔侄，无不拿出看家本领，炒一锅清香四溢的头茶。然后，由亲朋好友细细品评，推选出当年的家族"茶王"。

这一天，还是外地茶商纷至沓来的日子。他们观望、揉捏、闻嗅、品咂、鉴别，以商人或资深品茶人的精明与苛刻，留下订单，或者当场买下新鲜制作好的干茶。

从这一天开始，整个春天，梁华平就在这茶山上生根了。

灶膛里的火光熊熊燃烧的时候，穿着蓝布中式衣衫的梁华平，手捧簸箕，气定神闲地立于锅灶前。随着"哧"的一声响，茶叶倒入锅中，他用双手熟练地翻炒起来，感知着温度和茶叶的每一丝微妙变化。一阵沁人肺腑的茶香在空气中弥散开来，叶芽像一片片绿色的飞羽起起落落。

这是一年中最忙也是最累的日子，每天的休息时间不足3小时。要抢天气，要在最短的时间里生产出品质最好的茶。他的神经绷得紧紧的，将日常事务抛到九霄云外，只把所有的注意力都用在茶上。

从22岁那一年起，他的双手就再没有因为炒茶起过泡了。熟能生巧，秘诀无非一个"勤"字。念书的时候，梁华平读到《卖油翁》的故事，无师自通地领悟了故事与炒茶的关系。炒坏了茶，炒伤了手，都不灰心。他知道终有一天，自己会像爷爷和父亲那样，成为一名技艺高超的炒茶师。

他喜欢琢磨，怎样的手法才能使茶叶更完美、更透亮。比如，火候的掌握、杀青的手法、炒茶的姿势、揉搓的力度，无不暗含奥秘和玄机。在"形如钩、香如栗、味甘醇"的传统标准之上，什么时候该用什么手法，从来都没有一个固定的范式。一切，只能依靠手口相传，在实践中揣摩总结。

最重要的，是心静。制成一锅茶的完整过程里，不能有丝毫的分心和马虎。真正的好茶是最忌浮躁的。爷爷在世时，每年春上都要到茶山来督阵。爷爷常说："做茶就是做人，心地善良的人，做出来的茶是圆润的。"听着，学着，做着，那些从前不大好领悟的东西，慢慢就浸入了梁华平的生命里。

随着机械化的发展，愿意耐下性子手工炒茶的师傅越来越少了。但是梁华平知道，这一门老行当，他丢不得，他的子孙后代也丢不得。

五六分钟的杀青之后，茶叶起锅。揉捻，是制作狗牯脑茶叶的重要工序。茶的香醇，就在这一圈一圈的揉搓中，通过汁液的渗透，均匀分布到每一枚茶叶上。

归置好茶叶，一双仍冒着热气的手摊开在眼前，黑中透红，仿佛每一道纹路都饱蘸茶的芬芳。

四

站在狗牯脑茶山上极目四望，莽莽青山，蜿蜒着高高低低的绿色茶畦。山腰上的每一道条带，都是人工一锄头一锄头挖出来的。在茶园的山顶和山脚下，还刻意保留了原生态的林木，只为让狗牯脑茶有更好的生态环境。一片湖水被群山环抱，平静安宁，如一块蓝幽幽的宝石镶嵌其间。

而在我们目力所不能及的远处，整个遂川，茶叶产业已蔚为壮观。全县茶叶种植面积28万余亩，年产量9000多吨，产值20多亿元。

狗牯脑茶也为遂川人打开了生活的条条大道。经营茶园、加工茶叶、经销代理、开设茶馆、表演茶道……如今，全县有近10万人从事着和茶相关的行当，为自己和家人挣得殷实的生活。

2014年，遂川县汤湖梁记传承茶叶专业合作社成立。再后来，非遗扶贫就业工坊也成立了。周边的许多贫困户都迎来了人生新的机遇。采茶、锄草、修剪、施肥……茶园管理需要很多工人，而贫困户在就业时总是享有优先权，结款时亦如此。每一个前来务工的贫困人员，合作社都包接包送，实在无法接送的，则补足往返车费。梁华平想着，要让他们零负担挣钱。

合作社还结对了两户贫困户，老梁是其中之一。老梁家有3亩山场，但是不善经营管理，年收入才3000元左右。梁华平手把手地教老梁种茶技术和管理方法，终于使茶园产量逐年升了上来。请不到采茶工，合作社帮忙请；茶青做得不够好，合作社帮忙做；产出的茶叶找不到销路，合作社帮忙销售。获得的利润，则一分不少地交到老梁手中。一年下来，老梁家增收2万多元，顺利脱贫。后来，他又将茶园扩大到10亩，日子越过越美。

在一张2020年春节拍下的照片里，老梁站在合作社门口，提着梁华平为他送上的米和油，笑得憨实又畅快。老梁是个实在人，不会说漂亮话，不过一提起梁华平，他总是难掩感激之情："自从加入了合作社，我的生活真是发生了翻天覆地的变化。"

　　如今，曾经产量稀少、贵为贡品的狗牯脑茶，也飞入了寻常百姓家。在汤湖，只要你愿意，信步走进一家茶馆，或一户茶农家，不用花上太多钱，就能安逸地喝上一盏清香扑鼻的狗牯脑茶。

　　人在草木间，便是一个"茶"字。无论世事如何变迁，一座山，一片茶园，几百年光阴中的相守、传承和精进，最后留下的，该是让人唇齿留香的东西。我啜饮着杯中的茶汤，在升腾的热气中，感受着那份在时光中传承不息的茶香。

《人民日报》2022年1月10日第20版

焊光闪烁，记录拼搏青春

宋明珠

晨曦微露，星星隐没。施工现场，最后一道焊口上的焊光熄灭，大庆油田工程建设公司的焊工王召军和他的徒弟王天明几乎同时摘下面罩，相视一笑。

"不错！焊接纹路规整。"王召军仔细检查焊道之后说："天明，你记住，焊道就是咱们焊工的签名。签了名，就要为自己的工作负责。"

焊道，是指金属焊接形成的焊缝。"焊道就是签名"，这句掷地有声的话正是他们焊工的信条。

一

2002年，高考失利的王召军坐在房间里，等着父亲责备自己。那天，一直等到晨光微亮，寂静中才响起脚步声。父亲推开门，默默坐到他的床边。

王召军不敢看父亲的眼睛。令他意外的是，父亲一改往日的严厉，轻轻拍着王召军的肩膀说："路，都是自己走的。从现在开始，你要牢牢记住：脚下的每一步都是未来。不管以后干啥，要有三不做：不做眼高手低的人，不做怨天尤人的人，不做满腹牢骚的人！"

父亲的话，王召军似懂非懂。他很想看清楚自己的未来到底是什么样的，可是眼前只有朦胧的晨光。

思前想后，王召军最终选择去技校学焊工。他铆足劲儿练习，每天弯着腰一头扎在工位上，同样的技术动作别人练一遍，自己就练十遍、百遍。尽管如此刻苦，第一次到工作现场，王召军还是被上了一课：现场的老师傅们为了施工进度，几乎都是风里来雨里去。在焊储油罐的时候，一个小小的气孔或者砂眼，都会成为安全隐患。这样的高强度和高标准，是他在学校里没见识过的。

王召军观察着师傅，在心里默默记下师傅的技术动作。一段时间下来，他觉得自己已经摸到了门道，就跟师傅提出想要自己上手试一试。师傅直接拒绝了他："现在施工的是注水管线，一旦出问题，项目要受大影响。"王召军觉得师傅太过谨慎，转头指着储油罐下的底座说："师傅，你要是信不过我，那让我先试一下这个底座吧。这个我肯定没问题。"师傅想了想，点头同意了。

王召军暗下决心：一定要把这个焊道焊好，让师傅承认自己！第二天凌晨4点，他顾不上洗脸，更来不及吃饭，早早到了现场，一干就是整整一天，终于在快下班的时候完成了焊接工作。王召军骄傲地摘下面罩，期盼得到师傅的赞许。一回头，却只看见师傅阴沉的脸。师傅没说话，接过他手里的焊枪，把焊道从头到尾返修了一遍。

"怎么，不服？"看着一脸委屈的王召军，师傅问。

"师傅，这个底座焊道有30米，我一天就焊完了……"王召军觉得自己的速度是没问题的。

师傅在他身边坐下说："你光想着速度快，不想质量问题。作为焊工，焊道就是签名。咱们每一道焊口都要经得起检验。你想想，在学校，焊接练习都是在工位上，焊件都给你摆好了，让你在最舒服的姿势下焊接，最多也就是弯着腰。在现场，你也看到了，咱们得趴着、跪着，适应焊件的角度。姿势不一样，你就拿不出培训时的水平。本事不够，可以再练。态度不认真，是大忌。"

这一番话，王召军深深地记在心里，从此更加刻苦，只要有机会就给自己加码练习。王召军始终坚信：把简单的动作重复百遍、千遍，才能成就精品。日复一日的苦练，让王召军的焊接误差远远低于国家标准规定的误差值，精细堪比工艺品。他的技艺不断精进，师傅赞许的笑容也一天比一天多。

二

王召军很满意自己的成绩，可是师傅总时不时地提醒他："只有完美的焊道，还不算是一个优秀的焊工。"

一年秋天，师傅告诉他，石油工程建设系统在广西桂林举办了全国青年焊工选拔赛。"比赛的前三名能晋升工人技师，你能进前三就行了。"

"师傅，我能拿第一。"王召军觉得师傅对自己期望太低。他看着自己完成的焊道，胸有成竹地说。

师傅摇摇头，告诫道："人外有人。不要自视太高。"

比赛结束，王召军只得了第四名，他郁闷地回到师傅身旁。师傅见徒弟有些泄气，安慰他说："比赛输了，对你来说也是好事儿。干好焊接，不是光凭着一股子猛劲儿就可以的。你还要不断接触新的工艺理论、学习特殊材料焊接技术，把理论应用到实践中。这次比赛输在哪儿，咱们就补哪儿。在哪儿跌倒，就从哪儿爬起来！"

师傅的话句句点在心坎上。从此一到休息时，王召军就抱着焊接理论书看。为了学到更专业的知识，他还报考了成人高考的焊接专业，拿到了本科学历。

2009年，王召军再一次接到全国比赛的通知。这一次的比赛地点还是广西桂林。想到上次桂林选拔赛的失利，王召军深深吸了一口气。但是，这几年的时间，自己从没有放弃过，一直在踏踏实实练技术，认认真真学理论。他想，这一次，一定要证明自己。

汗水终得回报。王召军在比赛中获得了冠军。同年，他荣获"全国五一劳动奖章"。当祝贺的掌声响起，王召军理解了师傅的话：每一道焊口就是人生的一步路。

一转眼，到了2011年春天。这一天，王召军还在工地上忙碌，项目经理叫住他，递过来一份文件。王召军看了一眼，上面赫然写着："嘉克杯"国际焊接技能大赛。

走上国际赛场，这件事王召军还没想过。但机会到来时，他一点都没犹豫。接下来的日子，王召军除了练，还是练，就连吃饭的时候都要拿着筷子当焊枪比画一下。他知道，只有高度的专注才能达到最好的状态。

比赛的日子越来越近，领导邀请在这边技术交流的外国专家为训练效果查漏补缺。外国专家仔细查看王召军的焊件，转头问翻译："这个是谁焊的？"

得知是眼前这位年轻人的时候，专家握住王召军的手，突然捏了捏他的胳膊。众人一时诧异，不明所以。专家则笑着问翻译："我想知道，这只胳膊里是不是装了机械？他的焊道像机器操作的一样规整！"

这一番话，让王召军对未来的比赛信心十足。可很快，比赛组委会就通知参赛选手，比赛内容有更改。之前训练积累的经验一下子作废，此时距离比赛只剩20天的时间。王召军内心忐忑地回到家。父亲听他说明了比赛的情况，对王召军说："缓解压力的唯一办法就是解决问题。只要你为自己真正拼搏过、努力过就行。不要害怕规则的变化，要努力为成功想办法。"

王召军又一头扎进训练场。

功夫不负有心人。2011年9月，当裁判宣布"嘉克杯"国际焊接技能大赛技师组钨极惰性气体保护焊单项第一名是王召军的时候，眼泪在王召军的眼眶里打转。

荣誉是对勤奋的嘉奖。载誉归来的王召军被寄予厚望，公司成立了以他名字命名的工作室，为青年焊工解决工作中出现的疑难问题。

三

2012年的一天，王召军走进焊接培训教室。角落里一个专注的年轻人吸引了他的注意。他就是出生于1993年的焊工王天明。

刚拿起焊枪不久的王天明控制不好焊接温度，手法也不熟练，正在发愁。听到有人搭话，他头都没抬一下。

没想到，来人三言两语，就点破了王天明技术的症结所在。他一个激灵，猛地抬起头，认出眼前这个人正是同行们口中的"焊王"王召军。

"师傅！"王天明脱口而出。

这一声"师傅"，还真就让王召军收下了王天明这个徒弟。王召军很喜欢这个年轻人拼搏的劲头，一个动作一个动作地帮他纠正，一个焊件一个焊件地辅导他训练。白天，王天明跟着师傅认真学习，把师傅纠正过的焊件用手机拍照，晚上睡觉之前一遍一遍地看，反复琢磨哪里焊得不好。他把自己琢磨出来的问题都记在笔记本上，一有时间就向师傅请教。

这一天休息的时候，王召军看见王天明正在翻看一沓打印的资料。

"看什么呢？"王召军问道。

"师傅，那天你讲课的时候提到，摇把焊技术现在会的人还不多，我上网找资料了解了一下。我还想多接触一下特种材料焊接技术，以后能用得上。"看着眼前努力的徒弟，王召军像是看见了当年的自己。

"师傅，我听说……"王天明停顿了一下，欲言又止。

"你听说什么？"

"我听说你当初也是高考没有考好,然后……"

王召军笑了:"你这个'也是'很说明问题呀。"

"你是怎么一步一步走进国际赛场的?我也想像你一样。"王天明鼓足勇气,说出了自己的想法。

"这个问题嘛……"王召军笑了笑,"人生是一次长跑。你看到的是成绩,但成绩的背后是对日常的敬畏之心,每一天都要把事情做好。焊口是焊点组成的,人生也是一样,你要认认真真走好每一步。"说着,王召军递过去一份文件,"想和我一样,就上赛场试一试。"

这份文件,正是2013年"嘉克杯"国际焊接技能大赛的通知。

这份通知一下子点燃了王天明的斗志。他一门心思扑在训练上,白天在工位上苦练技术,晚上回到宿舍补习外语。临近比赛,王天明提前到举办地德国进行适应性训练。他白天把训练中遇到的问题拍下来,晚上回到宿舍,通过网络和身在国内的师傅交流。由于时差,他们的交流总是从夜里12点开始,直到凌晨才结束。尽管备赛很辛苦,但有了师傅的指导,王天明底气十足。

终于,登上赛场的日子到了。王天明将与来自20多个国家的近百名顶尖焊工同台竞技。这次比赛和师傅之前参加的不同,采用全开放式赛场,现场允许所有人近距离参观、拍摄。这让王天明有点紧张。他稳住心绪,盯紧自己的焊道,高度的专注让他周围仿佛一下子变得寂静无声。

比赛结束,王天明觉得周围又恢复了嘈杂。突然,在嘈杂声中,王天明似乎听到了自己的名字,接着他看见周围的目光都投向自己。当听到钨极氩弧焊第一名得主是自己的时候,他几乎要振臂呐喊!他握紧拳头,向空中挥了挥,他做到了!

青年焊工王天明,终于和师傅一样,代表中国,站在了国际赛场的领奖台上。

四

获奖之后,王天明最想做的,就是像师傅一样,把比赛经验应用到生产中去。

2014年3月,王天明参与的工程项目进入冲刺阶段,必须在12个小时之内完成38处焊接工作。否则随着气温下降,施工现场的情况会变得更复杂。同时,项目管线错综,地下不断返水,给操作带来额外的困难和危险。王天明带领"青年突击队"充分做好安全保障和前期检测后,拿着气焊枪、焊把轮流施焊。他充分运用参加大赛时总结的对称式焊法、摇把焊等技术,提前3个小时完成攻坚任务。

几年后,师徒二人又一次在工作中相遇了。王召军带领的"尖刀队"和王天明带领的"青年突击队"向着大兴安岭进发。他们的目标是重要原油管道工程——漠大二线。

这又是一次攻坚战。

项目的具体位置是大兴安岭新林段滚兔岭。这里的施工空间小,焊接难度大,是连续坡度最长的一段管道焊接任务,也是施工难度最大的区段。3月的大兴安岭,气温仍然在零下30多摄氏度。严寒让机械难以施展,容易拖慢施工进度。而工程要求必须在5月之前完成主体焊接,否则就会错过后续施工的最佳季节,影响投产。

这样的重点工程,技术参数要求极其严格。更重要的是,这里的管线需要采取下向焊的方式,这要求焊接速度必须快上加快。火车上,师徒二人一夜未眠,争分夺秒地研究在坡度地势下怎样改进焊接方法,压缩施工时间,提高焊接质量。

尽管提前了解过地形,到了现场师徒二人还是倒吸了一口凉气:施工难度远比想象中更高。山路蜿蜒,他们只能徒步勘察地形。

王召军其实不是第一次在这个地区参加项目施工。上一次他施工的位置是一处沼泽。虽然当时的严寒也造成了不少麻烦，但和眼下的情况相比，沼泽至少还算是平地。王天明站在师傅身边，看着汽车往山上一台一台拖设备，惊道："师傅，我看这山坡得有三四十度。"

"不止。"王召军指着不远处的山坡说，"那边能有六七十度，而且山上全是碎石。这样的情况下，焊接速度和质量都容易出问题。看来咱们预想的还是简单了。明天再早点到现场。"

第二天，早上5点不到，师徒二人已经站在山坡上开启了设备。设备在零下三四十摄氏度的山坡上放了一夜，按钮按下去几乎没有任何反应，经过2个小时的预热，才一点点开始启动。

为了适应山体的坡度，师徒二人只能单膝撑地或者仰面斜躺，进行焊接作业。遇到角度更大的地方，还需要借助板凳、木墩支撑在身体下面。两个人始终保持焊接姿势一动不动，硬是在寒风中累出了满身大汗。尤其双手，一会儿就麻木了。他们搓搓手、跺跺脚，把稳焊枪，又投入紧张的工作中。师徒二人各自施展绝活，仅用10天时间，就完成了该区段2公里多的管道焊接任务。

当焊光熄灭，王召军和王天明共同在漠大二线上留下了他们的"签名"。

项目结束了，但师徒二人对技艺的追求还在继续。

师傅王召军继续大胆创新，发明了50多项革新成果，其中7项获得国家新型专利。徒弟王天明像师傅当年一样，不断精进，陆续获得了"全国青年岗位能手"等荣誉，又作为黑龙江省第十二届青年联合会副主席，策划了"龙江工匠"走近青年的活动，用自己的实际行动，把工匠精神传递给更多年轻人。

《人民日报》2022年7月16日第8版

因为爱岗,所以坚守

陈必文

一

"班长,我也想去培训,帮忙增加一个名额吧!"

"你现在都是副班长了,要学的是管理。还钻那么细吗?"

"管理也不能浮在面上啊。不搞明白细节,怎么指挥呢?"邱中华——国家电网四川超高压公司输电检修中心带电作业一班副班长,推了推鼻梁上的眼镜,很认真地说。

"但是这不是我们自己的培训。人家只给了两个名额。要增加名额,估计有点难。"班长有些为难。

"在高海拔地区做直升机吊人进出电场带电作业,是我们多年的梦想。我如果不先学到胸有成竹,现场指挥起来心里就没底。"邱中华的犟劲上来了,想了想,他说,"只要给我一个培训的机会就行,我自己掏培训费。"

1986年出生的邱中华,性格有点犟。

2010年大学毕业,他应聘到四川省电力公司超(特)高压运行检修公司。入职实操培训的第一天,他发现自己有点恐高。爬训练铁塔,到10多米高的地方时,他就四肢发抖,感到天旋地转。他甚至不知道自己是怎么回到地面上的。老师让他暂停登高训练,他无比沮丧。他怀疑自己选错了专业入错了行。跟同学打电话聊起来,同学劝他干脆换个工作。

一个恐高的人怎么能去从事"高空作业"呢?家里人也支持他再择业。

这个时候,邱中华的犟劲却上来了。他觉得不能遇到困难就绕着走。他决心要战胜"恐高"这个困难。

训练铁塔旁有一个专门用来观摩的旋转楼梯。邱中华就在楼梯上做俯视地面的训练,从三层,到四层,再一层层往上……每一个高度,他都要训练到眼看地面心不慌、靠近栏杆脚不颤,以慢慢适应那种从高往低看的感觉。

这样练了近1个月,从旋转楼梯的顶层往下看,也没有了不适感。邱中华有了信心,开始去练习爬训练铁塔。每天早上第一个来,晚上最后一个走,中午也不休息。到实训结束的时候,他的恐高症克服了,爬塔水平也上去了。

公司精心挑选人员组成带电作业班。进行体能测试的时候,3公里跑下来,邱中华吐了血丝。师傅饶建彬劝他退出。因为带电作业也是个体力活,要受得住屏蔽服里的高温高热,身体素质不好可不行。邱中华不服气,犟劲又上来了,说等半年训练完了再看。长跑、仰卧起坐、俯卧撑、蛙跳、冲刺跑、快速登塔训练、50公斤吊重拉绳训练……他每一样都比别人练得更多。6个月后,他的身体强壮起来了,跑5公里都没问题。

经过战胜恐高和体能训练,邱中华不仅在体质上有了提升,在心理和意志力上也实现了跨越。他相信只要努力,就没有克服不了的困难。邱中华犟赢了。

邱中华不怕别人说他"犟"。"带电作业"本身就是同"停电作业"犟啊!人的安全耐受电压是36伏,带电作业却要在 两万倍于安全电压的情况下工作,这不是"犟"吗?可是,电网不能停,一条±800千伏的线路满功率运行,可以为4亿盏20瓦的电灯提供电力。如果停电1小时，直接经济损失就是几百万元。带电作业这个"犟"，犟得有价值。

屏蔽服是带电作业的保命服，是用特殊导体材料和纤维材料制成的。衣服并不重，但封闭性极好，一旦穿上就不散热了。到了夏天，身体在里面就像被捂在蒸笼里一样，很容易中暑。因此，夏天进电场前，邱中华会先吸两支藿香正气液，再抓过钢化杯喝几口夏桑菊茶，既是漱口又是补水。但他又不敢多喝，因为高空作业有时比预想的时间要长，为减少麻烦只能补充少量的水。

二

邱中华喜欢同工器具犟。

他刚刚参加带电作业没多久，就对在绝缘子上作业时要费力弯腰取吊物，感到不满意。下了班，他找来废旧的角钢，焊了个滑车支撑架。支撑架卡在两串平行的绝缘子之间，利用一个固定点，把滑车的位置移到高点位。这样就不用在高空弯腰到低点位取东西了。这个小发明挺实用，让大伙儿干活更便利了，班上的人对这位大学生多了些亲近感。

接着，他又将目光对准滑车。他把滑车变成防缠绕开口灌绳式滑车。对绝缘子拆换时的受力卡具，他也较上了劲。以前针对不同样式的绝缘子要带不同的卡具，卡具多得连库房都快放不下了。有没有一种办法让绝缘子的卡具通用？他和小伙伴动起了脑筋。有了想法，再找办法。他们很快想出了"拆分"的方法：把卡具拆分为卡具座和内衬套，卡具座通用，内衬套采用不同型号搭配。这样每次去工作现场，只需选用不同的内衬套就可以了。一个问题就这样解决了。当看到青年员工每每为绝缘子绑扎不牢而担心时，他又发明了"绝缘子金属吊钩"，像钓鱼一样把绝缘子"钓"上去，又快又稳当。

但邱中华有时对自己发明的东西也不满意，他不停地进行改造升级。在有三串绝缘子的特高压场所,他改进了自己之前制作的支撑架。他还和同事研制出了一种新型装置,可以让工人在绝缘子更换时坐着工作,这样不仅更加安全,而且更加舒适。

还有一次,邱中华本来在家里整理资料,师傅饶建彬让他给施工现场送个工器具去。他跟师傅说,反正要送工器具过去,就顺便安排他进电场参加带电作业好了。饶建彬知道这个徒弟是想多干、多看、多积累,他对徒弟的脾性慢慢开始喜欢了。饶建彬重新提交了第二天的作业计划,把邱中华派进电场作业。这一次带电作业,邱中华还真有收获。他发现了金具之间连接的O形环有锈蚀的隐患。O形环带电更换,怎样最省事?以前没考虑过。从现场回来,他睡不着了。与几个同事一起,花了1个月时间,研发出了单根子导线卸力装置。

就这样,不到10年时间,邱中华和他的团队创新发明了23件带电作业工器具,申报了30项专利。

邱中华的革新动力,最初是想获得班里同事的认可。他要改变大家对他"文弱书生"的印象——那可不仅仅是体能提升就能做到的。后来,他的目标撂升了,变成了想把带电作业中以前不能做的变成能做的,把以前不好做的变成好做的。他喜欢一句话:创新,就是要实用。

邱中华还同带电作业方法犟。

四川有2万多公里的500千伏超高压线路和5条±800千伏特高压直流输电线路的起始段。线路经过的地方,地形、地貌、气候都很复杂。这给四川的带电作业提出了更多要求。以前,高压带电作业进电场的常用方式有跨二短三走进法、秋千入场法、绝缘软梯攀爬法等。还有没有其他方法呢?邱中华琢磨上了。他从攀岩杂志上看到国外有一种电动自提升攀岩装置。他来了灵感,把这种方法借用到了带电作业中。邱中华与同事从机械原理分析到3D建模画图,从受力理论研究到附件加工定制,加班加点完成了无人机配合自动起降装置的设计,并于2015年进行了实用检验。他们终于让带电作业从"爬楼梯"升级为"坐电梯"。

在超过3000米的高海拔地区进行特高压带电作业,2017年以前是个空白。邱中华立志带领团队填补这个空白。他们做了多次计算、演练。2017年春节前,在海拔3100米的地方,他穿上屏蔽服,戴上面罩,进入±800千伏的等电位中,成功消除了线路隐患,确保了春节期间人民群众的用电安全。

邱中华的犟,赢得了同事们的认可。大家说,这个大学毕业生,还真有两下子。

三

邱中华也同自己犟。

优秀人才,哪里都想要。有部门想让邱中华离开班组到部门工作。邱中华回绝了。他想起了"竹子定律":竹子用4年多时间来长根,才能在后面用很短的时间迅速长高。他觉得他"长根"的时间还没够,带电作业的工作还没做精。他和伙伴们还有好几个想法没实现。对于高海拔地区直升机吊人进出电场带电作业,他们从2013年就开始计划和争取,但是好几家航空公司的工作人员一听说让直升机在海拔3000米以上的地方飞,都摇了头。

这一次,终于有家航空公司愿意来尝试。进电场的人要严格培训同直升机的配合。邱中华虽然不进电场,但他是现场指挥。他想,只有参加培训,才能掌握关键点,进而制定稳妥的方案。所以,他倔强地申请,一定要参加培训。

邱中华这些年参加了不少培训、交流。以前每次都只能听,后来有时候也能做点分享。他觉得每次参加培训都有巨大的收获。同时,能把自己的经验分享出去，让别人少走一些弯路，他也有一种成就感。

为了参加这次培训，他去找工区主任，找副总经理，找总经理。单位最后向航空公司解释说，邱中华是全国能源化学地质系统的"大国工匠"，是全国劳模，去了可以讲讲高海拔施工的注意事项，还可以分享工作经验……对方也许是被这份执着感动了，同意多给一个培训名额。

在长达1个月反复、枯燥的培训中，邱中华学得最认真、练得最刻苦。白天训练飞行操作，晚上总结。模拟训练、技术演算、安措考量的稿纸写了一摞又一摞。为了确保作业方案万无一失，他还积极联系兄弟单位的技术人员、行业内带电作业的专家，在研讨中完善了《高海拔地区直升机带电作业方案》。

经过前期的精心准备，高海拔地区直升机吊人进出电场带电作业终于正式实操。2021年10月的一天，大凉山上林木葱茏，温暖的阳光照耀着万物。在锦屏到苏南±800千伏特高压直流输电线路52号塔位附近，一架直升机稳稳地悬停在200多米高空。直升机腹部垂下4根挂着吊篮的吊绳，两名作业人员站在吊篮里，从两根地线间穿过，平稳降落在导线上……听着直升机返航的嗡嗡声，作为工作负责人的邱中华抑制不住内心的激动。成功了！一个空白被他们完美地填补了！

10年来，邱中华和他的团队进行了1300余次带电作业，减少停电时间达2800余小时，创造的经济效益以亿元为单位。他的犟，赢得了人们的尊重，也犟出了成绩。

四

不过，邱中华并不是事事都犟。当同事给他提建议意见时，邱中华很虚心。师傅饶建彬批评他在工作中的失误时，他没犟过半句嘴。

邱中华以前工作完成后，喜欢在高空做"V"形的胜利手势，然后发个微信朋友圈。一次，他同另一位师傅王利华在高空带电作业。在中间歇息的片刻，邱中华抓拍到了王师傅一个帅气的姿势。下塔后，他拿着手机得意地对王师傅说："师傅您看，您这个状态好有英雄气。发给师娘看看吧！"不料王师傅却对他说："发这些给她干什么？难道还不够担心吗？"这句话击中了邱中华的心，他半句也没犟，因为他想到自己每次外出作业后，必须要给家里打电话，否则妻子会吃不下饭、睡不着觉。他还想起妻子唯一一次在电话里带着哭腔骂他，就是因为一次作业后，手机没电了，与家里失联了一段时间。

"犟人"邱中华，所有的犟都只为了一件事：把工作做得更好。

《人民日报》2022年8月3日第20版

在飞溅的焊花里……

纪红建

一会儿火花四溅,一会儿激烈讨论。

湖南,湘潭钢铁集团有限公司厂区内的"艾爱国焊接实验室",几名身穿深蓝色工装的工人正低着头,专心致志研究一个结构件的焊接。

一位年长者,左手拿防护罩,右手持焊枪。他抬起头来,笑容在淌着汗水的脸上绽开。他,就是"七一勋章"获得者、湘钢焊接顾问、被誉为"钢铁裁缝"的大国工匠艾爱国。

这只是极平常的一幕。艾爱国紧握焊枪50余年,"焊花"不息,成为我国焊接领域"领军人"、工匠精神的杰出代表。

始终如一

2021年7月,刚从北京受颁"七一勋章"回到湘潭不久,艾爱国就接到一个新任务:河北一家钢管公司慕名而来,想请艾爱国焊接一根300毫米直径、18米长的轴。

一开始,湘钢的领导和同事都不赞同他接这个活儿。毕竟年过七旬了,虽然有经验和技术,但身体会吃不消的。再说,这个活儿难度不小。18米长的轴,抗压强度大,要考虑变形,还要考虑受力情况……

艾爱国7年前已经退休,但刚退休的他,很快又被返聘回湘钢技术质量部材料研究所。湘钢集团早在2008年就成立了以他名字命名的"艾爱国焊接实验室"。他的心还留在湘钢。返聘回厂的艾爱国,仍旧每天按时上下班打卡。有人劝他，这么大年纪了，不用每天都来，或者可以晚点再来。他只是微笑面对。他时常告诫自己：自己是一名共产党员，只要还在岗位上，就要以严格的标准对待工作，一以贯之。

虽然接下了河北这家钢管公司的活儿，但艾爱国心里知道，困难不会少。焊接的轴抗压强度要求严格，且有18米长，容易变形，焊接时必须保持直线度，不能有丝毫弯曲。钢的强度非常大，焊接时还时刻要考虑裂纹的问题。只要焊接时出现裂纹，就等于焊接失败。即便是几年后出现裂纹，也属于焊接工艺不完善、焊接技术不过关，也属于失败。

艾爱国根据实际情况，不断修正焊接工艺。焊接前，他把焊接所需条件一条一条写在本子上，做了最细致的准备。14个小时的连续奋战，焊花飞溅，汗水直流，整个场面紧张有序。最后，用X光射线检测，合格率达100%，各项指标均满足设备运行要求。

1950年3月，艾爱国出生于湖南攸县。初中毕业后，上了1年多中专，便以知识青年的身份，来到攸县一个偏僻的小山村锻炼。面对艰苦的农村生活，他爽朗乐观，总是挑最重最累的活儿干，遇到困难总是冲在最前面，成了乡亲们口中的"拼命三郎"。湘潭钢铁公司到攸县招工，生产大队第一个就推荐了"拼命三郎"。艾爱国由此成为湘钢管道队的一名管道工。

1970年1月，北京派了数千人支援湘钢建设，其中有不少技艺高超的焊接工人。看到师傅们在管道上或是在锅炉上，焊花飞舞、弧光闪烁，艾爱国内心非常佩服，对焊接工作充满向往。他紧跟着焊接师傅，帮他们挑水，扛氧气瓶，递工具、设备。焊接师傅喜欢这个眼里有活儿的小伙子，笑着问，你是不是对焊工感兴趣？艾爱国使劲地点点头。

不久后，因为焊工不够，要从管道工中挑几个年轻人跟着北京焊接师傅学徒。"让小艾跟着我吧。"一名北京师傅生怕艾爱国被其他师傅

"抢"走，率先说道。

于是，艾爱国拿上了焊枪，开始在焊花飞溅中燃烧梦想。

随后的近40年里，艾爱国大多时间在野外施工，过着风餐露宿的生活。即便临近退休时成立了"艾爱国焊接实验室"，环境好了，设施改善了，也不用东奔西跑了，但他依然坚持打卡上下班，单车相随，风雨无阻。

技术为本

如果没有过硬的技术，在工厂就站不住脚，更谈不上为企业多做贡献。

艾爱国深知，自己进厂是来当工人的，应该"技术为本"。

学艺心切的他，勤于钻研。幸运的是，他的北京师傅不仅技艺高超，对工作更是一丝不苟。师傅对徒弟高标准、严要求，他的工匠精神潜移默化地影响着徒弟。

艾爱国跟着师傅日学夜练。求知若渴的他，觉得光是苦练还不够，还要在实践中总结，在书本中探寻。一有时间，他就钻进图书馆，阅读从国外翻译过来的一些专业书籍。通过学习，对手工电弧焊及国外兴起的氩弧焊、熔化极气体保护焊有了一些了解。

但他不满足。他觉得学好气焊还不够，又"偷"着学电焊。没有面罩，就拿一块黑玻璃看电焊师傅怎么焊，琢磨他们的操作要领，手和脸经常被弧光灼得脱掉一层皮。等电焊师傅下班后，他就借师傅的焊把、焊罩，抓紧时间苦练。

1982年，他以8项成绩全部优异考取了气焊、电焊合格证，成为当时湘潭本地唯一持有"两证"的焊工，为他后来的焊接技术攻关打下了坚实基础。

第二年，考验他的时刻来了。

这年年底，当时的冶金工业部组织全国多家钢铁企业联合研制"高炉贯流式"新型紫铜风口，想填补国内空白。然而，最大的困难是要把紫铜的锻造端头对焊到同样材料的铸造本体上去。懂一点焊接的人都清楚，在所有材料的焊接中，大件紫铜焊接比较难。正因如此，冶金工业部打算只让湘钢负责本体和端头的制作，而把棘手的焊接任务交给有经验的大型钢厂去完成。

听到这个消息后，艾爱国的心里涌起一股年轻人的豪情。

"人家能干，我们为什么不能干？"他向湘钢的项目负责人表达自己的决心。

"风口焊接一直是我们感到头痛的问题，目前还没有什么好的方法，湘钢不一定能焊成啊。"项目负责人说。

虽然艾爱国有焊铜的经验，但还没有掌握完整的焊接工艺。他没再说什么，而是回到家默默行动起来。他翻阅了公司和家里所有的焊铜资料，结合自己多年的经验，大胆提出了当时在国内还没有普及的"手工氩弧焊接法"的设想，并草拟了一套焊接工艺。

艾爱国的设想与焊接工艺让项目负责人惊讶，当场拍板把焊接这个活儿接过来，并成立了风口焊接攻关组，由焊接、机械等10多名工程技术人员组成。艾爱国则担当起焊接工艺制定和主焊手的任务。

由于攻关组人员没有被抽出来专搞课题，白天艾爱国干完班组的日常工作后，才能赶到试验场做试验。焊大铜件需要预热，焊件四周温度高，必须用石棉板挡住身子隔热。晚上，他再带着试验中出现的问题，到书本上找答案。

1984年1月的一天，湖湘大地下起大雪。攻关组准备焊正式风口。让艾爱国和攻关组成员措手不及的是，正式风口的体积更大一些、重一些，跟他们设想的不一样。焊接从上午开始，他在高温旁站着焊了6个多小时，衣服都湿透了，还是没有焊接成功。

"看样子我们是焊不成了，还是让别人去焊算了。"有同事摇头说道。

"别折腾了，放弃吧。"也有同事劝他。

艾爱国心急如焚。当天晚上，他辗转反侧，脑子里老想着失败的事。深夜时分，他爬了起来，给攻关组负责人写了一份报告，分析了失败原因，请求再给他一次机会。

又是1个多月的不断调整和反复论证。

他感觉自己是在爬山过坳，摔倒了，爬起来，又摔倒了，又爬起来……

3月23日，艾爱国和团队成员再次挑战风口焊接。这一次，工艺流程烂熟于胸，焊接技术驾轻就熟，他们的焊接很顺利。一个、两个、三个……他们连续顺利焊接了20个风口。经检查，全部符合国家技术标准。

因在这次攻关中表现突出，艾爱国荣获国家科技进步奖二等奖。

渐渐地，艾爱国在焊接领域有了些名气，慕名前来请教的人越来越多。

艾爱国的制胜法宝，是先从理论上搞清门道，撰写好焊接流程。他喜欢做笔记，每干完一项难活儿，总要总结一番。几十年来，他记的焊接工艺案例笔记有十几本。那是他的财富，更是他的"核心竞争力"。

舍得吃苦

那年，公司派出一批技术人员到国外参与拆卸高炉二手设备，艾爱国是其中一员。他负责500米长、20多米高的高架通廊的拆除任务。

一天，中国大使馆参赞来看望他们。当时艾爱国正担任全国人大代表，参赞问道:"请问哪位是艾代表?"

"我是。"艾爱国在通廊里回答道。

看到艾爱国从灰雾腾腾的通廊里钻了出来,满头灰土,参赞露出惊讶的表情。

"您就是我们的人大代表?"参赞有点疑惑地问道。

艾爱国微笑着回答:"是的。"

参赞拍着艾爱国的肩膀说:"咱们中国工人就是了不起,能干活、能吃苦!"

艾爱国微笑着说:"要想当个好工人,就要敢于拼搏,舍得吃苦。"

艾爱国的工作常常在野外,必须日晒雨淋,面对恶劣的环境。吃苦,是他必需的选择。对于吃苦,艾爱国有着自己的理解。

1984年,他获得人生中第一个劳模称号——"湘钢劳模"。此后,他又被评为省劳模、全国劳模,成了别人眼中的"劳模专业户"。父亲在世时一直告诫他,当劳模好比坐轿子,要是自己立不住,从轿子上摔下来的时候,只会更难看。

"劳模专业户首先就应该是吃苦专业户。"艾爱国说。

1985年6月27日,艾爱国加入中国共产党。入党后,他觉得自己应该加倍努力。遇到急难险重任务,他总是第一个站出来、冲上去。苦和累的事情,他干得更多了。

但是,身处一线的艾爱国,从来不说辛苦,他把吃苦当成了一种人生乐趣。其实,人都不是铁打的,哪有用不完的力气呢?力量的源头,是一名共产党员的责任与担当。

有一次,湘潭本地一家机械厂制作一口直径3米的啤酒糊化铜锅,在焊接中遇到困难,他们找到了艾爱国。

艾爱国来到该厂制作车间,看完要焊的铜锅后,厂长要给他一个大红包。

"我们请您当顾问,这是顾问费。只要铜锅焊成功,我们还有重谢。"厂长说。

"帮忙焊铜锅可以,但顾问费我不能收。"艾爱国说,"你们要先与我们公司联系好,我从来不接私活。"

事后,该厂与湘钢进行了联系。公司派艾爱国组成攻关队前去支援。

当时正值"秋老虎"肆虐,天气异常炎热。同伴们每天用气焊火焰将铜锅外面加热到600摄氏度左右,艾爱国则用石棉板垫在锅里,跳进去焊几分钟,又跳出来。如此往返,经过12天苦战,终于把42块扇形铜板拼成的铜锅焊好了。而他,足足瘦了20多斤。

"艾师傅,太感谢啦!"厂长激动万分,紧紧地握着艾爱国的手说,"你们的技术,你们的精神,是无法用金钱来衡量的。"

艾爱国的脸上,露出了灿烂的笑容。

有人认为艾爱国傻,不会利用自己的一技之长挣大钱,但他却因此而自豪。不管走到哪里进行技术攻关,或是支援,他都乐于奉献,不求回报。他说:"君子爱财,取之有道。有损于国家和企业利益的钱,我一分也不会要。这也是我退休时,面对一些企业的高薪聘请,却毫不犹豫选择返聘回公司发挥余热的原因。很多东西的价值,是无法用金钱来衡量的。"

有次在一所大学的报告厅内,艾爱国给师生谈当劳模的体会。正讲着,从下面递上来一张纸条。纸条上写着这样几句话:"你这些年来支援过那么多工厂,按说拿一点回报也符合情理,而你却不要,难道金钱对你就没有一点诱惑吗?请回答。"署名是"一群大学生"。

他稍稍理了一下思绪,大声说道:"同学们,人是需要钱的,因为要吃饭、要穿衣,但不能一味钻进钱眼里。真正有所作为的人,有几个是铜臭满身的人呢？"

话音刚落，全场响起了热烈的掌声。

无私传艺

那是欧勇刚到"艾爱国焊接实验室"当焊接试验员时的事了。

"师傅，让我来。"欧勇自告奋勇地说。

不就20厘米长的一个铜件吗？更何况自己还有10年的工作经验。欧勇没觉得焊接眼前这个铜件有多难。

因为铜件有约700摄氏度，而手又离铜件非常近，欧勇双手包了好几层帆布，还戴上手套。他右手持焊枪，左手拿焊丝，开始焊起来。为了防止铜件降温过快，艾爱国在一旁加热，让火来回摆动，让铜件受热均匀。

不一会儿，欧勇的手开始颤抖起来，焊接自然不到位。

"你先休息一下。"

艾爱国把手套一戴，操起焊枪就焊了起来。没有颤抖，只有四溅的焊花，刺耳的吱吱声，焊丝燃烧后的特殊气味。不一会儿，就将20厘米长的焊缝焊接完了。

当艾爱国取下手套，露出满手的水泡和血泡时，欧勇的眼眶湿润了。他以为，师傅是百炼成钢，炼成了不怕高温的特殊"材质"。其实哪有什么特殊"材质"，师傅只是有着钢铁般的意志力。

肩上挂个氧气袋，右手拎着割枪，左手拎着防护面罩。为了防晒，还戴着帽子，帽子上再套一个草帽圈圈。擦汗的毛巾，就顺势搭在肩上。焊接时，总是烤得满脸通红。师傅的这一形象，一直深深地刻在欧勇的心中。师傅的一举一动，影响和熏陶着他。

艾爱国不仅教欧勇焊接，还教他如何做人。在湘钢工作8年后，欧勇决定当兵，以焊接工的身份特招入伍，师傅是他最坚定的支持者。退伍后，师傅又张开双臂迎接他，并建议他回到焊接工的岗位上来。来到"艾爱国焊接实验室"后，他跟着师傅学习焊接的每一道工序、每一个细节，努力研发让客户买得放心、用得放心的产品。

"欧勇啊，你要时刻铭记，自己是一名焊接工人，要讲奉献、讲创新、讲科学。"当"湘钢焊工首席技师""湖南省劳动模范""全国五一劳动奖章"等一个又一个荣誉落到欧勇身上时，艾爱国总是这样说。

而欧勇只是艾爱国这几十年来所带的众多徒弟的一个代表。

有人劝艾爱国，不要把什么都教给徒弟，要留点后手。艾爱国说："带好徒弟，是工人的职责。"他认为，徒弟的技能比师傅高，证明师傅授徒有道。只有把徒弟带好了，人才才会越来越多，整个行业才会越来越好，国家的事业才会更加繁荣昌盛。

走近艾爱国，你会发现，他的家里、办公室里，桌子上、书柜里，摆着满满当当的书。说他是一名"学习型工人"，非常贴切。艾爱国常看的技术书达100多册，记的工作笔记有50余万字。他曾提炼出"先进操作法"4项，获国家发明专利2项、国家实用新型专利1项。他撰写并发表了多篇论文，主审和参审了多本焊接著作……他说，这些成绩跟不懈的实践与学习密不可分。

走近艾爱国，你会深切感受到一颗永远追求卓越的心灵、一种永远奋斗进取的人生。

《人民日报》2022年8月15日第20版

练就一身真本事

兰天智

"周工,汽轮机开不起来了。"

"什么状况?"

"转速上下摆动,稳不住。"

"检查调速器。"

拆下调速器,拿千分尺测量。果然,调速器的间隙大了。

"还是周工有办法!"——周工,名叫周华建,是新疆库尔勒中泰纺织科技有限公司动力中心的工程师。

这位90后年轻人,26岁就成为钳工技师,在国家级职业技能竞赛中获奖,27岁已是全国纺织行业技术能手……

一

周华建的老家,在重庆市垫江县高安镇协和村。1992年出生的他,自小勤快懂事,知道体恤父母。初中毕业后,周华建想尽早减轻父母的负担,便选择进入技校学习技术。

2014年9月,渴望学习更多技术的周华建正式入职,成为一名设备维修工。他本以为凭借1年多的实习经验,能够马上在工作岗位上大展身手。可师傅却把他带到了车床前,干起了最基础的车床工,每天给他一些废弃的铁板,带他练习制作简单的零部件。勤快好学的周华建很快就掌握了车床的操作要领。1年后,他就能制作出设备常用的一些零部件了。

一次,师傅安排他制作一个泵轴的轴承位。他照着图纸,很快就制作完成。拿千分尺测量，分毫不差。不料过了几天，维修人员来领取泵轴，一量，轴承位尺寸竟然小了。"当时测量明明刚好，现在尺寸为啥变小了呢？"周华建百思不得其解。他跑去问师傅，师傅一语道破："你现在测量的是冷却后的数据。"周华建恍然大悟：没有把温度的因素考虑进去。

报废了材料，还影响了维修和生产，师傅严厉地批评了周华建。周华建这才理解师傅带他从基础练起的良苦用心，也深深记住了师傅经常告诫的一句话：胆要大，心要细。

从这以后，周华建对自己提出了更严苛的要求："拿到制作图纸后，每一步都要做到细之又细，每一个细节都要做到极致，每一项工作都要完美完成，让最挑剔的人也找不出半点瑕疵来。"

一晃，两年过去了。工作中追求完美的周华建，操作技术有了很大的提升。这一天，师傅告诉他："公司想通过参加自治区职业技能大赛，培养一批钳工。大家认准你是一棵'好苗子'。"

"钳工？"周华建疑惑地问。

"对，钳工。"师傅点点头。

"我是车工，怎么能参加钳工比赛？"

"比赛还有三四个月，从现在开始练习钳工技术。"

"这……能来得及吗？"周华建心里没有底。

"来得及。能不能获奖不重要，贵在参与，好好练吧！"师傅为他鼓劲打气。

就这样，周华建从车工转为了钳工。

艺多不压身！其实，周华建早就想学钳工技术，但之前只能靠自己摸索。现在有了专业的师傅指导，又有了参加技能大赛的目标，周华建学习的劲头更足了：下班后，同事们都回家了，他只身来到维修室里，训练钳工的锉配技术。放下锉刀，拿起锯弓；放下锯弓，又开始钻孔、测量、装配……一遍又一遍。手掌心磨起的血泡，也是起了一遍又一遍，直到变成了厚厚的老茧。一段时间下来，周华建的身体也消瘦了一圈。

有一天，他拖着疲惫的身子回到家，父母见了心疼不已："要不换个工作？"

"不换，换啥子嘛！既然学了，就要坚持下去，要干一行、爱一行、钻一行才行。再说，没有苦，哪有甜啊！"周华建憔悴的脸上露出坚毅的神情。

周华建通过了公司内部的层层选拔，成为代表公司参赛的6名选手之一。很快，自治区职业技能大赛开赛的日子也到来了。

第一次参加这样的大赛，周华建心里紧张、焦虑，比赛前一天晚上，竟然失眠了。但来到赛场，他凝神静气，专注于竞赛项目，把失眠的疲惫抛在了九霄云外。颁奖时，周华建又惊又喜地听到广播里传出自己的名字——钳工赛项的第三名！虽然未能夺冠，但也让他激动不已。

获奖的兴奋感消退后，周华建在心中复盘比赛。他从其他选手娴熟的锉配技术中，感受到了差距。"尺寸精准、工艺精湛，速度还更快……钳工技术真是山外有山人外有人啊！我可不能掉链子！"在回来的火车上，周华建辗转反侧，一直在思考如何精进技艺。

回到岗位，在工作之余，他找来与竞赛相同的课题，每天晚上把自己关在维修室里，8遍、10遍、100遍……反复练习，日复一日。双手越来越粗糙了，手腕肿得像面包，心却变得细腻了很多。他觉得，打磨配件的过程，就是在打磨自己的内心。

宝剑锋从磨砺出。2018年7月，在第八届新疆维吾尔自治区职工职业技能大赛中，周华建荣获了钳工赛项一等奖。同年11月，他又代表新疆参加了在山东举行的第十届全国石油和化工行业职业技能竞赛。周华建以实力证明了自己，从全国石油、化工行业的近200名参赛选手中脱颖而出，获得钳工赛项二等奖的佳绩。

二

动力中心是公司的"心脏"。载誉归来没多久，公司领导"点将"，把周华建调到了动力中心。

刚到这里，恰逢汽轮机检修。此时的周华建已是钳工技师，但隔行如隔山，面对这些庞然大物，他一时不知道从何处下手。怎么办？

学！他又一头扎进了车间，从头开始学起动力设备的维修知识。车间内，震耳欲聋的噪声，混杂着油脂味、铁锈味的湿热空气，让他有些不适应，还没怎么干活，汗水就湿透了工作服。

但他没有退缩，而是认真思考如何当好这些设备的"保健医生"，如何呵护好公司的"心脏"，让设备健康高效地运转。

周华建学得认真，坚持在干中学、学中干，调整、测量、安装……他抢在先、干在前。没过两年，他就取得了相关专业的工程师任职资格。

他来到动力中心的第二年，锅炉车间三号炉的罗茨风机频频烧坏轴承，运行不到2个月就停转了。有人认为风机的轴弯了，把轴进行了校正；有人提出轴承质量有问题，换上了最好的进口轴承；有人判断是润滑油质量不好，也换成了最好的；还有人说风机入口的灰尘太大，造成磨损严重……能想到的配件都换了一遍，该处理的隐患也都处理了，维修了好几次，可问题还是未能解决，严重影响了生产。

公司组织员工一起"会诊"，寻找"病根"。大家各抒己见，热烈讨论。周华建坐在风机的叶轮前，如诊脉一般观察、揣摩良久，忽然脑中灵光闪现，想起了第一次制作泵轴轴承位失败的事。他茅塞顿开："我认为问题出在叶轮之间的间隙太小了。间隙小，摩擦大，发生热膨胀后，磨损更大，最终烧坏轴承。"

周华建话音刚落,人群中便传来阵阵质疑声:"不可能,轴承与叶轮的间隙有啥关系?""你来到动力中心才多久?这事你不懂!"

然而,当时确实也没人能提出更合理的意见了。大伙儿只能抱着试一试的态度,把两片叶轮的间隙调大了些许。令他们意想不到的是,打这以后,这台罗茨风机再也没有烧坏轴承的故障发生。问题彻底解决了。大家纷纷对周华建刮目相看。

又有一次,动力中心一台汽轮机的室外排气电动阀门出现内封闭不严的问题,蒸气大量泄漏,导致检修工作无法正常进行。经过检查,大家一致认为,该阀门基本上处于报废状态。采购需要三四个月,势必影响正常生产。怎么办?

"我们修。"周华建主动提出。

"快要报废的阀门,能修好吗?"同事们有些疑惑。

"可以。"周华建底气十足地回答。

这些年,他从未间断过学习,先后报考了国家开放大学、中国石油大学的相关专业,边工作,边学习,拿到了本科毕业证。他还结合实际工作,购买了很多专业书,不断刻苦钻研。这次维修,他信心十足,势在必得。

他带着两位同事,把电动阀门拆下来,解体,"诊断病因"。很快,他发现"病因"在结合面。揣摩许久,他决定用比赛练就的技术对结合面进行修复。4天后修复完成,结合面几乎重新回到了出厂时的状态。重新安装后,问题得以解决,这个电动阀门一直用到了现在。变"废"为宝,仅此一个阀门就为公司节约了数万元。

三

有人说,创新是企业发展的不竭动力,也是工匠精神的灵魂。"用务实的态度去创新,用忠诚的意识去奉献",这是周华建多年秉持的信念。

周华建每天注视着汽轮机、锅炉、发电机等各种大大小小的生产设备，他的眼睛就像全方位、无死角的高清摄像头，不放过一丝一毫的故障前兆和安全隐患。那些漏气、漏油、漏水之类的小问题，也成了他进行创新改造的课题。"干不了什么大事，就做些小事，也算是为消除安全隐患和节能降耗做了些贡献。"周华建谦虚地说。

节能降耗、消除隐患，岂是小事？

一次，化水车间的一台废液泵出现漏水问题。处理工作有一定的难度，用工多、工时长，一时成了烫手的山芋，很长时间也没能得到解决。

发现这个问题后，善于创新的周华建动起了脑筋：既然大家都认为很难，为什么不能通过技术改造，把复杂的问题简单化呢？他仔细研究，查阅各种资料后，初步确定了改造思路：把机械密封改成填料密封。为此，他还设计了新的密封装置。

他把想法说出去后，有人好心相劝："要是问题好解决，别人早解决了。多一事不如少一事，你要是搞砸了，还不如不搞。"也有人说风凉话，觉得周华建就是年轻人喜欢出风头。可周华建认定的事情，一定要干成。不管别人说什么，他只当没听见，继续专心查阅资料、设计、绘图、加工，最终成功完成了改造，解决了漏水问题。

动力中心6台除氧器的排气管直接排往室外，每天要排出大量水蒸气，相当于许多宝贵的水被白白浪费了。周华建一直记挂这件事，主动请缨进行改造，计划在排气管上加装冷凝器，让蒸气凝结成水，进行集中回收利用。公司经过多方论证，同意了周华建的想法。半年后，6台除氧器改造完成。不改不知道，技改后效果惊人：1台除氧器1天可回收冷凝水300多升，6台1午可回收冷凝水近800吨。

这样的事例还有很多。周华建多年来一直坚持的，就是把每一件小事做好、做完美，把平凡的工作做成不平凡。也正是在这样的工作实践中，他不断积累提高，练就了一身解决问题的真本事。

从车工到钳工，再到动力中心，一路走来，周华建脚踏实地，拜了多位师傅，学到了不同风格的绝活。师傅心贴心带他，他带徒弟也毫不含糊，认真言传身教，带出的徒弟个个身手不凡。

"别看师傅平时非常和蔼，在工作中对我们却很严格，每做完一个工件，他都会批改、指正，对工件的精度要求很高。有一次，我做完一个镶配件给他看。他一量，间隙大了，马上就知道问题出在哪里——锉削时左手用力过大，锉刀没端平。他就让我一次次练习精锉。他说，要像打磨自己的内心一样，精心打磨每一个面，内心提升的过程，就是产品质量提升的过程。"徒弟王光璞难忘师傅的严格。在师傅的指导下，他不断磨炼自己的技术，短短两三年时间，就从一个不会用千分尺的新手，成长为能与各路技术高手同台竞技的行家。

这些年，周华建带着徒弟多次参加过自治区、国家职业技能大赛，频频斩获奖项。如今，他的徒弟王光璞、孙鹏德等不少人，已经在动力中心的重要岗位挑大梁了。

在库尔勒经济技术开发区，各类企业云集。周华建成了这里小有名气的人。曾有两家企业向他开出高薪，但被他婉拒了。他说，我哪儿也不去，能和企业一起成长，是我的幸运。公司也十分重视周华建，于2019年6月成立了"周华建钳工技能大师工作室"。如今，在库尔勒中泰纺织科技有限公司，工匠精神渗透到每一个岗位，"比学赶帮超"蔚然成风。公司里悬挂着荣获"岗位能手""操作能手""劳动模范""十佳青年""技术能手""优秀人才"等荣誉称号的员工照片。他们身披红绶带，胸戴大红花，面带笑容，仿佛在表达奋斗不止的心声……

《人民日报》2022年8月22日第20版

"要干就干出个样子"

李亚楠

第一次见面,就觉得赵强国这个小伙子穿的有点怪,天蓝色的工装怎么显得有点臃肿?等他坐下,从裤脚处看到隐约露出的一点不同的颜色,才察觉出"怪"从何来——即便是最怕冷的老年人,在30多摄氏度的高温天也不会穿秋衣秋裤了,更何况一个30多岁的年轻人。

直到跟着他走了一遍生产车间,被高温炙烤得无法靠近生产设备,才意识到他这身打扮的"高明"之处——虽然热,但能防止扑面而来的热流和不小心碰触到的高温生产设备灼伤皮肤。

因为随时要进出车间,赵强国懒得来回换衣服。这么多年,他早已习惯了这身打扮。

一

"嗨哟!"

"扑通!"

新疆众和石河子新材料产业园的车间里,无风、燥热,机器"嗡嗡"运行,间或响起搬重物的呼号声和重物落入液体的声音。

几十位和赵强国一样打扮的工人,穿戴着隔热面屏、围裙、手套,迎着八九十摄氏度的热浪,将15公斤重的定制普铝铝锭快速从方形加料口扔进精铝电解槽。铝锭很快变成七八百摄氏度的铝液,经过三层电解后,其中的杂质和微量元素被过滤。铝液进入铸造车间,制成高纯度的精铝铝锭，它们闪烁着银色的光泽，被送往下游企业。

但这还不是赵强国最想要的被称为超高纯铝的产品，"纯度要达到99.999%才行，我们称为5个9。"赵强国说。

赵强国说的这种超高纯铝，全球每年需求量3000吨左右，是半导体和芯片制造不可或缺的关键材料之一，此前主要依赖进口。两年前，赵强国带着团队突破了技术瓶颈，成功研发出超高纯铝并实现量产，目前主要在乌鲁木齐的车间生产。石河子的生产园区2021年初开建，等运行趋于平稳后，预计2022年底将超高纯铝的生产任务全部放在石河子园区。

从懵懂入行，到成为技术带头人，赵强国埋头苦干了十几年。自认天赋不高，他硬是凭着能吃苦的劲头和追求卓越的精神，啃下了别人啃不下的硬骨头。

赵强国在兰州理工大学读的是冶金工程专业。读书4年，他掌握了冶炼多种金属的理论知识，却没有到工厂实际操作的机会。赵强国对这行的工作环境了解并不深。

2011年夏天，赵强国大学毕业后进了企业，分配到研发部门。按规矩，新入职的大学生要先到精铝车间锻炼。

本以为可以坐在实验室、吹着空调搞研发，没想到，上班第一天，赵强国就碰到了一个"下马威"：当时正是7月，最热的时候，车间里平均温度五六十摄氏度，更别提靠近生产设备了。常常是在室外出了一身汗，一进车间，浑身干燥——汗液来不及停留就瞬间被蒸发。戴着隔热面屏，赵强国的脸也被热浪烤得生疼。

没多久，一起入职的4个同事只剩下他一个：一个回老家转了行，两个就地转岗干起了销售——都被这环境吓怕了。

他倔劲儿上来了：我就不走，干本行，还要干出个样子来！

车间使用的三层精炼设备他见都没见过，只能跟着老师傅从了解生产设备开始，边看、边问、边学。面对这个随时提问的年轻人，车间技术员翟进江也没烦，一点点教。

看了几次，赵强国跃跃欲试："翟师傅，让我试试清转精铝槽吧？"

翟进江黑了脸："都没摸清楚原理，就想上手？你知道一个小环节出问题，这个槽就得报废吗？"

清转精铝槽，就是把精炼提纯后剩下的杂质和微量元素清理干净，再根据需要加入适量电解质。说起来简单，可操作起来难，得胆大，还得心细。

被批评了，但赵强国不服输的劲头上来了。他一边看老师傅操作，一边在本子上认真记录，还用手机拍下视频，回头一遍一遍看。花了几个月时间，他把工艺流程图牢牢记在了心里。

机会来得很快。有一天，赵强国拿着本子跟着翟进江进了车间，正等着观摩师傅操作。翟进江眼一瞪："还看呢？自己上手操作！"几个月的踏实认真，翟进江看在眼里，这是要检验他的技术呢！

所有的步骤早已刻在了脑子里，赵强国感激地冲师傅笑了笑，把本子和笔往口袋里一揣就开干了。花了半小时，他完成了清转工作，通过了师傅的考核。翟进江竖起了大拇指：这个大学生，行！

翟进江带过不少刚进厂的大学生，但对赵强国印象深刻："这个小伙子不怕吃苦，还勤快，愿意动手动脑，眼里有活儿。"

二

经过两年一线车间锻炼，赵强国熟悉了工艺流程，这才走进了研发部门。搞研发，光有实战经验还不够，还需要扎实的理论知识做基础。在新的岗位，赵强国迎来新的挑战。

注册安全工程师资格考试报名开始了,要不要报名?准备考试意味着很长一段时间都要加班加点,但工作要干好,需要这些知识打底,那就考!

企业和几所高校有科研合作,参与的人要频繁出差,不少人打了退堂鼓。"我报名!"可以了解最新的行业技术信息,赵强国不舍得放过这么好的机会,想都没想就报了名。

就这样,一步一个脚印,勤勉努力,赵强国成了公司的技术骨干。

超高纯铝是国家的战略资源,但一直只能依赖进口。赵强国所在的企业生产的高纯铝在业界很有名气,但始终没有突破超高纯铝的技术关卡。

"别人能干,我们为什么不能?"赵强国给自己和团队定了目标。

高纯铝行业有个单位是ppm。普铝铝锭中有很多微量元素,只有微量元素的含量降到一定范围,才可被称为超高纯铝。其中一种关键微量元素的标准是0.1ppm以下,就是千万分之一。而当时国内的工艺水平,只能达到0.5ppm。

2019年,公司决定研发超高纯铝,赵强国带头组成了研发团队——加上他仅有3人。

更换不同的普铝铝锭和不同的电解质反复试验配比,赵强国一头扎进了实验室。

99.996%! 99.997%! 99.998%!

纯度不断提升,已经非常接近超高纯铝了。一边准备开工生产,一边继续试验,赵强国的心里仿佛扯着一根线,忽忽悠悠提得老高,"数据已经如此接近,成功应该就在眼前了吧?"

突然,那根线断了,他的心沉了下去——纯度不但没再往上走,反而扑通掉了一大截。

换了不知多少不同的普铝铝锭，提纯用的电解质也换了两次，依然不行。

"做事情就是要不断努力，遇到一点困难就放弃，还谈什么追求卓越？"继续寻找新的电解质！再次更换新的电解质后，通过调配参数反复试验，纯度一次比一次高，有希望！

2020年底的一天，和往常一样，经过三层电解后的铝液被取样化验。当看到报告上出现了5个9时，赵强国一时不敢相信。他双手颤抖着将报告递给团队的其他人："我没看错吧？我们成功了？"

"没看错，我们成功了！"大家熬红了的眼中流下了滚烫的泪水。

历时一年半的试验终于成功了，这项试验打破了超高纯铝依赖进口的现状。

三

看着车间里工人被热浪烤得黑红的脸颊，赵强国有了新的科研方向。

"如果有合适的机器，就不用人来搬铝锭了。能让更多人免于被高温炙烤，该有多好！"高温下，没有人能时刻保持旺盛的精力，任何一个疏忽，都可能使产品纯度受影响。如果能计算出最优操作，用自动化设备精准设定每一个环节，生产效率将会大幅提升。

自动化设备，有啥难的？赵强国搬了台电脑到车间准备试试，结果电脑直接黑屏了！高磁场、高温、高粉尘，这样的环境下，自动化设备也受不了。怪不得全球范围内的三层电解铝生产企业都没有实现自动化的先例！

赵强国立志打造一条智能化的生产线。冶金工程专业出身的他对智能化一窍不通。新的工业园区开工在即，厂房的设计要根据智能化生产线的需求做出相应改变。时间不等人！只能白天做实验、搞研发，晚上学习智能化知识。半年多的废寝忘食、埋头钻研，赵强国熟练掌握了智能化相关专业知识。

"要用机械臂加料。""厂房设计要考虑到设备安装空间。"在与设计院频繁的沟通过程中，他提出的建议被采纳了。

设计方案敲定了，接下来就要把图纸变成现实了。可当赵强国跑厂家选设备时，不少厂家一听就连连摆手，"自动化设备很难在那种环境下运行。"

终于有一家具备生产实力的厂家愿意尝试改进设备。经过模拟运行试验，4套设备在模拟环境下均可正常运行。

公司决定正式改造智能化生产线。新建厂房的车间里，设备已进入安装调试阶段，很快就可以正式运行。"如果在实际使用过程中能达到模拟环境下的效果，就成功了。"机械臂正在等待开启，它将在电脑的控制下代替人工将15公斤重的普铝铝锭不停扔进加料口，而不用担心铝液飞溅带来的烫伤危险。

车间工作环境艰苦，一线工人不好招。智能化生产线的使用，能够提高生产效率，减少对人工的依赖。届时，还能进行24小时实时数字化监测，为安全生产提供保障。对于智能化生产，赵强国充满了期待。

四

生产1吨精铝要用多少电？13000度。一个三口之家平均每月用200度电，生产1吨精铝所耗的电够一家人使用5年多！

必须进行节能降耗！在赵强国的主持下，高纯铝提纯节电项目正式实施。

清转电解槽需要断电，等清转完毕，再将温度提升上去，就要耗费更多的电。"如果不断电就可以进行清转工作,不就可以降低损耗吗?"赵强国在车间锻炼时就跟着翟进江熟悉了清转电解槽的程序,反复试验、验证后,实现了带电作业。

三层电解槽上的罩门高高抬起,保温效果比较差,如果让它降下来盖严实了,热量的挥发就会减少,赵强国带着工人对设备进行了改造。

攻关团队经过20个日夜的反复测试,每吨精铝生产耗电量已经降到了11000度。可别小看这减少的2000度电,够一个三口之家用上小1年呢!

但项目还在继续进行,"国外已经可以控制在10000度以内,我们还有很长的路要走。"

手头的项目完成后,还有新的课题。用赵强国的话来说:"搞研发永远没有尽头,面前是一直往前延伸的台阶,必须一步一步不停向上攀登。"

2022年初,赵强国所在企业的研发团队通过"定制普铝+三层电解提纯+偏析提纯"的方法,将超高纯铝的纯度又提高了一个9,达到99.9999%,满足了高端半导体生产技术工艺要求。

"在行业内,9是衡量技术先进与否的指标之一,我们接下来还要努力争取更多的9,不断超越自己。"赵强国说。

采访结束,终于离开了那个炽热的车间。太阳快要落山,虽然太阳留下的余热还未散尽,我却感觉到了久违的凉爽。赵强国转身又钻进了车间,继续调试设备。那样的高温,对他来说,早已习惯了。

《人民日报》2022年9月3日第8版

人民日报2022年散文精选

成长与磨砺

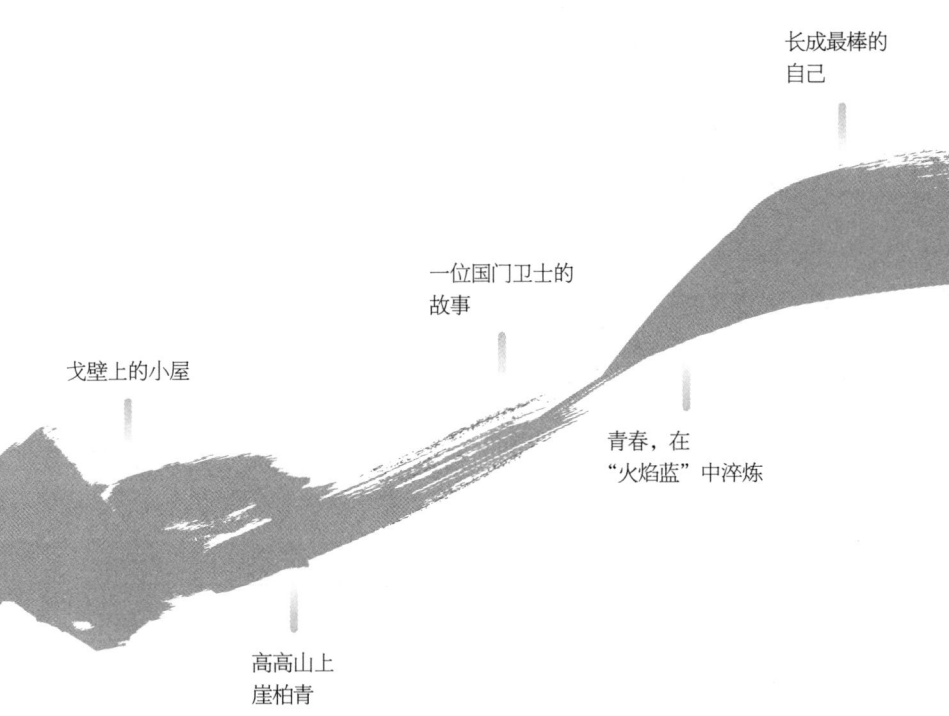

长成最棒的自己

一位国门卫士的故事

戈壁上的小屋

青春，在"火焰蓝"中淬炼

高高山上崖柏青

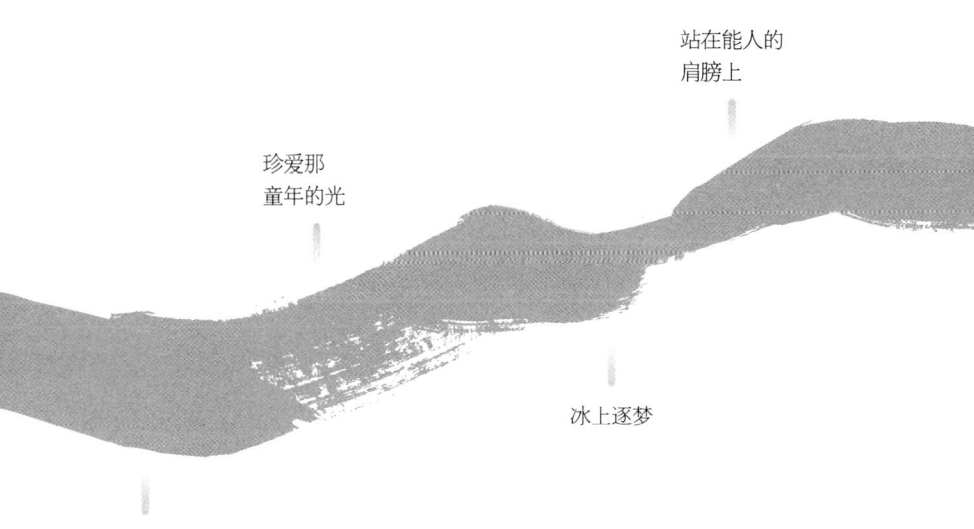

戈壁上的小屋

陈世旭

那一年,中国作家协会创联部通知我与几位作家一起去青海深入生活,主要任务是采访20世纪50年代末内地"援青"的邮电职工。

将近1个月,我们在地广人稀的青海,白天行车,晚上访谈。我生长在繁华的江南城市,戈壁的空旷、辽阔、静谧,令我震惊。

只有在戈壁上,才真正可以见到天似穹庐,才真正可以看到弧形的地平线。公路好像把地球劈成了两个半圆,在阳光下闪闪发光,永无休止地伸展在我们的视野里。寂然无声的茫茫戈壁,除了风蚀和地壳运动之外,似乎没有任何变化地存在了亿万斯年。寂寞似乎像时间一样永恒。在这里,最起码的愿望常常成为一种奢侈——哪怕需要的只是一片刚刚能遮住脑门的绿荫。强烈的紫外线无情地扎进面部,留下血红的烙印;戈壁风沙如同锋利的雕刀在脸上刻下粗糙的皱纹。

这样说,并不意味着我们的旅途只有苍凉,也会有意外的惊喜。

那一天,夕阳在风沙里沉浮。起先还不时地能见到骆驼草和红柳丛。后来,远远近近就只有红色的沙砾和铁青的岩石了。茫茫天地间除了我们这辆车,连一丝生气也闻不到。

忽然,远远的地方出现了一幢小屋,孤零零地立在戈壁上,就像是月球上的一个黑点。

这是一个邮电线务站。屋子里,简朴而整洁,电话交换台竟是用石块垒成的。屋子里只有一个瘦削的年轻人,黝黑,但眉清目秀。

线务站不在预定的访问日程里。但这次偶然的相遇,却带来了一场让我最难忘、心灵最受撼动的访谈。

这位瘦削的年轻人,给我们讲起了他与这个线务站之间的故事……

在西宁搭的便车整整走了三天,终于把我留在去往县城岔路口一片扬起的尘土里。

我看到父亲背着邮包,迎面向我走过来。

"我代表我们全局来迎接你。便车搞不好就出岔子,说不准时间,怕你到了见不到我,我昨天半夜就从局里出发了,在这里等了你一整天。"

之后,他把我的行李小心地放进一辆手扶拖拉机的拖斗里。

"快点上车吧,我们还有很长的路要走呢。"

我不知道是不是值得高兴。几天跑下来,我的心情坏透了。我有点想哭。我听说过,有些像我一样从邮校毕业分配到基层的人,从西宁出发两天,就说什么也不肯再往前走了,转身搭便车返回。

我与父亲在半夜以后到达了县城。一条不足200米的街,两边都是轮廓硬朗的房子。有几星昏黄的亮光从黑暗中透出来。

这个夜晚到达的并不是目的地。我们将要去的那个线务站,离县城还有100多公里。

县境平均海拔4000米,年平均气温零下15摄氏度。严寒使人望而却步。父亲之前的几任局长,没有一个在这里干到任满。父亲却说,除非组织上另有需要,他会在这里一直干到退休。

父亲来青海后,最初是乡邮员。几十年的时间,他在这里的山地、草场和戈壁走瘸了两条腿。但他喜欢这里,说这里空气稀薄,但很清新;人烟稀少,但人很热情;还有不常见到的野生动物,不怕人,跟人很亲近。

两天后,父亲开着手扶拖拉机,把我送到了线务站。

父亲出发前夜，曾向当地牧民买了一头羊。我们到时，帐篷里一只大大的牛粪灶，烧得热气腾腾。几个牧民正帮着宰羊，灌血肠，熬杂碎，煮手抓，揪面片。全局10多个人都坐在地上，却给我留了个马扎。

我当然明白父亲的苦心。他那张写满了期望的脸就像一面镜子，照出了我的未来。他一口一句"老了"，他的样子的确比内地70岁的人还老，可他还不到50岁。看着他那张脸，我不寒而栗：50岁以前，我就会这样老吗？

这里的每个线务站之间，相隔差不多上百公里。我常常对着空旷无边的戈壁发怔。

有时候，我抓紧双拳——似乎想要攥住什么——声嘶力竭地叫喊。声音不管拖得怎样长，都很快被戈壁吞没，没有回声。

我同青海不可分离的命运，似乎在我父母结合时就注定了。他们来"援青"后就再没有回过老家。我在西宁的邮电中专毕业后，按照父亲的意愿，也回到了县里。

到线务站后，除了局里同事隔些日子给我送一趟粮食、煤和维修零件，大部分日子里，我见不到一个人，看见的只能是太阳和月亮的换班。今天和明天完全一样，就像珠串上的两颗珠子。

在我之前，这个线务站连续9年一直是全省的模范线务站。上一位线务工出席过全国的先进表彰大会，他在这里一待就是9年。人们在他留下的工作日志上一再看到这样的句子："什么时候有人来啊……我一定要坚持住……局里人还有几天就来了……"

有天早上，我忽然听见了鸟叫。我疑疑惑惑地从床上爬起来，疑疑惑惑地推开窗子——

真的有一只鸟，就在窗外不远的线杆上做巢！

我慌慌张张地扑到门外，兴奋得全身发抖。

以后的日子，我每天查完线路就是全神贯注地看着那只鸟，飞出去，又飞回来，从不知什么地方衔来了干草，衔来了土块。于是荒滩上，有了两个巢：一个是鸟巢，一个是线务站；有了两个生命：一个是鸟，一个是我。

我们相依为命了。我把拌炒面的曲拉和最新鲜的烤饼都留给了它。我一声口哨，它就飞到我的窗子里来，在屋子里神气地走来走去。我出去查线或是查线回来的路上，它会出其不意地从我身后一下子扑到我的肩膀上。

可是，却从县局里来了电话：

"线路上是不是有鸟巢？"电话里传来父亲沙哑的声音："得移掉它。鸟巢里要是有铁丝什么的，可能会给线路造成短路。"

"不！"

我坚决挂掉了电话。

第二天，我却被鸟凄厉的叫声惊醒。我爬起床，看到那只鸟正拼命地扑打着我的窗户。

窗外站着父亲，他已经把鸟巢从线杆上端下来了。

"要不，你会下不了手的。"

他满脸惭愧地看着我。

父亲退休的时候，省局在西宁市为第一代"援青"人盖了宿舍。但父亲不肯去住。一直到去世，他都住在县里……

直到他讲完了，良久不再吭声，我们这拨人还是一片静默，甚至，有泪水滴落的声音……

《人民日报》2022年1月8日第8版

高高山上崖柏青

汪渔

2022年以来,杨泉和他的团队风雨无阻,每天必做同一功课——认认真真为"小帅哥"拍照,认认真真撰写"小帅哥"成长日志,认认真真将"小帅哥"图文资料传给中国林科院专家。

杨泉是重庆雪宝山国家级自然保护区负责人。秦巴古道上的雪宝山,23000公顷莽莽林海。杨泉身在其中摸爬滚打,已有20个年头,过眼的树木不计其数。然而,他对其中三株情有独钟。

第一株,严格说来是一棵600年前的树桩。20世纪树干被砍伐后,树桩上再生出10多株小树,如今有点独木成林的味道。

第二株,300多年前的一棵树,因为长在当地农户的祖坟前,被长期保护下来,而今依然昂首挺立。

第三株,他们叫它"小帅哥",2021年出生,算是"早产儿",当前还很孱弱,因身份非常特殊,受到林业科学家的高度关注。

这三株树,共同拥有一个响当当的名号——中国崖柏。2021年,崖柏被列入中国《国家重点保护野生植物名录》中的一级保护物种。

一

那年,雪宝山脚下的老住户陈宗兵,坐在自家的祖传木板房前,漫不经心地听着杨泉的科普宣传。听着听着,他惊愕得张大了嘴巴。

杨泉告诉他——

中国崖柏，诞生于3亿年前，十分古老，全世界仅中国独有。1892年，法国人法吉斯在大巴山南麓的雪宝山山脉北坡首次发现崖柏。100多年后，因为再无科考记录，世界自然保护联盟于1998年将崖柏列为已灭绝的三种中国特有植物之一。1999年10月，崖柏在重庆被重新发现。

"你看，你家这木板房，从房顶的檩条，到墙体的木板，全都是崖柏做的！实在奢侈得不能再奢侈。"

陈宗兵听完后，目瞪口呆。

他只记得，老一辈的人管这种树就叫柏树。口口相传中，这种柏树重量轻，便于运输，木质韧，从山顶滚到山脚都摔不坏，加之自带香气，防腐防虫，因而成为山里人建房、打家具的首选。

陈宗兵还记得，20世纪90年代，常常有外地人来到雪宝山砍柏树，据说是要制作手串、根雕，但是被林业人员一批批扭送到了公安机关。

看到陈宗兵一脸紧张，杨泉告诉他："你家建房那个年代，崖柏还没被列为保护树种，所以不会追究你家的责任。但是今天不一样了，大家都要保护好崖柏。"

陈宗兵若有所思，问杨泉："你们要不要护林员嘛？长辈砍了树，我来跟着你们一起保护树嘛。"

从此，陈宗兵成为雪宝山国家级自然保护区的一名护林员，踏上保护崖柏的漫漫长路。

二

雪宝山位于重庆市开州区境内。

2002年，30岁的杨泉被林业局领导相中，到雪宝山国家级自然保护区当监测员。那时，监测中心只有三个人。第一次随同科考人员进山，他还完全是个外行。跟人家背着外观相同的帐篷,雪夜宿营一晚之后,才发现材质差距巨大:人家的帐篷入夜之后是保暖的,而自己的帐篷底下,积雪被自己的体温"烤"出一个深深的雪窝。

此后多年,他无数次经过手扳岩、王家岩、骆驼峰……踏遍雪宝山的沟沟岭岭,大体弄清楚了,雪宝山上的崖柏分布在海拔1300米至2100米的区域,分布面积10平方公里左右。

2019年,杨泉已是雪宝山国家级自然保护区的负责人。他与同事们决定,对保护区所有野生崖柏实行精准管控。有条件的地方,实现每株数字定位;无条件的地方,实现空中视频监控。眼下,摆在面前的首要任务,就是摸清家底,数清全域崖柏数量,并挂牌编号,让每株崖柏获得身份。

北京专家郭泉水,重庆专家刘正宇,保护区全体职工,护林员陈宗兵……被集中编为4个小组,带着方便面等速食品,齐齐奔赴深山老林。

2万多公顷的面积,莽莽的原始森林。

他们没想到,崖柏果真名副其实,绝大多数生在悬崖峭壁上。如要近身,挂上号牌,几乎次次都是千难万险。

他们没想到,进山容易,出山却难,一入森林,常常就是两个多月时间。

他们没想到,生存成为有生以来第一大难题。

缺水怎么办?找木荷。这种植物,点火猛熏,即刻有大颗水珠滴落。除了饮食用水,洗脸水也有了。

缺食物怎么办?野芹菜、马兰蒿、蒲公英、野小蒜、野花椒叶……烫烫就下肚。

遇到毒蛇怎么办?别动,别动,别动!全身吓出冷汗都别动。

摸清家底，历时两年。数次进山，终于获得山上崖柏的第一手资料。

所有队员，茶余饭后，各有自己的谈资。张光箭所在的考察组，第一次在雪宝山上发现黑熊，并与黑熊面对面对峙。王家岩无路，69岁的郭泉水教授攀爬上去后，却下不来，是张光箭组织了营救。周李萍说，作为女性，此生第一次野外露营，第一次离星空这么近，第一次明白"惟江上之清风，与山间之明月，耳得之而为声，目遇之而成色，取之无禁，用之不竭，是造物者之无尽藏也"。其他各组，也都有自己的故事，或者发现雪宝山成为鹰群迁徙中转站，或者发现了野生红豆杉……

三

"高高山上一树槐，

…………

我望槐花几时开。"

在大山里，杨泉常常会唱这首歌。他说，当初，自己天天盼着崖柏开花。

一个最基本的逻辑是，只有开花，才可能结果；只有结果，才能有种子繁育。

谁承想，一年过去，花是开了，却没结果；盼着来年花开，花又开了，还是没结果。

翘首期盼，第三年开花之际，杨泉再也坐不住了，他四处筹钱，购进了一台高倍电子显微镜。他要着手研究，弄明白崖柏为什么只开花不结果。他的观察是，崖柏雌雄同株，早则一月开花，迟则三月开花，本身生长在高海拔区域，此时正是冰天雪地，少有昆虫授粉；再则，雄花雌花经常错时开花，授粉难度进一步加大；况且，雌花状如米粒，花蕊还非常害羞地藏在苞叶之中，无形中都增加了授粉的难度。

自然授粉如此艰难，只能人工辅助。天寒地冻之中，杨泉与同事们手持塑胶口袋，罩在崖柏枝上一阵摇晃，待花粉水汽干去，再用棉签蘸粉，一朵一朵为雌花"传递爱情"。

尽管使出绣花功夫，用尽吃奶力气，但收效甚微。

说到稀有植物的种种娇气，杨泉的语气中也透着无奈。

转机出现在2012年。这一年，雪宝山野生崖柏大面积结果。杨泉他们视若珍宝，颗粒归仓，居然采集到30公斤的崖柏种子。

第二年播种季节，他们满心欢喜，仿佛眼前已是一片翠绿，崖柏幼苗已欢快成长。

然而，初次育种，大家毫无经验，为图用水方便，育种地选在了河边。一夜山洪暴发，苗圃被冲走了一半。

懊恼。痛悔。自责。

剩下的一半，越发成为他们的心头肉。

为了安全，为了科研，他们再不敢把"鸡蛋"放进同一个"篮子"。幼苗移栽，从海拔600米到海拔2000余米，他们为幼苗分别相中了三个"家"，让小宝贝们在不同的基地竞相成长。

6年一晃而过。2021年，小宝贝长成大宝贝，居然有几株成功"早恋"，并结出果实。

杨泉他们如获至宝，选取其中最饱满的三粒种子，放进了保育箱中。

从种子进入保育箱的那一天开始，基地所有人员昼夜轮班，为三粒种子查温查湿，仿佛是在精心哺育自己的孩子。

两个月后，三株"小宝宝"达到回归自然条件。遗憾的是，回归自然之后，其中两株不幸"夭折"。

硕果仅存者，就是那位"小帅哥"，刚刚长到3厘米。

四

那天,杨泉和同事闲聊中谈到一个困扰已久的话题:自从2012年崖柏大量结果之后,大面积结果的奇迹再没发生。如果崖柏不再结果,还有没有其他繁育方法?

聊着聊着,他们突然冒出一个想法——扦插。理论上讲,就是截取崖柏母株上的新生枝条,经过消毒剂、生根剂浸泡,制作崖柏插穗,然后开展扦插育苗,扦插成活后,移植到苗圃,最后移栽到崖柏原生地。

说干就干。第一年,他们截取野生崖柏枝条进行扦插,但枝条生根寥寥无几。分析原因,多年老树,生命力有限。

第二年,采用2012年那批种子成树的枝条,生长状况也不理想。分析原因,崖柏就是崖柏,可能生根剂、消毒剂、营养剂不能完全照搬其他扦插植物的配比。

第三年,调整药物配比,自配树苗基质,精细化操作流程,居然成功了!

正是人间四月天,走进雪宝山国家级自然保护区育苗基地,面对大棚苗圃中一畦一畦扦插成活的幼苗,杨泉手舞足蹈,兴奋得难以自持。

他说:"你知道不?截取的那一段,是当年新生的8到10厘米枝条,又细又嫩,做扦插繁育的时候,大气都不敢出,生怕一不小心就会折断。"

他说:"你知道不?扦插用的轻基质土,配比是我们自己研制的,其中的腐质层草炭土,国内根本买不到,我们是从国外进口的。"

他说:"你知道不?车间那台轻基质自动灌装机,是我们自己设计、厂家按我们的要求生产出来的。"

他说:"你知道不?这几十亩苗,要回归自然了,聚是一团火,散是满天星……"

在他絮絮叨叨如数家珍之中，我能感受到，这人间四月天，充满了爱和希望。

2022年，杨泉刚好50岁。

他有一个梦想，就是让崖柏从极度濒危植物中除名。他乐意见到，山山水水处处都有崖柏的身影。

目前，雪宝山挂牌编号的崖柏只有1万株，种子繁育成功的大约30万株，扦插育苗的希望还生长在基地的试验大棚里。

显然，他的梦想短时间无法实现。

但他充满信心。

他的团队已经壮大。全是大学毕业后汇聚到此的年轻人，全都晒得一身黑，专业学识和工作态度足以让人放心。37岁的张光箭，已在深山坚守了16年；37岁的女队员周李萍，已经能够熟练指挥各道工作流程；35岁的王雷，为了梦想从江西奔赴到了重庆；34岁的朱志强，练就了饿得、累得、做得的"三得"基本功；31岁的蔡松才、29岁的吴浩，完全适应了保护区一人身兼三职的角色，既是研究员，又是车间工人，还是田间农民……

杨泉神秘地宣布：他们自主研发、自购设备，利用崖柏枝条，成功提取了崖柏精油，价格不菲。相关收入，将极大反哺崖柏繁衍。

真该为他们喝彩！

《人民日报》2022年5月9日第20版

一位国门卫士的故事

曹卫华

2020年秋，我到西双版纳采风。任务完成后，请一位朋友帮我找个地方，约几位熟人一起坐坐。

朋友安排在一个农庄，去了一看，真是个好地方。敞开的茶室，台阶下面种着花草，茶台的旁边摆着几盆兰花和两盆亭亭玉立的滴水观音。后窗外还有两棵黄缅桂树，缅桂花香阵阵袭来。

朋友带着一个30多岁的小伙子进来。"晓东！"朋友向我介绍。晓东望着我笑笑。

我站起来与晓东握手，感觉他的手臂十分有力。我不禁想，晓东是做什么工作的？初次见面，出于礼貌，也没多问。

人到齐了，我们漫无边际地聊。聊地方美食，聊民族文化，聊域外风情。云南紧挨"金三角"，缉毒形势异常严峻。我从20世纪80年代起一直关注缉毒问题。聊着聊着，我们就聊起缉毒的话题。

晓东话不多，偶尔插两句，却非常专业。他还给我们讲了几个缉毒一线的小故事，非常精彩。

我据此猜测，晓东的职业可能与缉毒有关。

2021年6月，我又到西双版纳出差，晓东知道我来了，要请我吃饭。晓东与上次见面不一样了，大声说话，爽快地笑。饭吃到一半，晓东的手机响了。接了电话，晓东难为情地对大伙说："实在对不起，单位有急事，我得赶紧回去。"

"没事！工作要紧。"我安慰他说。

我没想到，那竟然是我与晓东最后一次见面。一天，我正在写稿，朋友突然给我打电话。电话接通，他却好一阵不说话。"喂！"我主动开口。"晓东牺牲了！"他的声音有点嘶哑。

我一下回不过神来，急忙问怎么回事。

朋友说晚点再把详细情况告诉我。

晚上，朋友打来电话。

晓东是云南省出入境边防检查总站西双版纳边境管理支队执法调查队的警察，牺牲前担任执法调查队的副队长。一周前，他们获得可靠情报，有一个贩毒团伙将携带毒品偷越国境。国境线较长，地形也比较复杂，晓东他们一直在巡查、设伏。

他们巡查到一座荒山，突然听见草丛中有窸窸窣窣的声音。接着发现小路上有3个人，东张西望，鬼鬼祟祟，其中一个背着绿色双肩包。

晓东判断，这3个人就是毒贩。

"站住！我们是警察！"双方距离不远，晓东大喊一声，拔出手枪，首先迎了上去。

那3个人愣了一下，转身就跑。背包的人把装有毒品的包扔到草丛中，企图销毁证据。

晓东拔腿追击毒贩，他离毒贩越来越近。毒贩眼看难以脱身，拔出枪向晓东射击。

紧跟在后面的战友忙于摄像取证，另一个战友把毒贩扔掉的背包找回来，还有两位战友，紧随晓东身后追击毒贩。

"小心！有枪！"晓东一边提醒战友，一边跑到小路中间，用身子挡住毒贩的视线，同时举枪还击。

毒贩有3把枪，子弹连续向晓东射来。虽然穿着防弹服，晓东腿上、肩上、脖颈上还是多处中弹。他继续咬牙追击毒贩,落在后面的毒贩惊慌地回头看了晓东一眼,晓东乘势向毒贩扑过去。因为流血过多,他一阵晕眩,一头栽倒。

晓东的伤口血流不止,战友们把他紧急送往医院。弥留之际,晓东醒来,握住一位战友的手,吃力地问:"毒贩抓着了?"

"抓着了!"

晓东的伤势很重,经过全力抢救,终因流血过多而光荣牺牲。

放下手机,我内心一直难以平静。我给朋友发了一条微信,请他把晓东的详细资料发给我。

第二天,朋友发了过来:蔡晓东,38岁,中共党员。老家在普洱,父亲退休前也是一位人民警察。晓东从云南民族学院毕业后,被分配到西双版纳公安系统。从警15年,在缉毒一线干了13年,先后参与侦办毒品案件247起,参加各类缉毒专项行动358次,缴获各类毒品1600多公斤,抓获犯罪嫌疑人249人,曾先后荣立个人一等功、二等功、三等功,多次荣获嘉奖。

晓东的家人都在普洱,妻子带着年幼的儿女与晓东父母一起生活。就在他牺牲的前几天,妻子带着孩子到西双版纳看他。他请了半天假,带着家人到海底世界游玩。可是刚到景区没多久,晓东又接到任务……

晓东牺牲的那天夜晚,还不知情的妻子在朋友圈发了3张丈夫带孩子游玩时的照片,并附言:"珍惜那个很忙,却为你有空的人,为你倾尽所有的人!"

在云南边境,还有无数像晓东一样忠诚地守护着国门的警察,他们的家人都知道这份职业的危险,却都默默地在支持他们。

晓东也曾打算调回普洱,照顾年老的父母、年幼的儿女。但就在牺牲前1个多月,他把请调报告撤回来了。他说,干了那么多年,始终放不下这里的工作和战友。

2022年3月26日，朋友打电话告诉我，30日将在景洪市勐龙烈士陵园为晓东举行安葬仪式。

我马上订了机票。我要去送送晓东。

勐龙烈士陵园正门内，耸立着一座人民英雄纪念塔。

肃穆的横幅、洁白的鲜花，晓东身着警服的照片挂在塔前。

我伫立片刻，把一束鲜花放在晓东墓前。

《人民日报》2022年5月16日第20版

青春，在"火焰蓝"中淬炼

徐向林　孙仲玉

一

赵毅与蒋永伟在同一班子前，两个年轻人都已是江苏省盐城市消防救援支队小有名气的"尖刀队长"。

2016年6月23日下午2时许，盐城市阜宁县遭遇等级为EF4级、风力超过17级的龙卷风，大量民房、厂房倒塌，部分道路受阻。时任阜宁县消防中队中队长的蒋永伟带着队员一赶到现场，指挥部就下达一项紧急任务：受灾的某厂房内存有大量三甲基铝，必须尽快找到并销毁。

这是一场步步惊心、直面生死的硬仗！

三甲基铝是高度易燃化学品，受到碰撞或者受潮、受热，都会引发爆炸。眼前，1.2万平方米的轻钢结构厂房在龙卷风的袭击下已成一片废墟，轻钢龙骨被拧成"麻花"状，风一吹，凌乱的轻钢板"嘭嘭"作响，天空还不时飘着雨点……所有这些不利因素，随时会成为诱发三甲基铝爆炸的导火索。

破拆、掘进、掘进、破拆。蒋永伟带着队员小心翼翼地在废墟中摸索前行。这时，一名队员听到一阵轻微的异响，急忙提醒蒋永伟："队长，你听，什么声音？"

蒋永伟侧耳一听，声音是从前面一堵墙后传来的。他的心立马悬了起来，他担心是破拆时撬动了支撑的骨架，如引发屋面的二次塌方，后果不堪设想。

就在他担忧时,"吱呀"一声,他面前的钢板墙被轻巧地挪开了,墙后出现一个穿着隔热服的"大高个儿"。蒋永伟冲"大高个儿"喝道:"谁让你们进来的?赶紧退回去!"

对方回道:"情况紧急,指挥部命令我们协同作战。"

蒋永伟还要劝阻,"大高个儿"却蹿到他面前,把他往前一拉。就在这一瞬间,一根数百公斤重的钢架"砰"的一声砸到了蒋永伟刚刚所站的位置。

好险!这一拉,救了蒋永伟一命。这个"大高个儿",正是赶来支援的时任建湖县消防中队中队长赵毅。

两支队伍会合一处,经过连续4个多小时的奋战,终于从一片废墟中找到了三甲基铝储罐。

接下来,该怎么办?指挥部拿出一套应急方案:对三甲基铝进行引流控烧。

所谓引流控烧,就是从三甲基铝储罐中引出一根导管,通过阀门来控制导出速度。每导出一小部分,就放进现场紧急搭建的防护堤放空燃烧,直到全部烧完。

引流控烧的难度,不亚于拆弹。指挥部布置任务时,赵毅与蒋永伟争上了。赵毅说:"我熟悉化工知识,我第一个上,为队友们探路!"

蒋永伟说:"我熟悉地形,我第一个上!"

考虑到三甲基铝储量较大,指挥部决定赵毅与蒋永伟各带一个"尖刀班"轮流上阵。

对于这次救援,赵毅留有一张同事在现场拍的照片。照片上,只有他和另一个队友的背影,他们面前的防护堤内,喷吐出近一人高的烈焰。

照片是静态的,远不足以呈现现场的惊心动魄!

当时，天气闷热，赵毅和队友穿的是密不透风的隔热服。他们从罐体内小心翼翼地导出三甲基铝，稳健地转移到防护堤，而后点燃，同时要精确控制燃烧速度。

烈焰前，高温炙烤，汗水浸透全身，而他们的操作一丝一毫也不能出错。如果稍有不慎，三甲基铝会将现场炸得片甲不存……

时间一分一秒地过去，现场救援者无不屏气凝神。"尖刀班"轮流奋战4个多小时，第二天凌晨，这一"重磅炸弹"终于成功拆除。

二

2020年2月，赵毅调任盐城市消防救援支队西环路特勤站党支部书记兼政治指导员，与党支部副书记、站长蒋永伟在同一班子。

西环路特勤站的前身是消防特勤队，始建于1960年。这是一个有着光荣传统的英雄集体，几代消防人在这里奉献了青春和热血。那天一见面，蒋永伟就与赵毅交换情况：整个特勤站现有44名队员，平均年龄27岁。"我们共同努力，实现你的心愿！"蒋永伟拍着赵毅的肩头说。

说到心愿，赵毅微微一笑。原来，2018年11月9日，国家综合性消防救援队伍正式成立。这一天，他通过媒体得知：新中国成立以来，先后有636名消防救援人员在挽救人民群众生命财产安全的过程中壮烈牺牲。

看着这血与火染成的数字，时任响水县消防救援中队中队长的赵毅眉头紧锁，心情沉重，他很想做点什么。2019年元旦，他在微信朋友圈写下新年愿望："每年出警兄弟们都一个不少，平安归来！"

他的愿望写下后不久，当地一家化工厂发生重特大爆炸事故，赵毅以最快的速度集合队伍前往救援。上车后他下达了第一道命令：所有队员卸掉个人防护装备里一切跟金属有关的物件。多年积累的经验告诉赵毅，他们即将投入的战斗中，这些物件随时可能触发意想不到的危险。

赶到现场，两个苯罐、一个甲醛罐，将近4500立方米的物料同时燃烧，释放出巨大的热量；燃烧的危化品液体和五颜六色的气体四处蔓延；地上到处是瓦砾废墟和裸露的钢筋……

赵毅紧急下令："大家跟紧我，听指令行事！"

现场危机四伏，步步艰险。赵毅临危不乱、冲锋在前。他细细查看每一处着火点，哪些在稳定燃烧、哪些仍存安全隐患，他都逐一记住。在准确判断暂时不会发生二次爆炸的危险后，他果断下令："救人第一！"

紧接着，赵毅带领队员在距离火罐仅50米的地方，紧急营救遇险幸存者。就在赵毅营救出第五位幸存者时，一个年轻人跟跟跄跄跑到他跟前，焦急地说："那儿还有伤员，快救！"

顺着年轻人手指的方向，赵毅看到几百米开外的一处着火点由于处于下风位置，烈焰冲天、浓烟滚滚。赵毅正欲冲过去，两名队员挡在他前面，主动请战："队长，让我们去吧！"

赵毅喝道："服从命令，我去！"

说罢，将他们往旁边一推，自己冲进火海。快到救援地点时，赵毅突然感觉呼吸困难，他暗呼不妙，空气呼吸器的氧气不够了！正常情况下，空气呼吸器的氧气可用1个多小时，而自己在现场连续奔跑，加速了氧气的消耗，才十几分钟，氧气就已告急。而眼前的着火点面积较大，烟雾弥漫，冲进去搜索救人随时会遭遇不测。

紧急关头，赵毅没有丝毫犹豫，他一边小口吸气以节省氧气，一边大跨步前行以节省救援时间。着火点内高温炙烤，能见度极低，而且随时会有二次爆炸的危险，赵毅的心提到了嗓子眼。1分钟，2分钟，3分钟……时间一点点过去，赵毅的呼吸越来越困难，就在赵毅快支撑不下去时，突然被绊了一脚，低头一看，地上躺着一个人，赵毅赶紧背起他冲出了火海。到了安全地点，赵毅换上队友递来的空气呼吸器，又急忙问正欲转移出去的伤员："里面还有人吗？"

"还有一个……跟我在一起的。"伤员虚弱地说。

有名队员闻听此言后，转身就准备冲向火海救人，却被赵毅拉住道："里面我熟，还是我去。"

说着，赵毅再次返身火海，又救出一名伤员。在这次救援中，赵毅与队员共救出13名群众，并疏散50余名群众。

40分钟后，第一支增援队伍到达。面对陌生的环境和尚不清楚的事故原因，增援一时无从下手。赵毅根据进入现场的最新印象，紧急绘制出宝贵的事故现场地图，一一标明相关险点，对增援队员进行安全指导，确保救援工作有序进行。

这次危急险重任务，所有队员都如他所愿，平安归来。

三

特勤站，是干什么的？带着这个疑问，初夏的一个上午，我们走进西环路特勤站探访。

"注意身后，注意协同。"特勤站训练场上，身着"火焰蓝"训练服的特勤队员们依次排开，听从赵毅的示范和指挥，他们甩水带、攀爬、操作器材……一遍遍重复练习着各项专业技能。

这样的训练场景每天都在上演。在和平年代，消防救援是最危险的职业之一。"平时多流汗，战时少流血。"这句话镌刻在每个消防救援队员心里。训练塔窗台上的齿痕、高空设施上的脚印、磨损报废的水带，见证着特勤队员们训练的刻苦。

"特勤是应急救援队伍里的尖刀。俗话说：没有金刚钻，莫揽瓷器活。特勤队员必须十八般武艺样样精通。"赵毅一边抹着汗一边告诉我们，在历次救援中，特勤队员们握过水枪、爬过高楼、提过煤气罐、捅过马蜂窝，灭火、抗洪、抢险、救灾，哪里有危险，哪里就有他们的身影。

他们无处不在，又好像无所不能。

95后崔慕入伍时，体重较重。成为特勤队员后，他下决心挑战自己的体能极限。中短跑、俯卧撑、单双杠、障碍板等一系列训练课目，让他一步步从"达标"练到了"优秀"。如今出现在我们面前的是一个肌肉结实、身体健壮的训练尖兵。

2019年，崔慕参加全国首届"火焰蓝"消防救援技能对抗比武。集训时，崔慕的膝盖意外受伤，他硬是在膝盖上打上绷带，咬着牙坚持集训，并且训练强度丝毫不减。当年11月，他在正式比武的百米障碍救助操项目中获得第四名。"那次要不是膝盖受了点伤，我肯定能进前三名。"在训练场，崔慕一边拉着单杠做引体向上，一边对我们说。

"这小伙子不说大话，他定下的目标几乎都实现了。"一旁的赵毅告诉我们。2020年，崔慕果然就在全国第二届"火焰蓝"消防救援技能对抗比武中，力夺百米障碍救助操第一名，并且夺得国际消防救援技术交流竞赛百米障碍救助操第二名。

四

2021年7月，河南暴雨。西环路特勤站接到上级命令，迅速行动，组建由蒋永伟带队的"最强战斗班组"，连夜驱车700公里，奔赴河南抗洪一线。

到达河南新乡抗洪现场，道路全部被淹，被淹村民家中的积水高达1.4米，1000多名村民被困在三村交界处的仅存高地。

"快看,救援队来了!"村民们喊起来。

水灾救援与火灾救援不同,火灾救援拼"快",水灾救援拼"快"更拼耐心。根据现场情况,蒋永伟将队员兵分两路,一路用舟艇救人,一路用水泵抽水。

泵不停,船不停,人不停。他们连续奋战100多个小时,成功疏通了从新乡到卫辉的交通大动脉,为被困群众打开了一条生命通道。

搜救群众时,最大的舟艇只能坐6个人。群众坐满后,救援人员立即跳下舟艇,在水里推着艇走。到了轮班休息时,95后队员毛宏杰想起该给远在浙江的父母亲打个电话了。母亲心疼儿子,非要跟毛宏杰视频通话不可。通上视频后,看到黝黑消瘦的儿子,母亲舍不得了,又一次劝说毛宏杰回家工作。

毛宏杰的父亲在当地经营一家公司,一心盼望着毛宏杰能回来助自己一臂之力。这次,母亲又在电话里劝。毛宏杰说:"妈,您别劝我了,我想在这儿扎根一辈子。"

"妈,快看。"毛宏杰将手机镜头一转,镜头中,出现了一艘救援舟艇,上面坐着十八个刚刚解救出来的群众。

舟艇驶过后,毛宏杰转回了镜头,他还没开口,母亲已在那端说:"孩子,妈懂你了,你好好干,注意安全。"母亲挂了电话,毛宏杰安心地笑了。

同为95后的刘泽文前年随队到江苏淮安市的淮河流域沿河村备勤,当时正处于防汛关键阶段,队员们连续几天几夜坚守在堤坝上没合眼。为了赶走瞌睡,一帮年轻人聊起了各自的家乡。轮到刘泽文时,他有点不好意思地说:"我的家就在沿河村。"

"这么巧?快带我们去你家瞧瞧。"有队友跟刘泽文调侃道。

刘泽文认真地说:"那可不行,我们正值勤哩。"

第二天中午,领队的蒋永伟将饭菜带到备勤点。刘泽文吃着吃着突然停下了筷子。

"刘泽文,你怎么不吃了?"蒋永伟问。

"报告站长,这饭菜味儿让我想起了我爸妈。"刘泽文低着头说。

"这就对了。"蒋永伟放下筷子,向队友们身后招了招手,只见刘泽文的父母从远处走了过来。"泽文,爸妈看你来了。"一声呼喊,让刘泽文泪流满面。这顿饭菜,正是刘泽文的父母做好托蒋永伟带到堤坝上的……

那天上午,我们在西环路特勤站,听到了许多这样动人的故事,也让我们看到了当代年轻人的青春力量。

正是这一个个奋斗的年轻人,续写着西环路特勤站这个英雄集体的荣光:2020年5月,西环路特勤站被应急管理部荣记集体一等功;2021年6月,西环路特勤站被表彰为全国先进基层党组织;2022年5月,西环路特勤站团支部被共青团中央授予"全国五四红旗团支部"称号。

走进特勤站荣誉室,我们看到荣誉墙上的一个个名字和一组组数据:一等功臣赵毅,先后参与灭火救援4000余起,抢救遇险群众200余人,保护群众财产近亿元;全国青年岗位能手蒋永伟,15年时间出勤6000余次,解救受困群众200余名,抢救财产价值超2亿元;"训练尖兵"崔慕,先后荣立三等功5次……

《人民日报》2022年5月30日第20版

长成最棒的自己

杨利伟

今天，有机会来与孩子们聊聊天，我感到非常高兴。因为孩子们总是让我想到"单纯""真诚""美好""希望"这些最温暖的词语。当我想要跟孩子们分享一些什么的时候，我首先想到了自己的童年。孩子们也许会觉得，杨利伟叔叔都登上太空了，一定是一个勇敢的人。但其实，在很小的时候，我很腼腆，也很胆怯。过年的时候，外面放鞭炮，我会吓得躲到桌子下面去。我的父亲见了，就开始带着我去登山、去河里游泳、去野外爬树摘果子。渐渐地，我对户外运动有了兴趣，爱跟小伙伴们玩在一起了。童年的游戏里，我最喜欢溜冰与游泳，我玩儿得都很好，直到现在，它们都还对我产生着影响。回想起来，父亲那时候是在有意地锻炼我，塑造我的性格，强壮我的体魄。我认为，这些成长经历为我的身体、思维、行为方式打下了良好的基础。我变得喜欢亲近大自然，对未知的事物怀有好奇心，并且养成了敢于行动、敢于尝试的习惯。甚至于，在多种游戏与运动中，我锻炼出了良好的身体平衡能力，还学会了如何保护自己。

我小的时候，人们生活水平还不高，孩子们只能接触一些连环画，看一看露天的电影。就是通过这些渠道，我看了《铁道游击队》《闪闪的红星》《小兵张嘎》等很多革命故事片，心灵受到了很大触动。那些主人公的传奇故事让我无限向往。尤其是《铁道游击队》，我看了很多次，那里面的大队长刘洪是我特别喜欢的一位英雄人物。我清晰地记得，小时候跟伙伴们站在铁轨边，看着火车从眼前缓缓驶过，我心里想，要是有一天自己也能驾驭这个庞然大物，一路呼啸，奔向远方，那该有多么了不起！

　　我的家乡有一个海军机场，就在离我家不远的地方。当年我们学校和部队搞军民共建活动，排了个小节目去机场演出，名叫《小小飞行员》。我穿着小飞行员的服装，在其中扮演了一个角色。演出后，我们被安排去机场看飞行。我看到银色的飞机腾空而起，在阳光下熠熠发光，又看到飞行员们穿着飞行衣，戴着飞行帽，从飞机上走下来，精神抖擞，心中既崇拜又羡慕。从那以后，机场上方的天空就成了我特别关注和神往的地方。我常常站在家门口，仰望机场的天空，看很久都不觉得累。那儿常常有飞机飞过，还有飞行员练习跳伞。飞行员跳伞的时候，雪白的降落伞徐徐飘荡，我的心也跟着徐徐飘荡。落哪儿了？伞落到什么地方了？我觉得我的心都被飞机和蓝天给带走了。就这样，我的火车司机梦慢慢变成了飞行员的梦，我一生就追着这个梦奔跑：先是当空军飞行员，再是当航天员。我感到最幸福的事情，就是我把自己的梦想与爱好，与国家、民族的事业很好地结合到一起了，这对于我来说，真是太幸运了。

　　航天员的训练是非常艰苦的，常常要面对困难与挫折。有时候，经过长时间的努力却达不到应有效果，我也会气馁，也会伤心。但是，我不会让这种情绪在心中存留过长时间，我很快就会收拾心情，继续投入训练。在经历过一次又一次的困难与挫折后，我摸索到一条规律：当一件事情坚持到快要坚持不下去的时候，实际上就快接近成功了。亲爱的小朋友们，生活中总是会出现各种各样的困难，有的小，有的大。但是，这些困难一点儿都不可怕。当一个人勇敢地去面对困难，认真地去了解困难，想尽办法地去战胜困难，他实际上就踩着这些困难，一步步走向了成功，一步步接近了梦想。所以，困难是什么呢？困难就是走向成功的阶梯，是推动我们实现梦想的助力。

  一个人小时候的经历是他生命的基石，他后来的人生怎么走，一般都能在小时候的生活中找到源头。小时候培养了什么爱好，树立了什么理想，会对他的人生产生潜移默化的影响。长大后如果有机会，他就会去从事与此相关的工作，并从中获得快乐，获得成就感。我衷心希望小朋友们努力学习，快乐成长，培养对未知世界的探索兴趣，锻炼对困难挫折的挑战勇气，长成一个最棒的自己，大家一起努力建设我们的祖国！

《人民日报》2022年6月8日第20版

带着好奇心去探索

施一公

我出生于20世纪60年代,是一名科学工作者,也是一名大学老师。平时,我经常跟大学生们谈天说地,但提起笔来与小朋友们聊天,还是人生第一次。正如冰心先生在《寄小读者》里所说:"我从前也曾是一个小孩子,现在还有时仍是一个小孩子。"

小时候总是盼望着长大,而长大之后再回忆天真烂漫的童年又会特别留恋。我的童年是在河南省中南部度过的,从汝南县宿鸭湖畔的小郭庄,到驻马店镇的九小、十小。相比现在,当时物资匮乏,很少有肉吃,就连过生日,妈妈也只是悄悄塞给我一个煮鸡蛋就算庆祝了。虽然生性调皮的我常常惹祸,也免不了受罚挨打,但我记忆里的童年充满了美好的回忆:蓝天白云,绿野清溪,美味的烤红薯,街头的胡辣汤,夏夜的免费露天电影,还有自己动手用黄胶泥捏的各种玩具……

那时候,我最喜欢玩耍和画画,对科学则觉得非常神秘。1977年,我上小学四年级,每天放学回家,常常看到父亲用树枝当笔,在地上给表哥表姐讲解数学、推演公式。虽然听不懂,但我觉得很酷,特别愿意站在旁边听,一元二次方程、圆周率π,还有x、y、z……我朦朦胧胧感觉到:现代世界的奇迹是科学带来的。记得在父亲给我的一本小书《趣味数学一百题》里看到一个问题:假设地球是一个理想圆球,围绕赤道紧紧地系了一根不可伸缩的带子,如果把带子延长10米,均匀分布,兔子能从带子下面钻过去吗?答案是:不仅兔子可以,大人低一下头也能走过去！我没料到答案与直观感受完全相反。这些不经意的小事例，如同科学启蒙，帮助我打开了一个全新世界的大门，也潜移默化地决定了我此后的人生方向。

不知不觉中，我中学毕业，上了大学，又出国攻读博士学位，之后到大学做教授。过去20余年，我拥有了自己的科学研究实验室，一直走在世界知识探索的最前沿。每一个研究课题的突破，都意味着人类对自然界的认知又有了一点点提高，而科学家群体这些点点滴滴的研究进展，汇在一起就是人类探索自然的进程。作为一个中国人，我通过自己的努力，可以为这个世界做出独特贡献，我的科学发现可以写入教科书、留给后来的年轻人作为知识来学习。仅仅是意识到这一点，就会让我内心动力十足，足以让我应对在科学研究甚至人生道路上的任何挑战和挫折！

科学研究最重要的源泉就是好奇心，取得研究突破最关键的因素之一就是想象力。好奇心和想象力绝不是任何一个人的独有，而是每一位小朋友与生俱来的特质。大科学家爱因斯坦曾说过："我没什么特别的才能，不过喜欢寻根刨底地追究问题罢了。"小朋友们可以骄傲地告诉爸爸妈妈：最有创造力的科学家往往是童心未泯的那些人！让小朋友们在成长过程中保持和发扬这种特质应该是幼儿园、小学、中学里各位老师努力奋斗的目标之一。这一点，正在得到全社会的关注、理解和支持。

小朋友们，这是一个激动人心又充满挑战的时代，中国未来的壮阔画卷正在我们面前徐徐铺展。与此同时，宇宙如此之大，地球如此渺小，尽管人类已经拥有先进的科学技术、创造了辉煌的文明成就，但我们对周围世界的认知仍然非常有限。从宇宙的奥秘，到生命的神奇，有太多的未知等待着小朋友们将来去探究。我们在当今科学技术的竞技场上，仍有一些技不如人的地方，需要小朋友们将来去追赶、去超越。

希望小朋友们好好学习、坚持锻炼,从书本中汲取先贤的智慧,从自然中感受天地的大美,既拥有聪明的头脑,也拥有健康的体魄。更重要的是,永远保持好奇心和想象力,无拘无束去探索,天马行空去想象,最大限度地开发自己的潜能。

《人民日报》2022年6月8日第20版

珍爱那童年的光

金波

想起了好多好多年以前,有一次过儿童节,校长带着我们去县城植树。很多年过去了,现在每逢儿童节,心头就涌动着对那棵树的牵挂:如今,它长得怎么样了?在我心中,那棵树就像是儿童节的对应物——我的儿童节应该也已长得根深叶茂了。

有一年,读一本旧书,不经意间,翻到一页,那儿夹着一幅小画。我立刻就想起来:那一年,小女儿过儿童节,加入了少先队,这是她送给我的画。记得那一天,她画了一大沓这样的小画,分送给了许多人。那些画是她的童年记忆的描绘,也存入她亲友的记忆中了。现在,不知道她还记得不?

我已进入耄耋之年。但是,每逢儿童节,我还是把这个日子当作我的节日。每年我都会过儿童节,我已经过了80多个儿童节了。即使我不再是儿童,那也是我的节日。

每到这个时候,别人常用"童心不泯,回归童年"来祝福我。我也总是要写几句寄语和祝福的话,送给孩子们。我曾经写过:"为孩子写作,把每一个字镀上阳光。"这是我对自己的要求,也是我想向孩子们表达的一点心愿。我愿意通过我的笔,为孩子们创造更多的阳光。

我爱孩子。爱孩子是我的信念。我注视着孩子们,看到的不仅仅是一朵朵花，更是一座座花园。那花、那树，那鸟鸣、那蝶飞，那微风吹拂、那阳光普照，那孩子们的欢歌、那孩子们的奔跑，对于我来说，都是最大的欣慰。

爱孩子，就要学会好好养育他们的童年。童年是我们生命的一部分，童年也是我们历史中的一页，可以照彻未来。养育孩子们的童年，就要尊重孩子们的天性。孩子们面对一切，充满好奇心；孩子们对于美好，充满新鲜感。我们要为孩子们创造一切有利的条件。

在我们小小的家里，我们要为孩子们营造有书香和墨香的环境，让他们学会珍爱生命中的美，享受阅读的乐趣，传承优秀的传统文化。

我目不转睛地看着孩子们读书时的样子：孩子们很有耐心地读风景描写和心理描写，那是在欣赏美，孩子们开始懂得了关心人的命运。孩子们的童年里有了光。

在孩子们的生活中，点点滴滴的善举，都是成长中有意义的仪式。

当孩子们第一次学会道一声"谢谢"、第一次接受一声"谢谢"的时候，那是童年的光；当孩子们主动搀扶老人穿过斑马线，当孩子们自告奋勇扶起跌倒的小弟弟小妹妹时，那是童年的光。

我看重孩子们的童年时代——

因为倾听音乐、观赏画展而沉醉其中的表情；

因为战胜挫折而开怀大笑；

因为同情而掩泣；

因为思索而凝眸；

孩子们克服了胆怯，报名参加演讲比赛；孩子们第一次当上升旗手，心中充满了自豪感……

这些，都是童年的光。

在每一个家庭里，孩子是最让人牵肠挂肚的人。孩子们和我们最亲近，也是我们未来的"远方"。孩子们是我们培育的一棵棵小树苗，但将来，会融入一片大森林之中。愿孩子们的童年，处处是光。

《人民日报》2022年6月8日第20版

冰上逐梦

张雅文

2022年2月5日,在北京冬奥会短道速滑混合团体接力比赛中,由曲春雨、范可新、张雨婷、武大靖、任子威组成的中国队夺冠。这是中国体育健儿在本届冬奥会上获得的首枚金牌。赛后,运动员范可新哽咽着说:"我等了这块金牌太长时间了……"

对于范可新来说,这块金牌的背后,是20年的青春、20年的血汗、20年的拼搏,是多少期待、多少彷徨、多少坚持……

一

范可新,一个农村出来的苦孩子。

范可新的父亲是残疾人,从小患有小儿麻痹症。2000年,父母带着7岁的她和14岁的哥哥,从黑龙江勃利县农村,搬到七台河市落脚谋生。

到七台河后,一家人搬了十几次家,最后总算找到一处落脚之地——一间7平方米的半地下室铁皮房。

7平方米的小屋,既是范可新的父亲用来修自行车、母亲用来修鞋的铺面,又是一家四口吃饭、睡觉的地方。

铁皮房虽小,一家四口却很乐观。范可新的父母从不抱怨,靠着并不强健的身躯顽强地干活赚钱,让四口之家的日子过得踏踏实实。

但让范可新难过的是,她经常看到母亲的手上有伤,那是修鞋的锥子扎的或烫的。一次，她看见母亲的腿上还有血，一问才知道，是母亲用烧红的锥子上鞋底时，不小心扎到了腿。父亲那双整天跟自行车轮胎打交道的手，就像是树皮一样粗糙，手上结满了老茧，扎根刺上去都感觉不到痛。

尽管日子过得艰苦，父母却有着乐观的生活态度、不肯屈服的性格，这给范可新幼小的心灵带来了极深远的影响。后来，她在训练中遇到伤病与挫折，从不气馁，从不放弃，直到登上了冬奥会冠军的领奖台。

二

2002年，美国盐湖城冬奥会上，中国短道速滑运动员杨扬一举夺得两块金牌、一块银牌，不仅实现了中国运动员在冬奥会上金牌零的突破，而且在世界冰坛刮起了中国短道速滑的强劲旋风。

这股短道速滑的旋风，是从黑龙江省七台河市刮起的——

多年来，从七台河先后走出了多位世界冠军，走出了一批批优秀的滑冰运动员，七台河因此被人们称为"冠军的摇篮"。多年来，七台河举全市之力支持短道速滑的发展，七台河市体校成立了短道速滑初级班。不少孩子因此改变了命运，范可新就是其中之一。

盐湖城冬奥会举办时，范可新的家里没有电视机，她没有看到杨扬在冬奥会上夺冠的场面。她听到邻居谈论从七台河走出去的运动员夺得了奥运冠军，这才跑到邻居家去看电视重播。

当范可新看到杨扬在冬奥赛场上高举着五星红旗时，小小的她心里羡慕极了。她想，要是我也能当滑冰运动员该多好啊！我也要拿冠军……

小时候，范可新和哥哥曾在水库里滑过冰，但穿的不是真正的冰鞋，而是父亲给他们做的木头"冰鞋"——给两块木板安上两道铁丝，将木板用麻绳捆在脚上，当地人也叫它脚划子。好多孩子买不起冰鞋，就穿着这种自制的脚划子在冰道上跑。

后来，听一位邻居阿姨说，七台河体校正在招收滑冰队员，范可新立刻跑到体育场，找到正在招生的教练。她问人家的第一句话是："你们这儿招收滑冰队员要不要交钱？"

招生的马庆忠教练笑了，说不用交钱，但要看看你的身体素质，适不适合当滑冰运动员。

范可新长舒一口气。

之后，马教练对她的身体素质进行了简单测试，发现她的跑、跳都很出色，爆发力也很强。于是，范可新被顺利录取，成为七台河市体校短道速滑初级班的一名正式学员。马庆忠教练成为她的启蒙教练，还送给她一双旧冰鞋。

从此，9岁的范可新怀着冠军梦，戴着破旧的棉手套，穿着教练送给她的旧冰鞋，踏上了短道速滑的追梦之路。这条路，一走就是20年。

范可新非常珍惜这来之不易的机会。她觉得自己太幸运了，因此训练时特别刻苦，总是给自己偷偷加量，每天都比别的孩子多滑几圈。这种偷偷加量的做法，一直持续到今天。她说："大家都站在同一起跑线上，你只能比别人更加刻苦、更加拼搏，才能拼出成绩来！"

不过，马教练送给她的冰鞋号码太大，她的脚底板很快就被磨破甚至化脓。但她却咬牙坚持，一声不吭。母亲发现了她脚上的脓血，心疼她，劝她别练滑冰了。她却坚决不同意，小小年纪就表现出了超乎常人的毅力。

在不断的磨炼中，范可新的滑冰技术进步飞快，很快就在同期招收的小队员中崭露头角。

三

一年之后,范可新被七台河市教练孟庆余选中,成为他手下的一名短道速滑小队员。

孟庆余曾经培养出杨扬、王濛等多位短道速滑世界冠军,深受队员们的爱戴。

范可新在孟庆余教练手下练了3年。

这3年,给她打下了良好的冰上技术基础,增强了体能,更重要的是,让她坚定了追逐冠军梦的信心与勇气。

孟教练常教导这些小队员,要刻苦训练,要有远大抱负,将来拿世界冠军,为祖国争光!

榜样的力量是无穷的。从七台河走出去的多位世界名将,成了小队员们的榜样。为了追赶榜样,一批批小队员从这里走出去,成为短道速滑的新生力量。

范可新13岁那年,因成绩突出,被黑龙江省体育运动学校冰雪分校选中。

临去报到的前一天,孟庆余教练找她谈了一次话。

孟教练的话语不多,却给范可新留下了刻骨铭心的记忆。

"范可新,你在滑冰方面很有天赋,你要刻苦训练,将来拿世界冠军!"

"孟老师,您说我将来真能拿世界冠军吗?"

"只要你好好训练,肯定能拿世界冠军!"孟教练说得很肯定。

这番来自教练的鼓励,对一个心怀冠军梦的13岁小队员来说,真是又惊又喜。更令范可新惊喜的是,孟教练递给她一双新买的冰鞋。

"这双冰鞋的钱,我先给你垫着。等你拿了世界冠军,有钱了再还给我。"孟教练说。

范可新知道，这双冰鞋要花2500多元。她的旧冰鞋早该换了。可家里靠父母修车、修鞋维持生活，她实在不愿意因为要给自己买冰鞋再增加父母的负担。这3年来的伙食费，一直都是孟教练给代交的。

范可新还知道，孟教练家里并不富裕，他连一双新袜子都舍不得给自己买。但是，孟教练却为她花这么多钱买冰鞋。她捧着这双盼望已久的新冰鞋，眼泪差点掉下来。

末了，孟教练又说了一句："等你拿到世界冠军的那天，别忘了把金牌挂到老师的脖子上！"

"老师您放心，我要真拿到世界冠军，一定亲手把金牌挂到您的脖子上！"

"好！老师就等着你这一天！咱们一言为定！"

"好！一言为定！"

这是一位教练与一个小运动员之间的约定。

孟教练的这番鼓励，对13岁的范可新来说，不仅是刻骨铭心的记忆，更是她在今后漫长的追梦路上百折不回，直到冬奥夺冠的强大动力！

但让范可新最难过、最遗憾的是，当她真的夺得世界冠军时，孟教练却不在了。2006年，孟庆余教练因车祸不幸去世……

四

在范可新20年的追梦生涯中，经历了多次疾病、失败与挫折。

15岁那年，已进入黑龙江省队的范可新，多次获得全国青少年组冠军，国家青年队正准备要她。谁知，一场意想不到的疾病到来……

当时，范可新觉得浑身无力，头晕目眩，无法训练，只好回到七台河家里。

启蒙教练马庆忠得知范可新病了,带着她连夜赶到哈尔滨,跑了几家医院后,最后确诊:严重缺铁性贫血。

对运动员来说,这是重大病症,如果恢复不好,将永远告别体育生涯。

住院半个月后,医生让范可新回家食补增加营养。

马庆忠看到范可新家的条件很差,就把她领到自己家里住了很长时间,每天买牛肉、羊肉、鸡蛋,以最快的速度为她补充营养。很多人给予帮助,让范可新全家很感动。

父母看在眼里,疼在心里,不想让范可新再继续滑冰了。但范可新坚决不同意。身体稍稍好转,她就开始在家里训练。以往放假回家,她都给自己安排好训练计划,早晨起来跑步,白天训练时没有杠铃,就让不到百斤重的父亲骑在她脖子上,重量不够,又让父亲抱着50斤的大米,一蹲就是上百次。父亲看着女儿累得满头大汗,常常心疼得哽咽。这次也是一样,身体稍稍好转,范可新又开始训练了。

一个优秀的运动员,就是这样拼出来的。一年之后,范可新进入国家青年队。

又过一年,17岁的范可新被选入国家队。随后,在加拿大蒙特利尔举行的短道速滑世界杯上,她和周洋、刘秋宏、张会联手夺得了女子3000米接力的金牌。

在接下来的几年里,范可新的成绩走向了高峰,拼出了令人瞩目的辉煌——

她接连夺得五届短道速滑世锦赛女子500米冠军,与队友接连拿下五届短道速滑世锦赛女子3000米接力冠军,多次夺得世界杯分站赛500米冠军……2014年,在美国盐湖城世界杯比赛中,她打破了队友王濛创造的500米世界纪录，并获得了冠军。

这些辉煌的成绩足以让一个运动员感到欣慰与骄傲了。但是，范可新却怀着更远大的目标，她一心要以队友杨扬、王濛、周洋为榜样，想登上奥运冠军的领奖台，让国歌在奥运赛场上奏响……

可是，幸运之神并没有青睐她，打击接踵而至。

2014年索契冬奥会上，当时很有实力的范可新，在短道速滑女子1000米决赛中获得银牌，与金牌失之交臂；在短道速滑女子500米半决赛中意外摔倒，无缘决赛。2018年平昌冬奥会上，当时25岁的范可新作为实力强劲的领军人物，却在比赛中被判罚犯规，没有得到奖牌……

就在范可新最痛苦、最茫然的时候，教练、领导给了她很大鼓励。尤其是她的队友们，向她讲述自身的挫折经历，讲他们如何咬着牙重新站起来的艰难过程……

队友们的亲身经历、肺腑之言，使范可新渐渐走出了痛苦和茫然。她认识到运动员就是这样，要学会从一次次失败中爬起，顽强地站起来，再重新走向拼搏的战场……

范可新终于重新站了起来。她对父母说："我要为中国人，要为自己，再奋斗一次！"

又是4年无休止的拼搏。

2022年2月5日，北京冬奥会的赛场上。29岁的范可新与队友一举摘得北京冬奥会短道速滑混合团体接力赛的金牌，终于梦圆！

当范可新站到奥运冠军的领奖台上，脖子上挂着沉甸甸的金牌时，她不禁泪流满面……

《人民日报》2022年6月22日第20版

站在能人的肩膀上

万红伟

"跟你说把焊接铝合金难题发到创新联盟平台上求助,去年说今年又说,你横竖听不进去,只会闷着头干。不相信网络,也不相信别人。照这样下去,耽搁生产怎么办?"公司工会田主席数落着有点"一根筋"的陈浩然。

这话,田主席说过几次。不过,陈浩然有点不服气。他心想,谁会无偿把绝活、秘诀传给别人呢?

俗话说"一招鲜,吃遍天"。陈浩然刚工作那会儿,很多青年职工为避免下岗,渴望一技傍身。陈浩然所在的中国一拖集团有限公司为青年工人们指定了学艺的师傅。可是,有的师傅看重手里的技术,担心教会了徒弟,自己就有下岗的风险,教得并不用心。

陈浩然的父亲对他说:"技术能力是你一辈子安身立命的根基,有真本事最重要。"陈浩然苦学苦练,认真钻研。他走过很多弯路,吃了不少苦头。他自己也记不清被电弧光打过多少次眼睛了,一双眼睛肿得厉害,疼痛得如被无数根针刺戳,整夜难以入睡。至于焊渣落在耳朵、手背、脚踝等处,烙伤后留下的疤痕,更是不计其数。

就这样拼命干,陈浩然终于取得了焊工证,并在技能大赛上拔得头筹。此后,他又成为高级技师,获得"全国技术能手""河洛工匠"等许多荣誉。凭着刻苦钻研的劲头,陈浩然解决了公司内外一连串生产难题。

此时，听了田主席的话，看着焊缝冒出的缕缕白烟，听着因为漏气而发出的"刺刺"响声，陈浩然不由得感叹："唉，焊接铝镁材质怎么这么难呀！"

2021年，一拖公司将制氧机空气分离塔中环境温度零下近200摄氏度的铝镁材质管道的焊接，列入创新项目，希望陈浩然工作室尽快破解。陈浩然拿出了当初学艺时硬啃硬磨的劲头，可还是不得要领。变形、凹陷、气孔等问题时不时冒出一个半个。他心中懊恼，觉得愧对公司的信任，也心疼那损耗的一堆堆焊条。可是，他又很执拗，不相信创新联盟平台能派上用场。在网络空间里，人家怎么会把看家本领平白无故地分享给你呢？弄不好学不到人家的技术，自己的看家本领还会被学走。

可不管怎么说，自己总归是没成功，挨训也没啥委屈。可通往成功的道路在哪里呢？难道田主席说的真是个方法？既然没有其他办法，那就试试吧。

当天中午，陈浩然没顾上吃饭。他趴在电脑前，打开了河南省"劳模和工匠人才创新工作室联盟"云端平台。为了更快更好地解决企业生产中的技术难题，河南省总工会和洛阳市总工会搭建这一平台，把分散在各个企业的劳动模范和工匠人才集中起来，学习借鉴、共同攻关、成果共享，实现"1+1＞2"的效果。

陈浩然浏览着云端平台，平台上创新工作室、揭榜攻关、工匠讲堂、技术论坛等板块架构整齐。不少来自机械、建材、化工、钢铁等行业的技术工人在平台上发榜、揭榜、发布专利、开展技术培训等。随即，陈浩然把自己焊接铝镁材质管道所遇到的困惑和难题发布在了平台的揭榜攻关栏目上。

下午，陈浩然打开网页，惊喜地发现有人回应了自己的发榜求助。看揭榜人给出的办法，思路清晰明了，分析严谨透彻，方法专业靠谱。

看来，揭榜人是真心诚意传授真本领。陈浩然很是兴奋，想立马请人家前来手把手指点。

第二天一上班，同为"劳模和工匠人才创新工作室"领衔人的中国石油天然气第一建设有限公司曹遂军师傅如约来到陈浩然工作室。曹师傅直奔主题，一边讲解一边实际操作。曹师傅知无不言，言无不尽。陈浩然时不时插话询问，曹师傅"竹筒倒豆子"——不藏不掖，把绝活全亮了出来。

曹师傅右手握焊把，中指关节弯曲，微微前突，在焊件的管壁上找到支撑点，左手有节奏地捻送焊丝。不大一会儿，单面焊接双面成形，一条均匀的鱼鳞状焊缝将两根铝合金管子牢牢地焊在一起。陈浩然既佩服曹师傅的技术，又感慨曹师傅的坦诚，连声道谢。曹师傅说："你在普碳钢焊接上有一手，我们也会用上你的技术，咱们相互取长补短嘛！"说起联盟平台，曹师傅说平台真好，上面都是些能工巧匠，有啥难题，往揭榜攻关里一发帖，准有"大咖"给你支着儿。站在能人的肩膀上，进步就是快！

陈浩然有种闻道太晚的感觉，也觉得自己太狭隘，太落后于时代了。那天晚上，下班后他留了下来。除了在揭榜攻关栏目上又发布了条求助信息，他还把自己的专利、专长甚至之前不舍得分享的绝活一股脑儿发到创新联盟平台的网页上。陈浩然想明白了，敞开胸襟，互相学习，才能看到万千气象和更美的风景。

《人民日报》2022年7月4日第20版

人民日报2022年散文精选

十年奋进路

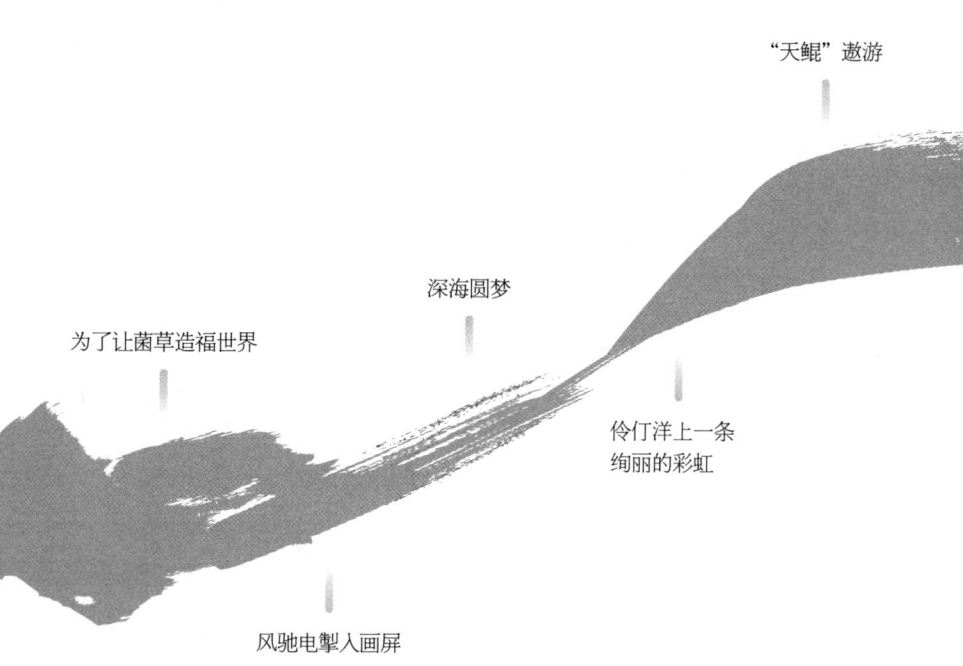

"天鲲"遨游

深海圆梦

为了让菌草造福世界

伶仃洋上一条
绚丽的彩虹

风驰电掣入画屏

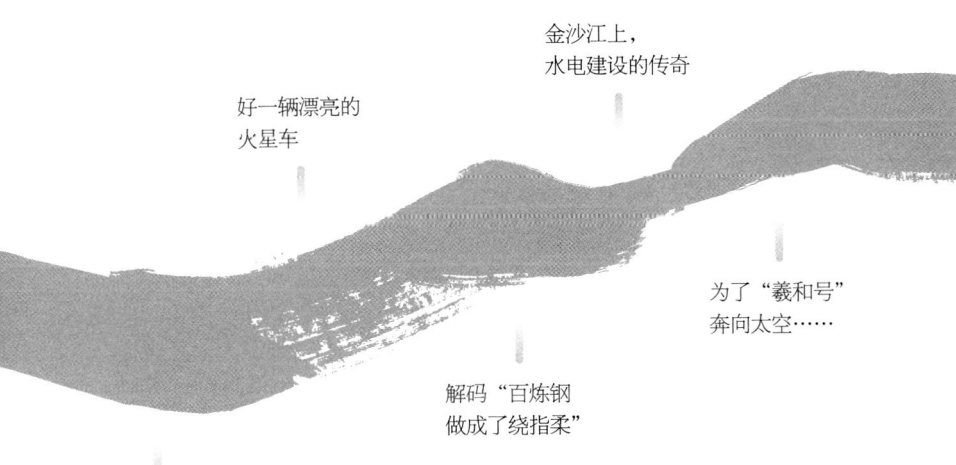

好一辆漂亮的
火星车

金沙江上,
水电建设的传奇

为了"羲和号"
奔向太空……

解码"百炼钢
做成了绕指柔"

北斗,争当
天上最亮的"星"

为了让菌草造福世界

钟兆云

2021年11月19日上午,第三次"一带一路"建设座谈会上,习近平总书记忆起20多年前一件往事。

在福建工作期间,习近平同志接待了来访的巴布亚新几内亚东高地省省长拉法纳玛。"我向他介绍了菌草技术,这位省长一听很感兴趣。我就派《山海情》里的那个林占熺去了。"

《山海情》剧中名为凌一农的农技专家,原型就是林占熺。那次会见之后,很快,林占熺远赴南太,由此书写了"小小一株草,情接万里长"的佳话。这背后,有他个人的辛勤汗水,也有家人的全力支持与默默付出……

一

2021年春节,国家菌草工程技术研究中心首席科学家、福建农林大学教授、"世界菌草之父"林占熺收到一封北京小学生的来信。信中写道:"您发明的菌草让全世界很多人摆脱了贫困,走向幸福……2018年占森爷爷带我参观了斐济菌草项目,让我记忆犹新。我要努力学习,长大以后成为像您一样的科学家!"

信中的占森,乃林占熺的五弟,已年过六旬,春节期间还在斐济看守菌草基地。78岁的林占熺亲笔给小朋友回信之后,忍不住拨通了五弟的越洋视频。一声"想家吗"刚出口,兄弟二人竟无语凝噎。

连林占熺都没想到，五弟自1998年跟随自己远赴巴布亚新几内亚（以下简称"巴新"）开展菌草技术援外，在太平洋岛国和非洲一连驻守了24个年头，建起3个海外菌草示范基地，中间只回来过了3个春节。

这一切，要从六弟占华殉职说起。

20世纪80年代，林占熺从事"以草代木"栽培食用菌的科研攻关，发明出菌草技术。他谢绝国外重金买断专利，坚定地将技术用于扶贫。六弟占华研究生毕业后，甘做长兄的左膀右臂，却不幸在扶贫一线遭遇事故去世。

那些天，撕心裂肺的悲痛，加上菌草技术推广中遇到的种种艰难，让林占熺的心情糟糕至极，甚于寒冬枯草、白雪覆霜。深明大义的妻子，搬出他当年留在笔记本上的心语，为他提振精神："需要为共产主义理想而献身的时候，我们每一个人都应该做到面不改色心不跳！"那是他1966年大学期间入党第二天写下的铮铮誓言。这信念早就深入骨髓，岂能在入党这么多年后退步！

父亲白发人送黑发人，哭得好伤心，却也反过来安慰林占熺："如果不是共产党领导老百姓取得了一个又一个的胜利，哪有我们的今天，你六弟算是为国捐躯……"

出师未捷，先折一臂，林占熺不得不把五弟占森拉来帮忙。彼时，菌草技术尚属新生事物，了解的人少，愿意投身其中的人更少。林占熺只能先发动自家人，向他们面授技术，再携手向社会推广。理解了菌草事业的意义后，林家上下都全力支持。两个侄子更在六叔坟前发誓，要完成他未竟的事业，跟着大伯继续打拼。

1994年，菌草技术被联合国开发计划署列为"中国与其他发展中国家优先合作项目"；翌年，又被国家列为援助发展中国家技术培训项目；2001年起，被中国政府列为援助巴新项目……林占熺要让这株与众不同的"中国草"造福世界。

1998年7月,林占熺受命率工作小组远赴巴新。一名队员因故无法成行,经组织考察,林占森"替补出场",从此踏上援外的漫漫征程。

二

1998年9月中旬,林占熺一行人完成了在巴新的任务后,订好了回国的机票。此时,中国驻巴新使馆官员却急急忙忙赶来,提出"三个千万":项目千万不能中断,技术人员千万不要都回去,今后一年四季千万都得留人!还强调,这是国家需要。

林占熺感到有些为难。专家组成员各有任务,唯一能灵活安排的便是林占森。可把弟弟一个人丢在异国,实在又放心不下。林占森看出了哥哥内心的矛盾,主动表示:"国家利益至上,我留下,也算是替您吧。"

林占熺一时百感交集,只能殷殷叮嘱:"你能留下最好,但要做好一个人长期坚守的打算。还有,一定要注意安全!"

凌晨时分,累了一天的林占森正在熟睡,忽被一阵嘤嘤呜呜、时断时续的哭声惊醒。他急忙起身辨听,寻声叩响隔壁房门。

门开了,只见哥哥林占熺像个难为情的孩子,略带歉意地说:"把你吵醒了。做了个噩梦,没忍住……"

林占森扶着身子微微颤抖的哥哥坐回床,轻声问:"什么噩梦?"

"梦见六弟了,他指责我又要把你推下火坑……"

林占森明白过来了,心里一酸,道:"我不是好好的吗?!"边说边伸手整理哥哥的枕巾,一片潮湿。

"你现在是好好的,可今后要是有个三长两短,我该怎么办……占森你听好了,你的命就是我的命,可别有一丝一毫闪失!"

重托在身，兄弟情在心。林占熺既感动又振奋，面对留守异国他乡的艰苦与寂寞，他决心已定：不但要坚持下来，还要将援助任务圆满完成。

翌年初夏，林占熺再次来到巴新，看到被当地百姓取名"中国草""林草"的菌草一派生机。他发明的"旱稻宿根法栽培技术"也试验成功——那是他代表中国送给巴新的又一大礼。林占熺因此被当地百姓尊称为"极乐鸟"（巴新国徽上的国鸟），他和弟弟的名字还成了当地的村庄、河流、街道名。

最让他和弟弟高兴的是，菌草技术遍地开花，不少地区的稻米也已能自给自足。巴新人民从中深切感受到了中国专家、中国人民倾注的大爱。

三

2006年，林占熺率队来到卢旺达。每到一国，他都不忘强调："咱们一言一行里都有国家的形象，都要对国家负责。"

巴新的项目在8年坚守中已逐步走上正轨，林占森第一时间被调来卢旺达攻坚。这个黝黑瘦削的弟弟啊，在援外工作的风风雨雨中早已把自己锤炼成一颗钉子，哪里艰苦就钉在哪里。

中国专家们克服难以想象的困难，在卢旺达首都基加利市郊建起了菌草、旱稻种植技术示范推广基地。在卢旺达农展会上，中国菌草脱颖而出，一举获奖。卢旺达人民从菌草、旱稻种植技术中受益良多，感动不已："中国政府是真心帮助我们的，中国专家好样的！"

协助哥哥完成前期工作后，林占森依旧受命留守。为了让菌草中心如期动工、尽快发挥作用，他不停不歇，累了乏了也不当一回事，直到整个人都站不住了，才被送到医院。原来得了疟疾！4天时间，林占森瘦了10斤。要不是大使馆高度重视，找来有经验的医生紧急处置，只怕凶多吉少。

　　林占森一直不敢让家人知道自己的病情，怕他们万里之外牵挂。而且，在林占森眼里，哥哥才是真正的"拼命三郎"呢！他清晰记得，有一次，卢旺达豪雨如注，街上空无一人，哥哥却叫项目组穿上雨靴雨衣，去附近的山坡检查种下的菌草并取样测试。暴雨之中，雨衣"难堪大用"，大家都被淋了个透心凉，但情绪依然火热高昂。测试结果显示，防治效果显著！林占熺豪气干云："这给治理卢旺达水土流失提供了经验，对尼罗河和黄河沿岸的生态治理也有启示……"

　　2010年5月下旬的一天，林占熺工作到下午2点多，已经疲惫不堪，第二天还要赶飞机回国，却仍要求弟弟带他去尼罗河源头看看。皮卡车快速爬上海拔2000多米的山道时，林占熺心跳骤然加快，呼吸也变得急促。林占森看出不对劲，马上劝说返程。但哥哥吃了药，不容置疑地说："不，我迫切需要第一手资料！"兄弟二人咬牙坚持，拍了许多资料照片，回到基地已是晚上9点多。此时的林占熺已疲惫至极，一进屋就瘫了下来，被大家扶上床后，一量血压，又升高了。他吃了药睡了一会儿，开始说胡话，口中不住念叨着"回国"。

　　凌晨时分，林占熺睁开眼睛，抬腕一看手表，"哎呀"一声，说马上出发，要回国呢。林占森劝道："您都这个样子了，现在也不适合赶夜路。"林占熺却连说几个"不行"，道："明天必须回去，后天是国际菌草培训班开学式！"匆匆起床出发……

　　林占森心疼哥哥，一心只想多做些工作，让哥哥宽心省力些。卢旺达许多政要都知道，"世界菌草之父"把最得力的胞弟留下来当项目组组长。他们也知道林占森多年放弃回国过春节的原因：中国过春节时，卢旺达恰好处在菌草播种和管理的黄金季节，林组长正为此呕心沥血呢……

四

到2014年，林占森已援外16年，皆是先随哥哥左右，筚路蓝缕以启山林，在哥哥另辟战场后，他就地留守独当一面。他们二人成了大家眼中"革命生涯常分手"的兄弟战友。

菌草援斐济，一期接一期。常驻斐济的，除了林占森，还有他的侄子。他们常常是早上7点起床，早饭后就开车到周围农户走访。在斐济总统府负责援外退税的工作人员，一开始不理解林占森为什么每月报那么多柴油退税，到现场了解后方知，项目所在地没能及时提供电力，为了不影响进度，项目组就一直购买柴油用来发电。她动情地说："林老师是一个有责任心的好人！"

此话经大使馆传到林占森耳中，他含蓄地说："是，林老师就是这样的好人。"他说的"林老师"是指哥哥，菌草团队一直都是这样称呼的。

大使馆的同志明白过来，笑道："两个林老师，一对大好人。"

对于菌草援外事业，林占熺曾开宗明义地说："如果把菌草技术看作'鱼'的话，我们在援外中不仅授人以鱼，还要提供养鱼、捕鱼、加工鱼的一整套产业。"莱索托、南非、中非……一株株青青的中国草，通过他们的手，漂洋过海在异国扎根。人手不够，林占熺的亲人们就成了他最得力的援军，被派往国内外最艰苦的地方。2003年，大女儿林冬梅从新加坡回国助力；小女婿从公司辞职，到黄河旁的沙地种草，一种就是8年……

2014年9月，已熟悉菌草技术的侄子林良辉驰援斐济。林占熺叮嘱他要向留守当地的五叔学习，多积累一些援外经验。在斐济一个平常的晚上，辛苦多时的叔侄难得在房间里忆苦思甜。林占森忽问："良辉，你和家里人不会恨我吧?"

  他说的是,多年前他的三哥、也是良辉的父亲从生病到去世,他都不在场,直到第二年秋天回国才知此噩耗。"这不能怪五叔,是大伯让我们瞒着您的。"林良辉说。

  2003年,林占森正和林占熺一起前往福州机场出发援外,忽闻三哥从老家来福州治疗肝病。援外涉及国家声誉不能暂停,他们只能嘱咐家人代为照顾。之后林占森留守海外,十分牵挂三哥的病情,多次打越洋电话问询,春节时还给三哥打了几次电话拜年,可家人要么说三哥还在休息,要么说他去女儿家未归。2004年秋,林占森回国,家人面色沉重地说:"现在可以跟你讲一件事了……"原来三哥已走了一年多!

  这些年,留给林占森的遗憾实在太多了。一年又一年的清明,他没法为亲人祭扫。有一年在卢旺达,风又飘飘,雨又潇潇,教人春愁细细添。他就在住地简单地摆上祭品,祭父母,祭六弟,祭三哥,晚上枕泪而眠,"记不分明疑是梦,梦来还隔一重帘"。

  有人感慨地问林占森:"您为什么要这么拼呢?"

  林占森温温不作惊人语:"人这一辈子很短暂,能有机会参加援外,为国家做点工作尽点力,很光荣……"

五

  2018年11月13日,巴新东高地省戈罗卡菌草旱稻示范基地喜气洋洋,林占熺与专家组同百余名巴新各界代表,共赴"福建—东高地菌草一家亲"盛大活动。

  人们记不清"林老师"到巴新究竟多少次了。年近古稀的巴新旱稻种植协会会长回忆往事,几度哽咽:"感恩中国,感恩林老师,我虽然老了,但相信我的女儿与林老师的女儿一样,会继承我们开创的事业!"

林占熺欣慰中带着谦和："仰仗后来人，再创新高峰！"

林占熺多年援外，每每接到任务，都像战士冲锋般一往无前，更带出了一支"能征善战"的队伍。这支队伍中，他派遣次数最多、时间最长、行程最远的，就是弟弟占森：参加菌草援外并长驻多个发展中国家，从1998年到2021年，在亚洲、大洋洲、非洲都留下了足迹。当年，林占森刚刚步入不惑之年；而今，他已年逾花甲。

2021年8月9日，林占森回国复命，跨进自己久别的家。这个家，多年前从老家闽西乔迁时，他是缺席的；长年累月援外，女儿中考、高考前夕，都没有父亲的陪伴；一个个家庭重要时刻，他都因工作而无法见证……有谁知道，多少个皓月当空的异国他乡之夜，他遥想万里之外的家人不能自已，"欲作家书意万重"。踏进了家门，妻子与他紧紧相拥，林占森感到亏欠家人实在太多，对他们的全力支持实在无以回报。

任林占森如何低调，林占熺都不忘给弟弟记一大功。他每每感慨："这些年真是仰仗占森啊！要是没有占森，菌草援外事业要大打折扣。"

"不不，倒要感谢大哥给我为国效力的机会。"林占森说到这里，望着长兄，真心道，"平时很少向您说谢谢，因为觉得这样太过正式。"

看到弟弟脸上手上的斑点近年突增，林占熺关切地说："还得去查查原因，回国了就好好休息。"

林占森向大哥细述了近期陪伴和"补偿"家人的打算后，看着大哥说："如有需要，随时听候调遣！"

兄弟齐心，家国情深。菌草走向世界、造福世界之路，还在他们脚下不断延伸，再延伸……

《人民日报》2022年7月9日第8版

风驰电掣入画屏

蒋巍

"背"条大路回家乡

贫穷的日子大都是灰暗的，幸福的生活各有各的光彩。

数十年走遍各地，贵州是我去得最多的地方。步入今天的贵州，仿佛万千云朵擦亮了崭新的大时代。漫步而行，恍然如梦：直插蓝天的楼群、车流滚滚的公路、乌瓦白墙的小镇、绿荫如盖的新村，让我一次次迷路，又让我一次次拾起往日的记忆。哦，我曾在这个山头农家住过两天，夜里冻得手脚冰凉，第二天主人送了我一件棉袄；我曾在一个茶场吃过一顿火锅，却冷得必须把双腿放进桌下的棉套里；我曾进入一个叫"一口刀"的山寨，峭壁上的出山路窄得像刀刃，800米下就是滚滚滔滔的乌江……至今，这一切依然历历在目，让我心头隐隐作痛。呵，看着今日的景象，我必须向历史做证："天无三日晴，地无三尺平，人无三分银"的日子彻底翻篇儿了！

你看，就在我眼前，远近的青山白云仿佛飞舞起来——那是晾晒在村寨广场上的丈长蜡染布在风中呼呼作响，把山坡上的一栋栋吊脚楼舞进了秀美的山水画。路过一间响着乐曲的农家乐，只听吱嘎一响，雕花木格窗被推开，一位头披蓝帕、颈戴银圈的姑娘探头冲我一笑——我看见了今日的多彩贵州。

贵州，开门见山，17.6万平方公里的面积都是望不尽的山连山。这里的人，日常语汇中没有"平原"，只有"平坝"——足见那一块块田亩是怎样的狭小。采访中，听说当地曾经流传一个故事，说改革之初搞承包，一户人家分得13块田，女儿帮着父亲数田：怎么只有12块呢？父亲说，那一块在你草帽下扣着呢。

千百年来，这里的山水虽美，人们却被封闭在大山里。两间杈杈房、几袋苞谷粒、一口破铁锅，就是生活的全部。在赫章县海雀村的一个夜晚，坐在篝火旁，我听当地姑娘荞花唱过这样一首山歌："苞谷没有巴掌长，种下一筐收一箩。扯上三尺遮羞布，脚板要当石板磨。"海雀村在高高的山坡上，小路挤在石缝里，耕地没有石头多，老百姓的贫困生活可想而知。

农家无田，何来饱暖？脚下没路，何以致富？原地不动，一棵老树！

路，是文明的血脉、梦想的翅膀、人生的半径。

贵州人修路，写满了奋斗故事。抗日战争期间，数万民工靠肩扛手抬，修筑了闻名于世的晴隆县"二十四道拐"，这条路成为抗战中物资运输的大通道。新中国成立后，为了修路架桥，他们把壮志豪情刻到山壁上：

筑路意志坚，扛起大道上青天，
踏碎了云朵，踢倒了山尖，
不管车马来得快，总在我后边！

但那时国家百废待兴，人民普遍贫穷，崎岖的山路像条条绳索，紧紧捆住了艰难的岁月。好些村寨困在深山，乡亲们过不了陡崖深谷，孩子上不了学，长大了不敢去城市打工，因为他们不识字。海雀村为报答政府年年送来的上万斤救济粮,老支书文朝荣领着村民开了一条出山路,种树10余年,绿化了周边三个山头。老支书去世后留下一双磨不破的"鞋",那是用刀切割下来的两段轮胎,再穿孔系绳,现在摆在海雀村纪念馆里,成为那段奋斗岁月的见证。

改革开放后,织金县鸡坡村的青年农民杨文学带上妻子一起到贵阳当"背篼"、卖苦力,为省下鞋子经常光脚走,攒下13万元。原准备回家盖一栋新房,父母说,你给乡亲们修一条出山的路吧。路修了一半,钱花光了,施工队撤走了,杨文学坐在路口放声大哭。老父亲吼道,哭有什么用?再去打工,回家再修路!第二天,杨文学领着十几个"背篼"又出发了。数年后,在当地党委、政府的支持下,出山的路终于修通了,这件事一经媒体报道,杨文学从此名声大噪。后来我在贵阳的茫茫人海中找到了他,他得意地说,现在我出门办事特别顺,大家都热心帮我,因为人人知道我的名字。

多么可敬又可爱的人啊!

没有行走,只有登攀

有路才有希望,有路才有未来。

邓迎香,罗甸县人,嫁到山窝窝里的麻怀村。山寨距县城40多公里,四周全是犬牙交错的悬崖峭壁。那时候,没路也没电,因为电线杆子运不进来。三个月大的儿子病亡于去县医院的山路上,邓迎香哭疯了,只身一人带上锤子钢钎上了山,铁了心要为全村开一条出山路。被感动的乡亲们相继跟上来了,历时两年,大山终于贯通,但那只是一个供人弯腰钻来钻去的山洞。她新婚的女儿回家探亲,和新郎几乎是从洞里爬过来的。望着浑身泥水的一对新人,两鬓斑白的邓迎香痛心不已,再次带领村民进了山,又苦干了200多天。剪彩那天,解放牌大卡车呼呼隆隆穿过宽敞的隧道，洞口挂着一幅大红标语："一等二靠三落空，一想二干三成功！"

活在大山里，就得顶天立地、英雄一场，让石头开花、让大路通天。

遵义市的草王坝村，地处海拔800米的半山腰，无路、无水、缺田。每逢下雨，村民都把瓦罐盆碗摆在地上，用以接水存用。村支书黄大发乳名"石头娃"，从小父母双亡，是村民东家一碗、西家一碗养活了他。黄大发当了生产队队长后，下决心领着全体村民开凿一条渠，绕过三重大山，引水入村。他整整苦干了13年，结果因缺少技术指导、石渠坡度太小、水量不够而告失败。1992年，年近六旬的黄大发不死心，再度领着200多名村民上了山，天天把身子吊在悬崖峭壁上开路凿渠，白日干活，夜宿山洞。三年后，这条"大发渠"终于成功绕过160多里的"绝命崖"，一湾清水欢笑着冲进了草王坝村，从此，乡亲们吃上了香喷喷的白米饭。

2010年，姜仕坤出任国家级贫困县晴隆县县委副书记、县长。看到当地石多草多，他号召群众种草养羊。羊粪多了，草密了，山绿了，一条条道路开通了，一座座新村建成了，姜仕坤成了全县闻名的"羊司令"。2016年4月，过度劳累的姜仕坤猝然倒在工作岗位上，年仅46岁。因为白天太忙，他和上大学的女儿约定每晚10点55分通话，那天，女儿等到的电话却是父亲的噩耗……

所有的道路都是大山的渴盼，所有的血汗都是幸福的源泉。路要变平，只有一个办法：撸起袖子加油干！

把十万大山连起来

众所周知，贵州处于云贵高原，以喀斯特地貌为主，山多石脆土薄，地下洞穴和流泉九曲十八弯，宛若迷宫。在这样的地基上建路建桥，且要保证质量,是何等艰难。经过数十年的锤炼,省交通建设集团把自己打造成一支无往不胜的铁军,团队现有专业技术人员3244人,其中有白发苍苍、依然奋战在一线的全国知名桥梁专家,有来自各地的青年才俊——他们中的很多人,已经把家安在了这里。

每项大的路桥项目,都需要数年时间才能完成,路桥人便以工地为家,长年喝山泉、住山洞。一根立木挂上网兜,就是他们的篮球场;想家乡了,只能通过手机视频和远方的家人说说话,孩子叫一声爸,这边的爸爸笑着笑着却泪如雨下……正是在他们的手上,创造了中国建桥史上的一个个奇迹。80后工程师龚兴生坐在操控室,仅用31分钟就实现了大桥平面转体72度的精准对接,两边山坡上看热闹的村民禁不住欢呼;女总工张胜林瘦瘦小小,却连续多次入选"年度十大桥梁人物",几十年来孜孜不倦,在桥梁建设领域不断贡献着自己的智慧……

10年间,这里的人们一张蓝图绘到底,条条高速公路、铁路、隧道,连接着千姿百态的美丽大桥,像金丝带把十万大山串联起来,仿佛贵州腾身一跃,便登上了气象万千的"高速大平原"。

来看气势恢宏的北盘江大桥!全长1341.4米,总重近3万吨,桥面距江面565.4米,高度超过200层摩天大楼,为目前世界第一高桥。再看被誉为"天空之桥"的平塘特大桥,因拥有332米高的世界最高混凝土桥塔而闻名。坐在岸边窗明几净的服务区,品茗远眺,大桥如长虹横天,飞挂两岸,好大的气势,无比豪迈!最具现代特色的是坝陵河特大桥,不——那不仅仅是桥了,桥端建有数十米高的观光电梯,直达桥上通道,并开展了高空蹦极、高空秋千、高空漫步、低空跳伞、玻璃栈道、野外露营等项目,深得年轻游客喜爱。大桥剪彩之际,省公路局为参加工程建设的10对年轻情侣举办了盛大的集体婚礼,并赠给每位新人一个特殊的礼品——用建桥特种钢精心制作的结婚戒指。作为证婚人,局长激情地说："大桥的使用时间是100年,整个大桥造价14个亿,这就是我们送给新人的14亿元聘礼和百年偕老的祝福!"全场欢声一片,五颜六色的安全帽下,一张张年轻黝黑的脸膛闪耀着骄傲的光芒。

党的十八大以来,贵州的道桥建设像一支支穿山越谷的响箭,让高山化平原,令天堑变通途。水电线路、通信光缆、物流基地遍地开花,大数据和新技术像一条条纤绳,拉动当地经济加速发展。于是我们看到,毕节的大白萝卜、安龙县的食用菌、江口县的"梵净抹茶"等,纷纷走向海外;遵义大棚的各类蔬菜源源不断运往上海、成都等大都市……在铜仁,住进新楼的农妇袁新芝动情地说:"哪想到幸福生活来得这样快!"

如今,贵州已建有近2.4万座雄伟壮美的大桥,悬索、斜拉、拱式、梁式、廊式等各类桥型横跨山山水水,各显雄姿,争奇斗艳,被专家誉为"世界桥梁博物馆",许多独创性技术填补了世界建桥史的空白。2018年,北盘江大桥以无可争议的巨大造型、创新规制和高超的技术含量,获得第三十五届国际桥梁大会颁发的"古斯塔夫斯金奖"。截至目前,世界排名前100座高桥,有51座在贵州,前10名有4座在贵州。全国荣获"古斯塔夫斯金奖"的桥梁有9座,贵州占4座。而那些特意保留下来的古老的绳桥、独木桥、石条桥、铁索桥、廊桥,都成了这片土地上大风景里的小风景,展示着万种风情,寄托着一脉乡愁。

呵,崇山峻岭之上,云蒸霞蔚之中,勤劳的人们用千万双大手,托起一个天高云淡、山青水绿的美好世界。

他们创造了一部风驰电掣的史诗。过去已去,未来已来!

《人民日报》2022年9月5日第20版

深海圆梦

要雪峥

2022年4月10日下午，习近平总书记来到中国海洋大学三亚海洋研究院，了解海洋观测设备与信息服务系统研发应用情况，连线"深海一号"作业平台。前方工作人员向总书记汇报了一线工作情况。习近平总书记向他们表示诚挚问候，嘱咐他们注意安全、保重身体。习近平总书记强调，建设海洋强国是实现中华民族伟大复兴的重大战略任务。要推动海洋科技实现高水平自立自强，加强原创性、引领性科技攻关，把装备制造牢牢抓在自己手里，努力用我们自己的装备开发油气资源，提高能源自给率，保障国家能源安全。

"深海一号"，是我国首个自营超深水大气田。在这里，埋藏亿万年的天然气经处理达标后，涌向粤港琼等地的千家万户。

海南岛东南方向，海深超过1500米。幽深寒冷的水下世界里，11棵方形的水下采气树分布在东西跨度50公里的海底，于错综复杂的管线丛林间，反射出一道道微弱的黄光。看不见的地方，源源不断的天然气，正在压力作用下奔涌而出。

向上，再向上，冲破海平面。那里，一座橙黄色的钢铁浮城赫然屹立。这个面积堪比两个标准足球场、足足40层楼高的"机器岛"，就是"深海一号"生产平台，它是全球首座10万吨级深水半潜式生产储油平台。

在这座孤岛般的"海上工厂"里，工作、生活着的是海洋石油人。

在这里,他们经受着潮湿、高温、台风、寂寞等多种考验。他们的故事虽不为很多人所知,却深刻地影响着人们的衣食住行——脚下的柏油马路、车用的油、灶台的火、制衣的化纤,甚而小到口罩里的那层熔喷布……都可能跟他们有关。

这是一个关于中国人探索深海的故事。要讲清这背后的深海圆梦之旅,需将时光回溯至8年前。

一

在工程师李达的办公桌旁,贴着一张案例对比图,上面密密麻麻记录着世界上各个深水油气田所采用浮体的详细信息。这些国外深水项目的开发方式,李达已经钻研过无数遍。8年前绞尽脑汁论证"深海一号"设计方案的可能性时,他在这张图前一站就是许久。

2014年,中国海洋石油集团有限公司首次在深水自营勘探发现高产大气田。但是,当时国内尚无独立开发的成熟技术和经验。

这样一个高产大气田,怎么采?用什么采?建造中国人自己的深水油气开采平台,迫在眉睫。

作为海洋工程领域的创新能手、浮体技术的青年骨干,彼时刚刚30岁出头的李达跃跃欲试——"我们可以试试!"

这是一个既产气又产油的大气田。气多油少的情况下,新建一条输油管线的成本实在过高。"能不能将产出的凝析油先储存在平台的立柱里?"李达被自己的想法吓了一跳。

两年后,一座半潜式浮式平台设计方案横空出世。借助"保温瓶内胆"的理念,"深海一号"平台下部船体采用全球首创的立柱储油技术,在立柱中设置了4个巨大的凝析油舱。这一方案震惊了国外同行。这也意味着,"深海一号"将由中国人主导设计、自主建造,采用中国标准来开发运营。

平台确定选型只是第一步，等待他们的是海量的计算验证和基础设计研究。

2017年6月，李达和团队远赴国外，与行业内的国际一流团队进行联合设计。尽管都是精兵强将，但缺乏深水经验的中国设计者还是感觉到了差距。

出国交流学习的机会和时间非常宝贵。作为船体设计负责人的李达定下一条规矩：每天工作12小时，一周6天。其实不用他规定，大家都在如饥似渴地汲取知识，一天工作时间往往达到十六七个小时。

李达忘不了那一天。2017年8月，百年不遇的飓风卷着大雨袭来，公寓一层被洪水淹没。大家带着工作电脑和设计资料紧急撤离。项目组成员暂住在当地人家中。条件有限，七八个人只能挤在一个房间打地铺。即便这个时候，他们也不放松工作，各自缩在房间的角落里办公。工作强度也丝毫没有降低。李达仍然习惯睡前把要计算的参数导入电脑，半夜爬起来检查一次，这样连睡觉的时间也不浪费。

5年过去了，再次谈起那段艰难的日子，这群年轻的工程师依然记忆犹新。他们忘不了当时流下的汗、流过的泪，他们脆弱过，但最终挺了过来。

2018年初，"深海一号"基础设计顺利通过审查，开创了3项世界首创、13项国内首创技术。多个"首创"的背后，是这些年轻科研人的坚持，这是一群永不放弃的追梦人。

二

2021年6月初。穿着红色工服的侯静，站在正在南海西部海域作业的工程船"海洋石油287"甲板上。彼时，"深海一号"超深水大气田投产在即。

在同事们的口中,她是"侯姐",是"巾帼指挥官"。

深水油气资源开发是一场漫长的多工种接力赛。但也不乏像侯静这样的人——不断切换角色,一路参与项目进程。

2015年初,侯静加入"深海一号"前期研究项目组。2018年,她又被任命为"深海一号"开发工程项目组深水管缆部经理,全面参与后续建造、施工和调试工作。

为了满足"深海一号"生产平台"30年不回坞"的高质量设计标准,侯静和团队成员开始研究生产平台配套的钢悬链立管。最初,购买是最简单的办法。然而在进行技术性谈判时,对方强硬的态度令谈判陷入僵局。

2019年夏的一天,下班后的侯静拨通了项目经理尤学刚的电话。电话里,侯静第一次提出钢悬链立管国产化的设想。

"你觉得能不能做出来?需要多少钱?如果做不出来,会有什么后果?怎么解决?"

"我觉得没问题。"侯静一股脑儿把自己的想法方案和盘托出。

刚说完,电话那头传来3个字:"那就干!"

此后,侯静和团队成员联合国内供货商,对管材开展研究、分析和试制。2021年5月,6条钢悬链立管铺设作业顺利完成,国产钢悬链立管在"深海一号"成功应用,节省费用约2000万元。

从2020年海上作业开始,侯静一直驻扎在海上施工一线,安排着每条作业船的档期和施工内容。她的办公桌上铺着笔记本、文具和一沓厚厚的"工作日历",上面手抄着各种参数、时间轴、简图和日报关键事项,日历格子里挤着米粒大的字,那是海域里各作业船舶的当日动态。

2020年10月初,侯静和团队成员在海上遭遇难关:一次作业时突遇海底阀门无法密封，而此时台风即将到来。如果在台风到来之前不能恢复阀门功能，那么将有安全风险和失控的可能。

大家抓紧时间查阅资料、回顾作业过程，一步步梳理解决方案。海况越来越不平静，他们干一会儿停一会儿，前后经过80多个小时的尝试，终于恢复了阀门功能。平时只要半个小时就能收上来的潜钟，那天用了一个半小时。等他们撤离的时候，现场已经是9级风。

"深海一号"投产当天，侯静和团队成员在平台南面1公里处的"海洋石油287"上待命。作业船时远时近，默默地守护着"深海一号"平台。

三

和侯静一样，雷亚飞很早就接触到"深海一号"的前期研究审查工作，并作为生产准备组成员与开发工程团队一路南下，经历了从北京、天津、青岛、海阳、烟台到南海长达5年的漫漫征途。

2021年6月25日，这位气田总监在现场通过对讲机启动投产操作流程。70多米的火炬臂喷射出熊熊火焰，我国首个自营超深水大气田"深海一号"投产。

开发生产团队——这支由92人组成、35岁以下成员占比超过七成的团队，从设计建造者手中接过"深海一号"，接力守护这项"大国重器"。

一大早，雷亚飞照例来到中控室。不一会儿，整整齐齐围了两圈的凳子，就被身穿橙色工服的同事们坐满。

海上没有星期天。7点半，早班会正式开始。负责工艺、水下、机械、电气、仪表、动力六大板块的主操，详细汇报着当天的工作计划。"遇到问题除了对照操作手册，也要懂得变通，具体问题具体分析。"雷亚飞边听边叮嘱。

维修监督宋金龙坐在靠近中控室门口的位置，耳里听着各路工种的反馈，表情若有所思。

宋金龙是仪表专业出身，接手维修监督这个岗位并不容易。"总担心自己的知识储备不成体系。投产那时候大家都有一腔热情把这个事干成，但进入生产状态以后就不能只靠热情了。"

投产的日子如同一声发令哨，开启了新的征途。"深海一号"投产第一天，现场团队就马上投入艰难的开井作业中。

海洋石油因为隔了一层厚厚的水，油气开采的难度呈指数级增加。深埋地层的油、气、水等混合物，要通过水下管汇、跨接管和海底管线抵达生产平台。漫长的深海旅程中，管道内的蜡和沥青质沉积、水合物等都会造成流动障碍，使管道不通。而保障管路系统流动安全的成熟技术措施，一直被少数发达国家掌握。

由于一开始对水下流动性保障认识不到位，前两口井开得都不太顺利。大家好不容易调整完后续开井工艺，大气田又频繁受到段塞流影响……未知的问题一个接一个冒出来。这些海洋石油人虽久经考验，最初却仍有些不知所措，按思维惯性寻求帮助：联系设备厂家优化？寻求外部资源和专家的支持？

"我们也是后来慢慢转变过来的。作为自营超深水大气田的第一任开发者，我们要尽可能做问题的终结者，而不是传递者。"宋金龙笑说，"我现在有些专业问题都敢'挑战'总监了！"

那一头，雷亚飞乐见"挑战"："这说明大家在思考问题。现在的年轻人在学习过程中都能提出自己的想法。他们很自信，这没什么难的！"

年轻人在历练中快速成长着，他们与深海一再交手又彼此成就。这支团队在油田运维管理过程中不断优化流程参数，持续攻克水下技术壁垒，一点点摸索着高产与稳产之间的最优解。

2022年6月25日，"深海一号"超深水大气田投产1周年，气田累计生产天然气突破20亿立方米，累计外输凝析油超过20万立方米，成为我国"由海向陆"保供粤港澳大湾区和海南自贸港的主力气田。

四

早上4点50分，迎来日出时刻。

海风将流动着的云扯出墨迹似的水平线。初升的太阳，为一切镶上金边。

一同镀上金光的还有南海。电气主操朱华跑上直升机甲板，摆弄着自己的新无人机。只要天气好，他都会趁着日出和日落的时候飞上一会儿，记录下"深海一号"的模样。从正上方俯拍，镜头里的"深海一号"生产平台方方正正，四角探出的立柱顶部，16组锚链呈现着对称美。

"德兆德兆，深海一号，帮我看一下风向风速阵风浪高。"

"风向190，偏南风，风速8米/秒，浪高1.5米。"

几公里外的守护船"德兆"像往常一样报告着实时天气信息。

机械主操郭明乐习惯把对讲机放在床头，这样可以随时处于应急待命状态。平台上有200余台泵、20余台压缩机和近3000个大阀门，保证这些设备24小时正常运转，是郭明乐和机械团队的头等大事。每天早上7点，他们会准时出现在甲板上，分成几个小组，轮班开启一天12小时的常规巡检和维修。

6月的南海，白天里热气穿透甲板。推开厚重的生活楼外门，从5楼下到1楼，工服已经湿了一半。即使这样，为了安全生产，平台上的所有工人进入生产区前，都必须着连体长袖工服、高筒皮质工鞋，并佩戴安全帽、护目镜、耳塞和手套。几个小时下来，非常考验人的体力和意志力。

手机是不可能带在身边的。平台对防静电要求很高，任何电子产品都可能带来隐患。只有下班回到生活楼,他们才能赶紧掏出手机与家人联系。平台上手机信号极易受天气影响,信号不好的时候,郭明乐就一遍遍翻看手机相册里孩子的视频。缺席儿女的成长,是很多常年出海的海洋石油人必须面对的遗憾。

好在,这是一个温暖又接地气的团队。从总监到工程师到初出茅庐的操作工,无不葆有一份淳朴和务实。大家一起熬最深的夜、闯最难的关、看最美的海。

夜幕降临,5层高的生活楼灯火通明:有人洗去一身的疲惫,晾上了工服;有人穿好工服、工鞋,戴上安全帽,动身前往夜班岗位;有人和家人通上了话;有人和身边同事聊起白天操作时遇到的难题……

此刻,夜空寂静,海风阵阵,起伏的海面是如此的辽阔,涌动着中国海洋石油人征战大海的梦想与豪情!

《人民日报》2022年9月14日第20版

伶仃洋上一条绚丽的彩虹

何建明

伶仃洋上,一条彩虹飞扬港珠澳三地,泛起斑斓星光……

当你乘着汽车行驶在55公里长的港珠澳大桥上,迎着爽爽的秋风,体味着飞越大海的感觉,那是何等的心潮澎湃、梦幻诗意:海豚在水面上排列着追赶车流,鹭鸟则在一旁飞翔——这是今天我们在伶仃洋上谁都能享受到的美景与通途。

一

稍稍了解一下港珠澳大桥的与众不同:首先是世界上还没有哪个国家在海洋上建过如此长的大桥;整个工程最大的建造难点是中间有段6.7公里长的潜入海底深处的隧道,以及连接主体桥梁与这海底隧道的深海之中的两个人工岛。

之所以这样设计,是为了不破坏伶仃洋的海洋生态、不影响珠江口的海上航运及不改变香港飞机场的空中航运路线。这样的工程难度在世界海洋建桥史上前所未有,许多技术必须独创。中国人行吗?全世界同行都瞪大了眼睛……

造桥的第一大难点是要在大海深处筑建两个人工岛,有了人工岛才能把海底隧道联结成海底通途。然而大海之上的"人工岛"到底如何建?

在海上竖起一排18层楼高的大钢圆筒,每一个大钢圆筒高50米、直径22米,重达550吨,然后将它们排列成珍珠项链形状的两个大圈子,由此实现快速筑岛——敢想敢为的中国工程师如此设计。

可如此大的钢圆筒在哪制?谁来制?大且不说,质量要求绝对世界一流,还须确保120年的使用寿命。最后找到了上海振华重工。

然而"振华"也是头一回遇到如此"大活":用什么办法将厚达1.6厘米、高50米、宽70米的巨型钢板焊接起来,这也着实难为了大家。

"振华"还是有招:动员企业内部所有干过20年以上焊接工作的能工巧匠齐上阵。于是,人们看到一群老匠师蹲在地上,手持火焰熊熊的焊枪,将一块块将近半个足球场大的大钢板曲卷,焊接成大桥所需的巨型钢圆筒,然后又把这些大钢圆筒一个又一个竖起来,总共120个。"太壮观!""振华"人乐滋滋地讲起这一幕。

超大型钢铁结构物,有时仅仅多出一个技术指标,就可能是一道世界级难题。制造好的120个大钢圆筒,运达千里之外的伶仃洋造桥的施工现场。但工地上遇到了另一个难题:怎么将这些大钢圆筒在海洋中结结实实地插放好,状如"篱笆阵",并能牢牢地固定在深海而达到筒与筒之间不渗水。这一工序在技术名称上叫"密封止水",它的材料结构叫"副格"。

会开了几天几夜,仍无结果。

虽为副格,但个头上必须同是50米高,体形上则如弧形的钢铁"翅膀"……世界上没有可资借鉴的技术,一切都得靠中国工程师自己创造与制造。年轻的工程师团队平均年龄只有28岁,他们来到基地后迅速投入了为大钢圆筒铸造钢铁"翅膀"的紧张工作。

年轻的基地,年轻的心。这群80后、90后青年甩开膀子与天、与海赛跑,仅用1个月时间就完善了厂区设备和生产条件。在完成第一个副格成品之后,又调整战略,创建双线并发的生产线,从而使一日产2

片副格提高到一日7片。时任中国交建总工程师、港珠澳大桥岛隧工程项目总经理林鸣得知后,亲临制作现场。当看到昔日一片荒滩转眼间成为13万平方米预制厂时,他不由得心潮澎湃。

　　大钢圆筒筑岛的复杂性仍在一步步升级。现在,他们迎来将大家伙插入海底的工序,这一工序在工程上叫"振沉",即通过强大的振动力量将其沉下。想象一下,眼前有一个18层楼高的钢铁巨筒,要把它往下沉压几十米,你有什么办法?大家或许会想到用千斤巨锤。但这般千斤巨锤又由谁造?千斤巨锤真的能把如此巨大的钢铁大筒压入海底吗?怕是牙签掏水泥地,一点儿用都没!

　　怎么办?工程师们有办法,他们想到了用一种振沉器。用电流振荡的力量代替千斤顶或巨锤,将如此庞然大物下压使其沉降。最后的方案是:采用8台振沉器,合力而作。

　　试验地放在天津。领队的孟凡利带领团队在试验时一下列出100个难题,这些难题都得在试验场上解决,否则一个18层楼高的大钢圆筒放到海洋深处,稍有差池,就会前功尽弃!

　　试验是1∶1的,18号人对付几十吨的一个钢铁"大疙瘩",光翻腾一次,就得累脱三层皮。副格已经试验近百次了,这样的倒腾还要有多少次?

　　问题到底出在哪里?孟凡利辗转难眠,百思不得其解。后来他和试验人员一起想到了试验失败可能的症结所在:振沉器有密密麻麻的齿轮——是不是因为齿轮没有调对所致?想到这儿,孟凡利等直奔试验现场,随即与在场的一群工程师工作了起来……这一动手果真找到了问题所在,原来一对齿轮差了两小格。就这么一点儿小毛病,差点毁了120个"钢铁巨人"的诞生和整个大桥的人工筑岛计划!试验成功的那一天,孟凡利团队的18名工程师喜极而泣。

若干天后，伶仃洋上的人工岛关键之战——大钢圆筒入海围岛工程开始。"那场面才称得上惊天动地、气势恢宏呵！"孟凡利这样形容。

在大海中用8台"大锤"进行组合联动是一项复杂的工程工艺，近千吨的"大锤"系统，必须做到步调一致、分毫不差。

2011年5月15日清晨，伶仃洋等待已久的筑岛工程正式拉开战幕——

"振沉开始！——"现场施工指挥孟凡利一声令下，大钢圆筒顶上的8台联动"大锤"轰鸣，那十几层楼高的大钢圆筒以999‰的精确度垂直而下，直插大海深处⋯⋯

"报告林总：首振大钢圆筒圆满成功。请指示！"10分钟——似乎是眨眼的工夫，孟凡利便向林鸣报告。

"太棒了！热烈祝贺！"林鸣兴奋地拥抱孟凡利，说："大孟，第一个做得这么好，以后，每一次振沉都要当作第一次，稳扎稳打，才能做到最好！"

"是！每一次都当成第一次！"

正是靠着这种信念与要求，西人工岛工程战斗拉开帷幕之后，大钢圆筒振沉从一日一筒，到一日两筒，再到一日四筒⋯⋯最后，整个人工岛工程比计划快了两年之多！

二

港珠澳大桥建设中最难的关键性技术是由33节巨大沉管连接而成的海底隧道工程。每节沉管重约8万吨，相当于一艘重型航母的满载排水量。除了重量外，最复杂的是沉管需要沉入几十米深的海底，而且必须保证120年内"滴水不漏"。一旦漏水，如果水量过大，整个隧道就会被淹没，随之大桥也将被中断⋯⋯千亿元造价的大桥将毁于一旦，后果不堪设想!

海底沉管怎么造?这是造桥人遇到的第二个世界级的超难题。

"还是一句话:拿出中国人的智慧和创新劲头来,不信我们搞不成!"中国工程师们的志气是在血管里涌动的。

海底沉管,是个大个头,每个180米长、37.95米宽(可以满足来回各三个车道及一个设备道)、11.4米高,钢筋混凝土结构。这个结构不仅要在海底承受每天来来往往的车水马龙,还要保证120年的寿命,称之为港珠澳大桥的"心脏工程"毫不为过。

首先,要找一块能造这么个庞然大物的地方。很快,在伶仃洋岸头,找到了一个叫牛头岛的地方。

一座现代化预制厂在牛头岛迅速崛起,似乎是一夜之间的事。时间不等人啊!

2011年8月16日一大早,东西两个人工岛建设热火朝天,林鸣登岛向两个工区安排新一轮施工任务,随后便上了快艇,直奔牛头岛。

"没有沉管,就没有岛隧工程。牛头岛是大桥的'牛头',你不牵住它,大桥建设就等于零。"牛头岛上的每一个工作人员都知道自己责任重大、使命光荣。在岛上,无论是封闭的车间,还是林立的混凝土搅拌泵塔及立交桥式输送系统,都规范有序地运转着。

180米标准长度的沉管,在预制车间里被分成8个节段预制生产。整节沉管,是靠8个长22.5米、宽37.95米、高11.4米的节段管节,通过60束预应力钢绞线的张拉,像穿糖葫芦似的连在一起。这就是建桥工程师们口中常说的"绣花活"。

"99.9%的合格率,在沉管预制上就是不合格,因为那0.1%就是毁坏整段沉管的祸根;一天两天的技术指标符合要求,并不是真正达到了要求,因为大桥的设计寿命是120年,若50年、100年中出现工程质量问题，就是我们对大桥犯下的罪过！"工程师和预制人员每天都用这些数字来提醒自己。

沉管预制开始的那一天起，整个牛头岛就成了一个繁忙而激烈的战场，每天24小时灯火辉煌……

绑钢筋，扎钢丝，沉管节段的钢筋绑扎是需要人工操作的"手工活"。于是，人的手上功夫便成了这一道工序的关键点。手上功夫又是人的眼睛、心境和双手的灵敏度的合力展现。工人师傅在这里充分发挥了他们所具备的能力和功力。

在这支劳动大军里，有一群心灵手巧的女工。她们的专注与用心，把粗硬的钢筋与钢丝，变成了绣花的针与线……这样的钢筋笼排列在你的面前，就是一朵朵艳丽的花，就是一幅幅如诗的画，它不再让人感觉沉重与笨拙，相反它变得优美、华丽和动感。

沉管结构设计工程师吕勇刚把技术理念和要求，融进了一张张1.2米长的图纸上，这样的图纸他画了几百张、几千张……

"设计师可以天马行空，但工程师必须脚踏实地。"当吕勇刚看到自己设计的沉管走出车间、飘向坞池时，他的心如大海波涛汹涌："那个感觉，就像自己是一只飞翔在海洋上的海燕，格外惬意，极有成就感。"

三

把33节沉管衔接起来一起沉入海底，就是港珠澳大桥所要的海底隧道。在海底安装沉管的过程，可以用"心惊胆战""如履薄冰"来形容。

大桥的海底隧道共由33节沉管组成，这也是整个工程中技术最艰难的部分。编号为第十五节的沉管安装，一波三折，前后用去一年多时间。林鸣严肃地告诉团队："我们没有一分钟的多余时间。第十五节所耗去的时间，必须在其他的管节安装中找回来。"

工程就是战场，一切都要靠拼！

现在是"最终接头"的最后时刻了：也就是衔接第二十九与第三十节沉管的那个长达12米的"牵手"——双边沉管的接头。

"'最终'两字分量太重，它影响并决定着大桥建设者此前7年多建设长跑的成败。"林鸣这样解释。世界海底隧道史上，技术尖端之尖端，说的就是这最终接头。虽然它只有12米的长度，但其内部有密集而复杂的装置和花样万千的精密部件。

专家们反复推敲，最终将大家的智慧汇集一起，放弃了传统现浇钢筋混凝土最终接头，而是选择了一种创新型的整体式结构，即"三明治结构"的最终接头。

岛隧工程的副总经理尹海卿解释道：大桥最终接头的"三明治"，主要是指制作法中最关键的高流动性混凝土原理与制作工艺。一般的混凝土配比无法实现在钢壳结构里填混凝土，比如沉管、人工岛的混凝土配比都不能满足钢壳混凝土的要求。其他制品可以有一点空隙，但最终接头的钢壳混凝土必须无空隙。没有现成经验，只能靠摸索。原材料的配比先在试验室里做，然后做成1立方米的小试块，再到后来就做成大模型，最后到现场就做成了一个10立方米大小的试验品，一直做到整个玻璃墙那么大……这个过程比较漫长，但最终成功了！

整个最终接头就像是个大仓体，它的立面全部都要用混凝土填实、填牢固。12米长的最终接头，仓体内共装置了304个大大小小的仓，里面有各式各样的隔断、型钢、管线等。要在接头里把304个仓体浇灌满、浇灌密实和牢固，不留一丝缝隙，难就难在这里，技术要求高也高在这里——全靠研制的混凝土符合高流动性标准。

"但我们把这些高难度问题全给解决了！"尹海卿笑着说。

2017年3月13日，是一个值得铭记的日子。这一天，大桥最关键的一个部件在进行最后的制造——最终接头的混凝土灌筑开始。执行现场施工任务的领班工程师张洪早晨7时就站在混凝土搅拌机前,向施工人员做了激情澎湃的动员,他有一句话响彻了牛头岛:"我们今天将要干一件创造历史的事!"

"大家有没有信心啊?"他随即又问工友们。

"有!"回应他的是地动山摇的声音。

3月26日下午2时15分,世界上最大的海底沉管最终接头,成功完成了混凝土灌筑……林鸣望着重新安放于深坞之中的6000吨的最终接头,向部属们一挥手,说:"走,牛头岛这边的事圆满了,现在去海上!"

5月2日,是安装最终接头的日子。

伶仃洋的这一天格外让人瞩目:船,有无数条,每条船都披红戴彩。船上的人也特别多,他们是各路专家、大桥各部门负责人和新闻媒体记者,他们都在共同期待最终接头的安装和大桥全线对接成功的最后一刻。

凌晨4时许,指挥船"津安3"、起重船"振华30"、拖运船"振驳28"及潜水船的工作人员全部到达伶仃洋施工海面。

"呜——"5时许,"振华30"长长的汽笛声撕破了清晨伶仃洋平静的海面,吹响了港珠澳大桥海底隧道最终接头吊装的号角。

经过反复严格的调整、校对,"振华30"吊臂旋转到位,即将与最终接头连接。

7时许,"振华30"开始起吊准备。最终接头吊装过程中的姿态保持、旋转、落水等实时数据在指挥室不断闪烁。20余名工人在15分钟内,利落地完成吊装最终接头所用4根吊带的连接安装,随后陆续撤离。

7时20分许,指挥室传来指令:正式起吊。林鸣宣布:"主吊!——"

超级大力士"振华30"将最终接头缓缓吊起,逐渐吊离安放最终接头的船舶"振驳28"。

"哇!才一会儿的工夫,最终接头已经吊起有4米高了。"

最终接头开始缓慢转向"振华30"与"津安3"之间的安装海域上。9时许,最终接头进入海水中。

"再5米""再降5米"……指挥室林鸣传来指令。最终接头缓慢进入深海之中。中午12时,港珠澳大桥沉管隧道最后12米的接头在30多米的海底成功着床……

"现在我宣布:最终接头安装成功!"中国交建总指挥的话音刚落,伶仃洋上的鞭炮声随即响起……瞬间,海洋上空映出一条绚丽的彩虹,将港珠澳三地照得满地光芒!

《人民日报》2022年9月21日第20版

"天鲲"遨游

陈丽伟

2022年5月4日，中交天津航道局有限公司"天鲲号"荣获第二十六届"中国青年五四奖章集体"。

"天鲲号"，首艘由我国自主设计建造的亚洲最大自航绞吸挖泥船。

2021年5月28日，中国科学院第二十次院士大会、中国工程院第十五次院士大会和中国科学技术协会第十次全国代表大会召开。"天鲲号"首次试航成功，被誉为我国"战略高技术领域取得的新跨越"。或许有人会问，一艘挖泥船，为何获得如此殊荣？

挖泥船可谓港口建设、航道疏浚、吹沙填海、造陆成岛的利器。直观地说，"天鲲号"1小时就可以在海底挖出1米深、足球场那么大的深坑，并将挖起的海沙、岩石及海水的混合物输送到最远15公里外的地方。挖掘一座"水立方"，也只需7天左右，还能将挖出来的泥沙岩石吹填成陆地。正因其强大的疏浚挖掘和吹填能力，"天鲲号"被称为"国之重器"。

尤为令人印象深刻的是，作为"重器"监造者、使用者、守护者的"天鲲号"团队，竟是由一群青年人组成，平均年龄不到32岁。

一

回忆当年往事，中交天津航道局有限公司原总工程师顾明依旧激动不已——

伴随中国改革开放和全球经济发展，国内外港口迎来建设新浪潮。然而，港口建设的重要装备——大型绞吸挖泥船的整船设计、关键设备及核心技术，主要集中在欧洲。2003年，我国计划引进一艘大型绞吸挖泥船，并与欧洲一家世界知名企业谈判。

对方直接报出惊人高价。

我方判断他们会降价，报价单里面那笔技术服务费不该这么高。可该公司听到我方降价请求，不但不降价，反将总价又涨了5%。

坐地起价，背后是对方十足的信心——反正，你不会自己造。当年，这样的外国企业，岂止一家。

"我们，不买了！"

关键技术，是买不来的。关键技术，只有掌握在自己手中，才不受制于人。拥有漫长海岸线的中国，没有理由不成为世界疏浚技术和设备强国。

2006年，国产"天狮"船成功问世。此后10余年，一批批型号更新、技术更领先、建造更精良的国产绞吸挖泥船雨后春笋般被制造出来，驶向辽阔大洋。

2017年，"天鲲号"横空出世！

"天鲲号"，智能化水平、挖掘能力、远程输送能力、适应恶劣海况能力全面领先，在全电力驱动、快速成岛等关键领域，实现上千项自主创新，打破西方国家一重又一重的技术封锁。

比如，"天鲲号"智能控制系统，让绞刀横摆的速度随泥沙浓度的变化自动调整，既保证了施工效率，也保证了施工质量。

比如，"天鲲号"是世界第一艘，也是目前唯一一艘同时配备"柔性钢桩台车系统"和"三缆定位系统"的自航绞吸挖泥船。这令"天鲲号"拥有非比寻常的恶劣海况作业能力。

2019年，刚刚完成挖掘试验的"天鲲号"越洋千里，参与"一带一路"沿线国家的重要项目施工。该工程包含106万立方米的岩石开挖，岩石的最高硬度超过"天鲲号"的设计标准。

首战即硬仗。

"天鲲号"正式开工。绞刀齿啃咬水底岩石的响声传遍全船，每个人都心弦紧绷。绞刀齿的磨损速度非常快，船员们每隔20分钟就要更换一次绞刀齿，每次更换十几个，一天24小时不间断。如果发现齿座磨损，也要及时更换。

连续挖岩的23天里，"天鲲号"更换绞刀5次，更换绞刀齿座35个，修复齿座150个。74斤重的绞刀齿，一天最多更换280个。这对船员的体力也是巨大的挑战。为了节省船员体力，船上专门配备了换齿吊车，但年轻的船员们为节省时间，直接人力操作，用双手举着厚重的绞刀齿扣在齿座上。

甲板一侧，水手白龙标下蹲、抓齿、起立、就位，四个动作一气呵成，20秒，74斤重的绞刀齿便安装到位。

"像我这样的壮实水手，船上有 群呢！"

与"天鲲号"同台竞技的，是世界知名的杨德努"JFJ"船。"从参加工程项目那一刻，我们就在心里憋着一口气，一定不能输给他们。"船员们紧张又兴奋。

两船相隔400米，同时开工，不亚于打擂。

疏浚项目完工时，"天鲲号"与"JFJ"船各完成一半岩石挖掘量，两船所展现出的挖掘能力不分伯仲。不过，"天鲲号"的长距离输送能力更胜一筹。

首战即告捷！

提前45天完成疏浚项目，工程品质和履约能力完美无瑕。业主方在视察"天鲲号"后说：

"我们没想到，中国会有这么顶尖可靠的挖泥船。"

"其实，当时压力特别大！'天鲲号'作为新造船舶，理论上需要一到两年磨合、调试期，上来就打硬仗，大家心里都没底。"船长张燚回忆当时的情形，仍颇感慨："现在好了！我们中国疏浚企业的实力，已是有目共睹。"

张燚知道，施工现场不同于实验室，不能反复试错，机会只有一次。

在这个没有彩排的舞台上，"天鲲号"顺利经受了考验。

二

"天鲲号"之所以能在茫茫大洋的惊涛骇浪里安然作业施工，首先要归功于那对被船员们称为"定海神针"的巨型钢桩。这对钢桩每根长55米，重184吨。当初，由于相关技术封锁，监造团队一度只能望"桩"兴叹。为了把这套系统做出来，他们寻遍国内有实力的厂家，最后才找到能够合作的企业。

"刚开始，我们光设计图纸就改了20多回，方案研讨会更记不得开了多少次。"监造组副组长冯长华回忆道。

如何提高钢桩台车系统的承受能力，也是监造团队日思夜想的问题。他们遍寻国内外相关案例，终于，"柔性钢桩台车系统"进入了团队的视野。这一系统可以将钢桩受到的力缓冲掉，从而显著提高船舶在恶劣海况下的作业能力。

好消息是，这套系统国际上已有成功范例。坏消息是，"技术封锁"的壁垒再一次横亘在团队面前。

"一定自己把这套系统做出来！"

不服输，肯较真。"天鲲号"柔性钢桩台车系统不仅顺利完工，而且实现了超越。比如传统绞吸船的"倒桩"环节非常麻烦,有时需要3天乃至更长时间。而"天鲲号"通过加装液压系统,1天时间便能完成倒桩。

瞄准工程船建造的科技前沿,在关键领域、"卡脖子"的地方下功夫,监造团队自主掌握的关键核心技术还不止这些。诸多技术创新,将这艘国之重器打造得日趋完美。同时,众多创新点对船舶建造提出了更高要求。作为船东方,监造组本来只把控建造进度和质量。但这次,他们不得不转换角色,亲自下场。

在建造现场,负责船体监造的团队成员侯国辉对施工要求非常严格。船体是由一段段特种钢板对齐后焊接而成,有的对接误差在5毫米以内即可,他却要求控制在3毫米以内。提高标准意味着增加工作量,有些工人不服气,侯国辉就耐心解释说,"天鲲号"后期要安装很多设备,要让每一个设备牢固可靠,必须保证船体的平整度。他精益求精的工作要求得到了工人的理解,最终船体平整度误差降低到了2毫米以内。

"建造过程无法在实验环境下模拟,只能在实际生产过程中步步推进。一步过不去,下一步也无法执行。"孔凡震是监造组最早的成员之一,对建造难点记忆犹新:"设计中桥架耳轴的材料,我们寻遍了国内各大供应商,都无法买到符合设计要求的。如果继续找下去,必将影响工期。"团队经过3天的分析论证,联合设计单位和船厂现场协调,最终找到了可行的替代材料,令项目得以继续推进。

除了攻克各种技术难关,团队还要面对项目管理中的种种状况。

2017年中秋节临近,家家都在准备过团圆节,监造组组长王健却心急如焚:钢桩台车的交工工期已经滞后1个月了。王健和造船厂总经理一同赶到台车制造厂,方知该厂资金链中断,台车项目也陷入停滞。此时距离"天鲲号"按计划下水,已不到2个月。

监造组进入工厂后发现,台车主体结构已经完成。还有一些零部件,需要下水后再结合船体间隙尺寸进行加工。"台车系统造价高昂,不可能再另寻厂家了,必须尽快将台车主体抢运到船厂!"王健带领监造组经过多次艰难谈判,终于谈妥了运走台车的相关事宜。不料,由于车间大门低于台车高度,台车无法从车间运出。王健当机立断,拆除了车间大门和高墙。台车刚运出车间门口,又被高压线阻挡。监造组联系当地电力部门,在他们的协助下用吊车将电线架了起来,台车这才得以顺利运出厂区。

就这样,"天鲲号"团队克服了一个又一个困难,一步一个脚印,稳健前行。他们成立"鲲青年"创新工作室,完成了"水下泵自动控制系统"等百余项技术革新,填补了多项国内外空白;通过"青年大讲堂""双导师带徒"等方式,着力培养技术能手和"大国工匠",其中杨春彪荣获"全国交通技术能手"称号……这个年轻的团队展现了新时代中国青年奋发进取的昂扬姿态和踏实苦干的扎实作风。

三

"重器"须有大担当。许多重要工程项目,"天鲲号"不能缺席。每有使命召唤,无论面对的是极寒还是高温,"天鲲号"上的年轻人都一往无前。

极寒有多寒?勘察加项目,零下30多摄氏度。在甲板上工作的船员们,穿着厚厚的连体工作服,戴着头盔和护目镜,依然难以抵挡抽打在脸上的寒风冰霰。为赶工期,他们三班倒全天无休作业。工作服外面冻着冰雪,里面淌着汗水,个中煎熬的滋味一般人难以忍受,"天鲲号"上的年轻人却早就视若平常。

岸上会好一些吗?积雪经常深达数米,简易房一楼打不开门,想出来只能从二楼窗户往外跳。水管冻住,只能融化雪水喝。不下雪时,饥饿的棕熊常绕着项目驻地觅食。多少次船员闻声抬头,一只棕熊正用爪子拍着玻璃窗,流着涎水向他张望……这里是无人区,日复一日,除了海鸥、棕熊、水獭,就是寂寞且狂暴的大海。年轻的船员们一待至少3个月,长的则要10个月。

高温有多高?钦州港项目,"天鲲号"船员工作的轮机舱内温度高达50摄氏度,工作服里面是汗,外面也是汗。还不只是高温——轮机舱的发电机足可供给一个小型企业或社区,但工作起来噪声震天,船员们即便戴着耳塞,出舱之后耳朵依然嗡嗡作响。

钦州港航道疏浚也遇到了坚硬岩石,过去一般靠炸药爆破。考虑到当地的环境保护需求,"天鲲号"青年团队夜以继日地攻关,解决了这一难题。项目期间,重达40多吨的抛泥泵突然出现故障。等厂家技术人员来修,又要好些日子。"实在等不起!"全体船员决定自己解决。他们分两班倒,5天6夜加班抢修。要知道,抛泥泵光一个螺丝都要20多斤,有时安装一个部件,要靠好几个小伙子协力推动。抛泥泵终于修好了,小伙子们却累惨了,吃饭时连筷子都拿不稳。

近年来,"天鲲号"在海外参与的工程不断增加,施工足迹遍布多个国家和地区。团队成员行走天下,但"家国"二字,常在心中。

"天鲲号"首战,与最坚硬岩石"硬碰硬"那段时间,船上振动特别大,仿佛要把人的五脏六腑震出来。虽然船上安装的气动减振器足以保证舒适安全,但此时却未被开启。轮机长王东没有半句怨言:"隔绝振动,就无法感受绞刀的真实运行状况。振动虽然让身体难受,但让我们心里踏实!"

团队成员杨家旺,有一天突然左嘴角下垂,原来是连日劳累加受凉,出现了面瘫,不及时治疗可能留下残疾。但"天鲲号"是全电力驱动船舶，作为船上最了解机电的人，他知道自己不能走。他从附近医院取回一些针剂药品。此后10多天，同事张岳成了"主针医生"，为他注射治疗，直到攻坚结束。

2020年元旦前，"天鲲号"奔赴连云港参与项目施工。但因疫情防控的需要，施工计划不得不进行调整。"同志们，项目如果停工，每月将面临重大损失。现在，全船实行自我封闭，所有人员停止休班换班，务必守护好'天鲲号'的岗位！"凭借在船职工的坚守，疫情防控期间，"天鲲号"没有耽误一点时间，实现了国内施工以来超3800小时安全运转，提前完成施工任务。

从2018年至今，"天鲲号"的青年船员们几乎没在家过过一个春节。但这并没有影响他们乐观的奋斗精神："我们现在不错了，还能和家人视频聊天呢。早年的前辈们只能写信、发电报，等回到家，孩子都不认识他们了。"

舍小家，为大家，有国才有家。这是"天鲲号"上年轻人的共识。他们正是怀着这样炽热的情感，驾驭着国之重器，一次次奔赴最需要他们的地方。

"北冥有鱼，其名为鲲。鲲之大，不知其几千里也。""天鲲号"，以恰如其名的大气势、大胸怀，日复一日奔忙在建设前线，于吞吐间展现宏大的时代气象……

《人民日报》2022年9月28日第20版

北斗，争当天上最亮的"星"

龚盛辉

2020年6月23日9时43分，西昌卫星发射中心发射场"轰"的一声巨响，一枚"长三乙"运载火箭冉冉升起，将北斗卫星导航系统第55颗卫星，也是北斗三号最后一颗全球组网卫星送上太空。至此，北斗三号全球卫星导航系统星座部署全面完成，比原计划提前半年。

完美收官，星耀全球。北斗卫星导航系统终于迈入全球时代！

为了这一天，北斗人奋斗了26年。为了这一天，国家组织千军万马，北斗人克服千难万险、历经千辛万苦。现在，北斗终于开始走进千家万户、造福千秋万代。听到这个消息，北斗人所有的艰辛与付出，都化作了欣慰："这辈子能参与北斗卫星导航系统建设，是人生的幸运与幸福！"

一

2015年3月30日晚，一枚"长三丙"运载火箭划破西昌卫星发射中心沉寂的夜色，带着美丽的尾焰直刺星光闪烁的夜空，将肩负北斗全球卫星导航系统重大核心关键技术试验任务的第17颗北斗卫星送入预定轨道。

"太阳能帆板顺利打开"的消息传来，发射指挥大厅里一片欢腾，记者们开始现场采访。一名记者走到时任北斗卫星导航系统总设计师助理、工程总体室主任的郭树人面前。

"北斗二号启动已经满10年了,这10年,您最大的欣慰是什么?"记者问道。

郭树人答道:"通过不计其数的计算、论证设计出的方案,终于得到肯定,取得统一意见。"

在科研工作中,常常会有不同的意见和看法。郭树人作为工程总体室主任,主要任务之一就是通过积极协调,统一大家的意见。

建设北斗卫星导航系统,需要在太空布设数十颗北斗卫星。首先需要解决的问题,就是这些卫星采用什么样的星座结构。

GPS导航卫星全部采用距离地球2万千米左右的中地球轨道卫星(MEO)。但北斗卫星星座设计团队带头人许其凤带领团队对其覆盖性、性价比、管理模式进行细致分析、深入测算后,发现它根本不适合北斗二号区域卫星导航系统。团队根据北斗导航"三步走"战略特点,通过缜密推演、细致计算,在国际上首次将距离地球3.6万千米的地球静止轨道卫星(GEO)、倾斜地球同步轨道卫星(IGSO)运用于卫星导航,设计了世界上第一个"GEO+IGSO+MEO"混合星座。

郭树人带领总体团队,通过计算、论证,认为混合星座对亚太地区覆盖率高,投入性价比高,建设速度快,技术风险小,而且见效快、易管理,完全符合区域系统特点,并能够给未来的全球系统建设准备广阔空间。

但这一创举与用户部门、研制部门的意见大相径庭,遭到不少反对。

为了统一内部意见,北斗卫星导航工程领导小组和总设计师系统(以下简称北斗"两总")把各系统专家召集到航天城协作楼,进行集中讨论。大会小会不下百次,郭树人也先后100多次上台解答各种疑问,大家依然存在分歧。

各系统专家大多是各科技领域的名家,其中不少是两院院士。而郭树人当年只有30多岁,是年轻后辈,他带着团队大会解惑、小会释疑、个别沟通。一次不行,两次;两次不行,三次;三次不行,四次……不厌其烦、反反复复从各个角度用客观的数据回答各种疑问,终于使大家基本接受了"混合星座"方案。

郭树人说:"大家都是为北斗好。每个人看问题的角度不同,我的任务就是把大家的意见统一起来。"

"GEO+IGSO+MEO"混合星座是中国首创,被外国学者称为"中国星座"。

事实证明,"GEO+IGSO+MEO"混合星座非常适合北斗卫星导航系统特点,为北斗导航确保"中国特色"、跻身世界一流奠定了坚实基础。

二

星座模式好不容易确定下来,寻找北斗卫星向地面发射信号的频率又遭遇"寒冬"。

太空茫茫,无边无际,但它并不是一片任人类信马由缰、肆意驰骋的无边草原,而是一条条"狭路"。比如,卫星导航频率,可供人类使用的无线电频谱非常有限,而且其中绝大部分已被航天强国抢占。

北斗二号2004年立项时,只有一段频率可用于导航卫星通信。中国北斗、欧盟伽利略同时申报了该段频率使用权。按照国际电信联盟规则,谁先把卫星发射升空并在地面收到卫星信号,谁就能优先使用该频率。国际电信联盟同时规定,自申报之日起,必须在7年内使用频率,逾期视为自动放弃。

这时,欧盟伽利略卫星导航已经进入卫星发射阶段,而北斗的申报时间已经过去4年。这意味着3年内中国必须把北斗卫星发射升空,并抢在欧盟伽利略之前在地面收到卫星发回的信号,北斗卫星导航建设才能赢得主动权。否则,北斗卫星导航建设将处处受制于人,甚至面临夭折的风险。

能否打赢这场频率争夺战,关键在于能否尽快研制出北斗卫星。而这时,进口核心关键技术设备星载铷钟谈判又宣告失败。

铷钟作为导航卫星的频率基准,直接决定着导航卫星定位、测距、授时的精度,是整个导航卫星的"心脏"。

北斗"两总"紧急布局国产星载铷钟研制,组建研制团队,对星载铷钟这个卫星导航领域的技术制高点发起了顽强的攻势。

在铷钟研制过程中,中国空间技术研究院时频基准类产品首席专家贺玉玲和她的团队功不可没。

曾有铷钟研究领域的前辈说过:"铷钟的研制是一项耗费生命的事业。"这不仅指它的难度,还指研制它需要花费的时间。就拿铷钟稳定指标的测试来说,要得到一次测量值,需要连续监测16天,这期间任何异常都会影响测试指标。贺玉玲每天上班第一件事及下班最后一件事,一定是去实验室看测试数据,认真检查各个遥测数据、检查各个仪器设备的运行情况、维护钟房的稳定运行。星载铷钟的精度相对于地面产品提升了约三个量级,这就决定了必须充分考虑各个部组件的细微差异,通过整机的精细调整使产品性能最优。整机每调试一个参数,都需要放到真空罐里测试较长时间才能看到结果。铷钟研制队伍里的人常说:"我把这个调完再走,这样明天就能看到数据了。"但等到调完、测好、再多观察一会儿,走出楼门时早已夜深。

为让"慢性子"的星载铷钟研制跑出快节奏、高效率,他们只能"以百米冲刺的速度跑完一个马拉松"。

连续9个月,团队全体成员平均加班800多个小时,没有休息一天。他们提前一年拿出星载铷钟正样产品。

这是中国航天史上的第一个高性能星载铷钟!

核心关键技术突破后,北斗卫星研制顺风顺水,很快研制完成。

2007年4月14日4时11分,随着指挥员一声"点火"命令,托举北斗二号首星的"长三甲"运载火箭,在惊天动地的轰隆声中,孔雀开屏般绽放出美丽的尾焰,扶摇直上,飞向苍穹,渐渐融入黎明前漆黑的夜色……

4月17日20时,10多台地面接收机相继收到太空传过来的卫星信号,而且非常清晰!

这一刻,离"7年期限"截止时间只有4小时!

中国北斗成功占据最后一段卫星导航频率使用主动权,标志着中国北斗卫星导航建设终于突出重围,完全摆脱了受制于人的被动局面。

在此后5年多时间里,北斗人先后将16颗北斗导航卫星送上蓝天。

2012年12月27日,中国向世界宣告:北斗二号正式向亚太地区开通运行服务!

三

北斗二号胜利开通后,北斗人立刻向北斗三号进军。有人为中国北斗的前途担心:覆盖国土的北斗一号和覆盖亚太地区的北斗二号,对于中国来说不成问题,但覆盖全球的北斗三号就有些麻烦了。

北斗卫星导航从覆盖亚太到覆盖全球这一步,的确太难走!

作为全球卫星导航系统,不仅需要在太空布设数十颗卫星,同时要在地球上各个地区建设众多的地面站点。如GPS,就在全球各地建了众多地面站。但中国难以在全球布设站点,建不成"地网"。这是北斗卫星导航由区域向全球拓展面临的首要亦是最大障碍。

不能在世界各地建设地面站点,北斗全球系统就不建了吗?

北斗人通过艰苦探索,开创性设计出无须在亚太以外地区建设地面站点的星间链路方案。星间链路是航天器与航天器、航天器与地面站之间具有数据传输和测距功能的无线链路。即在星星之间、星地之间,织成一个"天罗地网"。

信息天路串并联,从此天堑变通途。

星间链路,是典型的中国特色、北斗绝技!

但星间链路工程实现难度非常大:不仅测量距离、信息传输量增加了一个数量级,而且卫星以每秒七八公里的速度运行,要相互对准难度本来就很大,相隔几万公里的卫星之间要实现厘米级距离测量,更是难上加难。

为此,国内多个优势单位集成攻关,其中就有某研究院空间仪器工程团队。

接到任务安排后,空间仪器工程团队的郭熙业风尘仆仆地前往成都中电集团某研究所,开始投身星间链路攻坚战。

攻关难度超常,而完成任务还不能超时。郭熙业给自己定下了一个雷打不动的规矩:每周工作7天,每天16个小时;攻关遇到问题,不解决不下班;工作时间手机关机。而实际情况是,几乎每天都会遇到难题,几乎每月要熬10个通宵。

郭熙业的项目攻关完成一个阶段后,上级前来检查。看了他们的星间链路模拟演示后,孙家栋总设计师说:"你们要继续加强攻关,把一个个未知难题搞清楚,并进行充分验证,确保在工程建设中好用、管用。"

孙家栋总设计师对他们前期工作的充分肯定和鼓励,让这个30岁出头的小伙子感到万分激动，也更加信心十足。

星间链路设备比测开始了。参加比测的几家单位，都拿出自己精心生产调试的设备进行对抗式演示。让郭熙业没想到的是，第一场比测，他们竟然输了！

怎么会这样？郭熙业连续一周几乎不眠不休，仔细梳理系统设计方案，检测每个设备的技术状态，终于找到问题的症结所在。至于如何解决问题，他面临两种选择：一是在原方案上打补丁，堵住漏洞，提升设备性能；二是推翻原有方案，另起炉灶，设计新的算法。前者实现容易，但性能提升空间有限；后者前景广阔，但推倒重来需要耗时半年，而距离下一场比测只有1个月时间！

郭熙业毫不犹豫地选择了后者，用1个月干完了原本需要半年才能完成的任务。

第二场比测，郭熙业的设备研制团队反败为胜，而且设备性能指标大幅跃升。

但郭熙业没有松劲，他带领团队继续加班加点，完善改进设备，在第三场比测中，他们以绝对优势稳占鳌头。

比测工作后，又开展了大量的体制优化设计、星地试验验证工作，才最终突破了关键技术，实现了有关技术性能的一系列跨越：主要技术指标提升了数十倍；温度控制性能比原计划提高一倍；测距精度相当于能看到2000公里外的一根头发丝！

四

星间链路技术的突破，对于北斗三号卫星研制来说，只是万里长征迈出一大步。北斗三号卫星导航系统覆盖面比北斗二号更宽，不仅要求组网卫星数量更多，而且卫星技术性能要实现全面飞跃。

以林宝军为总设计师的上海微小卫星工程中心北斗卫星团队，为让新一代北斗卫星"有灵魂""会思考"，在国内第一次给卫星设计了一项"看家本领"——在轨赋能：让天上的卫星"有错能改""有病自治""功能刷新"。

哪知林宝军带领团队历尽坎坷才完成的卫星在轨赋能设备，到卫星载荷生产单位联系生产时，却遇到了不小阻力。有人说在轨赋能简直是"异想天开"，是"瞎折腾"。

以往国内做卫星，都是走先分系统再组合的研制模式。这种"拼图"式组合，使同一学科功能在分系统中重复出现，每个系统需要两三台计算机，整颗星的计算机多达20多台，带来了星载大、故障多、能耗高等一系列弊端。

林宝军带领团队大胆打破传统的分系统模式，走"功能链"设计，合并各分系统中的学科功能"同类项"，将整星研制分为有效载荷、结构热、电子学和姿轨控等4条功能链，砍掉了6个分系统，把过去的24台计算机，变魔术般浓缩为1台。星载计算机的重量、故障率、能耗等，几乎呈几何级减少，从前几吨重的卫星一下子"瘦身"到1吨左右！

按卫星研制的惯例，卫星外形一般选用正方体，飞行姿态采用"竖着飞"。如果照这个老思路设计新一代北斗导航卫星，散热问题就非常棘手：新一代北斗卫星功能要求非常高，功率也水涨船高，采用正方体外形，根本无法解决散热问题。

林宝军带领团队经过深入计算、反复验证，创造性地将卫星正方体外形改为长方体设计，把"竖着飞"变成"横着飞"。这样一来，卫星几个面表面积有所不同，让较小的面对着太阳，较大的面作为散热面，有效减少热辐射并提高散热速度；"横着飞"则把表面积最大的面作为对地面，使卫星装载更多导航天线，以提高卫星信号发送、接收效率。

新一代北斗导航卫星，终于以崭新的容颜展现在大家面前。见过它的人，无一不被它的"美丽"所吸引："卫星居然还能做得这么漂亮啊，简直就是一位身段苗条的'飞天仙子'！"

2017年11月5日19时45分，随着指挥员一声"点火"命令，"长三乙"运载火箭瞬间变身为一只火凤凰，展开绚烂的尾翼，牵手北斗三号第一、二颗组网卫星扶摇直上，将它们准确送入工作轨道。

这之后，北斗人将30颗北斗导航卫星送上蓝天。在组网最密集阶段，平均半个月发射一次卫星，而且80%采用"一箭双星"发射模式，发射成功率100%，创造了世界航天的"中国速度"。

北斗三号全球卫星导航系统，总体水平与GPS旗鼓相当，星间链路等多项技术处于国际领先水平，并拥有短报文通信这一北斗特色功能。

目前，中国北斗向全球用户提供定位精度优于10米、测速精度优于0.2米每秒、授时精度优于20纳秒的免费服务，成功运用于交通运输、灾害监测、精细农业、土地规划等人类生活的方方面面，真正实现了"中国的北斗、世界的北斗、一流的北斗""走进千家万户、造福千秋万代"的建设目标。

北斗卫星导航基本系统虽然全面建成和应用，但对于中国卫星导航发展事业来说，这只是一个阶段性胜利，继续完善、提升系统性能及推广应用的任务，依然非常艰巨。对于2035年前建成以北斗系统为核心的，更加泛在、更加融合、更加智能的国家综合定位导航授时（PNT）体系这一宏伟目标，北斗人深感使命崇高，任重如山！

到那时，北斗无疑是世界卫星导航这片璀璨星空上最明亮、最耀眼的星星！

《人民日报》2022年10月31日第15版

好一辆漂亮的火星车

黄传会

2021年5月15日7时18分,"天问一号"探测器在距离地球3.2亿千米之外,成功着陆在火星乌托邦平原南部预选着陆区。

5月22日10时40分,祝融号火星车驶离着陆平台,开始新的征程……

祝融号!一个新奇的名称举世瞩目。

2020年7月23日,中国首次火星探测工程"天问一号"成功发射。次日,"中国第一辆火星车全球征名"活动开启。"天问一号"点燃了全民的火星热,数以百万计的网民参加投票。进入前10名的有:祝融、弘毅、麒麟、哪吒、赤兔、求索、风火轮、追梦、天行、星火。2021年4月24日,国家航天局正式公布中国第一辆火星车命名:祝融号。

在祝融号之前,贾阳与他的团队,已经为嫦娥三号、嫦娥四号做过两辆月球车:玉兔号和玉兔二号。而今,贾阳是"天问一号"探测器系统副总设计师,分管祝融号火星车。

贾阳做过一期电视节目,观众众多,他最出彩的一句话是:"我们的团队要做一辆漂亮的火星车!"

不是一辆"厉害"的火星车,而是一辆"漂亮"的火星车,这样的表述让人们浮想联翩。他还说,中国第一辆火星车应该有中国元素,让人一看就是中国人造的。

重中之重

在浩瀚的太阳系中，火星与地球距离较近，自然环境与地球最为相似。

对火星的探测与研究，有助于人类进一步认识地球和太阳系的形成和演化，研究地球的未来变化趋势。探寻地外生命信息、探查火星是否曾经存在支持生命活动的环境，成为当今火星探测的科学主题。

对航天科学家来说，仅靠轨道器环绕遥感，对火星进行远距离观察，显然是不够的。于是，他们将目光转向着陆器，携带火星车登陆火星，获得更多的火面细节。

中国首次火星探测任务，火星车成了重中之重！

与我采访过的许多航天人一样，贾阳一身工装，圆脸，厚嘴唇，发型随意，眼镜也很普通。1992年从国防科技大学考取中国空间技术研究院（以下简称"航天五院"）研究生，毕业后，跨进了航天大门。他出任过月球车主管副总师，两只"兔子"在月球上的精彩表演，让国人惊喜不已。

一见面，我就说："网友们说您是为火星做车的人。"

贾阳立即纠正："准确说，是我们团队在做火星车。这个团队有几十人、几百人，甚至成千上万人。"

"你们已经做过两辆月球车了，再做火星车是不是驾轻就熟？"

贾阳笑了："打个比方，你会造自行车，现在让你去造辆汽车，你会觉得很简单吗？"

贾阳说研制火星车面临着诸多的技术挑战：火星距离太阳更远，阳光能量只有月球表面的38%，火星车太阳能电池板的面积要更大，还要努力对着太阳的方向；火星上沙暴频繁，每当风沙肆虐时，火星车接收到的太阳光能量急剧下降；火星车与地面的信号传递，来回需要40分钟，必须为火星车设计"超强大脑"……

我似懂非懂："看来，做一辆漂亮的火星车绝非轻而易举。"

贾阳笑了："是难。不过，我们不就是干这种活的师傅吗？再说，航天人都是喜欢做梦的人，有梦就有追求，有梦就能创新！"

火星车既然是"车"，最关键的是要"走"好。

要让火星车稳稳地走起来，必须解决车轮沉陷沙地、爬坡困难、车轮易破损三大难题，还必须满足极为苛刻的重量要求。

火星车移动分系统主任设计师袁宝峰，担负的是让火星车"走"好的重任。

2003年从哈尔滨工业大学研究生毕业的袁宝峰，正赶上我国第一艘载人飞船神舟五号圆满完成任务，借着这股"航天热"，他成为一名航天人。

火星探测任务立项之前，国内一些科研院所和高等院校，已经开展火星车先期研究。火星表面既有松软的沙地，又有坚硬的石块，为了提高火星车的通过能力，设计师们在主副摇臂悬架的基础上，创新性地增加了夹角调整机构和离合器，使火星车悬架从被动悬架，变为主动悬架。

记得是2014年一个冬日，袁宝峰与火星车移动团队，开了一场激情澎湃、灵感飞扬的技术研讨会。

"火星车要解决车轮沉陷和爬坡困难问题，关键是轮地作用特性，有了主动悬架，能升降车体，具有灵活的移动方式最重要。"潘冬首先从系统功能角度进行了分析。

"对，火星车实现沉陷脱困，单靠车轮转动不行，必须有外力的推动才行。"刘雅芳补充道。

林云成说："沙地里的动物防止沉陷各有妙招：骆驼靠大脚板，蜥蝎靠快速移动，蛇靠身体滑动。咱们的火星车沉陷下去靠啥能出来？"

"小时候我们玩的大青虫子，小脚不大，但被沙土埋起来，三下两下就爬出来了。"潘冬受到启发，用手在桌子上抓了起来。

刘雅芳见他那滑稽模样，笑着说："那叫尺蠖运动，就是后脚使劲让前脚向前伸，前脚使劲，拉着后脚向外拔。"

"我听明白了，大家的意思是，利用车轮和夹角调整机构配合，通过尺蠖运动，把车轮依次推出来。咱们主动悬架的设计方向，以尺蠖运动为主攻方向。"袁宝峰总结道。

火星车移动团队每次集体攻关会，都是一次智慧的融合，都会碰撞出创新的火花。

团队创新思考，形成三种方案：大车轮蠕动悬架、摆臂车轮主动悬架、摇臂式主动悬架。经过几百种复杂地形工况的运动性能仿真对比，最后决定采用主副摇臂式主动悬架移动系统。

有了大思路，还有许多技术难关需要突破。这期间，仅总体设计就完成了十几轮迭代优化，确保悬架移动系统各方面都达到最佳。

长期以来，我国宇航应用的谐波减速器相比进口谐波减速器，在输出力矩和负载能力上相差1倍多。火星车要达到国际先进水平，就必须要有类似国外的高性能谐波减速器。袁宝峰找到国内一家大企业，对方一听火星车使用条件和环境极其苛刻，研制周期又短，风险太大，没敢接活。

犹如雪中送炭，一家小公司主动找上门来，拿出类似国外轻量化大力矩谐波减速器。这家公司不到20人，设备简单，3位骨干技术员都已50多岁，他们渴望在退休之前，为国家的重大任务做点贡献。

为了保险，袁宝峰选择进口产品与那家公司产品一起进行严酷的技术考核，结果发现，进口谐波减速器在低温下的启动力矩更大，这就导致它的移动系统更重。上星部件，"克克计较"，袁宝峰决定选用相对较轻的国产产品。

有人善意地提醒袁宝峰："用这家小公司的产品上星，真出了问题，你作为设计师将要承担全部责任。"

经过深思熟虑，袁宝峰坚持了自己的选择。但是，他又发现新问题：国产谐波减速器在严酷的载荷与环境条件下，测试寿命只有设计值的一半。

怎么办？火星车移动团队经过深入分析，在深冷处理、装配精度等方面，开展了一系列检验和测试。

探测器系统总设计师孙泽洲闻讯赶来了。他充分肯定团队前期的工作，勉励大家务必攻克难关。孙泽洲说："无论是'北斗''嫦娥'，还是载人飞船，已经一次次证明，关键技术是要不来、买不来、讨不来的。哪怕面临一些风险，'天问一号'组部件国产化的路也必须坚定不移地走下去。"

1个月，2个月……团队顶着巨大压力，通过改进润滑方案、优化产品装配精度等措施，产品最终完成了寿命试验考核。火星车终于用上国产的谐波减速器。

车轮是火星车的重要部件，必须满足高效的牵引性能、高强的承载和攀爬性能、独具特色的里程标记功能。

袁宝峰告诉我："祝融号车轮的创新性设计，在材料、构型、性能等方面都达到一个前所未有的高度。比如，车轮具有'一指禅'功能，任意一个轮刺，只需要一个'指尖'接触岩石，就可攀上超过车轮直径的垂直石块；车轮的胎面具有特别的韧性和强度，一个锥刺顶在车轮最薄弱的胎面部位，施加1000牛顿的力，都难以扎破轮胎；还有，车轮选用铝基碳化硅材料整体加工，利用锋利的侧边，车轮边缘压在70度的光滑岩石上也不会下滑。"

"祝融号前进之后，车辙上呈现出一个个'中'字，这个奇特的点子是怎么想出来的？"

"贾总一再强调要做一辆漂亮的火星车。"袁宝峰说，"车轮是唯一与火星表面接触的部件。我们利用车轮减重槽的网格结构，设计出了具有中国特色的'中'字印记，网友一致称赞很有'中国范儿'。"

这支年轻得让人惊讶的团队，最初7人平均年龄仅29岁。后来有人参与其他型号研究，又有新人加入。到2020年"天问一号"成功发射，团队成员的平均年龄也只有33岁。几经磨砺，这支队伍快速成长，有一半成员成为型号的主任、副主任设计师，也有人走上了管理岗位。

中国首次火星探测工程总设计师张荣桥说："'天问一号'团队一个鲜明特色是'年轻'——这些朝气蓬勃、能吃苦、敢创新的年轻人，一次次创造了奇迹。"

"蓝闪蝶"

从南五环到北五环，穿越了大半个北京城。

每天天刚蒙蒙亮，马静雅便全副武装出发。作为一位还在哺乳期的职场妈妈，她背个大背包，里面装着一只迷你保温箱和冰晶，还有取奶器、"下奶"食品，足有五六公斤重。

2014年10月，马静雅休完产假。组长对她说："现在有个很重要的项目，你先跟进一下。"马静雅加入了火星车研发团队。这是航天工程的一件大活儿，她十分兴奋。

头一次见孙泽洲和贾阳，马静雅感觉两位总师思路清晰，见地独到。他们对火星车太阳翼（太阳能电池板）的标准提出明确的要求：面积要大，构型要美观，能对日调整角度，可以除尘，可靠性要高。

火星表面太阳光照弱，为满足火星车的能源需求，太阳翼的面积将近4平方米。最早的设计方案,只有左右两只"翅膀",收拢时为屋顶结构。可力学分析表明,发射时两只"翅膀"振动响应很大,必须做得很结实,那要付出许多重量代价。又想到折展方案,但太阳翼向前展开时会遮挡导航相机视线,向后展开,上下坡时又容易触地。又有人提出将电池片粘贴在聚酰亚胺薄膜上,像扇子一样展开。面积大了,重量轻了,但技术不成熟……

一日,思绪活跃的马静雅,经过与赵坚成、柴洪友、杨巧龙等老专家多次探讨,想出一个新方案:它由4块矩形板组成,每2块电池板由铰链连接在一起,发射时折叠收拢在车的顶部;保证电池片朝外,即使太阳翼没展开,白天日照条件下也能产生电流补充能源,保证车落火后能"活着"。为实现对日定向的需求,还设计了一个只有17克的分布展开机构。

马静雅拿着方案兴冲冲地找到贾阳和火星车总体主任设计师陈百超。

贾阳看完图纸,说:"有新意。不过,火星车从着陆器上下来时,太阳翼伸出车体的长度应该尽量短些。不然,它会与地面发生干涉。"

为了满足行走时包络最小、构型最合理,团队又对太阳翼第二轮方案进行迭代设计:圆形、半圆形、多页扇形……将原先长方形箱体,改成圆形的顶面,但仍未找到最佳形状。

陈百超在吉林大学读博时,博士论文课题是一种高性能月球车的方案设计,还出了原理样机。当月球车"开"进航天五院时,引起了专家们的兴趣。2009年,陈百超博士一毕业,便进入航天五院总体部。

夜里,陈百超辗转反侧,老是想着太阳翼。他索性打开电视机,荧屏上植物园里百花盛开,像是花的海洋。镜头慢慢拉近,几只彩蝶在花朵上蹁跹起舞……

陈百超两眼一亮:"就是它了,蝴蝶!"

在办公室电脑里，陈百超将蝴蝶翅膀状的太阳翼展示了出来。这个构型完美地解决了太阳翼展开后行走包络干涉问题，其中左右两片电池板，还能实现对日定向。

太阳能电池板是深蓝色的，展开后像蝴蝶的两对翅膀；两根天线向前伸出，像蝴蝶的触角；车体前方的两台圆柱形设备，好似蝴蝶的复眼；六只车轮替代了蝴蝶的六足。

贾阳赞道："它真像一只蓝闪蝶。"

马静雅挺好奇："蓝闪蝶是什么蝴蝶？"

"它是生活在中南美洲蛱蝶科闪蝶属最大的一个物种，长约15厘米，翅膀呈金属光泽。"

"蓝闪蝶"构型有许多优点，但也存在一些风险。太阳翼在收拢状态时，电池板是朝下的，如果落火后太阳翼不能及时展开，整车的电源撑不过一天，整个任务将会失败。解决太阳翼展开可靠性问题，变成后续研制的首要任务。然而此时，剩下的时间不到1年。从工厂交付驱动组件，到送至北郊做力学试验，所有的流程都是按天计算。在最后总装环节，离整星力学试验只剩下1周。马静雅和工厂的工艺师干国星、操作师安长河等，在车间里连续装配和测试4天，在力学试验前一天将产品交付给整车。

马静雅说自己是幸运的，2009年从北京理工大学研究生毕业进入航天五院总体部，便参与资源卫星太阳翼建模、出图和展开机构研制。在这个团队里，她感受到了航天人对祖国的忠诚、对事业的挚爱、对工作的精益求精……

祝融号顺利落火，举世瞩目。

马静雅上小学的儿子问她："妈妈，老师说祝融号到火星上了。那辆火星车是你造的吗？"

马静雅说："是妈妈和叔叔阿姨一起造的。"

"听说祝融号比孙悟空还厉害！你们造火星车我怎么不知道？"

马静雅笑了："妈妈和叔叔阿姨们造火星车的时候，你还很小，我每天还为你背奶呢。"

"妈妈，我只知道喝牛奶，怎么从来没听说过你'背奶'？"

马静雅抬头凝望着天空，眼眶湿润了……

让每一缕光芒都灿烂

航天飞行器的研制，几乎都要经历这么一条路径：山重水复疑无路，柳暗花明又一村。当然，也有柳不暗花不明，甚至走进"死胡同"的情况。

火星车热控系统的研制也曾遇到瓶颈，热控分系统主任设计师向艳超急得直上火。

在"天问一号"探测器设计过程中，减重是最棘手的问题之一。探测器分给火星车的重量只有240千克。火星车所有设备，都必须严格"瘦身"。

火星着陆区最高温度不会高于零下3摄氏度，最低温度接近零下103摄氏度，火星车如何保温，团队想尽办法。能不能借用火星上的风？能不能利用着陆器上没用完的燃料？能不能带只小锅炉上星？

一条条路都被堵死了，团队陷入了困境。

2004年，向艳超从航天五院研究生院毕业，正赶上嫦娥工程立项。作为月球车热控分系统的主任设计师，每当项目遇到难题时，他知道只有创新才能破解。向艳超意识到，解决火星车的热能问题也必须创新。他转换思路，光能转换成电能，效率只有30%；如果直接将光能转化成热能，效率会怎样？

忙了一天，向艳超深夜才回家。妻子说："太阳能热水器坏了。"向艳超回答:"找厂家修呗。"妻子说:"要不你自己弄弄。""我哪会?"妻子急了:"连自家的热水器都不会修,你还是热控专家?"

向艳超乐了:"夫人息怒,我试试看。"他找出《热水器使用说明书》,一边翻看,一边对照控制面板。片刻,兴奋地喊了起来:"有了,有了!"

热水器说明书介绍了热水器将光能转为热能的原理。忽然,一个灵感在向艳超的脑际闪现:仿照热水器原理,在火星车上安装一个集热装置,将太阳能存储起来,需要时供火星车用。

第二天,向艳超把团队的张旺军、张冰强、陈建新召集在一起。大家看了他新绘的草图,一致称好。

按照新思路,在火星车顶部前后安装两台集热窗设备,像双筒望远镜,用它吸收太阳能,直接转化成热能,让每一缕光芒都灿烂。集热窗要求太阳光只进不出,用技术语言表述:集热窗透光口具有太阳光谱高透过率、远红外光谱低透过率的特征。

团队开始寻找材料,首选石英玻璃,性能可以,重量有问题,两个集热窗接近15千克。换成钢化玻璃,还是太重。

有人建议用有机玻璃。向艳超受到启发。如果找到一种透明膜,重量肯定很轻。调研了市场上的各种透明膜,有的可见光透过率弱,有的韧性不够。他获悉辽宁科技大学研究的一种聚酰亚胺材料可以生产聚酰亚胺薄膜。一联系,得知这种原材料是专供出口的,国内不生产成品。

在网上搜到国内一家专门生产各种薄膜和泡沫塑料的民营企业。贾阳和向艳超急忙登门求助。

公司董事长热情地说:"欢迎航天部门来的客人。这几年,咱们国家的航天事业发展得很快,又是'北斗',又是'嫦娥',还有载人飞船……你们航天人为国争了光,长全国人民的志气啊!"

贾阳紧接他的话头:"航天取得的成就,离不开全国人民的支持。

当然，这里面也有你们民营企业的一份功劳。"

董事长说："我们这种小企业想做贡献，轮不到啊！"

贾阳一听，觉得"有戏"，立即说："您刚才讲到'北斗'，讲到'嫦娥'，讲到载人飞船，还有一个重要项目：'天问一号'。我们正准备去火星探测……"

"天问一号"！董事长忽然问："您刚才说，民营企业为航天工程做过贡献。我们小企业有机会吗？"

向艳超忙说："我们就是专门跑来求助的。"

贾阳介绍了火星车集热窗急需聚酰亚胺薄膜的情况。董事长问："你们确定国内没有厂家生产这种产品？"

"找遍了，没有。"

董事长顿时严肃了起来，说："生产这种产品，公司必须把其他产品停下来，清洁生产线，而你们又只要很少的量。既然是航天急需的产品，也就是国家急需的。能为航天事业做贡献，也就是为国家做贡献。虽然这是一桩赔本的买卖，我们干，即便赔钱也干！"

公司果断停产其他产品，经过几次调试，终于生产出了全尺寸高透明的聚酰亚胺薄膜。

有了聚酰亚胺薄膜，还得有合适的安装框材料。团队最先看上镁锂合金，两个安装框4.4千克，太重！改用3D打印，重量减少了2.6千克，但火星高温差将会导致聚酰亚胺薄膜热胀冷缩与金属框变形不匹配，膜容易绷不紧或是被拉破。

副主任设计师张旺军建议，安装框用聚酰亚胺材料，变形相同，重量更轻。他们赶紧去寻找直径不小于650毫米的聚酰亚胺板材，但国内没有这种产品。正在着急时，合作伙伴中上海一个研究所伸出援手，经过3个月奋战，终于拿出聚酰亚胺板材。

集热窗由安装框和膜支撑结构两部分组成：前者用于固定膜，并维持膜的形状；后者保证在各种工况下，膜保持上凸状态。聚酰亚胺薄膜厚度仅有50微米，要张扩成直径550毫米的透明窗户，还得经受发射时内外近1000帕压强的压差作用和进入火星大气层时的大气压力作用，又是一道难题！

向艳超对张旺军说："该施展你机械设计的专长了。"

张旺军不知用了什么"魔法"，仅用两根十字交叉的钢丝，便稳稳地撑起了那张薄薄的透明膜，透过薄膜能清晰看到璀璨的星空。

最终，两个集热窗的重量从开始的14.8千克，减少到了1千克。

带"火"字的车标

中国第一辆火星车诞生了！

这个小精灵长得有些像神话传说中的哪吒：虎头虎脑，两只眼睛滴溜溜转，一副翅膀呼扇呼扇的，脚下还蹬着六只"风火轮"呢！

大家围在四周，指指点点，说不够，乐不够。

贾阳笑了："行，还真像一辆火星车！"

孙泽洲幽了一默："不像火星车，你想让它像高铁上的售货车？"

张荣桥感慨道："这是中国人自己做的第一辆火星车！"

在火星车的桅杆顶部，有一个醒目的红色方框图形车标。仔细一看，是个篆文"火"字。这个充满中国元素的"火"字，寄托着中华民族长久以来对火星的憧憬，也与后来出炉的"祝融"名字完美契合。

这枚车标还有一段故事。

火星车研制出来了，它的桅杆上面有三台相机，还安装了气象测量、磁场测量等设备。为保证相机在寒冷的火星夜晚不被冻坏，设计师为它包裹了隔热罩和镀铝膜；为了不遮挡相机的视场，罩子的正面开了三个圆孔。远远望去,火星车最明显的地方,是桅杆顶端一块A4纸大小的白色平面,上面有三个相机的光孔。

陈百超一看,自言自语:"桅杆的头部有些空,不够漂亮。"

贾阳仔细地端详着:"大家看能不能再美化一下。"

有人提议在桅杆顶端画上一个中国结,既喜庆,又有中国元素。马上有人提出异议,把中国结放在火星车"额头"上,不太协调。

"挂盏红灯笼呢?"

"人家会以为咱们的火星车娶媳妇呢!"

比较一致的意见是,用中国传统书法"火"字,既有装饰性,又有中国文化特征。

专业的事情应该让专业人士去做。贾阳马上给自己的一位沙画家朋友发了条信息,说他们研制的火星车需要装饰一下,想请他用毛笔写个"火"字,把火星车打扮得更漂亮一些。

那位沙画家觉得能给火星车做点事情,机会难得。他找来古往今来用金文、篆、隶、草、楷书写的"火"字,一一比照,发现一枚古代官印"桓术火仓之记"中"火"字的造型,别有韵味。他将书法与篆刻的表现手法结合起来,刻了一枚具有浓郁中国文化特征的印章,获得专家们一致认可。

中国第一辆火星车,一飞冲天,穿云破雾,奔赴火星……

1921.5米——从2021年5月22日踏上火星,至2022年5月18日进入冬季休眠模式,祝融号在火星前行的这段距离,是中国在火星上大踏步前进的1921.5米。

这1921.5米何止是距离,它展现的是中国人的逐梦之路、信念之旅!

《人民日报》2022年11月2日第20版

解码"百炼钢做成了绕指柔"

蒋殊

2020年5月12日,习近平总书记来到太钢不锈钢精密带钢有限公司考察调研。在生产车间,总书记拿起一片"手撕钢"——厚度仅为0.02毫米的不锈钢箔材,用手指轻轻扭折了一下,称赞说:"百炼钢做成了绕指柔。"总书记指出:"产品和技术是企业安身立命之本。希望企业在科技创新上再接再厉、勇攀高峰,在支撑先进制造业发展方面迈出新的更大步伐。"

从"百炼钢"到"绕指柔",这背后,究竟有着怎样的故事?

一

你见过比A4纸的1/4还要薄的不锈钢吗?这种不锈钢产品看上去像锡箔纸一样,用手即可轻轻撕开,被称为"手撕钢"。它的厚度仅为0.02毫米,广泛应用于航空航天、医疗器械、精密仪器、新能源、5G通信等高精尖端设备制造行业。

中国是不锈钢生产大国,也是消费大国。然而,不锈钢"皇冠"上的"明珠"——厚度仅为0.02毫米的软态不锈钢精密箔材,却一度受到购买限制。

2018年之前,这一规格产品全世界只有少数国家可以生产。中国每年需要花费巨资进口。可是,即便是高昂的价格,依然不能买到最好的。国外只允许对我国出口厚度超过0.03毫米的"手撕钢",且供货难以保障。

要知道，对于精密行业的精密产品，即使0.01毫米的差距，也是一个重要的技术档次。

有国外企业甚至下了结论："中国永远造不出0.02毫米的'手撕钢'！"

这不是中国人的性格，更不是中国钢铁企业的风格。最终，这一极难完成的使命，落在了中国宝武太钢集团（以下简称"太钢"）肩上。

地处山西太原的太钢，前身为西北炼钢厂，始建于1934年。新中国成立后更名为太钢，是我国最早研制与生产不锈钢的企业，长期专注发展以不锈钢为主的特殊钢。

2008年，太钢投资10亿元，在精密带钢公司上马了当时国内仅此一套的不锈钢精密带钢生产线，集成引进了当时世界上顶级的设备，轧机设计极限规格最薄即为0.02毫米。

之后的安装，以及机械、电气、生产等工序的调试阶段，均由跟踪上门的外国专家全程指导。

2012年，精密带钢线如期投产。

各工序、各流程都知道有难度，却没有想到难度如此巨大。一轮又一轮付出了极大努力，却依然没能收获大家盼望已久的成果，最终只能轧制出以0.3毫米为主、规格在0.1—0.5毫米之间的厚板，始终无法达到设计标准。

目标很美好，现实却很残酷。

外国专家时而认为，是设备安装时精度不够的原因；时而又推测，是所选材料精度不够的结果。

2010年，刚刚24岁的段浩杰一入厂，就一头扎进"手撕钢"的攻坚中。10余年来，他一直与这条轧线"捆"在一起。如今，段浩杰已成长为精密带钢研发中心主任，带领着一群年轻人挑起"手撕钢"研发的大梁。

见到段浩杰时，他正从车间匆匆赶回办公室。他一边摘下安全帽一边回忆，当时针对专家分析的种种"不够"，公司也做过各种调整与尝试，但仍然以失败告终。

2014年中，外国专家在坚持了近4年后离开。临走时，留下一句意味深长的话："原料差不多，人员差不多，管理差不多，然而加起来，差得就很多。"

段浩杰亲耳听到专家的"断言"。

眼见研发已经失败，又没有了外国专家，没人再敢轻易尝试。轧机设计极限最薄为0.02毫米这一规格，成为说明书上的一个数字，在现实中无法实现。

当初随着这条轧线的上马，许多刚毕业的年轻人怀揣梦想而来。比如研发中心负责科技管理的郝雅丽，她比段浩杰早一年进入精密带钢公司。"手撕钢"研发团队成员大都是1986年之后出生的年轻人。

研发室里，轧机旁，他们曾跃跃欲试，激情飞扬，然而现在，他们的心情跌至谷底。

理想，是否就此搁浅？

二

转眼就到了2016年。这年2月下旬，新一任领导在寒风中走马上任。

不用说，精密带钢公司新的当家人"受命于危难之中"。挂牌7年，亏损7年，是公司的现状。

也因此，集团给的指标是，实现利润1元。

如何重启？生产车间里，世界一流的高端设备，却在按部就班生产着一些没有市场竞争力的"大路货"。对此，每个人的内心都不是滋味。

这一流的好设备，潜能真的全部挖掘出来了吗？好设备，必须派上大用场！新领导迅速做出决定——重新回到"手撕钢"研发上！

然而，通往"手撕钢"大门的钥匙在哪儿？

与段浩杰、郝雅丽同龄的廖席，是精密带钢公司首席精密箔材工艺工程师。大学里，他所学专业与不锈钢工艺并不相关，却已在"手撕钢"项目上奋战了10个年头。他清楚地记得那个上午，厂领导召集技术、轧机等工序相关人员，与用户一起召开了专题对接会，下午就开了启动会。厂领导对大家提出要求：继续攻关，生产出中国自己的"手撕钢"！

这一国家使命，他们能担得起吗？

与太钢动辄几千人的大厂相比，精密带钢公司是个小厂，总共只有200多名员工。因此，这个要求一提出，很快就掀起"轩然大波"。

但是，新领导班子依然"霸道"地拍板了。支撑这"霸道"的底气，还是那套世界一流的设备。

很快，全厂从设备入手，开启了破译"手撕钢"密码之路。首先是全面清理"带钢通道"，将碱液循环箱内的污垢清除得干干净净；又花了120万元将轧机油更换；轧机刮油辊也由2个月更换一次缩短到半个月。

从此，设备功能精度、工艺技术精度双管齐下的"双精度管理"，在精密带钢公司全面推行开来。

外国专家的话言犹在耳。团队对所有工序摒弃"差不多"思想，从设备、材料、工艺、人员等方面，一个环节一个环节抠。

一张"手撕钢"的原始钢带，厚度为0.8毫米，宽度为600毫米，长度超千米。到成为厚度为0.02毫米、宽度为600毫米的成品，要攻克轧制、退火、高等级表面控制和性能控制四大技术难题，经过冷轧、光亮退火、拉伸矫平、去应力、分条纵切线切割5条大的生产线。

"一轮下来，涉及100多个员工，大小20多道工序，轮战1个月。"

廖席说。

目标很难,生产线很长。哪一个环节出问题,就得从头再来。

先是换原材料,一样样尝试后,从普通电子产品的基础材料转为特殊品种的材料生产。

又遇穿孔。多次观察研究,为材料中杂质所致,最终追溯到上游,从冶炼工序剔除。

进入轧制。从0.8毫米到0.02毫米,相差0.78毫米。这个厚度,在生活中几乎可以忽略。然而对"手撕钢"而言,却是一条漫长而艰难的"路途"。一张"手撕钢"从厚到薄,犹如"擀面皮",要0.1毫米、0.1毫米往下"擀"。那根"擀面杖",是由20根轧辊组成的精密机器,并且有成千上万种排列组合方式。

段浩杰说,"手撕钢"研发80%的难点都集中在轧机辊系配比上。材料每"擀"薄一次,都要从上万种排列组合中摸索最优的那种方式。

精心又精细。可是,又断带了。

这是在轧制工序中常常发生的问题。因为料太薄,在穿带中无法使用助卷工具,人员手动过程中稍微用力就会将钢带扯断。最初的时候,钢带每两天就要断一次。常常是,好不容易轧制了100多米,却瞬间碎成钢末。

与那些粉末一样碎掉的,还有轧机前一颗颗提着的心。

一堆白色晶体散落在辊系里,清理一次得八九个小时。

熬到没了脾气。

这是一条260米长的"道路",小心前行中,又遇到"抽带"。

"就像一块布,不展,老往中间抽。"他们这样比喻。

"温度高时材料就变软,一过辊就抽。"如今说起来,廖席还是会忍不住眉头一紧。

那是2017年9月，可所有人都感受不到秋日的凉爽与舒适，绝望的气氛弥漫在车间里。

要知道，每卷不锈钢原料达3000米，价值10万元。心疼啊！

"干不下去了！"廖席说，"浪费不起啊！"

了解到情况后，厂里适时推出"容错"机制，给每个研发人员一定的失误次数和产品米数，同时鼓励员工，完成1吨合格的"手撕钢"，考核时按普通产品的75—100倍计产。

士气，一下又提了起来。

厂领导更是蹲在一线盯现场。

精密带钢车间不大，从南到北120米，从东往西160米。一度，厂里的"一把手"就在这片小小的空间里来回跑，一天运动步数常常达到2万步。

"好办法都是现场'盯'出来的。"廖席说。

经过多次紧盯，终于发现了抽带的关键原因。首席精密箔材电气工程师胡尚举出手了，由他牵头带队发明了新的技术方法，顺利解决了这一难题。

2018年底，第一批厚度0.02毫米、宽度600毫米的宽幅软态"手撕钢"，从轧机主操吴琼手中完美下线。这个小伙子是位退伍军人，工作中心细如发，与科研团队完美配合。

"手撕钢"圆满亮相太钢。同类产品，国外的宽度最高为450毫米。因此，太钢成为全球唯一可批量生产宽幅超薄不锈钢精密箔材的企业。

700多个日日夜夜，711次失败，172个设备难题，452个工艺难题……这一串串数字，深深地刻在破解"手撕钢"密码的那把金钥匙里。

三

从2016年新一任领导上任重新攻关,到第一批"手撕钢"批量轧制成功,不到3年。

太钢"手撕钢"驰名海内外,好评如潮。

精密带钢人似乎可以躺在功劳簿上歇一阵了。然而他们却将成绩悄悄清零,重上跑道,马不停蹄地投入下一轮高端产品的攻关。

"之前的成功,只是证明太钢有能力生产'手撕钢',更多的研发还在后面。"不管是厂领导,还是研发团队成员,都这样说。

"刚起步,刚上路。"段浩杰则更为谨慎,"我们某些规格有优越性,但整体品质还有差距,毕竟国外已经有了近百年生产经验。"

0.02毫米厚度已是轧机设计极限,可他们偏要继续挑战,冲击0.015毫米。自然,是为了客户的需求。

可是,下降0.005毫米,并不是继续往下"擀"0.005毫米那么简单。处在庞大的轧机下,0.015毫米是几乎无法感知的一个存在,因此过程中不断打滑。

继续盯,继续论证,继续试验。

2020年8月16日上午,在采用激光对轧辊进行了毛化处理等多种方法后,宽600毫米、厚0.015毫米的"手撕钢"于11时15分华丽亮相。

完成这次漂亮轧制的,又是吴琼。

在业界,这一厚度已是这一领域生产技术的"天花板"。这是目前世界上最宽、最薄的"手撕钢"。

那么,厚度再减0.005毫米,能改变什么?

直面客户最多的廖席是最懂产品要求的人,他说:"如果用来做电池包覆膜,同样体积,电池容量能增加17%。"

刷新纪录的0.015毫米,再一次见证了中国钢铁的力量。

"不能满足!不敢满足!"这是"手撕钢"研发与轧制团队一直以来秉持的共识。在精密带钢生产线,没有哪一种产品可以有"已经成熟定型"一说。同样都是0.02毫米、0.015毫米,客户需求不同,性能、表面、韧性、板形便不同。对客户而言,"手撕钢"是原材料,要再加工。后期客户加工过程中所有可能发生的变化,都是前期生产中要考虑的因素。哪怕是加工后不变形这一简单的标准,也需要从研发到生产的千锤百炼。

"每一批产品都是个性化研发与定制。电子产品升级换代快,我们的工艺就要跟着变。"段浩杰说,"所以工艺上的追求永无止境。"

2022年这个秋天,他们正在攻克的又一个高端产品也有了眉目。掩膜板用膨胀合金,这也是一种升级版"手撕钢",是生产OLED柔性屏的主要耗材,广泛应用于智能手机与可穿戴式设备上。

与之前生产的"手撕钢"相比,这款产品在性能、板形、表面等方面要求更高,也是目前生产难度系数最大的一款产品。

一张手机屏幕大小的掩膜板用膨胀合金,薄如蝉翼,阳光轻柔地透过来。殊不知,每张上面竟布满200万—400万个小孔,孔与孔之间必须保持匀称的距离。

肉眼根本看不到,却是工艺必须达到的要求。

这种产品,决定着柔性屏核心工艺的技术水平。除了工艺上有极高的难度,对生产环境更是有着极其严格的要求,比如现场不能有蚊虫,不能有震动,不能有尘土……任何一点,对于一个钢铁生产车间来说都是非常苛刻的。

可是,这是必须无条件执行的"硬杠杠"。成品出来后,如果表面通过放大镜能看到一粒尘埃,就是不合格品。

段浩杰说，2019年至今，工艺已经打通了80%—90%，多次小批量试验成功。

所有环节，都在快马加鞭地奔跑。因为，这款产品也遭遇了与之前0.02毫米产品同样的进口限制。

研发，对标，试制，分析客户反馈，改进……2022年9月22日，他们再一次将试制出的产品寄给客户，等待反馈。

"从试验的样品看，品质已经超过外国，但不代表可以批量生产。无论是工艺还是生产环境，我们一直在高标准改进。"段浩杰有些骄傲，但仍保持审慎态度。说完，他便戴起安全帽，匆匆赶往车间去了。

《人民日报》2022年11月16日第20版

金沙江上,水电建设的传奇

吕翼 刘建忠

群山耸峙,江流蜿蜒。

2021年6月28日,祖国大西南金沙江大峡谷里的白鹤滩,迎来激动人心的时刻。

这一天,阳光灿烂,万众瞩目的白鹤滩水电站首批机组投产发电。我们站在高处的观景台上,俯瞰白鹤滩水电站,它真是气势不凡。拱形结构的大坝,连缀起两侧的青山,迎接着滔滔的江流。从高耸的大坝泄洪口,江水激射而出,飞溅起白色的水雾,折射出耀眼的光芒,犹如"白鹤亮翅"。再看库区水面,碧波浩渺,倒映着四周群山,真是一幅"高峡出平湖"的美丽景观!

源远流长的金沙江,在这不平凡的10年里,究竟发生了什么?这原本人迹罕至的荒山峡谷里,人们是如何创造出世界奇迹的?

一

"金沙咆哮出渝州,翻卷腾越鬼神愁。白鹤冲天布祥瑞,银线穿云贯九州……"2021年全国两会期间,一位84岁的老人在报纸上看到白鹤滩水电站工程即将竣工的消息,心潮起伏,夜不能寐。他含着热泪,即兴写下这首诗。

老人名叫蔡兴楷,与白鹤滩水电站有着不解之缘。那里,有他的青春和梦想。

新中国成立初期，全国水电装机容量仅有36万千瓦，远远不能适应国民经济恢复与发展的需求。而汹涌澎湃的金沙江，蕴藏的水力资源达1亿多千瓦，占长江水力资源的40%以上，是我国的"水电富矿"，一旦开发，对国家和民族的贡献将不可估量。于是，在国家的号召下，一大批水电人毅然选择扎根大西南，开发建设水电站。那时候，蔡兴楷风华正茂，他和几百名队员一道，翻山涉水，进驻金沙江畔的白鹤滩河谷地区。一直到1962年春，因种种原因，蔡兴楷们壮志未酬，饱含泪水、心情复杂地撤离了白鹤滩。

但是，梦想并不会因此熄灭。2002年，金沙江白鹤滩水电站开发建设工作正式拉开序幕。同年，国家明确由中国长江三峡集团公司为项目业主，由中国电建集团华东勘测设计研究院有限公司（以下简称"华东院"）负责白鹤滩水电站的勘测、设计工作。从迷茫到笃定，从探索到优化，从梦想到现实，白鹤滩水电站由此走上艰难的核心技术求索之路。

万事开头难。从2006年到2010年，整整5年间，华东院驻云南省巧家县办公楼里的灯光，几乎就没有熄灭过。设计人员熬更守夜、加班加点，所有的辛劳和付出，只为了白鹤滩水电站能够按照既定时间和目标开工。

陈淼从西安理工大学毕业后，便来到华东院。第一次到白鹤滩时，陈淼才22岁。这里留给他最深的印象，就是气候。"那时候的巧家县城规模不大，没有什么高楼，遍地都是甘蔗，就连空气都是甜丝丝的。冬天非常暖和，毛衣都不用穿。夏天就不行了，整个峡谷像个大蒸笼。"5、6月份，白鹤滩天气最干最热，地面温度常常在40摄氏度左右，像是着了火。陈淼的头上、身上经常汗水淋漓，脸上常常一脸灰，用手一抹，就是几道黑手印。

2018年以来，为了尽快推动淹没区移民工作，华东院集全院之力，开展移民工程施工图勘测、设计工作，将相关专业人员抽调至现场集中办公，尽全力提高出图效率和设计质量，"一切都是为了让水电站建设项目早点'跑'起来。"陈森说。

从春天到冬天，许多员工每年在施工现场的时间都在200天以上，有些甚至是夫妻俩一同进驻施工现场。无暇照顾家里的老人与孩子，他们把所有的精力都投入眼前的工作中。华东院市场总监、白鹤滩库区项目部经理翁小康告诉我们，那个时候，他们现场勘测设计人员，持续保持在100人以上，高峰时有1000多人，设计的各种工程图达1万张以上。从中可见工程规模之大、投入之多。有一次，钻机需求量太大，他们千方百计从各地筹措钻机资源，仅用1个多月时间，就调来209台钻机，高效地完成钻探作业。

"世间万物都有其规律，认真掌握它、遵循它，才能事半功倍。"为解决工程沉降控制问题，华东院的工程师梅龙带人开展技术攻关，嘴唇上急得起了泡。他带着勘测设计和施工管理人员，实地考察，了解现场施工中的问题及作用机理，最终提出"智能碾压"和"智能强夯"的数字化方案。他们这一组人马，不知道吃了多少苦，鞋子不知道跑烂了多少双，但他们精神饱满，没有一个人叫苦叫累。

二

2017年8月3日，白鹤滩水电站主体工程经过核准，开工建设。这是继溪洛渡、向家坝水电站建成投产和乌东德水电站核准建设后，中国甚至世界水电史上又一具有里程碑意义的事件。

多年来，汪志林一直跟着江河走，参与了我国多项水电工程的建设工作。2007年，他出任中国三峡总公司溪洛渡工程建设部副主任，在水电工程方面，积累了丰富经验。2014年12月，他来到白鹤滩峡谷，担任白鹤滩工程建设部主任，主持白鹤滩工程建设部工作。

与建在地面上的水电站不同，白鹤滩水电站的机组厂房全部建在地下。厂房、输水系统、泄洪系统、交通网络等在金沙江畔的大山内部纵横交错。所有地下洞室连接起来，总长度达217公里，跟庞大的"地下宫殿"一样。而坝区岩体容易破碎、变形，这就像在一个奶油蛋糕夹层里掏洞一样，既要保证安全，还要让外部不变形。

对汪志林来说，这是新的挑战。

汪志林带着一班人上阵了。为了找到最佳施工方案，他实地考察各种隧道、铁路开挖工程，寻找可以借鉴的技术。没有白天，没有黑夜，他与设计团队、施工团队不断地探讨施工方式。肯定，再否定；否定，再肯定。方案从无到有，在不断的打磨中逐步成形。在白鹤滩水电站建设过程中，汪志林还多次组织力量进行科技攻关，形成一系列创新成果：全面应用智能通水技术、实现大坝混凝土精准化温控、应用低热水泥建设高拱坝……

2018年元旦，当很多人正沉浸在节日的喜庆氛围中，华东院的方丹却突然接到工地一线的紧急电话：右岸地下厂房南端洞段围岩变形量突然增大，喷层混凝土开裂，衬砌混凝土发生鼓胀，钢筋明显弯折。方丹意识到，如果不及时解决问题，洞室随时都会垮塌，后果将不堪设想！白鹤滩水电站建设有世界最大地下洞室群、最大调压室群，哪怕洞内掉下一块石头，都是巨大危险。方丹是华东院驻守施工现场的相关技术负责人。情况万分危急，容不得半点迟疑，她立即返回工地，加入白鹤滩工程建设部临时组建的青年创新攻关小组。一帮人夜以继日、不眠不休，鏖战了三天三夜，终于找到了原因——C4号层间错动带再次发生异动。接着，又是几个废寝忘食的日夜，攻关小组以最快速度，拿出解决方案，最终顺利排除了险情。

　　这个青年创新攻关小组，当时的平均年龄不到33岁。他们个个生龙活虎，身上仿佛有用不完的力量。在白鹤滩，他们累计开展科研创新活动50余项，发表相关论文80余篇，申请专利100余项。这些努力与成绩，让白鹤滩水电工程的基础更加牢固。

　　白鹤滩水电站蓄水以来，每天清晨，白鹤滩工程建设部大坝项目部副主任王克祥都会来到大坝各层廊道、各个堵头处，这里摸摸，那里照照，仔细查看有没有渗水、变形等异常情况。一趟下来，至少需要4个小时。

　　王克祥参与过长江三峡、溪洛渡等10余座水电站的建设，在水电行业工作刚好30个年头。6年前，王克祥完成溪洛渡水电站工程施工任务后，转战白鹤滩。上岗不久，白鹤滩水电站大坝在坝基开挖时，遇到山体裂隙多、土壤松弛的难题。不知熬了多少夜晚、掉了多少头发、查了多少资料，王克祥与团队通过数十次技术论证和现场试验，终于创造性地提出操作方案，成功解决了难题。他们在白鹤滩河床坝基固结灌浆中，创下每天超过3000米的强度纪录，把我国的灌浆施工技术水平提升到世界领先水平。

　　在白鹤滩水电站的6年中，王克祥在家只过了一个春节。他说："能参加大国重器建设，我自豪，家人也因我而感到光荣。"

　　要将40%以上的长江水资源调动起来，使其源源不断地输出清洁的电力，白鹤滩水电站必须有强大、健康、充满活力的"心脏"。这颗"心脏"，就是精准、稳定、高效的水轮发电机组。

　　白鹤滩百万千瓦机组发电机总设计师张天鹏，自2013年起，就和团队一道，进行了若干轮仿真计算、试验验证。在经历了不知道多少次挫折后，他们终于成功研发出磁极绕组空内冷技术，为发热的水轮发电机有效降温起到重要作用。4年后,他们又研制出"平衡受力"的新型转子支架,以此确定了结构静强度等指标最优的转子支架方案。

这些年,他们还在机组总体设计、水力、电磁、冷却、绝缘等9个技术领域进行了专项科研攻关,研发出一系列具有自主知识产权的关键技术。

在施工现场,我们还看到,大坝上空有7台颜色各异的缆机,正在有条不紊地工作。与缆机协同作战的,是一群"娘子军",由36名女工组成。缆机凌空高架,操作强度很大,要求操作者必须有良好的心理素质和高度的责任心。听说,这群女工刚开始操作时,看着脚下的江面,没有不害怕的,有的人甚至坐在缆机轨道上大哭不止。但是,令人惊讶的是,她们很快克服了困难,适应了这份工作。她们从容冷静,一丝不苟,不仅与缆机配合默契,还能在嘈杂的生产施工现场,辨识出设备偶然的异响,用肉眼就能发现常人不易发现的问题。

人心齐,泰山移。中国科学院、中国工程院等单位的多位院士、专家齐心协力,为白鹤滩水电站研究、建设倾尽智慧和汗水,献出无数的妙计。在他们的努力下,白鹤滩水电站实现了多个"第一":单机容量100万千瓦居世界第一;圆筒式尾水调压井规模居世界第一;无压泄洪洞群规模居世界第一;地下洞室群规模居世界第一;300米级高坝抗震参数居世界第一;首次在300米级特高拱坝全坝使用低热水泥混凝土……

大国重器的背后,汇聚的是中国顶尖的水电技术人才,书写的是中国水电由跟跑、并跑走向领跑的动人传奇,凝聚的是解决世界性水电难题的"中国智慧"和民族精神。

三

"金沙自古不通舟，水急天高一望愁。何日天人开一线，联樯衔尾往来游。"这首镌刻在白鹤滩绝壁上的古诗，寄托着多少代人开发金沙江的夙愿。如今，金沙江畔，白鹤滩水电站大坝横空出世，横跨碧波，以雄伟的身姿，耸立在世人面前。

2022年11月5日，白鹤滩水电站右岸10号机组通过72小时试运行，运转良好，正式投产发电。这是白鹤滩水电站投产发电的第十五台百万千瓦水轮发电机组。也就是说，白鹤滩水电站总安装的16台机组全部投产发电将很快实现。

金沙江蜿蜒曲折，拥有巨大的天然落差。在这条江流上，仅是上游和中游，就建有数十座巨型水电站。而下游的向家坝、溪洛渡、白鹤滩、乌东德4个梯级水电站，均为世界级巨型水电工程。源于中国"心"的绿色电能，为长江经济带发展再添新动力，为美丽中国建设增光添彩。

白鹤滩水电站还为长江中下游再添一道防洪屏障，其预留的防洪库容达75亿立方米，是长江流域防洪体系的重要组成部分。白鹤滩水电站与金沙江下游几个梯级水库携手相连，为四川宜宾、泸州等城市防洪起到重要作用。

进入初秋，白鹤滩水电站库区更美了。放眼望去，起伏的群山与碧波粼粼的湖面互相映衬，显得生机盎然。

"电站建好后，这里形成了高峡出平湖的景观，实在是太壮美了！"巧家县土生土长的摄影家张万高深有感触地说。最近10年，他走遍了白鹤滩的每个角落，用镜头记录下无数精彩的瞬间。他储存的上万张珍贵照片，详细记录下了这里发生的变化。

截断高峡出平湖，百年梦圆白鹤滩。经过一代又一代人艰苦卓绝的努力，今天，白鹤滩水电站创造了世界水电站建设的传奇，巍然屹立于金沙江上，成为"西电东送"的重要能源基地。

站高望远，眼前的"白鹤"，仿佛要展翅翱翔于峡谷之间。山清水秀，锦绣绵延，金沙江这幅绿色能源发展的巨幅画卷，正在人们面前徐徐展开……

《人民日报》2022年11月30日第20版

为了"羲和号"奔向太空……

王汉超

面前是一片光与火的海洋。烈焰洪流一般奔涌着、喷发着,无声澎湃在恒星的表面。

太阳是如此巨大,33万个地球相加,才能达到1个太阳的质量。事实上,太阳占去太阳系总质量的99.87%。我们无时无刻不在经受它的吸引,无时无刻不被它光热的潮水抚摸。我们赖以生存的食物、能源,乃至大气的流动,无不直接或间接得益于太阳的馈赠。它恒定不变地澎湃在1.5亿公里之外,燃烧着、喷发着,似乎亘古如斯,永无枯竭。

在南京大学的校园里,有一群人,一直在关注着太阳。在积蓄了半个多世纪的力量之后,他们把中国"观日之眼"送入太空。

在中国科学院方成院士的眼中,太阳的光芒里充满了未知。为什么有如此巨量日冕物质抛射?为什么太阳有活跃周期?为什么太阳南北极磁场会调转?

方成已经80多岁了,仍思维敏捷、精神饱满,奔忙在工作一线。他亲历了中国对太阳研究的从无到有,从搭建观测塔到升级天文台。他领衔把中国第一颗太阳观测卫星"羲和号"送入太空。在方成院士和他的团队看来,"羲和号"是中国探日从地面跨入太空最坚实的一级台阶。

攻　关

"那我们发一颗卫星到太空去看。"南京大学天文与空间科学学院80

后教授李川，仍记得第一次听方成院士讲卫星设想的情景。那时，大家都觉得难以置信。

从来都是在地面研究太阳，用国外研究团队公开的数据找方向，最大胆的想法也不过是升级望远镜，追赶别人的观测条件。"先别说一个如此庞大的卫星观测项目需要多少钱，就说一次火箭发射要多少成本？"大家不敢想。

方成从来是个敢想敢干的人。1955年，方成来到南京大学读书，当他参观紫金山天文台时，了解到我国的天文观测设备，只能用"一穷二白"来形容。最大的设备，也不过是一架1924年购于德国的60厘米直径的天文望远镜。那时，师生们最大的心愿，是建一座自己的太阳塔望远镜。

谁也没想到，项目自1958年上马，历经22年，终于在以方成为首的团队手中完成。这期间，项目因种种原因多次中断，但方成他们又一次次推动项目重新上马。资料没有，自己研究；缺少经费，工地搭茅棚；好不容易买来几方木料，租不起车，师生用板车拉……

1979年秋天，一座小巧别致的穹顶塔台矗立在南京孝陵卫的荒山上，中国第一次拥有了自己的太阳观测塔。观测到清晰的太阳成像，收集到清晰的太阳光谱，中国对太阳的观测研究大踏步走上了轨道。

方成自小就在向天空仰望。抗战时期，父母离开上海避乱，方成出生在昆明。他记忆里，每当警报响起，敌军飞机从天边飞来轰炸城区。那时，他的志向是做飞机设计师。后来，阴差阳错学了天文，他向天仰望的目光却从此投射得更远。

他深知，加强对太阳的观测研究，中国迟早要迈出这一步。早年他大学毕业后去北京深造，当时赵九章等学界前辈正推动中国的卫星上天。他们认识到"日地关系"的重要和科研欠缺，建议方成专注于这方面的研究。

如今,中国的太空事业,已经从资源卫星、气象卫星,走向载人航天。一个航天大国,对太阳进行监测和预报,是多么紧迫又势在必行!

太阳每时每刻都在发生着氢、氦核聚变。局部忽然增亮的爆发称为耀斑。一个中等强度的耀斑,就相当于百亿颗原子弹爆炸的能量释放。更巨大的爆发称为日冕物质抛射,以10亿吨计的物质喷射向行星际空间。一旦遭遇,高能粒子、电磁暴等将袭向地球,小则影响信鸽方向和导航,大则危及航天员安全、破坏电子器件、损毁卫星、造成停电。

对太阳的重视,总与航天步伐一致。至今,世界各国已先后发射了70多颗太阳探测卫星。其中,"帕克"太阳探测器正在试图更近地触摸太阳,距离太阳最近时仅约9个太阳半径。

方成在多年的国际合作中看到差距,也在差距中对未来的路有了清晰认识。2004年,他提出与国外合作,共同研制太阳观测卫星,但因外方资金不足而搁置。再一次,国内一箭五星计划又因故放弃。但方成没有气馁。一次次尝试,他带出更有探天积淀的队伍。在中国向天外进发的脚步中,探日的时机正在临近。

出　征

沉沉夜色中,随着长征二号火箭点火,光焰如激流喷射而出,箭身稳稳升起旋即冲天而去,很快成了苍穹上一颗亮点。2021年10月14日,"羲和号"从太原卫星发射中心一飞而起,奔向太空。

当时,方成和团队都守在发射现场。从"羲和号"2019年6月立项,到跟随火箭一飞冲天,仅仅过去了两年时间。中国的探日进度,加速从地面跨入太空。

"羲和号"卫星除了太阳成像,更主要的功能是利用中性氢原子谱线进行全日面光谱扫描。此前，全世界尚未在太空中探测过这条 Hα 光谱。而通过这条谱线，可以巧妙反推出太阳的温度、密度等，进而能研究太阳大气，了解爆发机理，对太阳爆发活动做出预报。

同时，卫星还将承担技术试验的"特别使命"。由于要扫描整个日面组成一张完整的太阳像，必须让卫星具备超高对准精度与超高稳定性。而卫星在飞行中如何不产生振动？恰好，上海航天技术研究院铸就了一件"利器"。如果把卫星平台舱比作无人机，那么装有镜头的平台就是载荷舱，中国首创以磁悬浮的方式让平台舱和载荷舱分离，带来了前所未有的稳定和精度。"羲和号"技术要求苛刻，正好成为这项技术的"试车员"。

立项后的节奏快得让人喘不过气。南京大学、上海航天技术研究院和中科院长春光机所等单位的团队为"羲和号"忙碌起来。这是一场复杂的协同，有的要攻克光学器件，有的要完成卫星开发，有的要对未来数据定标建模……"很多人在幕后没日没夜苦战，一颗卫星逐渐成型。"李川说。

先是样机，测试调整，然后是真机运到南京，连接上各种设备，对准太阳做最后的检验。后面还要完成整装、搭载上箭，仅留出数天检测窗口。没想到，调试准备好了，南京却阴雨绵绵，让人心急如焚。

团队一直焦虑地看着天，乌云沉沉不散。直到最后一天，只听有人喊："天开了！"久违的阳光射出，"羲和号"最后一次在地球大气层中注视太阳。检测完毕，万事俱备，只待升空。研制团队连夜带着设备转场，时间扣得很紧。

这就是地面观测太阳的限制。风雨阴晴，都会影响观测，每天一半时间地球的一面都是背对太阳。而"羲和号"在距地表517公里的天外，绕行地球南北极，可以全天候朝向太阳巡看，每46秒完成一张全日面扫描，几乎每时每刻都在记录太阳数据。

在地面，地球大气吸收了大部分电磁波，甚至太阳活动本身也在影响着大气变化。当人们看到星星"眨眼"，那正是因为大气的波动。剥去这些迷雾，人类将有更多发现。比如，通过"羲和号"，人们第一次看到了太阳中硅元素的一条光谱谱线，而在大气中，这条线被完全遮蔽了。

当"羲和号"传回首批数据，方成心里的石头总算落地了。但太阳成像始终不够完美。所幸硬件设计如今运用了多种传感器，可以远距调控，几经试验找到了最佳位置，获得了理想的太阳 Hα 光谱和成像。

运行一年来，"羲和号"已经渐入佳境。2022年8月30日，国家航天局发布"羲和号"探日近一年成绩单。它不仅传回海量观测数据，记录了近百个太阳爆发活动，更接连创下5个国际首次，验证了"磁悬浮"双超技术、空间测速全新解决方案等的创新优势。

筑　　路

当"羲和号"随火箭刺破苍穹，南京大学、上海航天技术研究院、中科院长春光机所等研发团队都在现场。他们难得凑这么齐，当即开会讨论起未来的"羲和二号"。

两年艰辛长跑，终点成了另一个起点。下一个目标已经倒逼他们争分夺秒。

在方成的构想里，"羲和号"是跨入太空的一小步，是"开胃菜"，是"试验田"，中国探日的大幕正徐徐拉开。"在未来，我们需要建立立体观日体系，包括在黄道面观测，进而建立绕太阳极区观测体系，并最终抵近太阳……"

实现愿景，步子得从脚下走起。每7到14年，平均11年，会有一轮太阳黑子的集中爆发。自有记录以来的第二十五个太阳活动活跃周期已经开始，这对我国跟上前沿探日步伐，将是一个难得的观测窗口期。

他们为"羲和二号"选了一个绝佳观测位置。日地之间多个引力平衡点称作拉格朗日点，其中L5点与太阳和地球的连线呈等边三角形。如果长期稳定停留在那里，将跳出人类几乎只能正面观测太阳的视角，观测太阳的"侧脸"。由于太阳自转，在L5点甚至能提前4到5天观测到即将波及地球的太阳活动，也将可以旁观日地互动全过程。目前，还没有人类的飞行器长期驻留在那里。

太阳像一个巨大的谜，让探索者无法停步，无法移开视线，那团未知如此令人着迷。他们惊讶于太阳的丰富，"目前地球的所有元素，太阳上全都有"。但对太阳活动认知的有限，让他们感到心急。在这群"追日人"的努力下，中国即将构建起太阳立体探测体系，那将是一项造福全人类的事业。

在"羲和号"升空一年后，中科院先导项目先进天基太阳天文台卫星发射升空，世界最大的直径2.5米的轴对称太阳望远镜等也即将建成。而中国的太阳数据，已向全球开放。

太阳是人类目前唯一可以如此接近去探测、去研究的恒星。人类有一天去往更浩瀚的深空探测的时候，来自太阳的经验无比重要。"而我们对太阳的了解，还处在非常浅表的阶段。"方成说，"我们这代人是向着太阳筑路，大的贡献在后面，等着后来的人去完成！"

《人民日报》2022年12月5日第20版

人民日报2022年散文精选

梦想与奋斗

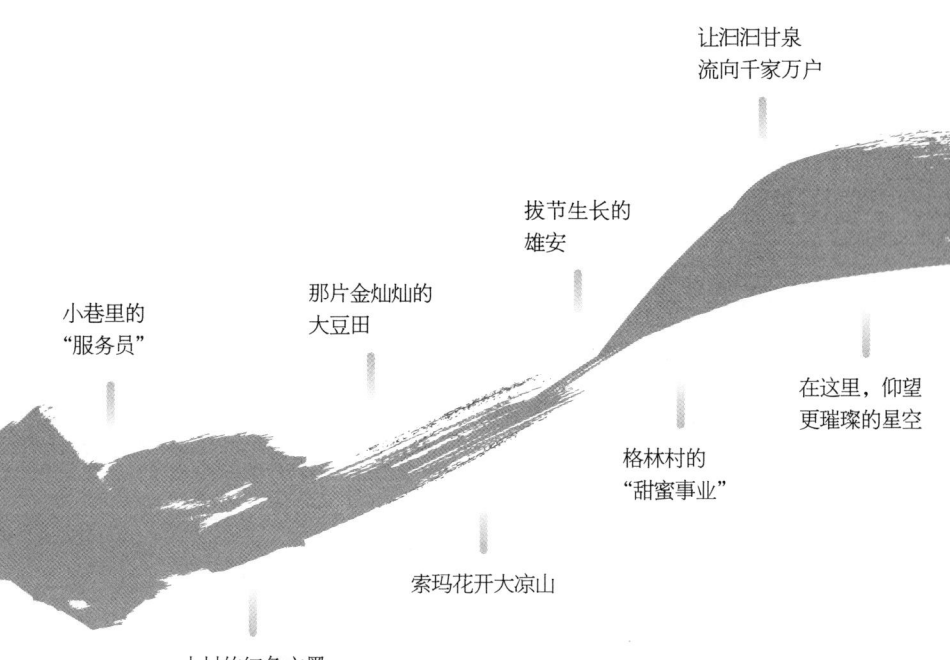

让汩汩甘泉
流向千家万户

拔节生长的
雄安

那片金灿灿的
大豆田

小巷里的
"服务员"

在这里，仰望
更璀璨的星空

格林村的
"甜蜜事业"

索玛花开大凉山

小村的红色文墨

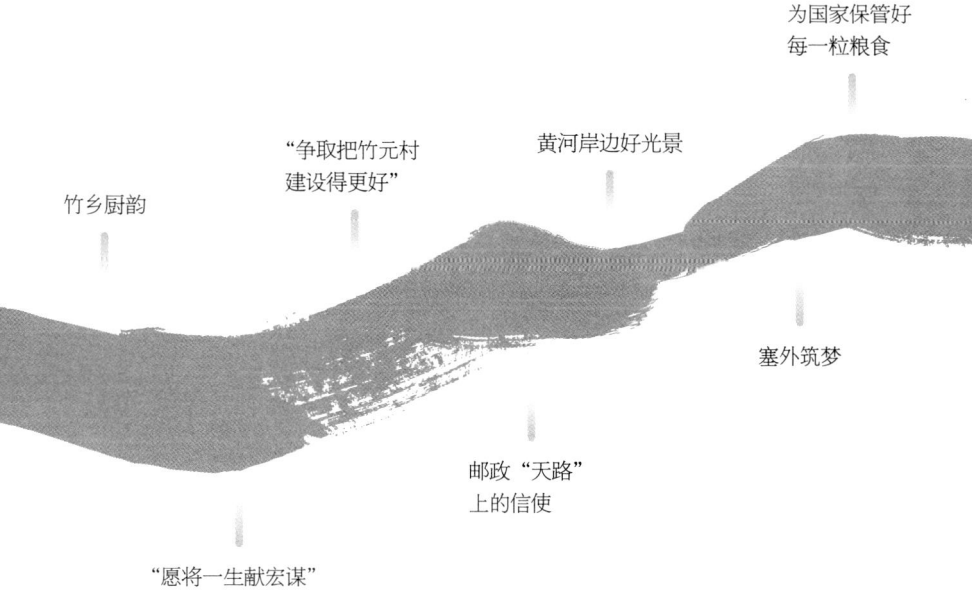

竹乡厨韵

"争取把竹元村建设得更好"

黄河岸边好光景

为国家保管好每一粒粮食

塞外筑梦

邮政"天路"上的信使

"愿将一生献宏谋"

小巷里的"服务员"

陈毅达

要不是我知道她就是林丹,我一定会以为,站在我面前的这个十分朴素的女同志,就是每天我上下班都能遇到的、大街上普普通通的一名福州女子。

林丹热情地与我握手。在握住她的手的那一瞬间,我立即感到一种真诚。她微笑地看着我,目光里透出一份质朴的亲切。我一下子明白了,为什么军门社区数千户居民,都那么信任和依赖林丹。

作为福建省福州市鼓楼区东街街道军门社区的党委书记,林丹可以说是工作在"最基层"。社区工作的岗位很平凡,但林丹在如此平凡的岗位上做出了相当不平凡的成就——她不仅获得了从街道的优秀社区工作者,到市级优秀社区工作者、省级劳动模范、全国优秀共产党员等一系列荣誉,当选党的十七大、十八大代表,更在建党百年之际光荣获得"七一勋章"。这名社区基层干部靠着自己的双手,书写着当代中国共产党人不忘初心、奋斗不止的"时代传奇"。

始终如一的坚守

林丹自小生活在一个普通家庭。青年时,她响应国家号召,到福州的农场插队锻炼。"到国家最需要的地方去",从那时起就深深印在她的心中。1972年林丹回城后,在家等待组织安排工作。那时,她的家就在当时的军门居委会隔壁。住在同一个小院里的一位名叫许德时的老人,引起了林丹的注意。

许德时当年70岁，是居委会主任。老人每天走街串巷开展工作，事务琐碎，他又年事已高，因此十分辛苦。特别是老人不识字，居委会工作有时需要相关文字材料，老人就只能找识字的人帮忙。有一次老人找到了林丹，林丹高兴地答应了。这是她第一次接触到居委会的工作。

如果说，是林丹心中的善良让她答应给老人帮忙，那么她爱上居委会的工作，则是源于她乐于助人的品德。在当时的她看来，居委会的工作就是帮助街坊邻里，是做善事、做好事。因此，虽然没有一分钱报酬，林丹还是每天都笑呵呵地跟在许德时老人身后，干得不亦乐乎。很快，她就成了许德时处理居委会工作的左膀右臂。许德时老人也看中了这个在工作中总是笑眯眯的姑娘，觉得林丹是做居委会工作的好苗子，所以悉心培养她。

1972年8月，经许德时推荐，林丹当上了居委会分管治安的副主任。1973年，许德时主任病退，而林丹则是他心中最满意的接班人。

正当林丹鼓起心气，想要在居委会大干一番时，她接到了分配工作的通知，是鼓楼区建工系统的一家单位。毫无疑问，这是一份令人羡慕的好工作。林丹去向许德时老人告别，说自己要走了。许德时老人心中万分不舍，但实在又不好误了林丹的前程，只是一个劲地说：林丹，真舍不得你走，真舍不得呀！

单纯的林丹只感到了许德时老人的不舍，没想更多。但是，接下来的几天，不少居民得知林丹要走，就纷纷跑到居委会来找她，劝她留在居委会工作。面对居民的真心挽留，林丹感到自己正面临人生一个关键的抉择，一时拿不定主意。若说那份分配的工作没有吸引力，那是假话。但看着许德时老人期待的目光，听着居民们情真意切的话语，林丹心里一软，下了决心：就在居委会干吧！

林丹留下来了。回忆当初，她认真地说：当时真实的想法，是觉得自己在这个社区住得久了，对这里的人和事都熟悉，感情也很深。再说，自己只是个普通人，大家喜欢我、需要我，是多难得的事！还是留在这里干更有价值。

就是这样朴素的心愿和情感，支撑着林丹尽心尽力为大家服务，用出色的工作态度和工作精神，回报街坊邻里对她的信任和喜欢。

20世纪的居委会干部，待遇不高，但林丹没想那么多，一门心思只想着做好工作。其间，她也遇到好几次"跳槽"的机会：1993年，一名商人暂住在军门社区，因此认识了林丹。通过一段时间的了解，商人十分欣赏林丹的工作能力和敬业精神，于是主动找到林丹，开出优厚条件，聘请她担任分公司的负责人，薪水远超居委会的工资，但林丹还是婉拒了。她风轻云淡地说：我去干，那是仅为一家公司、一个人做事；但在居委会，我是为大家做事。孰轻孰重，我心里分得清。

林丹在居委会的优秀表现，也引起了市、区各级领导的关注。林丹不止一次得到机会，可以调往条件更好、待遇更高的工作岗位，但她都一一放弃了。

从接触居委会工作那天算起，林丹在军门社区一干就是50年。可以说，她将自己最美好的年华，都用在军门社区的工作上；把几乎所有的情感，都倾注在居民们身上。

雪中送炭的坚持

军门社区地处福州城繁华的中心地带。随着城市的发展，老城区的人口密度越来越高，社区的情况也越来越复杂。林丹深知社区工作看似琐碎，却是党和政府与群众紧密联系的桥梁和纽带，非常重要，马虎不得。她想：都说居委会工作主要是解民忧、排民难，那就要多做些雪中送炭的事。只要是居民的需要，再小的事也不能放过，再困难的事也要想方设法做好！

了解群众所需是第一步。林丹不停地在街坊里弄走访，全面摸清各家各户的情况。到后来，整个社区的居民都知道：要找林丹，别上她家。林丹要么是在街道开会，要么是在居委会办公室，要么就是在居民们的家中。

林丹的丈夫游耕厉说，与林丹结婚40多年，她从未给家里做过一顿年夜饭；女儿从小到大，林丹从未去开过一次学校的家长会。林丹的女儿记得，自己得了急性阑尾炎开刀住院，是爸爸送去的。妈妈下班回家才知道，赶到医院坐了几分钟，然后说：对不起女儿，今天是老年节，社区有700多位老人在等我。说完，抹着泪走了。林丹的一位同事则回忆，林丹曾因声带小结而动了手术，上午手术完，下午就回到社区，因为相关部门通知有台风要来。林丹没法说话，就用纸笔在办公室写字进行指挥，一直忙到晚上11点多才回家休息。大家看着她那么用心工作的样子，都湿了眼眶。

居民小杨，3岁时母亲去世，父亲另组家庭，小杨只能跟着年迈的爷爷一起生活，后来又不幸患病，没有任何收入，生活非常艰难。林丹得知后，主动与小杨"结对子"，四处奔走为小杨申请城市低保，并每月从工资中挤出钱来予以资助，还为他买衣送被，带他就医治病。居民小王，因盗窃罪被判入狱。小王自幼丧父，入狱后母亲患病，林丹主动承担起照顾其母亲生活的重任，并带着小王母亲的近照前去探监，鼓励小王好好改造，争取重新做人。不幸的是，小王的母亲在他服刑期间就因病去世。林丹出面担保，让小王得以为母亲送终。小王刑满出狱后，一时生活没有着落，也租不起房子，林丹便将他接回家中居住，还在家中为他举办生日聚会。小王流着泪发誓：一定重新做人！经林丹多方奔走，一家大医院接收了小王做保安。小王努力工作，还组建了自己的小家庭。

军门社区有一大批60岁以上的老人，在辖区人口中占有不小的比重。林丹认为，竭尽全力为老年人创造更好的生活条件，让老人能健康快乐地在社区安度晚年，是社区的重要工作。每年福州当地的"拗九"孝顺节和重阳节，林丹总要为社区孤寡老人、特困老人、空巢老人亲自送上祝福和鲜花，为金婚、银婚老人送上纪念品。居民吴老太，亲人都不在当地，逢年过节见到邻里阖家团圆，就长吁短叹。林丹得知后，主动前去看望老人，对老人说：以后我就是你的亲人，有什么事你就找我。吴老太爱吃福州妙巷口的鱼丸，林丹每月至少跑一次妙巷口鱼丸店给老人买来。多年来，每到吴老太生日那天，早上7点，林丹就会准时为吴老太送来一碗长寿太平面。吴老太的亲属来福州探亲，得知老人被照顾得这么好，深为感动。

我曾问林丹，是什么让她能一直坚持，为社区做这些细碎的事？林丹不假思索地答道：都说积水成渊，积土成山。社区工作看似很小，但是做久了，做多了，我才明白，积小成大，积善成美。社区本来就是一个城市最小的组成单元，如果每个社区都成为城市的一个小花园，整个城市不就成为一座美好的大花园了？这些年，我就感到社区工作是越做越有奔头！如果每个人都能为社会尽点自己的努力，哪怕很小，但累积起来，不就非常多吗？

在采访中，我还听到这样一桩令人感慨的佳话。

林丹的一位同事告诉我，福州东街派出所曾经接到报警，说是有位80多岁的老人在大街上乱走，路上车来车往，很是危险。派出所立即出警找到老人，但老人年岁已高，无论警察怎么询问，都说不出什么清晰有用的信息。一筹莫展之际，大家注意到老人嘴里不时会说出福州话的

"林""丹"两个字来。一位老民警突然反应过来,猜测说:会不会是指军门社区的林丹?派出所的同志马上联系林丹。果然,这位老人正是军门社区的居民。

这份深植老人心中的信任,是林丹最珍视的"财富"。

执着为民的坚定

林丹告诉我,军门社区原先是没有党支部的,只有居民委员会。1991年,中共福州市委组织部下文,要求全市各街道居委会成立党支部。深知此举重要意义的林丹迅速行动起来。1991年下半年,军门社区在全市率先成立社区党支部,林丹成为军门社区第一任党支部书记。

从这一天起,林丹就在床头放上一支笔和一本笔记本。晚上回家,看电视、看报纸,看各种学习材料,只要看到社区党建方面有值得借鉴的东西,她都记录下来,用心学习、体悟。她在社区创设了"书记主任联系卡"和"便民服务卡",提出军门社区党支部要做到"群众一有困难,第一个就想到我们"。接着,又建立起了"家访制",规定社区党员干部每个月至少要走访100户居民,及时发现社区居民家中的生活难处,了解掌握社区居民的相关情况,向居民及时传达、宣传党的政策。林丹还深化了已有的社区"帮扶制",发动社区党员与辖区内特困户结对帮扶,签订结对帮扶责任书,让社区党员发挥带头作用。

社区居民程师傅,夫妻双双下岗,其妻子又身患重病,家庭十分困难。林丹得知后,与程家结成帮扶对子,想方设法帮程师傅的妻子解决医药问题。程师傅的女儿考上大专,可交不起学费,林丹又忙前跑后联系助学单位,与程师傅的女儿签订了助学协议。程师傅的女儿勤奋读书,考上福建师范大学。林丹得知消息那天,刚好领到一笔劳模奖金,她当即将奖金送给程师傅的女儿当学费,又积极帮忙联系新的助学单位。

针对社区越来越突出的人口老龄化特点，林丹与同事们共同努力，筹集资金建成了一个400多平方米的社区居家养老照料服务站。林丹还把每月10日定为"居民恳谈日"，倾听居民诉求，邀请相关职能部门参与，现场解决问题……

2001年，鼓楼区组建新型城市社区，调整后的军门社区居民一下增加至3000多户。经过选举，林丹当选社区党委书记，身上的担子更重了。串千家门、知千家忧、解千家难，林丹自身先做到了，然后对社区的全体党员提出了这个要求。社区工作人员到岗的第一天，林丹都要和他们一起重温党的历史，讲党员的责任。还不是党员的工作人员，林丹都要第一时间找他们谈话，问他们想不想入党？有没有为人民服务的决心？

社区工作站落成后，林丹的办公室原本是安排在二楼的，但林丹坚决不同意，说这样社区居民来找我们，还要走楼梯，实在不方便。在林丹提议下，社区所有办公室都调整到了一楼。她说，就是要让居民一来，一眼就可以看见我们，我们就是要离社区群众越近越好。

这几年来，军门社区将原来的居家养老照料服务站改造升级为2000多平方米的居家养老服务照料中心，24小时全天候为社区老人服务。结合社区居民孩子午托、晚托的需求，又建起了少儿托管服务中心，开设围棋、书法、珠心算等兴趣班。为方便群众，军门社区还搭建了一个智慧社区平台，通过手机APP，让居民足不出户就能用手机解决生活中许多大小事情。社区经过整体改造，面貌焕然一新，智能垃圾分类箱有序排放，居民刷脸进出小区。小区的党建工作也有了更进一步的发展，现设有15个党支部，党员300多人。

从贴心服务，到智慧小区；从关心群众冷暖，到党建引领治理。林丹50年坚持不懈、坚守爱民、坚定为民，在社区这个岗位上，做出了一番不平凡的事业。

　　林丹如今已经73岁了。我问她：有没有想过退下来休息？林丹仍是笑着说：想过是想过，但居民总是选我。现在我最大的心愿，就是永远做居民的"服务员"！

　　采访结束，我再次与林丹握手。我知道林丹的这双手很不简单。这双手，与万千普通的群众握过；这双手，托着叮嘱和重托；这双手，带给了许多人温暖和幸福。

《人民日报》2022年1月15日第8版

小村的红色文墨

卜谷

武夷山在赣南逶迤,山脉间是一小块一小块的平原,祖祖辈辈的客家人生活在这里的古老村庄中。而村庄里一座座肃穆的祠堂,记录着村庄的历史和荣耀。

仅江西宁都县赤坎村,就曾经有过30多座祠堂。90多年前,红军在这里驻扎,在祠堂里留下了不计其数的宣传标语。

前些年,我重返赤坎村,看见一座祠堂里,一堵几丈高的墙巍然兀立,上面赫然书写着一幅大字标语"争取江西首先胜利"。

这条红军标语让这堵墙成为独特的红色人文景观,也成了小村的一张名片。

一

"争取江西首先胜利""欢迎白军弟兄来当红军",这几条红军标语之所以引发人们的关注,是因为它所处历史位置重要。书写在中共苏区中央局的诞生地——宁都县小布镇小布村赤坎村小组龚氏宗祠的正门高墙上。

标语醒目。有的人铭记在心,有的人则就此开拓、研究。比如宁都县的谢帆云,便是其中之一,将标语研究做成一门学问。

谢帆云是个心思细腻的驻村干部,爱写诗,也对书法感兴趣。他见到这条标语后就渐渐上心,像一字一字抠"诗眼"一样,一笔一画地抠

"字眼"。从用笔、书法结构、风格等不同角度细细考量,再从中央苏区史和地方史考究,他最终判断这十几条标语的写作时间为1931年,作者应当是后来成为中国书法家协会主席的舒同。为此,他寻找到两条有力依据。

舒同是江西东乡人,参加红军后,于1930年底进入中央苏区,担任红四军政治部秘书,居住在宁都小布镇一带。他本职工作包含写标语的任务,且又擅写书法,因而写下大量宣传标语。而那些标语极具"舒体"独特风格——立"七分半"字体。这个"七分半",可以说是舒体字的精华,即结体上楷、行、草、篆、隶五体各取一分,风格上颜体、柳体各取一分,再取晚清书法家何绍基风格半分,合称"七分半"。

作为专业人员,宁都县博物馆的工作人员曾晨英、汪泓认为有责任寻找更多、更加有力的实证。他们将这些标语拍摄下来,赴北京找到了舒同之子舒安求证。

对于子承父业的舒安,这是一份从天而降的惊喜。面对照片,他当即确认这些苏区标语为其父舒同的早期手迹。兴奋不已的舒安,2014年8月专程赴宁都县小布镇赤坎村寻访其父亲当年的战斗足迹。对赤坎村中几处革命旧址墙头保留的数十条苏区标语,他一一细心品鉴,确认其中近10条榜书标语为其父手迹。

在小布镇赤坎村,当舒安看到门楣上一条清晰红色榜书标语"优待白军俘虏"之时,眼前一亮:"这条标语极具舒同书法风格,用笔线条圆健,结体宽博,有颜体书风,且笔法特点和舒同的书法风格一致。"

墙壁连接墙壁,标语便连着标语。

仅 屋之隔的中华苏维埃中央革命军事委员会总政治部旧址内,几条用白石灰水刷于墙上的大字标语,虽历经90多年的风蚀,依然可辨别出"当红军""分田地"等几个大字。

舒安仰头细看着说："由于当年红军的条件简陋，写这么大的字，只能就地取材，用棕把、笤帚当毛笔，所以用笔的细节上不可能那么精细，但这些字的笔画、结构都与先父的书风一致。"

离开中华苏维埃中央革命军事委员会总政治部旧址，仅数十米之遥的中共苏区中央局旧址，是一处全国重点文物保护单位。这是一幢气派的龚氏宗祠，虽历经数百年历史烟云，祠堂仍然保持着当年原貌。

踏进这一旧址院内，正厅屋檐下约一丈五高的大墙上，醒目的大字标语"争取江西首先胜利"首先映入眼帘。舒安脱口而出："这条标语像先父写的！"随即与陪同人员一同分析这条标语的用笔特点和结构特征。

细细观察，标语用材也很有特色。红军当年少有墨水，便就地取材，用石灰水做墨水；从河里捡来红粉石捣成粉，加水调一调就成了"红墨水"；从烧饭锅底刮取锅灰搅拌成"黑墨水"……"墨"非寻常之墨，"笔"亦非寻常之笔。由于舒同善榜书，他书写的笔，大都为简陋的棕把、笤帚，有时则为一团柔软的禾草。为了便于苏区军民认识标语内容，舒同多以正楷书写标语，并根据墙壁长短来安排标语，墙壁长，写长标语，墙壁短，写短标语。不经意间，就有了赤坎村如此之多笔墨奇稀、色泽殊异的红军标语。

二

2022年3月，我再次走进赤坎村。刚刚维修过的邱氏宗祠，几条棕红色红军标语十分醒目。屋前竖立标着"朱德旧居"的立碑。

我曾多次采访过居住在此的村民熊兰亭老人。老人的多位父辈参加过革命，二伯、四伯参加红军，光荣牺牲，父亲也曾是一名苏区干部。父亲生前时常与他讲起朱德总司令等人在他家居住的情景。红军转移后，白军占领了这里，嚷嚷着要放火烧房，熊兰亭的奶奶拼死阻止，才保住了部分房屋和红军标语的完整。

从此,熊家历经三代人,守护老屋90多年。其间,无数的游人前来参观。

随着经济飞速发展,小布镇的面貌发生了巨大的变化。熊兰亭的三个儿子长大成人,先后都另外择地盖了新楼房。他们一次次劝说熊兰亭和妻子林长秀两位老人离开潮湿陈旧的老宅,到他们的新房去享福。然而,无论儿子儿媳几个怎么劝说,老两口始终不愿搬离,他们怕自己走后房屋无人修葺。

"我们需要照应,这座老屋和标语更需要照应。"熊兰亭、林长秀多次说。对于房屋的照应,是日积月累的琐碎细节:墙破了要修,屋顶漏了要补,砖头松了要砌、扫蜘蛛网、扫地、疏沟……村里的人也时常来帮忙。有一次,祠堂两扇大门快要倒塌,就是村委会请人来帮助修理的。邱氏宗祠地势较低,每年雨季雨水倒灌,屋里的水能浸没小腿肚。两位老人就赶紧端来水盆,一盆一盆地把水舀出去。日复一日,年复一年,他们早已把生命与老屋融为一体。

岁月流逝,老人和房屋、标语都在不断老去。去年我来采访时,熊老因中风坐在轮椅里,他由老伴推着,向我指看日晒雨淋的大墙上两条残缺不全的标语。

"这标语再不修复就没了。"熊老不无悲怆地说。不久,在村委会的努力下,墙壁标语修好了,老人心愿得偿。

今年再去,熊老已经不在了,但我看到,70岁的林长秀,带着孙子仍与老屋和标语为伴。

三

踱步赤坎村,品读标语,字上温度、字里风云、字间春秋,让人感慨万分。村民告诉我,村里大大小小的红军标语不下千条,其中熊氏宗祠最多,有300多条。

说到熊氏宗祠就要说到熊天星。我每次去,都见他指着阔大的墙壁一跛一跛来回讲解红军标语。

"穷人不打穷人,士兵不打士兵""欢迎白军兄弟来打土豪分田地"。

63岁的熊天星是熊氏宗祠第十七代传人,他出生于这座古老的建筑,4岁从楼上跌下来,致使足跛。奶奶和父母亲没读过书,熊天星是从小读着标语识字,听着标语故事长大。后来,熊氏宗祠几经转手,熊天星始终念念不忘。对他来说,这里既有红色历史,也有亲情回忆。

1980年,熊天星进入小布垦殖场工作,做些造土纸、开垦茶山、养护茶园的活计。有了稳定的工作,他迫不及待地与父亲商量,要把熊氏宗祠买回来。几经努力,终于成功。

回到熟悉的老屋,熊天星把每个房间的标语仔仔细细地检查了好几遍,给予力所能及的保护。因潮湿墙面凸起,便用胶水托底粘住,使石灰不掉落;日晒雨淋的地方,贴报纸遮挡,防止风化;劝阻游人用手触摸……他还为楼上三个房间上锁,减少参观量。熊天星不是小气,而是要尽力保护好那些红色标语,让专家、学者以及更多的人研究、参观。

2000年开始,熊天星主动当起了红色标语义务讲解员。村里为照顾残障人士,将他纳入低保户,又为其在村里安排了保洁员的公益岗位。

自此,熊天星每天在保洁员与讲解员两个角色间不停地变换。没游客时,他是保洁员;一有游客来时,他就是讲解员。后来,游客越来越多,老熊的妻子就客串干起了义务保洁员。夫妻俩商量好,既要做好标语宣传又要搞好保洁工作,宣传、保洁两不误。2016年初,随着革命旧址的建设日益完善,熊天星的讲解工作量翻了一番。他辞去保洁员的工作，成为一名专职讲解员。

"为什么我家有这么多标语呢？因为红一方面军总交通队曾在这里驻扎过，来往的交通员多，书写的标语就多。一个人写一条，100人就是100条……"

那一次，熊天星刚介绍完，一名游客告诉他："一条标语抵得一个军。"

"啊，有这样的事？"

"有呀，这是1930年红一方面军前敌委员会宣传动员令里讲的。标语是红军传播革命理想的宣传工具，力量大着呢！"

标语在熊天星心中的分量更重了：一条标语抵得一个军，那么我家一共有多少条标语呢？

熊天星盯着满屋密布的标语，开始了他的统计工作。有的标语很小，贴着墙脚，有的标语中还夹着标语。为了得到一个确凿数字，他搬凳子、爬楼梯，他把楼上楼下每一块砖、每一条木板来回数了许多遍——标语共计310多条，这个数字超过了他原来的估计。

一条标语抵一个军，满屋的标语就是千军万马。

这正是熊氏祖孙三代做的事，守护这些意义非凡的标语，让红色文墨永远流传下去。

90多年过去，小村怀抱着这份珍贵的蕴藏，质朴、无声地伫立着，默默地向世人展示小村那一段峥嵘岁月。

《人民日报》2022年4月4日第8版

那片金灿灿的大豆田

陈晔

一

腊月，年关将至的时候，张孟臣离开位于石家庄的家，坐飞机前往海南。

张孟臣的老伴早已习惯他与众不同的行程：别人过年往家奔，他却要去南繁——海南三亚试验田的大豆要熟了，他得过去收获。老伴默默帮他收拾衣物，他自己则把要吃的药装好。收拾停当，他带着行李，走出家门。街上的红灯笼洋溢着温暖的光。他给在上海的女儿打了电话："爸爸要去南繁了。"女儿在电话里柔声叮嘱："爸爸，一路平安。"

对一般人来说，"南繁"这个词有些陌生。为了大地的丰收，为了人民的温饱，每到冬季我国北方地区都有大批作物育种科研工作者到南方去，利用那里温暖的气候，开展作物种子繁育、制种、加代、鉴定等科研活动，科研工作者称之为"南繁"。

而对于张孟臣的家人来说，南繁是一个熟悉的词，连老家的老母亲都晓得。每次临走前，张孟臣都要打电话告诉老家的弟弟："过年回不去了，告诉咱娘，我去收豆子了。"

66岁了，还要南繁。对于担负粮食作物种子培育重任的农研人来说，南繁就像生活的一部分。张孟臣相信，农研人只有贴近土地这个"第一现场"，才能精准掌握数据和信息。这是对工作的负责。

大豆专家张孟臣有两个重要头衔：农业农村部黄淮海大豆生物学与

遗传育种重点实验室主任、国家现代农业大豆产业技术体系顾问。他在大豆科研、生产领域耕耘了40多年,从青春到华发,育成大豆品种20多个,获得20多项科技成果奖,荣获全国五一劳动奖章、"全国优秀科技工作者"荣誉称号……成果和荣誉背后,是他年复一年奔波在南繁路上的身影:千家万户团圆时,大豆成熟,他得和大豆"团圆"。

一路向南,一路减衣服。到了海南,进试验站,放下东西,吃了药,换上防晒的长袖,戴上草帽,张孟臣迫不及待地拄上拐,进田里转一圈,像多年不见的亲人一样摸摸田里的豆荚,估摸着大豆的收成。远远近近的椰子树,多少年都立在这里,也仿佛像熟人一样和张孟臣打着招呼:"老朋友,您又来啦!"

二

农作物育种,需要数个世代才能稳定,再加上数代后续试验才能培育成品种。许多作物在北方一年只能种植一代,育种工作者们为了缩短育种年限,只有利用冬春季节到南方种植一到两代,加速粮食种子的"加代"和稳定。"民以食为天",优良品种,高产优质,仓中有粮,心里不慌,这便是南繁的要义所在。

张孟臣负责的是大豆。

大豆又称黄豆,古代叫菽,起源于中国,至今已有数千年历史,在作物中地位重要。然而过去几十年里,国产大豆不能完全满足国内需求,还需从国外大量进口。优良的国产大豆品种,正是张孟臣年复一年,在南繁中孜孜以求的。

张孟臣的南繁之路,从1982年大学毕业就开始了。他生在河北衡水湖畔的农村,从小在衡水湖边长大。祖父是革命烈士,家中兄弟姊妹七个,他是大哥。因为家中壮劳力少,日子过得很紧巴。他至今记得,当年奶奶牙不好,过年就想吃顿豆腐,家里却没有黄豆,无法满足心愿。他父亲认准没有文化不行,省吃俭用供他上学。他是恢复高考后的第一届大学生,考入河北农业大学,从此立下农研报国的志向。

中国人喜欢吃豆类食品。在外读书那些年,张孟臣每次过年回家,看到村里人辛苦一年,普通人家也只有过年才能做一次豆腐,心里很不好受。他问乡亲们,说是没有好种子。奶奶对他说:"臣啊,你上了大学,好好研究,这么好的地,怎么就打不出豆子?"张孟臣年轻气盛:"奶奶,我一定能培育出好豆种。"

话说出去了,实现却很难。大豆有个"怪脾气":再好的种子,换个地方,产量就容易变少。产量上去了,蛋白质和油分又容易降低。要培育出高产优质且适应性好的大豆种子,磨的是大豆的"脾气",耗的是研究者的心血。

大学毕业后,张孟臣被分配到河北省农林科学院研究粮食作物,主研大豆。说是研究人员,但在外人看来,更像是穿白大褂的农民——从种到收,天天待在地里,守着种子发芽生长。张孟臣的爱人说他:"你对大豆比对我和孩子还亲!"他跟爱人解释:"农业研究数据一旦不准确,损失的不单单是种子,还有农民的信心。中国的大豆历史悠久,还要花外汇去进口,我得给咱中国人争口气!"

他虽然有很多职务和头衔,但他自认"第一身份"是农民。拿镰刀割豆子,年轻人都不如他麻利。他带领科研人员扎进田间地头,反复选种试验,有时几天几夜睡不了一个囫囵觉。每年"跟着大豆走",夏在河北,冬、春在海南。育成的20多个大豆品种,个个都是他心血的结晶。

三

张孟臣清晰记得,第一次南繁,他26岁。

1982年，四个满怀"农业报国"使命感的年轻人告别父母和老师，来到海南三亚。

种地、除草、施肥、收获、脱粒、晾晒。下雨后，地里灌水，还要为苗排水，用水桶一桶一桶把水提出去。张孟臣深知，多保住一株豆苗，大豆新品种就多一丝希望。从种到收，他像照顾婴儿一样处处小心。

从地里回来，几个年轻人烟熏火燎地起灶，做自己的一日三餐。烧的柴也要自己捡，台风过后，地上有风刮落的树枝，他们开着手扶拖拉机，走一路捡一路。海南多雨，得多备干柴，不然阴雨天就要断炊。放晴的日子里，紫外线又格外强，他们经常顶着太阳忙碌，一个个晒得黝黑。

没有电视，没有报纸，与家里的联系就是家书。母亲不识字，张孟臣就写信给弟弟，让他给母亲念信。过年回不去，自家责任田的活没法帮着干，他在海南心怀愧疚。父亲告诉小儿子："给你哥写信，告诉他不用惦记家里。他干的是大事，这点儿地咱们就种了。让他早点把'争气豆'弄出来！"

20世纪90年代，张孟臣育成"冀豆7号"，成功带动河北大豆单产大幅提升，他因此获得国家科技进步奖；

21世纪初，张孟臣培育的高油大豆"冀黄13号"含油量超过进口大豆，成为我国与国外高油大豆抗衡的优势品种；

他还育成高产广适应的"冀豆12号"等高蛋白系列品种；参与完成的《中国农作物种质资源收集保存评价与利用》项目再获国家科技进步奖……

成绩，喜人！但多年奔波，尤其是经常熬夜，也使他的健康状况亮起红灯。2010年，他被检查出双侧股骨头坏死。大夫让他少走路，但他不去田里不放心，就挂着拐下田。到田里，不能弯腰，就用拐拨动豆荚，察看生长情况。2016年，他又被确诊患有肿瘤。即便如此，他也没离开心爱的大豆和农田。

几十年的南繁，他为中国大豆的"高产""高蛋白""脱腥""富油"殚精竭虑。其中"脱腥"一项，给企业省了脱腥工序的大笔费用，味道上更胜以往。一位老人曾对他说："张老师，你的无腥味大豆，生吃就像花生一样！"为配合国家精准扶贫的政策，他又几次"北上"，去张家口和承德的坝上，为那里培育适合当地水土的大豆种子，助力当地农民增收致富……

张孟臣喜欢在晚上工作。夜里安静，也是他工作效率最高的时候。有时忙到凌晨，他就在办公室和衣休息，天亮了再开车回家。他迄今带过26名研究生和博士后，和他们奋斗在农研一线，将自己所知在实践中倾囊相授——张孟臣比一般人更懂得种子的伟力。在他眼里，学生，就是未来的"种子"。

四

南繁之路，并非总是一帆风顺。

张孟臣还记得，2020年的南繁，大豆成熟却缺乏收割的人手。一场大风大雨，就可能让辛苦培育出的大豆毁于一旦，当年的南繁也将功亏一篑！

张孟臣的心紧紧地揪了起来。"光杆司令！"他在地头喃喃自语。

为了抢收，64岁的他在大年初一抄起了镰刀，大豆田里多了一个孤单但执拗的身影。嫌拐杖碍事，他把拐杖扔在一旁。腰腿疼痛，难忍也要忍，汗水很快爬遍他的全身。

他的身影打动了两个福建过来搞科研的学生："张老师，我们帮您做吧，您尽管吩咐，我们什么都能干！"于是，大豆田里的身影变成了"一老两少"。三个人每天白天在田里挂牌、调查、收割、脱粒，晚上做研究记录。入夜，张孟臣躺在床上，腰腿疼得睡不着觉。但天一亮，看到待收割的大豆，他又顾不得别的了。

时令不等人，越来越多的大豆进入成熟期，他和两个学生实在收不过来，整个试验站的人便一起下田帮忙。他们中最年长的68岁，最小的20岁。正月的海南，白天气温已经很高。一次，张孟臣在大豆田里蹲久了，眼前一黑晕倒在地。缓了一会儿，他悠悠转醒，默默爬了起来，谁也没告诉——他不想再给大家添麻烦。

科研人员之间的友情令他感动，家中的亲情更让他牵肠挂肚。科研辛苦，他和家人聚少离多。父亲去世前，他还在单位准备种子。弟弟打来电话："大哥，今天你得回来。"

"明天行吗？就半天，我忙完这些。"

"就得今天，咱爹……"

一时找不到车，他急得像热锅上的炒豆。刚好，有一辆来拉种子的车顺路，他搭车回老家，赶上了送父亲最后一程。

他是长子，要镇静地为家里拿主意。但到了夜里，却怎么也睡不着，就前前后后地想，想过去，想将来。他想着父亲让他种的"争气豆"，想着多年来付出的汗水和心血，也想到了海南那一片片大豆田。他想，自己一定不能辜负父亲的期望……

五

海南。又是一年南繁时。

自从有了试验站，南繁的条件比20世纪80年代好多了。这次初到海南，张孟臣有点不舒服，去医院拿了几服中药。大夫听说他是南繁的大豆专家，说："幸会啊，我们吃的豆制品喝的豆奶粉都是你们的功劳！咱中国人就得有自己的好大豆！"

除夕，张孟臣与试验站20多个人一起过。大豆、花生、绿豆、玉米几个所里的专家、技术人员，还有几个大学的研究生都在这里。这些远离家乡的人在一起包饺子，一边包一边谈论着田里的话题，房间里洋溢着"话桑麻"的农家气息。

大年初一，张孟臣给家人打电话拜年。91岁的老母亲，听力不行，说话也都用喊的。她对儿子喊："我挺好！不用惦记！"张孟臣知道，电话里他说的话，母亲未必听清了。但母子连心，老母亲知道儿子想说什么，她要让儿子放心南繁。张孟臣的眼睛一下子湿润了。

"我有两个母亲，一个是祖国，一个是91岁的老母亲。我这个岁数，还能叫上一声'娘'，很幸福！"

他南繁，为的正是"母亲"的微笑。

拜完年，张孟臣就到田里收割早熟的豆子。双腿病痛仍在，他的步伐缓慢，却坚定。下蹲，挥镰，捆绑，每一个细节都一丝不苟。同事们说："你在这里，我们很踏实！"

转眼，就到了3月。张孟臣从试验站里望出去，4亩大豆刚刚收割，脱粒后正在晾晒。他走在收割过的大豆田里，看到一个遗落的豆荚，弯腰捡起，紧攥在掌心，像握着一块金子。在他眼里，每一粒种子都是无价之宝。

提到这一年的南繁，张孟臣有如孩子般兴奋："4块地30多亩大豆，都收完了！"今年南繁新春有喜——他和同事采用轮回选择育种育成的高蛋白大豆品种，蛋白质含量再次超过攻关指标。

又一个优质的大豆品种！这是他和同事们带给祖国母亲的最好礼物！

《人民日报》2022年4月6日第20版

索玛花开大凉山

安华

春暖花开的大凉山很美。温暖的阳光洒在大凉山上,鸟儿欢快地放声歌唱,索玛花满山绽放。

大凉山位于川滇两省交界处,大部分地区山势高峻、河谷深切。由于自然条件有限,交通不便,这里的百姓长期生产生活方式落后,凉山彝族自治州成为区域性整体深度贫困的典型样本,是四川脱贫攻坚的最后战场。

2015年11月,脱贫攻坚战全面打响。这个好消息像春风一样吹遍了凉山大地,温暖了每一个人,也鼓舞着每一个人。

凉山州党员干部和每一名对口帮扶干部,日夜奋战在大凉山的村庄中。蒋富安,凉山州审计局的一名普通干部。他从小生长在大凉山,深知乡亲们生活的艰难。在凉山打响脱贫攻坚战后,他辞别新婚不久的妻子,前往美姑县九口乡四峨吉村担任驻村第一书记。四峨吉村是一个典型的高山贫困村,平均海拔2300米,村里只有一条狭窄陡峭的入村山路,村民们的住房低矮破旧。为了改善乡亲们的生活条件,蒋富安带领大家大力发展养殖产业,同时,鼓励和组织劳务输出,积极发展现代服务业,为当地群众增加了可观的收入。作为一个从大山里走出来的大学生,蒋富安特别挂心山里孩子的教育问题。他为孩子们上学的事四处奔波,还常常用自己有限的工资资助孩子们上学。由于常年奔忙在一线,这个年轻的生命,最终因过度劳累,长眠在他生前最牵挂的四峨吉村,年仅26岁。蒋富安是凉山全州2072名驻村第一书记中的一个代表,在脱贫攻坚的伟大战役中,凉山有38名同志以身殉职,他们用生命和热血诠释了忠诚与担当。

在干部群众的不懈努力下,大凉山的面貌发生了巨大的改变。一个个贫困堡垒被攻克,一户户贫困家庭迎来了新生活。昭觉县三岔河乡三河村的村民们搬进了新房,原来居住的土坯房则进行了整治修复,并在原址建成纪念馆。这里寄托着村民们的乡愁,也成为大家过上好日子的见证。吉木子洛老大娘主动要求担任解说员,她要用自己的亲身经历告诉大家:是党和政府,让大家过上了今天的好日子。被称为"悬崖村"的昭觉县阿土列尔村的村民,也于2021年5月陆续搬迁进县城的易地扶贫安置点。当年那架用藤条编织的爬梯,如今换成了牢固耐用的钢梯,村里的水泥路也修好了,多年的出行难问题得到彻底解决。"悬崖村"的美景,终于为世人得见,这里成了旅游景点,旅游收入成为村民们的重要经济来源。"悬崖村"的变迁,成为凉山脱贫攻坚的历史见证和中国脱贫攻坚的生动故事。

易地搬迁后,村民们从深居的大山来到集中居住的楼房,生活习惯有不少需要重新调整的地方。于是,机关干部进楼入户,面对面、手把手地教群众怎么用煤气,怎么洗热水澡,如何将垃圾归类到指定地点。经过一段时间的磨合,当地群众的生活习惯变得健康而文明。

背着娃娃绣着花,巧手绣出新生活。彝绣是彝族民间艺术的一颗璀璨明珠,是许多彝族妇女从小就会的手艺。平日里,她们把色彩浓烈的图案绣到衣服和生活用品上,没想到有一天,也可以用自己的手艺致富增收。凉山州的妇联把会彝绣的绣娘们组织起来,开办彝绣工场,让她们发挥长处。

今年34岁的阿的几几,2019年从山里搬迁到喜德县最大的移民安置点。她听说县妇联组织彝绣培训,第一时间就报了名。她从绣一双袜子、一条围巾开始,一针一线,技艺越来越精湛。由于努力上进,她的绣品每月能卖到几千到上万元,阿的几几成为许多绣娘称赞和学习的榜样。阿的几几不仅用自己的双手创造了美好的新生活,还希望带动更多的绣娘们过上好日子。在县妇联的支持和帮助下,她组织绣娘成立彝绣合作社,希望通过搭建一个平台,让更多居家妇女增产增收,过上更加幸福的生活。

走进当地村民的集中居住区,一排排楼房规划齐整,建筑风格鲜明,黄色的墙面、黑色的屋顶,红色加以点缀。一草一木、一石一景也是精心设计。居民们幸福快乐的状态都写在了脸上。小区的广场上,他们载歌载舞。走到几户群众家里,每家每户都是干干净净,家具齐全,生活得幸福滋润。

"以前孩子上学要走几公里山路,现在孩子在家门口就能上学。感冒的时候在社区就可以看病吃药,国家还报销医疗费用,办事也更方便了……"越西县城北感恩社区居民阿尔果果说起新家园的生活滔滔不绝,脸上挂满了笑意。从他们竖起的大拇指、绽放的笑容中,我能深切地感受到大凉山人的幸福与憧憬……

《人民日报》2022年4月20日第20版

拔节生长的雄安

徐锦庚

雄安，作为地理概念，特指河北省雄县、容城县、安新县及周边部分区域。取"雄安"，寓意深长：雄韬伟略，长治久安。

2017年4月1日，一则重大消息正式对外公布——"日前，中共中央、国务院印发通知，决定设立河北雄安新区。"

一晃，5年过去，雄安新区建设如何？怀着好奇，我踏上这片热土。

从北京西站出发，高铁1小时到达雄安站。雄安站地上3层、地下2层，造型为"青莲滴露"，宛如荷叶上的露珠。

出站西行，沿津雄高速疾驶。约半小时，出高速口。路南塔吊耸立，是新区起步区；路北楼群蜿蜒，由东而西，依次是容东片区、容城县城、容西片区。

在雄安，我邂逅这样一些人。

啃了块硬骨头

李长友生于1971年，正值年富力强。然而，在150人的项目部，他已是"老人"。他的搭档祁海涛，小他17岁。这支队伍，平均年龄32岁。

长友的项目在容西片区。容西安置房建设共10个标段，9个由央企承建。中建七局四公司承建C2标段，长友是项目书记，海涛是项目经理。C2标段体量不小，但在10个标段中，却只是"幺弟"。

中标后，四公司调遣精锐。长友来自华北区域，海涛来自河南区域。

2020年12月30日,两拨人马会师容城。

2021年元旦,大家半夜冻醒。天亮才知,容城零下27摄氏度,宾馆的空调外机全被冻坏。

2021年1月2日上午,容西片区安置房开工。四顾两茫茫,哪处是C2?谁也说不清,只能靠手机定位。寒风如刀,大伙儿冻得直哆嗦,手机也自动关机。为了标识地块,大家扛着铁锹,在四周刨坑插旗。脚踩在铁锹上,刚一使劲,人就摔个嘴啃泥——冻土坚硬,铁锹打滑。挖掘机也打怵,一铲斗下去,机身直哆嗦。好不容易挖开,冻土深达1米。

1个多月后,腊月二十九,C2项目部率先建成,第一个亮灯入住。

新区建设,质量为先,加上工期、安全、扬尘、防疫、信访等指标同步考核。检查频次高,设排名榜。检查制度严,一旦发现问题,必严厉处罚。每家施工单位,均打起十二分精神。

工期紧迫,长友和海涛"压力山大"。从打桩到交付,仅18个月,2022年6月30日,必须统一交付。这期间,要完成土建、精装、市政、绿化、道路等工程。每天任务须当天完成,哪怕延误半天,也会打乱全局。为了抢工期,他们早上6点起,半夜2点睡,每天只睡4小时,往床上一倒,就鼾声如雷。

绿色、创新、智能,是雄安三大要素。即使施工现场,也初见端倪。在C2项目部,有智慧工地科技展示中心,工人在岗表现、有无安全隐患、车辆人员进出、机械作业状况,屏幕上一目了然。塔吊装载防碰撞系统,吊钩可视化,驾驶员对着屏幕,就能准确操作。还采用倾斜摄影,配备无人机,每天空中巡查,拍摄视频、图片。

施工现场人来车往,马达轰鸣。长友说,容西片区最多时近10万人,容东片区规模更大,最多时有十四五万人。

安置房主体已完成,室内正精装修。长友带我走进样板房。"这里所用材料,都是一线品牌。"长友说,"省委、省政府要求很高,连踢脚线与户内门、柜体的面板颜色,也要保持一致。对客厅窗户、楼梯护栏,都提出了具体要求。"

我很惊讶:"管这么细?"

"开始,我也不理解。"长友说,"后来,想明白了。雄安新区建设,是'千年大计,国家大事'!"

"雄一代"落户了

有时,一念之间的选择,往往改变人生。比如陈傲天。

傲天生于1995年,在武汉长大。上高中时,一天找表哥玩。表哥大专毕业,学的是测绘。他顺口问:"测绘专业好吗?"

"当然好。"表哥说,"将来你也考测绘吧。"

他心里一动:"考哪所学校好?"

"武汉大学。"表哥说,"那里的测绘专业,是全国最好的!"

他记在心里,高考时,果然填了。

进了校门,他直呼幸运:上《测绘学概论》时,居然6位院士共同授课!

傲天迷上了测绘,大学毕业继续读研。

2018年底,傲天找工作时,看到一则信息:雄安城市规划设计研究院招人。他第一次知道,在遥远的北方,有一个雄安新区。上网一查,觉得不错,遂投了简历。

笔试顺利通过,他到北京面试。测绘岗位招4人,应聘者数十。

面试还算顺利。最后一道题,面试官提问:"在新区开展'多测合一',有什么优势?"

"多测合一?"这个陌生名词,让他如坠云雾。

面试官相视一笑，没再细问。

出了考场，傲天有些泄气。成绩公布后，他名列第五，没希望了。

2019年4月，傲天接到陌生电话，是雄安新区的，说前面4人中，有一人放弃，他可以递补。

傲天有些惋惜："很抱歉，我已在武汉签约了。"

对方正欲挂电话，他突然说："等等！让我再想想，好吗？"

"可以。"对方说，"不过，你明天得答复我。"

放下电话，傲天思量：武汉测绘界人才济济，发展空间有限；雄安是新兴城市，大有用武之地。

他决定，去雄安！

2019年7月，傲天来到雄安，原以为是荒郊野外，到容城一看，比想象中好多了！

一张白纸绘蓝图，新区规建局举足轻重，配备多名副局长，均为挂职支援专家。一位副局长分管测绘，相中傲天，带到身边，悉心指导，让他受益匪浅。

无巧不成书。傲天又与"冤家"打照面——在专家指导下，参与编写新区"多测合一"的制度标准。

傲天在市民服务中心办公，这是雄安第一座建筑物。在他眼皮底下，周边的工地上，每天都带给他惊喜：雄安，犹如雨后春笋，一天一拔节，天天在长高！

很快，这座创新之城，带给他更大惊喜：不仅往天上"长"，还往地下"长"，将实现三"城"共存：地上城、地下城、云上城——

"地下城"，即地下分4层：浅层空间，包括商业、娱乐和人行通道；次浅层空间，以市政设施为主，包括管廊和物流；次深层及深层空间，以保护资源为主。

"云上城",即拓展数字空间,国土空间的规、建、管、养、运、维,均实现数字化、智能化管控。

傲天也同生共长,成为一名设计师。现在,他已是"多测合一"行家,在培训班上从容讲授,为200多人释疑解惑。

"我很庆幸来雄安。"别看傲天稚气未脱,谈吐有板有眼,"如果留在武汉,我可能还是个'菜鸟'。是雄安为我提供平台、创造机遇,是专家的言传身教,让我快速成长、充满自信!"

"下一步有什么规划?"我问。

"我决定在雄安扎根,户口已迁来,马上就落户。"傲天神情自豪,"我是'雄一代'呢!"

一群痴情汉子

第一次扣大罩时,田汉卿绝对想不到,有朝一日,他会研究起白洋淀的渔猎文化。

汉卿生于1963年,河北省安新县圈头乡东田庄人。圈头乡居白洋淀中心,是纯水乡。汉卿在白洋淀泡大,打小跟着爹捕鱼。淀里的渔民,多有家传绝活,汉卿爹擅扣大罩。

高中毕业后,汉卿棹船,爹扣罩。这天,爹说,你跟我学了这么久,该试试身手了,今天你掌罩吧。

早春的白洋淀,淀面雾气袅绕,淀水清澈见底,却难觅鱼踪——因水温低,鱼偎窝恋苲,不爱吃食,也不爱游动。汉卿按爹指点,选一处枯菱苲堆,举起大罩,腾空跃起,猛地往下扣。丈余高的大罩,瞬间没入水中,只露出罩拐。水面平静后,泛起一串水泡。汉卿一脚踏在船头,一脚踩住罩拐,操起三股叉,对准水泡,狠狠扎下,往上一提,哈!一条大鲤鱼摇头摆尾。

汉卿连扣几罩，头上热气腾腾。他脱掉棉衣，掬了一捧淀水，送进嘴里，顿时浑身舒畅——这一幕，深深刻入汉卿脑海，成了他的乡愁。

此后的记忆，渐渐浑浊：先是淀水污染，不敢直饮；之后两度干涸，淀底能跑车；再通水后，污染渐重，鱼虾渐少。淀区渔业衰落，渔民有的赴天津、内蒙古、东北打鱼，有的倒腾起水产。

汉卿去东北捕过鱼，到河南开过矿，还办过印刷厂，后来经销水产品，在县城安了家。这几年，经过治理，白洋淀水清了，鱼多了，生态环境转好。然而，少年那份记忆，始终萦绕于汉卿的心头。

千百年来，白洋淀渔民融南汇北，穷尽技巧，渔具五花八门，渔法种类繁多。这些历史如果失传，该多可惜啊！汉卿萌生大胆念头：写一本书！

凭着记忆，他艰难写了数十页，力不从心。光凭自己，恐难遂愿。"对了，找石矿去！"

石矿姓夏，是他同学，本乡桥东村人，担任县地方志办公室主任。两人一拍即合：抢救性发掘，留住乡愁！

一个篱笆三个桩，两人又找到赵克琪。老赵年逾花甲，是摄影师，也是水乡人，欣然加盟。汉卿人脉广，打前站，石矿和老赵跟进，录制视频，拍摄照片，整理文字。

一些绝活濒临失传，发掘殊为不易。汉卿曾对绝活着迷，四处拜师。然而，渔家有传统：传子不传徒，传媳不传女。无论他如何虔诚，仍处处碰壁。

就在这当口，雄安新区设立了，三人劲头更足，走访老渔民时，张口闭口雄安。老人们乐了："这些，雄安新区用得上？甭磨叽了，只管问！"

漾堤口村的刘永昌，四世放鹰，驯养捕鱼，绝技秘不外传，这回和盘托出。说到关键处，老人连比带画，绘声绘色，直到他们听懂、录全。

岳父捕鳖鱼的秘招，一直让汉卿心心念念。老人早已去世，幸亏传给仨儿。为得到秘招，汉卿拉着媳妇，多次登门求教。

三舅哥面露难色。汉卿拿话激他："年岁不饶人，我们讨教过的老人中，已经走了三四个，我们着急啊！"

汉卿媳妇跟着帮腔："三哥，汉卿不是偷艺，是抢救性发掘呀，是为新区做贡献呢。眼看要搬出淀区，您这手艺使不上，荒废了多可惜！不如记到书里，给后人留个念想。"

三舅哥低头抽罢闷烟，一跺脚："我豁出去了！"

有些渔法须夜间作业，拍摄作业场景时，汉卿棹船，石矿打灯，老赵拍摄。淀里蚊蠓多，晚上灯光一亮，直往口鼻钻。老赵双手握相机，腾不出手，任蚊蠓叮咬。

为拍摄鱼类照片，他们买来大鱼缸，饲养了30多种鱼。缸前挂一帷幕，老赵藏身幕后，通过幕帘孔洞，长时间蹲守，捕捉鱼的最佳游姿。

春去秋来，他们踏遍白洋淀，访尽老渔民，筛选渔具渔法，共编入9大类、98种，同时配图近千张，展现四季捕捞场景，还请人手绘示意图，多达300幅。

2020年6月，《白洋淀渔猎文化》（上、下）问世。

我在白洋淀采风时，汉卿和石矿是向导。阳春三月，大堤满目葱绿，传递着春的气息。

他俩给我的"见面礼"，便是这两本书，捧在手里，沉甸甸的。我感慨："你俩不愧是白洋淀文化的记录者！"

"我们是喝白洋淀水长大的。无论走到哪里，我们的根在白洋淀！"石矿说。

汉卿接过话："雄安新区建设，是白洋淀的千年良机。我们是白洋淀巨变的见证者！"

一个幸运家庭

"俊楼果然住俊楼了,哈哈!"曹德仲打趣。

俊楼姓袁,河北省容城县城关镇白塔村人。出生时,家里正盖新房,砖木结构。娘甚得意:娃就叫俊楼吧!

俊楼嫁在大河镇南文村,丈夫就是德仲。德仲开过小四轮,办过小作坊,兼顾庄稼活儿,一干半辈子。膝下一对儿女,均已成家,四代同堂,其乐融融。万般皆知足,唯有一憾事:没住上楼房。

其实,房子早就翻盖,且是砖混的,可还是平房。每回进城,看到漂亮楼房时,俊楼就挪不动步:"瞧这楼房,多敞亮!"

德仲发窘,拿话搪塞:"嘿嘿,一切都会有的!"

"喊!天上还能掉馅饼?"俊楼撇撇嘴,"真掉了馅饼,也砸不到咱头上!"

雄安新区设立后,南文村首批拆迁,采取货币补偿。老两口扑哧笑出声:"馅饼真砸到咱头上了!"

从拆迁到回迁,过渡期1年,政府发补贴,村民自行安置。德仲、俊楼进城租房。虽说上了楼,可在人家屋檐下,找不到感觉。

听说回迁到容东片区,德仲隔三岔五往工地跑,眼看着挖基坑、立塔吊、起高楼,回家后美得不行,如数家珍,眉飞色舞。

回迁时,按户计,人均可置换50平方米、购买20平方米,购买单价7000元。德仲夫妻加母亲,要了两套房,大的120平方米,小的90平方米,补偿款还有剩。儿子一家四口,要了三套房。女儿一家三口,分得两套。

拿到钥匙那天,德仲一家直奔和谐园。房子在9号楼9层,打开房门,眼前一亮:板楼结构,南北通透,全套精装修,贴着墙纸,铺着地板，还有地暖，双层窗玻璃，铝合金窗框。

"敞亮，敞亮！"俊楼嘴里念念有词，"我没做梦吧，德仲？"

2021年11月，德仲、俊楼搬进新家。我登门时，满屋都是新的——新沙发、新茶几、新餐桌、新冰箱、新电视、新空调。"好马得配好鞍。嘿嘿！"德仲直乐。

凭窗远眺：楼群错落有致，马路宽敞通达，水渠波光粼粼，行道树绿意婆娑。德仲指点着："这是档案馆，馆前面是幼儿园，马路对面是小学。"

孙女上小学四年级，俊楼每天接送。"出门才两三百米，很方便，什么事儿都不耽误。"

"另外一套房呢？"我问。

"在和顺园。出租了。"德仲说，"每月2000元，租客在新区上班。"

"住惯了农村，进城习惯吗？"

"环境这么好，还能不习惯？"德仲眉开眼笑，"你瞧，人在街上走，就像逛公园。每天晚上，我们都要遛一圈，享受享受。"

俊楼的名字，引起我的兴趣。德仲来劲了，眉毛上扬："这名字取得好吧？俊楼果然住俊楼了，哈哈！"

"咋样？"俊楼有几分得意，"咱娘有远见吧？"

"哪是你娘有远见？是咱们幸运，赶上中央政策好！"德仲认真纠正，"从平房搬进楼房，从一房变成多房，我们是雄安建设的受益者！"

此刻，阳光明媚，窗外一片生机盎然。

雄安的春天来了！

《人民日报》2022年4月27日第20版

格林村的"甜蜜事业"

申琳

格林村,是西藏自治区墨脱县背崩乡的一个小小村落,坐落在雅鲁藏布江南岸。站在村外达帕山上极目四望,江水滔滔奔流,河谷云雾蒸腾,两岸青山如黛。远处,南迦巴瓦峰的皑皑峰顶云遮雾绕……

3年前,31岁的黄家斌来到这里担任驻村第一书记。一到达,他就被村外的美景吸引了。远远望去,村里房子整齐,那是政府扶持建设、入住才1年的新居。然而,进村后,脸上笑意还没来得及绽开,就愣住了:与村外的美景和整齐的村落形成鲜明对比的是,房前屋后是各家拴的牛马、堆的木柴,牲畜没有圈养,在村中游荡,村子里飘散着一股味道……

晚上,躺在工作队简陋的宿舍里,黄家斌辗转反侧,难以入眠。

随后几天的入户调查,黄家斌更是印象深刻。格林村是个纯农业村,村民靠种水稻和玉米为生,2018年人均收入9000多元。脱贫攻坚战打响以来,虽然村里建档立卡的8户贫困户已全部脱贫,但少数脱贫群众的收入来源还是比较单一,以后怎么致富仍是个要思考的问题。

每天晚上,黄家斌躺在床上就琢磨:格林村今后的路该怎么走?墨脱真正通公路不过5年多时间,如何让乡亲们生发出改变现状的意愿,如何激发格林村发展的活力?他感到,自己这个驻村第一书记肩上的担子沉甸甸的。

一

把全村的牲畜都圈养起来，是黄家斌到格林村后做出的第一个重要决定。

谁知，想法刚一提出，不但群众反对，村干部也有不赞成的。有人甚至斩钉截铁地说："圈不了，我们这里从来都是散养的！"有人说得委婉："我们都习惯了，过段时间您也会习惯的。"

对此，黄家斌有心理准备。他先不急着推行这个想法，而是一有空就到村民家里拉家常，给村里人讲卫生防疫常识，改变大家的认识。

思想工作慢慢做，另一项工作却要抓紧。黄家斌带着一些党员、群众上了山，先建起一个1000多亩的牧场，让部分群众把牛马圈养起来。当看见这些人家的门前屋后都干干净净，牛马在牧场吃得挺欢，其他村民慢慢也想通了。就这样，格林村家家户户赶着牛马上了山，村里一下子整洁干净了许多。

黄家斌趁热打铁，组织全村村民大扫除，把房前屋后、犄角旮旯里的垃圾全都清扫出来并拉走。这么大规模的大扫除，在格林村历史上是第一次。从那以后，格林村有了每周一次大扫除的惯例。黄家斌还带着村两委把"人畜分居、门前三包"等内容写进了村规民约中，从此格林村处处清清爽爽。

牲畜圈养后，家家门前屋后的空地用来做什么呢？既是农村，就要有田园风景。于是，黄家斌和驻村工作队队员带着村民种花、种菜、种果树，既美化居住环境，也开发庭院经济。在工作队宿舍旁边荒地上，黄家斌他们带头种起小白菜、丝瓜、黄瓜等蔬菜，一方面解决了自己的吃菜问题，另一方面给村民做好示范。

黄家斌还联系到县里有关部门，对方送来果树200多棵。一位好友又送来核桃苗100多棵。虽然刚栽的果树很少挂果,但格林村的春天却因此变得色彩缤纷起来,桃花红、梨花白、菜花黄……

3年多时间里,格林村实现了从环境脏乱到整洁秀美的转变。更重要的是,村里人焕发出了精气神儿。大伙儿说:"这是黄书记带来的变化。"黄家斌却笑着摆摆手说:"是咱们村的人都爱美了。"

二

每天,只要在村里,黄家斌必去一个地方——位于雅鲁藏布江南岸山上的茶园。黄家斌给它起了一个充满诗情画意的名字——飘渺茶园。

说"飘渺",名副其实。站在这片茶园的高处望去,眼前是云雾缭绕的雅鲁藏布江河谷,上千米的海拔高差让这里常现云海奇观;向北的天际处,海拔7782米高的南迦巴瓦峰奇美而神秘……

不过,黄家斌每天都到茶园来,不光是因为这里的美景,更因为这片茶园在格林村经济发展中的龙头地位。

驻村之初,黄家斌就琢磨着怎么改变格林村单一的种植结构。难道村里就没种过经济作物?找村干部一打听,他喜出望外,村里居然有一片385亩的扶贫茶园。

然而,当黄家斌兴冲冲跑到茶园,却大失所望。说是茶园,其实是一片刚种下不久的茶苗,不仅长得苗细叶黄,而且村里的牛马还时不时地过来啃吃,看上去根本没人管理。

把这片茶园好好经营起来,成为黄家斌驻村后着手干的第二件大事。

首先是制定规章制度。安排专人每天去茶园巡逻,不能让牛马再跑进来,还要学会日常的施肥、除草等管护技能。黄家斌带头在茶园值班,他几乎泡在了茶园里,摸索着学习管护技术。

接着他请来茶叶专家指导。如何保证茶树种植、茶叶采摘的质量,黄家斌同样带头学习。老家河南信阳是出产茶叶的地方，黄家斌利用回乡探亲的机会，拜访家乡的茶叶专家。时间一长，甚至谙熟了炒制茶叶的技术。

在精心管护之下，飘渺茶园里的茶树长势良好。2021年刚进入采茶期，黄家斌就立即组织全村人抓紧采茶。这一年，茶园迎来一个小丰收，当年茶叶收入达到50多万元。村民们每家捧着一两万元的现金分红，喜得眉开眼笑，这可是格林村历史上第一次集体分红。

当年夏天，采茶季刚过，黄家斌就带着村民在茶园里一下子种了1000多棵果树。2022年元旦，他又带着村民在茶园里种下100株蔷薇。按黄家斌的设想，他要把这里建成一个茶园综合体，实行茶果蔬花套种，既实现土地综合效益，又打造具有格林村特色的旅游点。

随着通往茶园的道路开始硬化，山顶开始建设观光平台，格林村村民明白了这位年轻的驻村第一书记的这项大规划——要把飘渺茶园打造成格林村农旅融合产业的龙头。眼下，黄家斌描绘的这幅美好图景，正在逐渐变成现实……

三

村子在变美，村民在变富。只有格林村的乡亲们清楚，黄家斌这个驻村第一书记为此付出了多少。

就说当初美化村庄环境这件事，并不简单。村里的饮用水主要靠山上几个蓄水池，黄家斌他们上山查看，发现蓄水池和水渠里堆着厚厚的烂泥和枯枝败叶。为此，他带着村民清理了一整天，身上趴了6只蚂蟥。被蚂蟥叮咬之后，鲜血顺着腿直流；后来1个多月里，伤口奇痒，忍不住去挠，一挠又是鲜血直流……

不过，黄家斌说，最怕的不是蚂蟥，至少再被咬时那痒就可以忍受了。最怕的是当地一种蚊蚋，被它一碰，皮肤就会红肿一片，而且奇痒无比。他第一次被咬到是在右手大拇指，瞬间肿得像鸡蛋那么大，无法弯曲，过了十几天才慢慢消肿。

驻村这几年，农忙时黄家斌下田帮村民收割水稻、玉米，农闲时他带村民进林子采摘羊肚菌，被蚂蟥、蚊虫叮咬已成常态，现在他见到这些毒虫已经习以为常了。

3年多来，黄家斌不知把格林村的茶园、稻田、森林跑了多少遍。连着4个春节，他都是在村里度过的。在村民们眼里，这个驻村第一书记永远不知疲倦，大家称他"闲不住的黄书记"。

这个"闲不住的黄书记"还买来孵化机，潜心研究孵化技术。黄家斌在全村和邻村收购鸡蛋来孵小鸡，有时1个月能孵出100多只，再把小鸡送给村民们饲养。有的村民被他感动了，卖鸡蛋时特意给他便宜点："你对村里人这么好，大家都会记住你的。"

墨脱电网不稳定，格林村经常断电。不知道多少个深夜，黄家斌发现停电了，第一反应是赶紧起床照管孵化机。一次，他从几个村收来700多只蛋来孵小鸡，却因频繁停电仅孵出80多只。虽然很沮丧，但是他没有被困难吓倒。那段日子，他起床后的第一件事是看孵化机里的鸡蛋，然后喂小鸡、遛小鸡，接着到鸡圈里去喂大鸡。"在孵小鸡方面，我绝对算专家了。"黄家斌很自豪，他还专门制作了相关视频教程，分享到微信朋友圈。

努力终有回报。如今，格林村家家户户的鸡圈里，几乎都是黄家斌用孵化机孵出的鸡。

四

2020年底，黄家斌第一轮驻村期满，即将回到原单位林芝市公安局刑侦支队。听说黄家斌要走,格林村村民们联名向上级请求,希望他留下来再干两年。看着那几十个红手印,黄家斌百感交集。

当初到格林村驻村时,儿子才2岁多。"我是在爱人的微信朋友圈里看着儿子一点点长大的。"提起儿子,黄家斌很是内疚。更让他伤感的是,驻村以来父母都有重病住院的情况,可是墨脱经常因大雨塌方、大雪封山而交通中断,他因此都没能及时回家探望。

眼看着即将圆满完成两年驻村任务,黄家斌觉得该是好好陪陪家人的时候了。可是,格林村的一切又让他难以割舍:茶园很快可以采茶了,富民产业刚起了个头,规划的乡村旅游还没有展开实施……乡亲们都热切盼着他留下。老支书也找上门来:"留下吧,黄书记,你有能力有办法,关键对咱格林村有感情。"

是啊,两年来,因为对格林村和驻村工作的热爱,黄家斌已经把自己彻底融入了这里,跟别人讲话开口就是"我们村"。在外面看到漂亮的花儿,他也会想着"这要是长在我们村肯定很漂亮",总会剪下一些扦插到格林村中来。

不久,黄家斌主动向组织申请:留下来,再干一轮驻村工作。从那以后至今,黄家斌更是开足了马力。

首先是扩大格林村多种经营的范围。黄家斌领着村民在林下仿野生种植灵芝、猴头菇,丰收时节教大家做电商销售,还带着村民到县城进行推销。

然后是利用各种渠道推介格林村乡村旅游。对来格林村的外地客人,黄家斌都争取亲自讲解。有一阵子,他还带着村干部拜访了县城的酒店,把格林村的旅游海报摆进了酒店大堂。

如今,格林村农旅融合产业渐具雏形:飘渺茶园的建设已近尾声,旁边还建有汽车帐篷营地;村里特色民宿在县里专项资金扶持下已建成

6家；结合自然资源，村里已设计出森林康养、观花、观鸟等多条旅游线路……

2021年，格林村人均收入达到2.3万元。在村民卓玛曲宗家的民宿里，夫妇俩感慨3年来村子的变化："黄书记来了，让沉闷的格林村充满了活力、充满了欢笑，当然，更充满了希望！"

到2022年底，黄家斌将完成第二轮驻村工作。黄家斌说，驻村结束后他最想写本书，把这4年的驻村工作经历记录下来，这是他人生最宝贵的一笔财富。

"书名是什么？"我们问。黄家斌笑了："书名想好了，就叫'甜蜜的事业'！"

《人民日报》2022年5月14日第8版

让汩汩甘泉流向千家万户

熊红久

一

2020年5月20日,一个难忘的日子。这一天,来自慕士塔格峰的冰川雪水,跨越上百公里的主管网,汩汩地流进新疆喀什地区伽师县城,又通过1000多公里的支线,流进乡村,流进每一户人家,结束了当地群众数百年吃苦碱水的历史。这一天,从乡村到县城,处处洋溢着欢声笑语。

也是这一天,暮色初降,一辆汽车驶离灯火通明的伽师县水利局办公楼,朝着喀什方向疾驰。

副局长王磊的声音带着哭腔:"刘局长,你早就答应的,只要一通水,你就住院。你看看,都病成啥样了?"

刘虎的头无力地枕在车椅靠背上:"我说了,不要紧,等把手头的工作做完,再去医院也不迟。虽然通水了,后续工作还很多呢。"

"绝对不行,你的化疗,都耽误半年了。"司机吾斯曼·热合曼抹了一把眼泪,将车开得飞快。

车子停在喀什地区第一人民医院。

王磊和司机架着刘虎,直奔呼吸与危重症科。刘虎请求与病重的父亲安排在同一间病房。

刘虎攥紧父亲的手,半跪在床前:"爸,儿子来看你了,儿子来晚了。"

老人紧蹙的眉头舒展了些，问："虎子，事情办完了？"

"爸，办完了。伽师全县喝水的事，解决了。"

刘虎正想描述群众喝到甜水的欢快场景，却被父亲剧烈的咳嗽打断。

那是父子俩的最后一次对话。那晚之后，父亲一直高烧不退，再也没有清醒过。4天后，人就走了。

二

刘虎是土生土长的伽师县人，打记事起，就跟着哥哥姐姐去村头的涝坝里担水吃。所谓涝坝，就是一个大水坑，四周长满芦苇，浑浊的水里不但有蛤蟆、青蛙、大量的蚊蝇，还有枯枝败叶和垃圾脏物。人们顶多用纱布把水过滤一下，再撒一把碱，沉淀一晚，第二天作生活用水。涝坝水又苦又腥，难以下咽。即使这样，涝坝依然是全村人的生命线。由于人畜共饮、污染严重，许多村民染了病。

1995年春天，伽师县的人们终于等来了好消息。轰隆隆的钻机声响起，一共打了62眼机井。清澈的地下水从一口口井里涌出，人们提着担水的水桶，欣喜地排成长队。水让伽师县陡增了无限生机。涝坝被填埋了，种上了果树，县城马路边也栽种了白杨树等行道树。

然而，好景不长，一场突如其来的地震造成伽师县地下岩层断裂。地下水受到污染，不再适合饮用。

2016年10月，刘虎被任命为伽师县水利局局长，这一年他42岁。上任不到两周，全县的水利站点，他跑了个遍。他的办公桌上铺满了水利施工图：水库设计、渠道建设、管网布置、农田灌溉……

这让副局长阿巴斯·斯迪克备受鼓舞。阿巴斯·斯迪克高考第一志愿报了河海大学水利工程系。毕业后，他义无反顾地回到家乡，立志为家乡的水利事业做贡献。伽师县水利局汇聚了一批热爱水利事业的工作人员，他们有一个共同的心愿：一定要让乡亲们吃上甘甜的水。

2017年，刘虎主动申请到单位帮扶的古勒鲁克乡欧吐拉古勒鲁克村担任驻村第一书记。

第一个月，他就马不停蹄地访遍了全村的296户人家，他与村民谈心、了解情况，更与群众吃住在一起、劳动在一起。

在入户走访的过程中，村民发现刘书记经常咳嗽。村干部劝他去医院检查一下，他说春耕太忙，等全村的棉花播种完了再去。一直拖到5月中旬，他才赶到喀什医院。拍片发现肺部有问题，再活检，确诊是恶性肿瘤，直径已达7厘米。刘虎拒绝了手术，说自己还在驻村，不能耽误工作，还是以化疗为主。化疗之后，医生高兴地告诉刘虎，效果很好，肿瘤已经缩小了1/3，让他一定坚持每月化疗一次。

回村的路上，刘虎叮嘱司机，不要透露自己的病情。此后，刘虎每个月去一趟喀什化疗，都是晚上去，一早就赶回村里。

回到村里，村干部转给他一封信。这是在伊犁师范大学读书的凯力比努尔·赛来写给她父母的。由于家里贫困，她不想给家里增添负担，想放弃读书，回村务农。刘虎找到孩子父母，希望他们能支持孩子读书，自己一定想办法帮忙。3天后，刘虎把6000元生活费给女孩，并写信鼓励她好好读书，将来回来建设家乡。

刘虎还帮助艾尼·买买提的儿子阿尔曼·艾尼治眼睛，帮助村民托乎提·吐地开商店，给阿米娜·肉孜安排公益性岗位，给图尔迪·卡斯木老人送菜苗子……驻村两年，许多家庭都得到过刘虎的帮助。

三

2019年2月，在喀什地区水利局，局长王博紧紧握住刘虎的手："刘虎同志,告诉你一个好消息,自治区正式批准了伽师县城乡饮水安全工程方案,总投资17.49亿元,跨越3个县,干支管线总长1827公里,这可是目前国内投资最大的饮水安全工程。要求2020年6月前,必须通水。"看着因病消瘦的刘虎,又补充一句:"现在只有16个月,担子很重啊!刘虎同志,能否啃下这块硬骨头,我最担心的,是你的身体……"

"王局长,我身体没问题。我知道伽师人对甜水的渴望。拼了命,我也要干好!"刘虎说。

王博再三叮嘱刘虎,一定要保重自己的身体。

早在1年前,还在驻村期间,刘虎就时常带着县水利局的工作人员去寻找水源。他们把方圆数百公里内的河流、水道跑了个遍,又颠簸在崎岖的山道,勘察莎车县、阿克陶县、喀什市可能有水源的地方。刘虎车里放得最多的就是干馕和止痛药,有时赶不回来,就在车里睡一宿,好几次化疗时间,都错过了。经过全面考证,他们最后确定从离伽师县120公里的盖孜河取水。这条河主要由慕士塔格峰、公格尔山等高山的冰雪融化而成,水质清澈,达到国家一级标准。

伽师是全疆最后一个整县水质不达标的地区,即将开工的伽师县城乡饮水安全工程,是水利部挂牌督办的脱贫攻坚重点工程,如果不能如期完工,对不起伽师全县的父老乡亲。刘虎感到肩上的责任重如山!

1个月的时间,加班加点,刘虎完成了65个标段、105个合同的招标和签订工作。

整个工程和每个标段的情况,他都了如指掌,并及时协调各标段进度、各时间点的咬合度。有时候要一天步行20多公里,去寻找最佳的管网布线方案。

卧里托格拉克村输水支管道施工现场,砌流量井的混凝土里竟然掺有泥土。平时和颜悦色的刘虎顿时发了火:"咱们改水工程,任何一个环节都容不得半点瑕疵,立即拆掉重砌!"当晚,他召集紧急会议,要求凡涉及项目验收,必须由施工方、水利局负责干部和镇干部三方到场,共同查验,以保证施工质量。

施工最难的地段是穿越盖孜河。刘虎每天都会到现场,盯着导流渠的开挖、指挥围堰修筑、指导预制构件的生产、全程监督混凝土浇灌铸牢等。他与工程师一起钻进钢管里,查看无损探伤超声波的检测。等大家都爬上大坡,却不见刘局长上来,赶紧下去,这才发现他已经昏倒在管道口,身子缩成一团,不停抽搐。抬到车上,吃了止痛药,缓过来的他坚决不去医院,让司机将他直接送到单位,说还有重要工作。

四

就在水厂建设规划和设备采购论证的紧要时期,刘虎的父亲检查出了肺癌晚期。得知这一消息,刘虎跌坐在椅子上,可面前还有堆积如山的图纸、资料、报表、设备清单……哪一样都离不开他。他只好含泪恳求姐姐,让姐姐替他多尽一份孝,等忙完这个阶段,第一时间就去看父亲。

过了一段时间,刘虎的检查结果也出来了,由于没有坚持化疗,癌细胞已经扩散到全身。医生心痛地告诫,他今后要面对的,是撕心裂肺的疼痛。

他知道自己的任务远没有结束,通水只是饮水工程的开始,之后的工程验收、财务结算、水厂运转、水质检测、水流调配、工人培训等阶段性工作和制度性建设还在等着他。他要用生命最后的时光,尽可能地多做一些工作。

看到刘虎这般拼命,大家既敬重又心疼。

一天深夜,刘虎在上楼时摔倒了,怎么都站不起来,只好打电话请司机把他背回办公室。他拒绝了司机要带他去医院的请求,只要求第二天给他配一副拐杖。

一天，刘虎和副局长王磊一起加班。凌晨2点多钟时，刘虎抬头看不清东西了，以为是累的，就让王磊扶他回办公室休息。第二天晚上又一起加班，刘虎轻描淡写地说："医院诊断，我左眼失明了。"王磊吓了一跳："刘局，你赶快回去休息，明天就去医院，这里有我们。"刘虎笑着说："看你紧张的，左眼看不见了，还有右眼呢。我的病就这样了，工作时间再不能耽误了。"

刘虎在水库检查蓄水量时，忽然摔倒。到医院检查，发现癌细胞已经侵入骨头，脊柱发生病变，他再也无法站立了。面对这样的结果，刘虎十分坦然，因为饮水工程的后续工作，在他的日夜奋战下，已经基本结束。他告诉医生，自己不住院了，可以回家陪母亲和妻子，过一个安稳的新年了。

五

2021年2月25日上午，全国脱贫攻坚总结表彰大会在北京隆重举行。刘虎获得"全国脱贫攻坚楷模"荣誉称号。

同一时刻，刘虎正躺在喀什医院的病床上，通过平板电脑收看大会直播。刘虎深陷的眼窝里，闪烁着激动的泪光。

刘虎对哥哥刘军说："我现在最大的愿望是回到工作岗位上去，还有好多事情没有做完呢。"

可惜，刘虎的愿望没能实现。4个多月后，这个热爱水利事业超越了生命的人，走完了他奋斗的一生，年仅47岁。临终时他交代家人，要把一部分骨灰埋在水库的大坝上。他要听着汩汩水声，流向千家万户……

《人民日报》2022年5月16日第20版

在这里，仰望更璀璨的星空

邓颜静庆

一

他的眼睛闪着光，闪动着来自青藏高原冷湖小镇的独特光芒。

邓李才，中国科学院国家天文台研究员、西华师范大学天文系主任。只要一提起冷湖，他眼中仿佛立刻流光溢彩。

2022年4月6日，邓李才在国家天文台作了一场学术报告，通过在线直播，向全世界深情讲述了"发现冷湖"的曲折故事。2022年4月12日，经国际小行星委员会批准，国际编号592710号的小行星被正式命名为"冷湖星"。

在此之前的2021年8月18日，国际科学期刊《自然》发布了一项中国科研团队的重大发现——在青海冷湖地区，发现一个高质量的光学天文台址，可以比肩国际一流大型天文台。这一发现由邓李才领衔的冷湖地区光学天文台选址团队完成，成员包括中国科学院国家天文台、中国科学院大学、西华师范大学、中国科学院地质与地球物理研究所、中国科学院紫金山天文台青海观测站等单位研究人员。

这是一个了不起的发现——它不仅为我国大型光学天文望远镜找到了"安家"的理想场所，更为世界光学天文发展提供了极为稀缺的宝贵资源。

冷湖，一个仰望星空的好地方。那里聚集着一群追星星的人。

二

冷湖到底在哪里？邓李才有一个生动的描述：从青海西宁出发，过了日月山，过了青海湖，再过了德令哈，一路向西，再向西……如果扑入眼帘的是大漠戈壁，沿途看不到人烟，那个时候冷湖就快要到了。

在西华师范大学天文系办公室，邓李才打开手机，给我看冷湖的视频监控连线，兴奋地解说道："在柴达木盆地西北边沿，戈壁中有一个小镇，那就是冷湖。"冷湖镇东边是蜿蜒的赛什腾山，在海拔4200米的一片高地上，就是正在建设的冷湖天文观测基地核心区。"你看视频里的这两个大圆球，就是两个光学天文望远镜项目。"顺着邓李才所指，我看到灰褐色的山间平地上，屹立着两个银白色的大球体，在夕阳映照下熠熠生辉。远处几个削平的山头上还有一些建筑物正在施工。夕阳正在西沉，灿烂的夜空就要降临。

入夜，赛什腾山静静地矗立着，夜空纯净如水，一颗颗晶莹的星星点缀在蓝色的天幕上，仿佛一伸手就可以摘下来。"看吧，太美了，我是看一次激动一次。"邓李才的眼里，又开始闪烁光芒。

光学天文台址是稀缺资源。放眼全球，国际公认的最佳台址只有智利北部山区、美国夏威夷莫那卡亚峰等屈指可数的几处。还有绝佳的南极内陆冰穹地区，只是因为条件尚不成熟，没有大力开发。现在，这个榜单将写上"中国冷湖"的名字，这叫邓李才如何不激动？

几天后再次联系邓李才，他说正在查看到敦煌的航班信息，准备从那里中转前往冷湖天文观测基地。确切的地址是：青海省海西蒙古族藏族自治州茫崖市冷湖镇赛什腾山C区。

在邓李才科研团队到来之前，冷湖的赛什腾山区还是一片原始的处女地。

三

在追寻星光的道路上，邓李才行走青藏高原已有多年。但和青藏高原的冷湖相遇，则纯属偶然。确切地说，是一次挫折，让邓李才科研团队把目光转向了冷湖。

时间追溯到2017年。当时正在青海省海西州州府德令哈市从事科研工作的邓李才，遇到一个急需解决的问题。

这个科研项目叫"SONG 计划"，是中国科学院国家天文台参与的一个国际合作项目。西华师范大学与国家天文台合作的50BiN望远镜，作为"SONG 计划"的子项目，参与了这项国际合作任务。

这是一次浪漫的合作——在全球不同经度安装多台光学天文望远镜。当一个地方进入白昼无法看到星星时，另一个地方又进入了繁星满天的黑夜。通过不舍昼夜接力观测，实现了人类连续24小时不间断观测浩瀚星空的目标。

"SONG 计划"是光学望远镜项目，光学望远镜是人类最早发明的一类望远镜。另一种望远镜——射电望远镜，则主要接收天体射电波段辐射。两种望远镜工作原理不同，肩负的使命一样，都是人类"问天"的利器。

要找到安装"SONG 计划"光学望远镜的绝佳位置，并非易事。经过几年寻觅，50BiN望远镜和另一台"SONG 计划"1米望远镜暂时"借住"在位于德令哈市的紫金山天文台青海观测站。但由于这里靠近城市，随着德令哈快速发展，到了2017年，城市灯光开始影响到光学望远镜运行，观测工作一时陷入了困境。

"在远离城市的地方，一定要找到一流的光学天文台址！"邓李才暗暗下定决心。

这也是邓李才多年来的梦想。他1964年出生于四川安岳,青年时期先后求学于四川大学和中科院紫金山天文台,还到意大利帕多瓦天文台进行博士后研究。他考察过国内外众多重要天文台,发现世界上一流的光学天文台址,多在西半球。如果在中国能够找到安放光学望远镜的绝佳地点,对整个东半球来说都意义非凡。

我国天文学家多年来致力于为大口径光学天文望远镜选址,并且形成了一个共识:走出现有的光学天文台,走向高原,走向人迹罕至的地域。

从云南姚安,到西藏阿里,再到新疆慕士塔格峰……这是一条追星星的路,邓李才在赶路,天文界同行都在赶路。

2017年,就在邓李才为城市灯光所困扰时,海西州的冷湖行政委员会(后来调整建制为冷湖镇)时任副主任田才让,敲开了邓李才的门——冷湖的星空非常漂亮,那里或许适合建设天文观测台。

这是一个转机,也由此让寂寂无闻的冷湖走到了世界前台。

四

冷湖,是一个富有传奇色彩的地方。

据说当年地质队来到柴达木盆地考察,发现了一个无名湖泊,因为湖水来自远处的冰川,就直呼其为"冷湖"。地质队在这里发现了石油,并在20世纪五六十年代迅速掀起了冷湖石油会战。后来,随着这里的石油资源逐渐枯竭,热闹的冷湖再度回归冷清。

冷湖不甘寂寞!

这里不仅有美丽的星空,还有独具特色的风蚀地貌。当地希望引进天文观测项目,以此作为冷湖发展的契机。

冷湖能行吗?邓李才最初是犹豫的。

事实上，冷湖很早就进入了我国天文选址的视野范围。这里除了夜空晴朗和日照充沛之外，还具有相对较好的交通条件。不过有一点让人不放心，那就是这里毗邻塔克拉玛干沙漠，大面积的风蚀地貌足以证明此处风沙的威力。因此，冷湖多年来都被排除在选址名单之外。

那时，邓李才还没有去过冷湖。他查阅资料，发现多年来对冷湖的结论，缺乏实地考察的支撑。

"纸上得来终觉浅，绝知此事要躬行。"冷湖选址的论文一定要写在大地上。

2017年10月，邓李才科研团队一行人来到了冷湖。这是天文学家以选址为目的第一次踏足冷湖。

"那天，我们一行人开着越野车，穿越一大片荒原，傍晚抵达冷湖镇东边的赛什腾山。我们在山脚静静等待，直到星星撒满了天空。"邓李才讲起和冷湖最初的相遇，兴奋和喜悦写在脸上。

星空是那样耀眼。赛什腾山高高隆起，从山脚到山顶的落差有1000米以上，最高峰海拔4576米。邓李才通过实地考察和科学分析，初步排除了对风沙的顾虑。简单地说，即使沙尘在柴达木盆地奔跑，也跑不到高高的赛什腾山上去。

然而，新的顾虑又爬上心头。冷湖现在很冷清，等到光学天文观测基地建立起来，冷湖的名气大了，看星星的人必将纷至沓来。周边地区热闹起来，亮化程度势必对天文观测产生致命影响。

冷湖拿出了诚意：规划"暗夜保护区"，确保光学天文观测不会受到干扰。

打消了顾虑，邓李才心里一下子亮堂了。

运用卫星遥感技术，一遍又一遍巡山，邓李才科研团队最终将选址范围缩小至海拔4200米的一片高地上。

国家天文台、紫金山天文台、西华师范大学和海西州政府共同携手,在此地进行数据搜集和分析。青海省科技厅、海西州气象局等众多单位予以支持。冷湖地区光学天文台选址工作,就这样启动了。

五

赛什腾意为"突兀"或"觉醒"。"突兀"可形容山之高,而"觉醒"是要唤醒这一座沉睡的大山吗?

从山脚往上放眼望去,到处是沟壑纵横的裸露山体,找不到哪怕一条羊肠小道。选址团队在山下安营扎寨,建起临时观测点,等待当地打通上山的简易公路。

回忆起选址早期的工作,西华师范大学天文系青年教师闫正洲感慨万千:"从冷湖镇前往山脚,抬头望是荒凉的赛什腾山,环顾左右是荒凉的戈壁,每天最难挨的就是孤独。"

2018年3月,中国科学院国家天文台杨帆博士应邓李才之邀,从北京前往冷湖加盟选址团队。"一路上车子颠簸得厉害,放眼看去荒无人烟,担心能不能找到回去的路。"看到荒野里停放着一辆"保温车",一问才知道,那就是临时观测点。车顶上是气象站,车子周边有太阳能电池板,车子里面安放着各种监测设备,杨帆知道这就是自己新的工作岗位了。

大家都盼着早点打通上山的路,但是在赛什腾山这种岩石山体上修路,无异于凿山刻石,工程进度非常缓慢。

2018年5月,在海西州政府协调下,选址团队得以搭乘直升机上山,邓李才第一次站上了赛什腾山。当天一起上山的,还有田才让和 名道路设计师。

在这片陌生的山区,邓李才观察直升机降落的地方,发现和卫星遥感技术事先掌握的数据信息对不上号。很明显,直升机降错了位置。当天晚上,撤退到山下的邓李才,紧急退掉了第二天返回北京的机票,并和直升机机长商量再度上山的对策。

第二天,直升机改变了上山的路线,由山北转到山南向上拉升,并在空中盘旋了40分钟确认目标,最终锁定了海拔4200米标高点的赛什腾山C区。这里有呈阶梯状分布的平地,有利于安放望远镜,也让上山公路有了回旋余地。踩着这一片硬实的土地,大家心里也踏实了。他们还从C区徒步攀上了最高峰A区。站在海拔4500多米的山顶远眺,柴达木盆地辽阔的荒原一览无余。

高耸的群峰,脱离了从山脚盆地掠过的风沙。分析过去30年的天气记录,发现这里每年的降水量极少,年日照时间充足,一项项数据对于选址团队来说,堪称"惊艳"。

在接下来的工作中,选址团队靠着这架直升机,一趟又一趟把监测设备和基建材料吊运上山,最多的一天吊运了80趟。各种设备吊运上山后,直升机撤走了。这时上山的道路依旧没有打通,选址团队的工作人员不得不打着背包,从海拔3000米的山脚爬到海拔4200米的C区安装和调试监测设备。

在连一条小路都没有的山间攀缘,其难度可想而知。有一次,杨帆和紫金山天文台青海观测站的刘其利结伴上山,在半山腰的一条沟里迷了路,直到天黑也没有走出沟,当晚不得不露宿山间,半夜还被狼的嗥叫声惊醒。

山上的条件最初也十分艰苦,气温最低达到零下30摄氏度,唯一可以避风的地方是存放设备的小木屋,仅有8平方米。晚上睡觉大家就挤在小木屋里,穿上羽绒服,再钻进睡袋,还得盖两三床被子,这样才能勉强御寒。

爬前人没有爬过的山，走前人没有走过的路，这是不平凡的追星之旅。

2019年7月，一条简易的砂石公路从山脚通到了赛什腾山C区。这片曾经沉寂的土地，逐渐进入公众的视野。

六

冷湖，有资格进入世界一流光学天文台址的行列吗？

这，可不由选址团队自己说了算。为此，冷湖选址团队将搜集的各种科研数据，即时上传到网上，接受行家里手的评判。

在这些数据中，视宁度尤为引人关注。邓李才解释说，视宁度越小，观测到的天体越稳定，星星也不会"眨眼睛"。

2020年12月20日，是一个值得纪念的日子。西华师范大学与国家天文台合作的50BiN望远镜，从德令哈运抵赛什腾山C区，在安装完成后进行了测试观测。邓李才将这次测试称为"初光"，即冷湖天文观测基地的望远镜第一次看天上的目标。科学图像显示，当天实际获得的视宁度，与选址初期的监测数据一致。

综合2018年至2020年三年的监测数据，赛什腾山C区（4200米标高点）的视宁度中值，与美国夏威夷莫那卡亚峰相同，比智利北部山区等地，则要更好。

追求国际一流，是邓李才多少年的梦想。现在，这个梦想正在一步步变成现实。

冷湖这个遥远的青藏高原小镇，越来越受到人们的关注。多个高校和科研机构已经和冷湖签署落地的合作协议。2022年内，"SONG计划"1米望远镜也将正式落户赛什腾山C区，并将以四川南充一位古代天文学家的名字命名：落下闳望远镜。

落下闳也是邓李才仰慕的天文学家。在西华师范大学工作期间,邓李才多次流连于南充的落下闳观星楼,并从落下闳提出"浑天说"、打破"天圆地方"理论的胆识里,找到了敢于超越、敢为人先的科学品格。

在冷湖,透过落下闳望远镜,看到的是我国光学天文的璀璨未来。

《人民日报》2022年6月6日第20版

竹乡厨韵

张培忠　许锋

"响螺脆不及蚝鲜,最好嘉鱼二月天",竹枝词,说的是粤菜。

近年来,广东实施"粤菜师傅""广东技工""南粤家政"三项工程,面向普通劳动者,有针对性地推行职业技能提升计划,鼓励与支持从业人员以一技之长带头致富、带领乡亲致富,从而共同过上美好生活。

广宁人于此中受益,成为"粤菜师傅"传承接力的生力军。

一

从空中俯瞰,位于广东省中西部的广宁县城群山环抱,树木丛生,百草丰茂。距县城不远,有一处绥江竹海旅游风景区。名唤"竹海",竹子便多。竹子是广宁的一大特色,广宁之竹,品种繁多,这里四季青翠,风景秀丽。

广宁人因地取材,广宁厨师的"招牌菜"中,多见"竹",多用"竹"。

谭志军在风景区边开了一家酒家。且不论菜式,单说菜单就别出心裁,以"竹简"形式刻制,卷起来是一个竹筒,展开是一幅"书简"。"书简"上,"竹园""竹林""竹笙""竹荪""竹心"等字样频现。

谭志军做了10份竹简菜单,食客一见,爱不释手,有人问他讨要,想留作纪念。谭志军笑笑说:"既然喜欢,拿走就是,我可以再做。"

谭志军今年不到40岁,却已有20多年餐饮业从业经历。16岁那年,为了谋生，他跟着亲戚走上了厨师之路。

"贫困不可怕，只要肯奋斗，就一定能让日子好起来。"谭志军说。

学业之初，别人告诉他："学厨师，要从'打荷'开始。"

"哪个'hé'？"

"荷花的荷。"

听这名字，应该是一个不错的差事。

他哪里知道，"打荷"就是干杂工。杂工是后厨最脏最累的岗位，厨师不想做的，杂工都得做。择菜、洗菜、扫地、拖地、给师傅打下手递东西，有时也要洗碗。有一次，谭志军干活时思想开小差，递错了东西，厨师把锅铲一扔，劈头盖脸就是一顿训斥。

"真是被骂得眼冒金星。"说起那次挨训的经历，谭志军笑了笑说，"学徒都是这样，哪有不挨训的？"

这"打荷"，一干就是3年。

"之后是不是就可以当师傅了？"

"还早着呢！"谭志军说，"我干完杂工后，又当了'荷王'——就是杂工头儿，然后当的小师傅，最后才当大师傅。"

小师傅炒素菜，如酸辣土豆丝、淡水菜心，遇到肯放手的大师傅，白灼虾也能做一做，但终归都是一些简单菜。至于大菜、招牌菜，小师傅根本没有机会沾手。

谭志军整天泡在后厨，反复练，悄悄学，手腕累得又红又肿。直到有一天，广州一家大酒店看上了他，聘他为行政总厨，薪水一下子飞升到每月两三万元。才能得到认可，荣誉也跟着来了，2020年3月，他被广东省人力资源和社会保障厅授予"广东省技术能手"荣誉称号。

谭志军带着我们在竹海里散步。

"你们看我的肩膀有什么异常吗？"他向前走了几步，好让我们看得仔细。

留心一看，好像不平，一高一低。

"这是长期颠勺造成的，算是我们厨师的'职业病'。"

近年来，广宁县获评广东烹饪协会"广东厨师之乡"、中国烹饪协会"中国厨师之乡"的消息，激发了谭志军的创业雄心。他想在"竹海"景区打造一个旅游美食地标与餐饮品牌，带动更多人在家门口走上富裕路。

敢想敢干，他真就辞掉了那个每月两三万元薪资的行政总厨，来到这片竹海中扎根。

如今，他的酒家已聘用近20名广宁厨师。家乡的丰富物产、对家乡的一片深情，就是他创业的底气和依托，他要"探寻竹乡美、开创新粤味"。

晚餐时分，我们品尝到了谭志军的手艺——"酥香油渣角"，豆腐内夹着五香粉，味浓而不腻；"竹筒清心汤"，汤色清亮，回味隽永；"竹筒石烹鲜牛肉"，因竹之清气、石之厚重，牛肉香嫩且滑；"砂锅黑椒盐山溪鱼"，鱼骨虽被悉数剔除，但锅中之鱼形貌完好，尤其是味道鲜香可口……

干粤菜，谭志军不断创新。2021年8月，他推出好几道新菜。其中一道"白菜宴"，一个大白菜，做出14道菜。还有"山楂宴""竹笋宴""西瓜宴"……取广宁之物，拓创意之道。

闲暇时，谭志军常去古码头，在树影婆娑中散步，满脑子想的都是粤菜的未来——家乡有名厨，可惜还没名菜。谭志军觉得，这不是遗憾，而是机会。他说："我这一辈子，就要弄几个名菜出来，把粤菜的文化名片擦得更亮！"

二

一名优秀的粤菜大厨要掌握什么手艺？切、剁、炒、煎、炸、蒸、煮、雕、烘、烤……十八般武艺,样样都得精通。为了让广宁厨师学到真功夫,广宁县省级粤菜师傅培训基地应运而生。

基地位于县人力资源和社会保障局楼上,面积1000平方米。内设中式烹调培训基地、中式面点培训基地、西式面点培训基地、省级粤菜师傅大师工作室。

走进中式烹调培训基地,如同进了大型酒店的后厨,亮堂整洁、通风良好、设施齐全。22套专业炉头、2台大型烤箱、4台大型冰箱,还有近20口铁锅,一字排开,阵势不小。

我们想掂掂这里的锅有多重,奇怪的是,锅无把手,唯有锅耳。

锅耳,实为一闭口小铁环。炒菜时,掌心向上,握紧锅耳,靠腕力和臂力让五六斤重的锅和锅里的菜肴"有序运动"。

"锅耳烫手怎么办?"

"用湿布垫着。"工作人员说。

经历道道工序,终于把一道美味佳肴烧好了,可厨师的工作还没结束。他要腕部运力,将锅水平提起,再挪移位置并略微倾斜,以锅铲辅助,使菜肴"不离不散"地进入精致的盘中,再扭身打开水龙头,冲洗锅中残渣,并复置锅于火焰之上,开始下一道菜肴……如此循环往复。

粤菜有"大菜",也有"小吃",如云吞。一些人往往将馄饨与云吞等同,实则有区别:外皮形状不同,制作外皮的材料不同,内包的馅儿也不同。而且,云吞的皮更薄,不好擀。

走进"云吞皮"加工处。一根竹子,直径约5厘米,长约1.5米。将一头搭于硕大的面案之上,以手摁住,另一头以单腿相骑,再用手握紧。一手操弄厚墩墩的面团,一手"快马加鞭"滚竹,手脚并用,腰身挺直,全神贯注。半小时后,面团终于变成一摞摞薄凉凉的皮子。

我们走上前"小试牛刀",片刻工夫便已大汗淋漓。这门擀面皮的传统技法,看起来容易,做起来难。可于粤菜师傅,这都是"家常便饭"。在粤菜师傅的手下,云吞皮可以有多薄?差不多0.5毫米。这样的云吞皮包出的云吞,出锅时以清汤辅之,汤中加入适量白胡椒粉、青葱、麻油、生抽、芝麻、花生油,真是皮爽、馅鲜、汤底靓,吃起来味道鲜美至极。

学粤菜手艺,基地既提供场地,又聘请名厨指导。比如名厨刘万光,现为一家世界500强企业的高级厨房顾问,头衔、荣誉颇多,也会在基地给广宁厨师做面对面培训。平时,学员难见名厨,但一进工作室,名厨就是老师,学员就有了近距离学习、交流的机会。

三

许镇诚也尝到了"粤菜师傅"工程的甜头。他1994年到广州打工,当学徒,做点心,至今已在餐饮行业打拼28年。曾做过酒店副总经理,还在北京的大酒店做过两年点心师傅。

"做面点,凌晨2点起床,3点半到酒店。"一个人,骑着自行车穿梭在城市的大街小巷,风雨无阻,着实辛苦。

"小小的生肉包,以椰奶和面,用酵母发面,一个皮重八钱,一个包子22个褶,一点儿都不能马虎。"他认真地说。

2003年,许镇诚返回家乡广宁,"面点师傅"开始学做粤菜。

2021年,他准备在家乡开一家酒店,资金不够,通过广宁厨师协会与银行签署"厨师贷",贷到30万元,解决了大问题。当年11月,酒店开张,设有包厢15间,名字均以广宁的街道、乡镇来命名——"南街""潭布""洲仔"……还吸纳广宁厨师、服务员等30多人就业。

我们问他:"生意好不好?"

"现在六七百个餐位,每个月60多万元的营业额,还算不错。"

他调出几张菜单给我们看，菜式很多，琳琅满目。从菜单可以看出，他刻意在用"广宁产"，让更多人品到"广宁味"。

许镇诚"野心勃勃"。他说，想把饭店开到佛山、广州去，让更多人知道广宁，喜欢上广宁味道。

广宁厨师协会现有会员5000多人，会长叫冯焕成。冯焕成的经历有些"传奇"，他原本在广州市白云区一家酒店给大厨打下手。后来，他利用业余时间报了劳动部门举办的厨师培训班，"边工边读"。培训班结业时，他凭借粤菜中的两道"保留曲目"——"起全鸭"与"炒牛奶"，拿到一张"厨师证"。

"起全鸭"是粤菜师傅必须掌握的手艺。粤菜之中"八宝窝全鸭"便是以香菇、莲子、虾米、鱿鱼、肉粒、咸蛋、糯米等各种原料作馅放进鸭皮内，以汤煮开，一时间，香气馥郁，软糯爽口。

几年之后，冯焕成做了那家酒店的行政总厨。酒店起初只有13名厨师，他帮助酒店不断发展，如今厨师数量过百人。

一般人从杂工到大厨，没有10年时间难以实现，冯焕成却为何如此快捷？

他笑了笑，吐了一个字："料"！

做厨师得有"料"——是不是好学，会不会思考，了不了解文化与历史，这些都很重要。

言外之意，"厨师"与"炒菜的"是完全不同的两种境界。厨师是技师、工匠，匠心独具，自会有成长空间。

如今，作为广宁厨师的"领头羊"，冯焕成思考的是广宁厨艺的薪火相传。广宁厨师以70后、80后居多。他希望借助"粤菜师傅"工程的支持和厨师协会的努力，吸引更多90后、00后尤其是大学生参与进来，让广宁厨师成为行业标杆，把粤菜发扬光大。

四

"日里只闻山雀叫,夜间只听水弹琴",广宁古老的民歌生动地反映了这片土地的自然之美。

好环境,多美馔,出名庖。截至目前,广宁籍厨师有将近6万人,占全县劳动力22.7%,占户籍人口9.5%,厨师行业带动着全县近10万人就业创业。

一日午饭时分,我们在广宁县城随机找了一家餐馆。门面不大不小,门厅内挂着几块匾,有"粤菜师傅·肇庆名厨""粤菜师傅·竹乡名厨"等字样。

食客不算多,前台站着一位男子,一问之下,正是这家餐馆的主人,姓陈,土生土长的广宁人。

老陈带我们上二楼,进包间。包间朝南。连日阴雨,上午却出了太阳,阳光洒在桌上。一棵秋枫长得高,蹿上窗口,绿油油的叶子亮晶晶的,平添几分生机。

老陈推荐了几道菜:焖笋仔、蒸菌菇、蒸蕨菜。他解释说:"广宁生竹,竹生笋,笋仔是刚长出不久的,极嫩;蕨菜也是广宁土产,野生,应季;菌为松菌,其味半日失鲜,得当日吃。"

这个饭馆怎么样,从一个地方能看出"端倪"。借洗手的工夫,"审视"包间的卫生间,无味、无渍,地上无水,东西摆放得井井有条,心里顿时感到放心。

焖笋仔上桌了。一时香气四溢。老陈介绍,这道菜是由肥瘦相间的五花肉、或白或绿的笋仔,辅以陈皮、豆豉,以文火慢煮而成。量实,用了1斤笋仔。我夹了一根绿玉指一般的笋仔一尝,脆生生,一股子清新劲儿。

蒸菌菇上桌了。用松菌约1斤，辅以少许鲜肉、酸菜蒸熟，是一道嫩滑细腻的山珍野味。

蒸蕨菜也上桌了。既黏且滑，有点像烹熟的鳝鱼。

老陈说："你们说对了，赤蕨美其名曰'山鳝'。"

尝了尝，味道的确鲜美。

"不要看这蕨菜便宜，它可是大自然对咱山野人家的恩赐。以前，在青黄不接的3月，吃上一顿新鲜的豆豉果皮清蒸赤蕨，那是很幸福的事。"

老陈每天都要采购鸡鸭鱼肉，天天采购，日日用完，这样才能保证"最新鲜"。

用好餐，老陈带我们下楼，给我们看原材料——一袋袋竹笋，掐一根，溅水；闻一闻，隐隐还有泥土香。

走出饭馆，放眼望去，这条街上餐饮店还真不少，或名"酒家"，或唤"食府"，或叫"一家人"，显得简单淳朴。空气中不时飘来阵阵食材的香味，让人闻了，垂涎欲滴。我知道，这些香味里，藏着广宁厨师用心烹制的一道道美味佳肴，也藏着他们用勤劳与智慧打造品牌、振兴家乡的决心与志气……

《人民日报》2022年6月18日第7版

"愿将一生献宏谋"

李朝全

2019年新中国成立70周年前夕,著名核物理学家于敏被授予"共和国勋章"。就在被授予勋章前几个月的1月16日,于敏溘然长逝,享年93岁。

于敏的科研生涯,始于著名物理学家钱三强任所长的中国科学院近代物理研究所。20世纪60年代初,钱三强找到已在原子核理论研究领域钻研多年的于敏谈话,安排他参与氢弹理论探索的任务。从那时起,于敏便转入了绝密的国家科研工作,开始了隐姓埋名的28年奋斗生涯。

1967年6月,我国第一颗氢弹空投爆炸试验成功。从第一颗原子弹爆炸到第一颗氢弹爆炸,美国用了7年多,中国仅仅用了2年零8个月。

此后,在一系列尖端的国防科技研究中,于敏发挥了重要作用。20世纪80年代以来,于敏率领团队攻克了一个个技术难关,实现了一项项重要突破,为我国国防力量的壮大做出了突出贡献。

回望于敏93年的人生,在科研工作之外,便是与家人的相处。从于敏与家人相处的点点滴滴中,我们似乎可以读懂些什么……

一

新中国成立初期。当时已是一名小有成绩的青年科学工作者的于敏,由于整日埋头科研,一直没有机会谈恋爱。转眼间就过了而立之年,家人都很操心他的终身大事。

于敏的姐姐于愫在天津工作。在其托管孩子的保育院里，有位端庄秀丽的姑娘让她眼前一亮。那是孩子的保育员老师，名叫孙玉芹。

在姐姐的安排下，于敏和孙玉芹见了一面。双方的感觉都很好，从此便确立了恋爱关系。一年后，他们走进了婚姻的殿堂。

1958年冬天，孙玉芹调入北京，进入于敏所在单位从事行政工作。

婚后，孙玉芹操持起了全部家务，无微不至地照顾着丈夫。于敏则一如既往地全身心投入科研工作中。

孙玉芹知道，丈夫从事的是很重要的科学研究。但是，她从不过问他的具体工作，只是默默地担负起了家里大大小小的事情。她明白，创造一个温馨舒适的家庭环境，让于敏不必为家务分心，就是对丈夫工作最大的支持。平时在家，也是孙玉芹一个人忙前忙后，于敏安安静静地工作。

几年后，家里先后添了一女一儿。

那些年，于敏一家包括老母亲在内的五口人，住在一套两居室的房子里。房间里除了一张书桌外就是床，十分拥挤，人来回走动都有点困难。晚上，于敏回到家，女儿要用书桌做作业，于敏只好把桌子让给女儿，自己趴在床上去推导方程或者做计算。

孙玉芹心疼丈夫，担心他劳累过度。于是，有时到了周末，她就硬拉着于敏，带着孩子一起去逛公园，想让他稍稍休息一下。但于敏总是沉浸在对问题的思考里，常常和妻儿不合拍。后来，再去逛公园的时候，于敏就干脆自个儿找个安静的亭子，独自坐在那里看书。

有一次，孙玉芹好不容易说服丈夫陪自己一起去逛百货大楼。到了百货大楼门口，于敏却不愿意进去，说自己坐在门口等她。然而，等孙玉芹买好东西出来时，却找不见于敏，她只好一个人先回家。到家后，还是没看到于敏，孙玉芹就到所里办公室去寻找，也找不见。

人到哪儿去了呢？孙玉芹有点生气，又有点担心。

一直等到天完全黑了，于敏才姗姗而归。

孙玉芹问他："你去哪儿了呢？我都找你半天了，找遍了单位和家里，也没找到你。"

于敏这才回答说："我突然想到了一个问题，便找了个安静的地方去琢磨。没想到天黑得这么快。"

孙玉芹又心疼，又无奈。

还有一次，于敏看见妻子实在太忙，感到很内疚，于是主动提出，要帮忙洗衣服，就是用盆往洗衣机里加水。

一盆、两盆、三盆……他不停地往洗衣机里加水。"加了这么多盆水，怎么洗衣缸里的水还没加够呢？也没见水涨上来啊？"于敏心里好生奇怪。

妻子也觉得纳闷，走过来仔细查看。这才发现，洗衣机的排水阀门还开着，于敏完全忘掉了要先关上排水阀门，加进去的水全都流走了。

眼前的场景，让孙玉芹真是又好气又好笑……

两人就这样携手走过了一辈子。

年逾古稀后，于敏开始有更多的时间待在家里，陪伴妻子。

2012年8月的一天，81岁的孙玉芹突然心脏病发作。孩子们赶紧送母亲去医院。于敏颤颤巍巍地跟在后面，目送着他们离去。

当天，孙玉芹就去世了。

这，对于于敏来说，无疑是一个沉重的打击。这么多年来，他早已习惯了妻子陪伴在身边。从那时起，他似乎变得更加沉默寡言了，人一下子苍老了许多。

对于妻子，于敏经常说："我觉得我对不起她。我总是有许多愧疚。"

二

于敏一生都忙于科研工作,对子女的照料常常不够,关心和培育也不够。

在女儿于元和儿子于辛的成长过程中,于敏几乎很少有时间陪伴。因此,孩子们对他的印象是一个永远在忙碌的背影。

但是,妈妈却一直叮嘱他们:"爸爸在忙工作,不要去打扰他。"孩子们从小都很懂事,尽量不去影响爸爸的工作。

于敏转入研究氢弹之时,已经有了女儿。每当同事来家里讨论工作,为了保密需要,于敏就让妻子带着女儿到外面去转悠。这样的习惯,以致孩子长到很大的时候,仍然一见生人就会躲起来。

于元上学后,父亲一有同事来访,于元就得带着弟弟离开房间。

有一次,小于元站在门口,偷听爸爸和叔叔们的谈话,听到爸爸时不时说到一个字"肉"。

孙玉芹看见了,赶紧把孩子拉开:"大人谈事情,小孩子不要偷听!"

没承想,于元却很开心。她兴奋地告诉妈妈:"妈妈,爸爸说'肉',我们有肉吃了!"那时候生活很艰苦,对于普通百姓来说平时吃肉不多,因此孩子对"肉"这个字眼很敏感。

到了吃饭的时候,于元却发现桌上并没有肉。于是就问爸爸:"爸爸,您不是在说'肉'嘛,为什么我们没有肉吃呢?"

于敏愣了一下,随即反应了过来,孩子说的一定是希腊字母 ρ。

他笑了,告诉孩子:"我说的不是吃的肉,而是一个希腊字母。它表示的是物体的密度。体积相同的前提下,密度越大的物体越重。"

"我明白了!越重的物体,它的'肉'当然就越重。"于元天真无邪地说。于敏和孙玉芹都被逗乐了。

由于和父亲在一起的时间特别少，因此几乎每一次，于辛都记得特别清楚。他最难忘的是，读小学时，有一回全家人一道去颐和园游玩。那天，一家人沿着昆明湖畔的彩绘长廊缓缓地往前走。看到长廊的梁栋上画满了图画，于元和于辛姐弟俩都很好奇。于敏仔细打量这些彩绘，一幅幅地给孩子们讲解：这幅画讲的是"苏武牧羊"的故事，那幅画讲的是"三顾茅庐"的故事，还有"岳母刺字"……

时隔多年，于辛回想起来那一天的经历，仍历历在目。那时候的他多么希望，父亲能够有更多的时间陪伴自己啊！

在于辛的记忆中，父亲经常出差，有时一出差就是两三个月。在家里也多半都关在房间里，和叔叔们探讨科研的问题。他知道，父亲很有学问。

有一次，上物理课，老师讲到电路图这一章节。那时，对于复杂电路里的串联和并联究竟是怎么回事，于辛一直都弄不懂。回到家，正好父亲有时间，他就向父亲请教。

于敏便在一张白纸上画了一幅图，给于辛讲解起来。父亲这样一讲，于辛一下子就明白了。从那以后，他对电路图、接电线、动手做物理实验产生了浓厚的兴趣。

后来，老师教大家自己动手制作收音机。于辛对此特别感兴趣。父亲给他买来了磁铁、线圈、电容器，然后指导他如何将这些器件组装起来，如何通过调节电容调出声音来。于辛自己动手，制作了一台能够收听广播的收音机，心里很得意。

直至今日，回忆起这些点点滴滴，于辛感到，父亲确实很有本事，也很爱他和姐姐，只是父亲的工作实在是太忙，因此不能抽出更多的时间陪伴他们。

母亲去世后，为了照顾好父亲的生活，于辛一家搬了过去，和父亲住在了一起。

那时，于敏的卧室里，用的依旧是20世纪80年代的简易铁床、油漆剥落严重的老式写字台和书柜，还有一台老旧的电视机。于敏生命中最后的时光，就是在这个无比简朴的房间里度过的。

书柜里，有几本于敏亲自整理的手稿，那是为学生做学习研究参考用的。每一页上，每一个字，一笔一画都写得工工整整。客厅里，一直悬挂着一幅书法——"淡泊以明志，宁静以致远"。

每天，于敏都按时早起。先打一打太极拳，做一做健身操。吃过早饭，看一些科技资料、电视新闻。接着看看书，写写材料。午饭后，要小睡一会儿。然后起来看看报纸和专业书籍。剩下的时间大都花在看资料、跟踪国际最新科技进展上。同时，他依旧保持着对史书、古典文学和京剧的热爱，会看《三国演义》《资治通鉴》《史记》《红楼梦》等书籍，有时间还会听听京剧。

三

于确是于敏的堂弟，比于敏小26岁。虽然兄弟俩年龄悬殊，却始终保持着手足深情。

新中国成立后，在天津老家，于敏的父亲和叔叔两家九口人一直吃住在一起。可是，由于两家老人年纪大了，没有正式工作，家里孩子尚小，所以基本上没有经济来源。

1951年，于敏到中国科学院近代物理研究所工作后，每月15日都会给天津的家人汇款。

刚开始工作时，于敏的工资并不高。等到1956年晋升为副研究员后，工资才高了一些，一个月180元。除了自己小家的日常开销外，剩下的钱几乎全都寄回天津。孙玉芹贤惠明理，对此毫无怨言。每次汇款，都是孙玉芹去邮局办理。

有一次,已经过了每月预定的时间,汇款单还没寄来。又过了一周,汇款单才寄到。后来,家里人才知道,那一次,于敏的工资丢了,只得想办法把钱凑足了,才给家里汇过来。

这些汇回老家的款项,既是给老人的赡养费,也有全家人的生活费。于确和弟弟妹妹的学杂费,都是用哥哥寄来的钱付的。

1960年,于敏的父亲去世后,他还继续给老家寄钱。一直到1978年,于确的父亲去世,在于确家人的再三坚持下,于敏和孙玉芹才停止了汇款。

在于确的记忆里,他只在春节期间偶尔见到过于敏。那时,年幼的于确特别盼着过年,因为堂哥于敏回家过年时,总会给他们带来许多好吃、好玩的东西。

平日里,于敏则会给家人写信。据于确统计,家里断断续续收到了于敏200多封家书。后来,这些家书都被家人珍藏在了一个专门的箱子里。

每一次收到于敏的书信,于确便会和家人一同凑在父亲身边,听父亲念信。于敏的信里从不谈工作,全部是关心老人身体健康、孩子学习教育和健康成长的内容,鼓励弟弟妹妹好好学习。

于确说:"哥哥谦虚谨慎的性格,对我们这些弟弟妹妹影响非常大。我们都以他为榜样,心怀真诚、善良,努力做一个对社会有用的人。"

以前,于确只知道哥哥从事的是需要保密的工作,但哥哥究竟具体做什么工作,他一直都不清楚。直到1986年,他在电视上突然看到了于敏的名字,才知道原来哥哥做的事情这么重要!

新中国成立50周年前夕,于敏作为为研制"两弹一星"作出突出贡献的科技专家被表彰并被授予"两弹一星功勋奖章"。于确得知这个消息后，内心无比激动，倍感自豪。他按捺不住激动的心情，拨通了于敏家的电话，却哽咽得说不出话来。电话那头，于敏反而很平和。他说，自己为国家做点儿事是应该的。

还有一回，于确在报纸上看到关于于敏的报道，便给于敏写信，大意是想和那位记者联系一下，聊聊哥哥孝敬老人的事。然而，于敏却回信说，国家弘扬的是"两弹一星"精神，不要宣传自家私事。

2006年，于确到北京探望于敏。提到叔父时，于敏流泪了。这是于确平生第一次看到哥哥落泪。于敏愧疚地对于确说："真对不起叔父，没能在他弥留之际见上一面。"

随着年纪渐长，于敏的身体状况也成了于确心中的牵挂。2018年底，于敏入选"改革先锋"。当于确得知哥哥身体不好，住进了医院，非常担心。"他为了国家强盛，兢兢业业，是为国家尽了忠；27年汇款赡养老人，是尽了孝。哥哥是这世上忠孝两全的人！"于确这样评价堂兄于敏。

在被授予"两弹一星功勋奖章"之后，73岁的于敏曾写了一首七言《抒怀》，总结了自己沉默而又壮丽的一生。其中有这样的诗句："身为一叶无轻重""愿将一生献宏谋"！

这，正是这位杰出科学家，对祖国、对人民的真情告白！

《人民日报》2022年7月6日第20版

"争取把竹元村建设得更好"

刘庆邦

2020年5月,遍地鲜花盛开之际,我到贵州遵义采访。在去往竹元村的路上,车子在弯弯曲曲的山道上拐来拐去,竹元村驻村第一书记谢佳清不失时机,在车上就给我们讲起她的扶贫经历。她所讲的扶贫故事,让我深受感动。我想,竹元村完全可以成为一个美丽乡村的旅游目的地,能在竹元村住一晚就好了。因日程安排紧,我们未能如愿,但在心底留了一个念想。

两年之后,2022年端午节期间,我又来到了竹元村。我在驾校的一间宿舍住下,一住就是12天。竹元村平均海拔高度在1100米以上,气候清爽宜人。"白云生处有人家",每天早上,都有云雾在山间缭绕。雪白的云雾有时不但遮住了村委会办公楼旁边一座挺拔的小山,还铺展在办公楼前面的文化广场上。

我在竹元村期间,谢佳清在繁忙的工作之余,差不多每天都会抽出时间跟我聊一会儿。除了在她的办公室里聊,她还曾冒着连绵的小雨,带我在山间行走。竹元村全村共41个村民小组,我们几乎都走遍了。谢佳清对组组户户的每一个村民都很熟悉。我们边走边聊,走到哪里都有聊不完的话题。

一

谢佳清原是贵州省遵义市人民检察院警示教育科科长。2015年7月,经过检察院的选拔和推荐，她来到汇川区芝麻镇的贫困村新民村，当上了驻村工作组组长、第一书记。一在村里落脚，谢佳清就全力以赴投入紧张有序的脱贫工作中。在各方的大力支持和协助下，经过谢佳清和全体村民的共同努力，只用了七八个月时间，新民村的人均收入就达到了脱贫标准，摘掉了贫困村的帽子。

既然已经完成了驻村帮扶脱贫的任务，谢佳清可以理所当然地回到检察院工作，并可以天天回家，过方便而舒适的城市生活了。然而，就在这时，芝麻镇竹元村的驻村第一书记因事回城了，急需另派一人去竹元村接替第一书记的工作。检察院的领导考虑到谢佳清驻村工作成绩突出，并积累了驻村工作的经验，就征求她的意见，希望她能去竹元村当第一书记。

谢佳清说："既然党组织信任我，那就去！"领导叮嘱说："竹元村是深度贫困村，脱贫攻坚的难度不小，你要做好心理准备。"

竹元村地处三山夹两沟的深山老林，总面积18平方公里。村里不通公路，附近连简易的硬化路都没有，只有一些坑坑洼洼的沙石路。从遵义市区到竹元村的直线距离不过几十公里，可送谢佳清去竹元村的越野车在险峻的山里绕来绕去，颠簸5个小时才到目的地。他们早上出发，到竹元村时已近中午。

村里的老支书向谢佳清介绍竹元村的基本情况：竹元村937户，4729人。建档立卡贫困户407户，1847人。截止到2015年，年人均纯收入876元，离脱贫标准差得很远。老支书说，别看竹元村偏僻贫穷，当年红军四渡赤水时，一队红军曾在竹元村露宿住过一晚呢。红军还向一户姓杨的村民家借过5石苞谷，并打了借条。谢佳清听得眼睛一亮，问道：借条还在吗？老支书说，杨家搬家时，把借条弄丢了。谢佳清说，借条可以证明竹元村人民对革命的贡献啊，丢失太可惜了！

老支书建议谢佳清去村里的水窖那里看看。那个水窖是谢佳清任职的检察院几年前帮竹元村建的。他们在杂草掩映、乱石嶙峋的山路上向上攀登，半个多小时才见到建在山坡上的水窖。水窖是一座用钢筋水泥建造的正方体容器，窖口盖着一张半米见方的水泥盖板。老支书指着刻在水泥盖板上的字让谢佳清看。谢佳清看了，眼里渐渐涌满了泪水。盖板上刻的是："吃水不忘共产党"。字像是在水泥盖板刚刚打成时用干树枝刻画上去的，一笔一画清晰可见。这就是革命老区的人民，他们铭记着每一件帮助过他们的小事。那一刻，谢佳清想到自己也是一名入党20多年的共产党员，想到当年在党旗下的庄严宣誓。她暗下决心：要在竹元村留下来，再苦再难也要留下来，一定要帮助竹元村的村民战胜贫困。

二

"牵牛要牵牛鼻子"，要使竹元村脱贫，必须抓住关键问题。在竹元村上任后，谢佳清换上最普通的衣服，穿上轻便的旅游鞋，背起女儿淘汰下来的旧书包，和村干部一起，每天在大山里奔波，到每个村民小组实地调查。路比较远的地方，她就坐村干部的摩托车前往。山路宽不到1米，有的路段一侧是峭壁，另一侧是深渊，摩托车在碎石头上颠簸，很是惊险。谢佳清对村干部说："只要你们敢载我，我就敢坐。"在山路特别陡的地方，连摩托车都不能骑。谢佳清只能由村干部在前面引路，她手脚并用，一点一点往上爬。

经过反复调查研究，谢佳清和村干部们得出一致的看法：竹元村之所以长期陷入深度贫困，最关键的"卡脖子"问题是道路不通。关山重重，沟壑纵横，因不能行车，竹元村几乎处在与外界隔绝的孤立状态。冬天取暖要烧煤，村民们只能用背篓装煤翻山越岭往家背。一户村民要盖房子，只能借助马匹的力量一趟一趟往山里驮砖瓦。在山里生长的杏子、桃子、李子等时令水果和时鲜蔬菜等，因为运不出去，无法打开销路。正如竹元村的村民说的那样:"山高坡陡穷得很,走亲访友路难行。"

找到贫困发生的症结所在,谢佳清在和驻村工作组、村干部以及从市里请来的专家共同制订脱贫攻坚规划时,就把修路放在了规划的首位。他们制订的规划从实际出发,重点突出,切实可行,很快得到了批准。规划有了,但要把规划落地,使天堑变通途,谈何容易!

修路时,须由各村民小组的村民把自家门前的小路修成宽度和厚度够标准的毛路,才能由专业的筑路队加以硬化,变成永久性的水泥路。对一些不愿修路的村民,谢佳清逐户登门去做思想工作,苦口婆心地说:"只有路通了,咱们的子孙后代才能越走越好呀。"

就这样,在全体村民和筑路队的通力合作下,用了1年多的时间,所有规划蓝图中的路都修通了。不但修通了村里通向城镇的19.8公里公路,村内还实现了组组通、户户通。原来全村只有不到2公里的硬化路,到2018年,全村的硬化路总长达到62.7公里。"通组连户都硬化,车子开到院坝头",村民们过年时在新编的花灯调里唱道。

修路只是竹元村脱贫攻坚的建设项目之一,同时推进的基础设施建设项目和民生工程项目,还有30多项。区水利局帮助修水库、建水厂;供电局帮助更换电线杆、架设高压线;教育局帮助建学校、幼儿园、教师周转房;卫健局帮助建卫生室;网络通信公司负责建通信基站;等等。各路大军齐聚竹元,在进行一场"集团式冲锋"。一时间,炮声隆隆,机器轰鸣,热火朝天。

在这场战斗中,谢佳清处在全天候工作状态。可能因为过于紧张,也过于劳累,她的身体出现了不适,腹部阵阵作痛,动不动就有力不从心之感。她到医院一查,是子宫癌前期病变。医生建议她马上住院动手术,可是谢佳清有自己的打算。全村的脱贫攻坚正处在紧要关头,她作为大家的主心骨,此时怎能离开工作岗位?她问主治医生,能不能通过吃药保守治疗？医生说，药物治疗不是不可以，只是药物的副作用比较大，长期服药对肾脏和肝脏都有伤害。为了不离开工作岗位，尽快打赢竹元村的脱贫攻坚战，谢佳清坚持选择药物治疗。回到竹元村后，她瞒下自己的病情，一边悄悄吃药，一边照常工作。药物治疗持续了八九个月时间，最后一次活检报告出来，医生打电话告诉谢佳清病灶消失的好消息。未等医生把话说完，她已喜极而泣，泪流满面。

三

种核桃，是整个芝麻镇曾经引进的脱贫项目之一。由于之前的核桃种苗不合格，核桃树栽下六七年了，一直不见挂果。当地村民因此得出结论，此地不适合种核桃。还在新民村当驻村第一书记时，谢佳清就请教了核桃种植专家，并请专家化验了土质，证明当地完全可以种核桃。经过论证，在竹元村上报的40多项脱贫规划项目中，种核桃继续作为一项列了进去。

第一批种300亩核桃的指标批下来后，谢佳清选择在湾子村民小组种植。湾子小组种下的核桃树，当年就挂了果，村民高兴极了。除了种核桃，谢佳清还在村里扶持开展了养牛、养羊、养兔、养鸡和种红高粱、种脱毒土豆、种中草药等多种养殖和种植项目。到2019年，全村人均纯收入迅速提高，超过了国家规定的脱贫标准。

谢佳清带领竹元村的村民脱贫，并不满足于物质上的脱贫。她放眼长远未来，还极力帮助村民在教育、文化和精神上实现脱贫。她创办幼儿园，改善村小学办学条件，提高教育质量。她还为教师建居家式宿舍，创办法治和道德大讲堂。

经过走访调研，谢佳清了解到，全村有70多名在外地上学的贫困家庭的学生需要资助。她发动一些企业结对帮扶，筹集了30多万元经费，帮助这些学生安心就读。

谢佳清偶然听村干部说，村里有个叫蔡琴的姑娘，初中毕业后被一所民办高中录取。学校一年的学费需要1万多元，可蔡家还有3万元无息扶贫贷款没有还清，哪里还能拿出1万多元为她交学费呢？无奈之下，刚刚年满16岁的她只好放弃学业，带着多病的父母，到附近的仁怀市打工挣钱还贷款。

得知蔡琴在一个宾馆里当服务员，谢佳清和村干部驱车去找蔡琴，跟她谈心，希望她能继续上学。蔡琴说："谢书记，我回不去。"谢佳清问为什么。蔡琴说："我要靠打工挣钱还清贷款，并养活一家人。"

她们正在交谈，宾馆的经理过来了。谢佳清同经理讲了蔡琴家的困难情况，说她此行的目的是希望能让蔡琴继续上学。没想到，经理为谢佳清一心为民的举动所打动，慷慨解囊，答应为蔡琴家还清3万元贷款，并支持蔡琴继续上学。紧接着，谢佳清为蔡琴联系学校就读。家里没了后顾之忧，又可以重返校园，蔡琴感动得抱住谢佳清大哭。

四

在大家的共同努力下，只用了两年多时间，竹元村继修通了道路后，接着通了高压电，通了自来水，还通了网，通了车，通了商，变化翻天覆地，面貌焕然一新。不少人家拆掉旧房，盖成别墅式的新楼房。过年期间，在全村院坝停放的小轿车就有100多辆。

竹元村的变化和谢佳清的事迹被电视和报纸报道，谢佳清的父亲看到了。老人家很吃惊，甚至有些疑虑。他跟女儿说要到竹元村亲眼看一看。谢佳清接父亲到竹元村后，父亲不住在村委会，坚持住进山沟一户村民家里。他在村里住了一段时间，通过观察和走访，看到竹元村的现状，听到村民的评价，才打消了疑虑。

谢佳清的付出赢得了村民的爱戴。初夏的一天早上，一个小女孩双手捧着几颗紫红色的杨梅，在村委会门前台阶下的文化广场边久等。有人问她等谁，她羞怯地说，在等谢书记。谢佳清闻讯，赶紧从办公楼里走出来去见小女孩。小女孩说，这是她家的扶贫杨梅树上最早成熟的几颗杨梅，她的爸爸妈妈说，一定要送给谢书记尝一尝。谢佳清说："好孩子，谢谢你的爸爸妈妈，这几颗杨梅我一定要收下。"

6月11日，在我到竹元村住的第八天下午，谢佳清带我去山上看望一位孤寡的村民。下山时，我们路过另一户村民的院坝门口，这家是70多岁的老两口。老大爷从院坝里走过来，热情邀请谢佳清和我到他家坐一会儿。谢佳清说回村委会还有事，就不去家里坐了。我们走出十几米远，老大爷突然招手喊我们回去。

原来是老大娘听说谢佳清来了，一定要见见她，跟她说几句话。老大娘一见谢佳清就问："谢书记，听说你要走？"谢佳清说："大娘，我不走。"老大娘说："你千万不能走啊，你要是走了，我这个老婆子会哭的。"说着，就用手背抹眼泪。见老大娘流泪，谢佳清的眼睛也湿润了。她拉住老大娘的手说："大娘您放心，脱贫完成了，我还要和大家伙一起搞乡村振兴！"

是的，谢佳清在竹元村当驻村第一书记已经6年多了。每次轮岗期满，她都写申请要求留下来，要和竹元村的村民继续共同奋斗。我看到的是她在2021年4月20日向遵义市委组织部递交的第四份申请书的复印件。她在申请书中写道："为了巩固和拓展竹元村的脱贫攻坚成果，在乡村振兴中取得更好成绩，我愿意贡献出自己的绵薄力量，争取把竹元村建设得更好。"

《人民日报》2022年7月18日第20版

邮政"天路"上的信使

姜峰 刘雨瑞

眼前这汉子，个头1米8，魁梧壮实的身材，把墨绿色的邮政服撑得紧绷绷；爱笑，性格爽朗，一咧嘴，门牙已掉了——这些都是多年奔波高原留给他的印记。

坐上他的邮车，奔赴青藏线：从格尔木出发，翻越莽莽昆仑山，再穿过可可西里无人区，最终到达"雄鹰都无法飞过"的唐古拉山镇。这条邮政"天路"，中国邮政集团格尔木市分公司投递员葛军独自跑了11年。

一

东方渐晓，一早驶出格尔木市区，南行40公里后，"南山口"几个大字赫然入目。从这里开始，我们的邮车驶离了广袤的柴达木盆地，横亘眼前的便是千峰壁立、万仞雄峙的昆仑山脉。

"横空出世，莽昆仑，阅尽人间春色。"这座"万山之祖"，留下过多少千古咏叹——

20世纪50年代，慕生忠将军率领筑路队，就是从格尔木出发，以每公里倒下10峰骆驼的代价，一寸一寸征服了莽莽昆仑，将砂石路铺到千万年来无人涉足的可可西里深处，将红旗插上唐古拉山口。

长天流云、群山飞度，如今脚下是已经柏油化的青藏公路。"路好了，沿线群众对通信的需求也越来越强烈"，葛军如数家珍：2009年，中国邮政集团格尔木市分公司就正式开通了格尔木市至唐古拉山镇的汽车投递邮路,"沿途共有23个交接点,单程419公里,平均海拔超4500米,为沿线单位、群众提供邮件寄递、物资运送等服务。"

然而,邮政"天路"绝不轻松。短短一年后,首任投递员就因身体不堪重负而退出。彼时,正在邮局做柜台营业员、"风吹不着,日晒不着"的葛军,无意中得知"格唐邮路"急需人员递补,那一刻的他,"耳朵嗡嗡响,血液往上涌",拔腿就往总经理办公室跑。"我是党员,是退伍军人,在部队时就熟悉车辆驾驶和维修,进入系统后也干过邮递员,知道咋跟牧民群众打交道,爱往基层跑,不怕吃苦,我报名,跑'天路'!"葛军一番"连珠炮",很快心愿得偿——此后11年,每周一趟,来回两天,往返千里,风雪无阻。

可是我们心中却不禁打起问号:这条被常人视为畏途的邮路,葛军为何甘愿"自讨苦吃"?

二

突来的颠簸,打断了思绪。

邮车驶出柏油路,在砂石"搓板路"上扬起一阵沙尘,"三岔河大桥交接点到了。"停车,从驾驶舱往下一跳,顿觉天旋地转——一问海拔,"4050米,干啥都悠着点。"

这里是青藏铁路全线第一高桥,大桥桥面距谷底54.1米。汽车在桥下走,火车在桥上过,形成了青藏公路和青藏铁路交会的奇观。某执勤部队常年驻守在这里,这里也是"格唐邮路"的投递点之一。

上桥,有两条路线:一是开车走盘山"搓板路",路远难行还危险;二是徒步爬一条直通桥上的水泥台阶,150级,坡度近70度,被执勤部队官兵形容为"天梯"。高海拔下,20来岁的年轻战士,走"天梯"都会头晕目眩,而1976年生人的葛军,为节省时间,每次都选择扛着邮包往上爬。

只见他跳下车，将两个20斤重的邮包系在一起，做成褡裢，搭到肩上，再弓起身，左手紧握栏杆——他有意锻炼左手，吃饭时也是左手执筷，"常年工作在高海拔，反应都迟钝了，这样好刺激一下脑细胞"——右手则小心翼翼地扶着胸前的邮包，头往下深埋，像极了耕地的老黄牛。

三岔河大桥位于昆仑山腹地小南川和野牛沟的汇合处，是个风口。葛军呼哧呼哧喘着粗气，用力按了按太阳穴，继续攀爬。突然，一阵狂风吹来，葛军赶忙两只手抓稳栏杆，稍顿，又继续往前，用了快20分钟，才爬完这150级台阶。

"葛班长！葛班长！"营区里的战士们跑出来，纷纷抢过沉重的邮包，扶他坐进营房。葛军神神秘秘："轻点拿！里面有好东西。"战士们已喜上眉梢——打开一看，是一块精心包装的生日蛋糕！

"葛班长"不是白叫的。18岁时，葛军去陕西做了汽车修理兵，部队驻地在渭南市大荔县，浩浩汤汤的黄河水从县城东部流过，浇灌着关中沃野上的"白菜心"。有一年冬季，黄河龙门至潼关段河道壅冰，严重威胁着防洪堤坝。"大堤外面就是村庄和农田，保障群众生命财产安全，咱军人义不容辞！"飞机破空，投下炸弹击碎厚重的冰层，葛军和战友们一声令下就往河道里冲，任凭数九寒天冰冻刺骨的河水浸透了棉袄，一个个肩挑背扛清理浮冰。"在坝上干了半个月，抢险大军没有一个官兵叫苦叫累，冲在前面的永远是连队领导，发馍馍时他们却是最后一个吃。"葛军再不复方才的疲惫神态，眼里仿佛射出光："那种情感，一辈子都忘不了，当兵改变了我一生。"

军营4年寒暑，急难险重冲在前的昂扬斗志，是葛军"退伍不褪色"的价值追求——我们豁然开朗：主动选择"格唐邮路"，葛军并非一时冲动，而是精神基底的光芒闪现。

每周一次，他帮年轻战士们送信、寄信，交流多了，渐渐知道了战士们的需求。这块蛋糕，是给战士们本月过集体生日用的，葛军每月一送，已是无声的约定。

战士们集体"啪"的一声，站得笔直，向"葛班长"敬了军礼。而他起身，拍拍小伙子们的肩膀，扭头就往外走。

"葛班长，跟我们一起吹蜡烛吧。"战士们挽留。

"还有邮件要送呢，下次一定参加。"

大伙不答应，这"借口"想必葛军已用了不少遍。而"葛班长"说一不二，背上空邮包，裹紧大衣，挥手就出了门。

三

从三岔河南行，经1小时跋涉，我们到达了海拔4768米的昆仑山口。路旁，索南达杰烈士雕像巍峨矗立，身后那片广阔苍茫的大地，就是可可西里。

行邮至此，对葛军而言，还有一番"家风传承"的意味。

原来，20世纪50年代，葛军的爷爷响应国家建设大西北的号召，从上海来到青海，进入邮政系统，服务青藏公路建设，公路建成后就把家安在了格尔木。70年代，葛军的父亲顶了班，曾被派驻到唐古拉山镇邮政所，一待就是5年——算起来，葛军已是这个"邮政世家"的第三代。

不冻泉、索南达杰保护站、楚玛尔河大桥……行驶在可可西里，葛军仿佛看到了父亲在青藏线上奔波的身影：记忆中的父亲，戴着深绿色邮政大檐帽，穿着板正体面的制服，清瘦、干练。"那个年代，谁家生活都紧巴，但经父亲之手寄出去的米、面、油，从来没有短过一两半钱。"踏踏实实做人、兢兢业业做事，是葛军从父亲身上学到的理。

一路畅聊，我们对葛军选择邮政"天路"多了一分理解，也平添一分敬重：也许父辈的坚守，早已在他心底扎下了根。

而他比父辈走得更远：昆仑山、唐古拉山、祁连山，这三条横亘青海72万平方公里土地上的巨大山系，都留下过葛军的足迹。

1998年，葛军从部队退伍，如愿考上青海邮电学校，毕业后被分配到海北藏族自治州工作。领导问起工作意愿，葛军不假思索："我想去基层锻炼！"

他被分配到了祁连县邮政局，每天骑着自行车，负责县城周边15公里范围内的邮件寄递，做好本职工作之外，也学到了与基层牧民打交道的本领。这不，邮车开到可可西里五道梁，葛军马上想起那场"生死救助"——

2014年的一个冬日，寒风呼啸，大雪漫天，临近五道梁的一处居住点，牧民扎娅1岁的孩子突患急病。扎娅忧心如焚，用棉被裹紧孩子，几乎站到了马路中间，只想拦下一辆车，救救孩子。就在这时，一束灯光刺破风雪重雾，照到了她们身上，来人正是葛军！

得知情况后，葛军立即让扎娅和孩子上了车，一路顶风冒雪、艰难前行，等把孩子送到格尔木市的医院时，东边天空已然露出了鱼肚白。孩子得救了，扎娅激动得不知如何是好，当面跪下感谢恩人，葛军急忙扶起她，又买了些水果放到孩子床头，便离开了。

"我还忘不了，2012年夏天的一个傍晚，把特快邮件送到巴珠手中时的情景。"巴珠家住唐古拉山镇拉智村，10年前就在自家院子里开了民宿。有一次，一位来自广东的摄影师住在她家，而葛军送来的那封特快邮件，就是摄影师为巴珠拍下的照片——在数码产品还未普及的10年前，这些照片在天遥地远的唐古拉山，该是何等珍贵……

这样的故事，葛军装满一肚子。"每次见到乡亲们接过邮件的眼神，我就觉得，在这条路上，还可以再坚持坚持。"

不知不觉间，夕阳将邮政车的倒影在路上拉得很长，经过10个小时的跋涉，我们驶过沱沱河大桥，邮路的终点——唐古拉山镇已在眼前。

四

长江水东流，青藏线纵贯——依水而居、因路而兴，这里是青藏公路在青海境内的最后一个重镇。这座镇，非常大，足足4.75万平方公里，雪山、冰川、草原、湖泊无数，而最少的是人。即便镇区所在的位置，也接近海拔4600米。往南，翻过唐古拉山口，便是西藏。

到镇上时，工作人员已经下班。每到一个投递点，葛军都要将邮包挨个整齐地码放在各个单位门口，等全部卸完，天已全黑，时间也到了晚上8点半。

疲惫的葛军走进一家川菜馆，小小的集镇，迎面便是熟人——一位面庞黝黑的中年人惊喜地向葛军招手，拉他坐到桌前，接着倒满一杯酒："来得早不如来得巧，解解乏，晚上睡个好觉，回头再帮我送个水样呗。"

葛军也不客气，一饮而尽："明天一早找你拿！"

这个中年人叫叶虎林，是青海省水文水资源测报中心沱沱河水文站，也是万里长江第一站的站长，正和同事在餐馆吃饭。每年5月到10月，他们都要在唐古拉山镇驻站，对沱沱河进行实时监测，并定期将采集的水样送回格尔木检测，如果存放时间过长，水的化学特性就会发生改变。

有一年，正值河流主汛期，水文站人于紧张，采集的水样一时之间送不下山。正巧，叶虎林撞见葛军在镇上派送邮件，便抱着试一试的心情，希望葛军帮忙把这来自长江源头的水送回格尔木。没有丝毫犹豫，葛军爽快地答应下来。

葛军明白，水文工作者常年驻守野外，远离家人，工作十分不易。只要条件允许，他就会帮水文站的工作人员带一些生活用品。几年下来，这些工作、行走在大江源头的人们，惺惺相惜间已是无话不谈的朋友。

看着他们重逢之时的亲热熟络，再想起这一路上邮包寄送的站点，那些坚守在青藏线上的执勤官兵，还有铁路养护职工，唐古拉山镇基层干部……我们突然觉得，这条邮政"天路"，葛军并非独行。

大家坐在一起，话题愈聊愈多。"今天拍了不少好照片，回头发给你，让嫂子和娃也看看。"他立马摆手："可别，我不爱拍工作照，拍了也删掉，就怕让家人看到这一路的艰险。"可不，翻看葛军的朋友圈：偶有"进山"或"平安返回"的照片，而中间的时段从来都是空白。

葛军的妻子和女儿，生活在格尔木。父亲的经历，孩子未必都知晓，但妻子不会不懂丈夫。有一次，葛军从邮路返回，途中突遇暴雪，气温骤降，他身体受寒，引发严重的肩周炎，左半身疼痛不已，硬撑着把邮车开回了格尔木。他不愿惊动妻女，拖着僵硬的身躯，自己来到社区卫生院。开完药，走进输液室时，一个熟悉的身影让他心疼："那是我媳妇啊！"原来，在他跑车的时候，妻子患上了重感冒，同样不想让他担心，独自来输液。"报喜不报忧"的夫妻二人，那一刻相对无言，而泪已千行。

晚上回家，妻子把憋在心里的委屈倾吐了不少。而次日一早，葛军去单位时，换洗衣服已摆在门前。"姑娘也大了，小时候总怪我没时间陪她玩，现在上了初中，也知道帮妈妈做家务了，我荣获的铜制奖章给挂在家里醒目位置，孩子总擦得很亮。"

全国五一劳动奖章、中国青年五四奖章……相比这些荣誉，将来若有机会，我们更想把葛军行进在"天路"的照片，送给他的女儿作纪念——那是父亲一路洒下的青春与汗水。

夜云流转，月朗星疏。与水文站的朋友道别后，我们找到唐古拉山镇一家招待所休息。半睡半醒间，脑中闪回这沱沱河畔的一夜，恍然如梦，只觉，葛军和朋友们的身影，好像比唐古拉山还要高。

五

迷迷糊糊中爬起床，窗外，地平线最东端，一束炙热的光芒从红绸帷幕似的天边刺出来，像是熊熊燃烧的火焰。高原的日出，无比壮美。

迎着朝阳，葛军再次开上车，驶入当地驻军某部——此行，他还有一个特殊的"任务"：接"救命恩人"下山。营区门口，笔直站着两队战士，一个留着板寸的高个儿肃立其间。不一会儿，鞭炮、锣鼓声响起，高个儿站得挺拔，缓缓举起右手，庄重地向战士们敬了一个军礼，随后扭头登上邮车。车外爆发出热烈掌声，战士们高喊："退伍不褪色，退役不退志，欢送老兵！"高个儿不停向窗外挥手，扭回头，泪水已奔涌而出。

老兵姓胡，吉林人，一脸英气。20多岁来青海当兵，在唐古拉山镇驻扎了12年，结婚后一直没有条件要娃娃。"也该考虑家庭了，这次转业回老家，以后回来机会就少了。"老胡的最后一句话拖得很长，车厢里陷入了安静。

"这也是我最后一次跑这条邮路啦，今天咱是'退伍专车'。"葛军安慰老胡说。

相识多年，老胡明白葛军的苦处——11年来，高海拔、高寒、缺氧的恶劣环境，对葛军的身体造成了不可逆的伤害，头发掉了不少也白了不少，门牙也掉了，每次夜宿唐古拉山镇，头疼到必须抵着床头硬木板才能睡着，艰苦的工作环境，让他看起来比同龄人老了十几岁。

"之后要跑从格尔木到茫崖的邮路了,距离一样,400多公里,沿途都是大漠戈壁,但海拔能低不少。"葛军顿了顿,"话说回来,第一次上山你救我,最后一次下山我送你,算是有始有终!"

原来,葛军初次踏上这条邮路,快到唐古拉山镇时,遇到修路,因着急赶路,他开着邮车改走青藏公路边的滩地。正值夏季,车子一不小心陷入烂泥中动弹不得。葛军先从车厢中找出一个防水编织袋,将全部邮件都装了进去,然后再在烂泥中锹挖手扒,鞋袜都陷在泥里,腿也被碎石划伤了,但庞大沉重的邮车却纹丝不动。无奈,葛军只好赤脚跑到附近部队驻地求援。当天,正是老胡带着战士们,跳入泥水中奋力挖车,经过1个多小时的忙碌,才将邮车拖上了公路,而葛军、老胡和战士们早已变成了"泥人"……

下山之路,开得并不快。驾驶舱里,葛军和老胡却格外沉默。我们不经意间成为见证者:这对在"天路"上相识11年的老友,此行都是他们在青藏线上的最后一程。平速行驶的邮车,仿佛是一场艰难的告别。

我们主动打破驾驶舱里的沉默,给葛军算了一笔账:11年来,他在格尔木市和唐古拉山镇之间已经往返了17.5万公里,"相当于绕了地球4圈多。"

"是吗?"葛军和老胡倒没显出格外的惊讶。高原上待久了的人,似乎早已收获一种心理上的质朴感。对艰苦的感受、对生活的理解、对幸福的认知,有一种磨砺过后的踏实、淡然和从容。

格尔木终究还是到了。进了邮局,归还车辆,钥匙交到贺生元手中。这位入职不久的邮递员,是葛军的"接班人",接下来他将成为邮政"天路"上新的信使。葛军拍拍他的肩膀,将小贺略显宽大的邮政工作服整理板正。"以后交给你了。"语毕,两个大男人不自觉地拥抱在一起,大大咧咧的葛军,像老胡一样,哭了。

走在格尔木清冷的夜色里，仰望繁星如缀，回想两日的"天路"之旅，如梦似幻。老胡第二天就要飞往长春，葛军也将在一周后踏上新的邮路，我们彼此互道保重。"一定再来格尔木看我啊。我带你们跑跑茫崖，戈壁也很美！"葛军一句话，把大家又逗笑了。

邮政"天路"依旧，老兵永不"退伍"。

《人民日报》2022年8月24日第20版

黄河岸边好光景

潘若松

一

"你问现在和过去有啥不一样?一句话:过去根本没法比!"

跟山东东明鲲鹏新村村民王金华第一次见面,直爽的她就给我留下了深刻的印象。

"过去那是啥环境、啥条件啊?"她说,"你是没见过俺原来住的村子、房子,咋能和这里比?"

王金华一家从紧挨黄河不到1公里的北王庄村,搬到现在高耸平坦、敞亮洁净的鲲鹏新村,整一年了。

"看看俺这里,跟城里比一点都不差!"说话间,她的眼里闪烁着光芒。

其实,我也是被吸引过来的。尽管整个新村都是统一规划设计的,一栋栋联排别墅白墙黛瓦、古朴典雅,看上去整齐划一,但走在宽敞的街道上,仍看得出王金华这处院落的与众不同。门口、围墙甚至2楼的阳台上,摆了足足几十盆鲜花,红的、黄的、白的、粉的,姹紫嫣红,争奇斗艳。

"这套房子建筑面积175平方米,上下两层,还带60多平方米的小院,布局很合理,一家人住着够宽敞了。"

聊起过去,别提老辈人了,就以她的经历,就能好好说道一阵子。

原来的北王庄村就像河滩里的一座孤岛，七零八落地散布着各家各户垫起的房台。台上房屋破旧不说，多数院子里也是又脏又乱。房台之间的道路像条壕沟，坑坑洼洼，每逢大雨，泥泞不堪，街道变河流，严重时连上邻居家串个门都得划个小船去。

"滩里人过去苦啊！不仅出门难，上学、看病、吃水、用电、浇地……哪样都难！"陪同采访的村妇联主任陈学美接过话茬："当然，最大的担心还是安全问题。过去每到汛期，大伙儿总是提心吊胆，没睡过安稳觉。"

从青藏高原奔流万里而来的黄河进入下游，水势渐缓，但也成了"善淤、善决、善徙"的"悬河"，历史上"三年两决口，百年一改道"，曾造成不少灾难。

新中国成立后，治黄史册掀开了新篇章，历经70多年的建设，如今堤防日益坚固，黄河安澜已由梦想变成现实。但在防汛大堤与主河槽之间的滩区，因情况特殊，一直水患未除。为躲避洪水，在这里，百姓盖房前必须先把地基垫高，建一座房子就要垫一座房台。"三年攒钱，三年垫台，三年盖房，三年还账"，曾是滩区人的生活写照。

东明被称为"黄河入鲁第一县"，拥有全省面积最大的河滩，王金华所在的菜园集镇有14个村庄都在滩里。王金华结婚后和丈夫种了几年地，就在镇上开了间门市做生意。等小有积蓄，急于摆脱滩里生活的他们，关掉门市，又在县城买房开起了出租车，一年到头回不了几次家。

没想到，改变悄然发生，这几年一直听同乡人说的滩区迁建真的实现了。直到走进选定的新房，她才相信眼前的一切，也一下子就喜欢上了这个新村、这个院落。

鲲鹏新村由原来的8个自然村组成，人口4589人，建设房屋1118套，如今已全部入住。鲲鹏新村的名字取自庄子《逍遥游》，有"大鹏展翅"

之意。

如今，像鲲鹏新村这样的新村台，在东明县就有24个，宛若一颗颗璀璨的明珠镶嵌在河滩上，蜿蜒的黄河像一条灵动的绸带将它们串联起来。每处村台都以省级美丽村居示范点标准建设，"一村一韵，一村一品"。

"在这里生活，比在城里还方便。"在县城里生活过的王金华对此很有发言权。"看看，学校、幼儿园、超市、卫生室、饭店……啥都不缺。更重要的是，以前需要到镇上、县城办的业务，如今大部分在村里就能办了，不用再多跑腿了。"

党群服务中心造型别致大气，楼内便民服务站、警务室、图书室、青年之家甚至矛盾调解室等，一应俱全。楼前是近8000平方米的村民休闲广场，丰富多彩的文化活动经常在这里上演。

在便民服务站，几台崭新的智能化自助服务机颇引人注意。村党支部委员王银洞介绍，为解决滩区群众"距离远、办事难"问题，鲲鹏新村打造数字乡村便民服务平台，整合医保、社保、公安、交警、民政、卫健、行政审批等16个部门为民办理事项，实现远程连线，将政务服务窗口延伸到村里。小到出具证明、咨询业务，大到证件申报审批，都能集中到每个村台服务大厅"一站式"办理。对孤寡老人、丧失劳动能力和劳力外出务工家庭，村里还成立了由党员组成的志愿服务队，随时上门帮助他们解决困难。

从王金华家往西不到百米，68岁的张法旺正在门前广场上和几个村民聊天。他家住的是210平方米的3层楼房，是个三代同堂的大家庭。

张法旺家院里的一角种了一畦蔬菜，架上黄瓜、豆角果实累累，架下小葱、辣椒郁郁葱葱，整个小院一派生机盎然。

张法旺的儿子常年在外跑运输，他和老伴、儿媳种着滩里的8亩地。

"现在种地省事多了,犁地、施肥、除草、打药、收割,都能用机器干。像今年麦收,用收割机两三天就全收完了,以前至少要忙活一个多月。麦子收成变好了,人却一点也不累。俺生活在黄河滩,真是赶上了好光景!"说起现在的生活,张法旺满意得很。

二

离开鲲鹏新村,驾车沿着宽敞的水泥路继续向滩区深处行驶。

夏日的黄河滩,阳光白灿灿、火辣辣的,蓝天白云下,满眼墨绿,玉米、大豆、花生、地瓜……各类作物正铆足劲努力生长,仿佛能听到它们拔节的声响。

沿途,不时有大型运输车辆穿梭而过,几处裸露的土地上挖掘机正在忙碌。菜园集镇党委组织委员郝瑞党说,这些都是滩里的老村庄旧址,村民搬迁后正在抓紧复耕,今年秋天就可播种。

38岁的郝瑞党大学毕业后就扎根滩区,成了一名乡镇干部,一干就是15年。为了滩区迁建,郝瑞党和同事们常年工作在滩区里、村台上,几乎没休过双休日、节假日,见证了村台规划建设、村民搬迁安家、旧村土地复耕的全过程。她说,这里面浸透着太多的汗水、泪水,当然更多的是感动、欣慰和快乐。

菜园集镇共建设了鲲鹏新村和六安新村两个新村台,滩内13个老村旧址复耕后,全镇将新增2200亩良田。同时,村民搬迁后,与鲲鹏新村紧邻的洪庄老村台建筑和县里其他3个村被整体保留下来,作为黄河文化遗产保护起来。

车子驶过原杜桥村复耕现场,视野更加开阔,烟波浩渺、奔腾不息的黄河渐渐在眼前清晰可见。

驶入一条田间小路,路旁,一块瓜田吸引了我们的目光,油亮墨绿的瓜秧瓜叶间，滚圆的西瓜若隐若现。50岁的程冠军正戴着草帽，汗流浃背地在田间摘瓜，往田外背瓜。见我们到来，他顺手抄起刀来切开一颗熟透的瓜，热情地请我们品尝。

东明是著名的"西瓜之乡"，良好的气候、水源、土壤，给西瓜生长提供了有利的自然条件。尤其是在黄河滩里，半沙半淤的良化土，最适宜种瓜。

程冠军说，今年开春他在自家地里种上了西瓜，选用的是抗裂耐重茬、高产抗病、大红瓤的红天龙品种。为了保证瓜的品质，他坚持施用有机肥，育苗、压秧、打杈、对花授粉，忙活三四个月，终于到了收获季节。

每天凌晨4点他就早早起床，趁凉快到地里摘瓜、运瓜，一天要倒腾三四千斤，实在忙不过来还要雇人。不少商贩慕名前来收购，车辆就停在地头。他种植的20亩瓜田，差不多有近10万元的收入。如今头茬瓜快过季了，地里套种的辣椒、茄子也开始收获，因与经销公司签订了订购合同，完全不愁销路。

相邻的田地里，种粮大户曹颜江的自走式喷灌机正在玉米垄沟间缓缓移动，高高的喷头喷射出足有50多米长的水柱。水柱在空中散开，形成密集的水滴，均匀地洒在田间，完全不需要人工操作。这场景，让出身农家、从小干惯农活的我也看呆了。

曹颜江看到我吃惊的样子，憨厚地笑了："想不到吧？我一个人种了300多亩地，都是从其他农户手里流转来的。"他说，家里喷灌机、旋耕机、播种机、拖拉机、三轮车啥都有，基本实现了机械化。就连喷洒农药，也经常使用无人机。平时田间管理自己一个人就能忙得过来，只有特别忙的时候，家人才来搭把手。

附近绿源农场的穆春平也是位种粮大户，他家就在菜园集镇的傅寨村。1997年他到北京创业，一去就是24年。在公司业务风生水起之时，有次回家探亲看到家乡巨变，穆春平动了返乡创业的念头。2021年，57岁的他把公司交给女儿打理，自己在黄河滩里租地搞起了现代农业。他看中的就是这里优质的土壤、适宜的气候和越来越好的生态环境。

在流转的500亩土地里，他建了150个新型大棚，种上了良种西瓜、贝贝南瓜，还有鲜食玉米、甜糯玉米、水果玉米等新品种，目前都到了收获季，一上市就供不应求，每亩收益都在万元以上。为了带动周边村民致富，他从邻近新村里雇了50多人。穆春平的农场不仅采用机械化、智能化生产方式，还制定了无公害、纯绿色种植标准，甚至"请"来一批特殊的"客人"——6箱蜜蜂，放养在农场里，让它们给作物自然授粉。

离乡20多年，如今的黄河滩，让他感到既熟悉又陌生。河滩还是那个河滩，但眼前的一切已变了模样。他每天侍弄着农田，也与滩里的小动物们成了"朋友"。他发现很多小时候常见但后来消失的动物又回来了，还来了不少从未见过的新"朋友"。特别是到秋冬季节，大约会有近20万只候鸟在这里越冬，其中不乏珍稀鸟类，黄河滩成了它们的乐园。它们在这里栖息、觅食、翱翔、嬉戏，成为滩里一道亮丽的风景。

三

滩里人祖祖辈辈与黄河为伴，黄河像母亲一样哺育着他们。过去，他们敬黄河、爱黄河，但也怕黄河、怨黄河。如今，"悬"在头上的水患解除了，人们心里感恩这个好时代，对黄河、对家乡的爱，也变得更加深沉、浓烈。幸福的生活让人振奋激昂，让人舒心欢唱。

在鲲鹏新村，热情开朗的王金华是快乐的焦点。每到晚上，她家的小院都热闹得很，十几个姐妹聚在这里，唱歌、表演节目，随手拍下一段段视频发到网上，记录、传递着滩里人生活的美好。

白天，这些姐妹各有各的工作，有的在邻近工厂，有的在致富车间，有的在家里干些手工活计。到了晚上，大家就欢聚在一起。

和她们相比，在距离鲲鹏新村不到5公里的高村，一支视频团队显得更"专业"，"名气"也更大。我们来到高村，4位主创人员中的3人正聚在她们的拍摄"基地"——一处简陋的小院里。一问名字：王冬梅、胡晨丽、周瑞菊，有事没能赶过来的那位叫李少丽。

这几位中，最出名的"网红"还要数王冬梅。

这几位姐妹拍视频的想法由来已久，但真正行动起来是在2020年12月。"整天在手机上看人家拍得好，俺几个也想着拍。大家相互打气，鼓足勇气拍了第一期。"最先提议的胡晨丽说，"一开始都不好意思，拍得也确实不咋样。但拍着拍着大伙找到了感觉，越拍越上瘾了。"

自从拍了第一期，她们几乎每天都拍。每天拍摄、剪辑、合成、发布成了必修课，到现在已经拍了560多期。

谁写剧本？导演是谁？摄像师呢？灯光师呢？音响师呢？……我抛出的这些问题，引来她们一阵哄堂大笑。"你问的这些啊，都在这里呢！"

通过你一言我一语的介绍，我了解了她们的基本分工和流程：选题有时是某个人的提议，大家同意就开拍，有时是坐在一起共同商量确定的；导演真没有，各自随性本色出演；摄像师是谁不出镜谁来干，如果遇到大家同时出镜，就拉个邻居来拍；设备就是一部手机，光是自然光，声是同期声。胡晨丽最热心也最能干，前期策划、后期制作、打字幕、上传发布，基本上都是她。

"网络让我们看到了外面的世界，也让外面的世界看到了我们。我们是农村人，讲述身边欢乐的农村事，用爱传递农村人的乐观向上。"这是她们在网络上的自我介绍，也是她们的创作原则。她们说，滩区发生了翻天覆地的变化，日子越过越红火，客观、真实地记录下来，也是当代新农人的职责。一段段真实生动的故事，通过她们操着方言风趣幽默的表演，呈现的全是滩区人原汁原味的本色生活。

出了胡晨丽家的小院，河滩里的农田是她们的另一主要拍摄场所。收麦、薅草、锄地、浇水、施肥、挖蒜……这些就是她们日常干的农活；剜马蜂菜、掰嫩玉米、摘鲜豆角、下河捉河蚌……劳动之余，田间乐趣非常多；腌西瓜酱、做凉面条、煎槐花饼、制面瓜曲、蒸红薯叶馍、漏酸汤面鱼……看似平平常常的家常饭，成了诱人的乡间美食，吸引众多游客前来品尝。

接地气的作品赚足了人气，目前她们在短视频平台的粉丝量突破了57万，产生了一定的影响。除了反映滩区生活，她们还紧跟形势，多做一些应时宣传，疫情防控、防煤气中毒、防溺水、倡导尊老爱幼、促进邻里和谐……用喜闻乐见的方式，传播满满的正能量。

告别"水窝子"，搬进新房子，奔向新生活。大河奔流远，幸福歌未央。一幅幅新的画卷正在黄河岸边徐徐展开……

《人民日报》2022年9月7日第20版

塞外筑梦

朱悦华

秋天的阳光，照在脸上暖洋洋的。李昕背起书包，直奔高铁站。他是宁夏大学的一名学生，家住银川，此刻正赶往宁夏大学中卫校区上课。坐上高铁，戴上耳机听首歌，李昕享受着舒适的高铁时光。

每天，像李昕这样的人有很多。他们乘高铁有旅游的，有去做生意的。高铁极大方便了宁夏百姓的生活。

2015年10月，宁夏吴忠至中卫城际铁路正式开工。这是宁夏这片土地上开建的第一条高铁。大漠黄河古长城，贺兰山下战犹酣。3年多后，一条136公里的钢铁长龙盘旋在宁夏大地上。1年后，吴中城际铁路与随后建成的银吴高铁相连通，银中高铁开通运营。700多万宁夏人民从此圆了高铁梦。铁路与贺兰山平行而卧，如一条扁担，挑起了宁夏人口最稠密的"塞上江南"。

指挥部来人了

2016年初夏，天刚蒙蒙亮，一辆黑色越野车停在了吴忠市利通区一个僻静院落。一位40岁左右的男子走下车来，脸上是日晒的古铜色。他叫罗生宏，是吴中城际铁路建设项目的指挥长。

罗生宏楼上楼下转了一圈，对这里很满意。这里离工地十几分钟，到银川机场半小时，去往银川、中卫、吴忠几个方向都很便捷。

11个项目部经理都到齐了。这些常年在野外作战的硬汉们，难得有片刻轻松,此刻见面,亲热地寒暄着。

7点半开会。罗生宏站定,眼神看向众人,清了清嗓子,以一句洪亮的"大家辛苦了",开始了10多分钟的动员发言。接着,党工委书记、常务副指挥长安德柱给大家分派任务。安德柱用黑笔在施工图上奋力画了一条大波浪曲线,如一条巨龙沿黄河岸边蜿蜒伸展。

讲解完毕,大家很快找到自己的"阵地",奔赴而去。此时,上千名"精兵"正从北京、天津、西安等地向这里快速集结。

儒雅干练的安德柱,走起路来大步流星。奋战的日子里,他天天坐在指挥部的地图前,观察计算工程进度,掌握节奏。梁场、连续梁、跨高速、堆载预压、管沟、铺轨、四电、站房……每个关键节点都标在地图上面,密密麻麻。

夜深人静,听到大货车在马路上"呼呼"地跑,安德柱睡不着。他知道,宁夏当地的高铁将陆续开工,原材料会大幅涨价,必须加大采购力度。几个月后,全部钢轨从内蒙古运到施工现场,沙子、石子、水泥、钢筋等尽可能当地生产、当地加工。

紧张施工阶段,小车就是安德柱的办公室。哪里有情况,他就奔向哪里。2016年的一天,安德柱与司机从清晨跑到夜里12点,在吴忠、中卫、银川之间跑了4个来回。

"人选对了,就成功了一半。"罗生宏若有所思地说。这些精兵强将来自中国铁建股份有限公司。

年轻的总工程师

梁智是第九项目部总工程师,也是第九项目部接触网专业的技术骨干。1984年出生的他,毕业于西南交通大学铁道供电专业。2016年,晚上12点前他没睡过,办公室门经常大开着。

"别的总工电话特别多,我的电话很少。"遇到技术员打电话来,梁智开口就反问:"研究了没有?"逼得大家动脑子。外表严厉的他,实际心肠柔软。他给技术员编写了二维码字典,大家再也不用背着大量资料去工地了。大家高兴极了,"师傅""师傅"叫得甜。

一有空,梁智就去工地上转。看到工人师傅爬电线杆,他就想有没有办法代替。几天后,眼睛通红的他展开一沓纸——"接触网装配一体化施工法"。新工法将大量高空作业转换为地面作业,效率提高近2倍,安全性和精度都大大提高了,工人师傅们乐得合不上嘴。

以往,工人师傅上岗培训都在会议室里进行,梁智琢磨可不可以改进一下。很快,他和技术员做了与实物同样大小的培训基地,高度上降低,涵盖接触网80%以上工艺,正反案例一一标注。看到工人师傅用粗大手掌轻松摆弄各种零部件,梁智心里别提多舒坦了。

接触网安装很复杂,需要上千种材料。在料库找起来很麻烦,有时找不到就去买新的,一个小材料可能造成上百万元浪费。梁智心里盘算开了。几天后,他"现身"了——"智能化料库"在电脑上灵动起来。鼠标一点,几万平方米大料库,每个角落都看得清清楚楚。

广漠原野,几排蓝白相间的房子,这就是接触网料库基地。像是一个大超市,材料分门别类码放在架子上。每个材料都有二维码,扫一下就知道来自哪里、用了多少、去向哪里、还需多少。工程完工时,料库也基本空了。

每当梁智瘦削的身影出现在料库,年轻同事们就跟在他后面喊"师傅"。梁智喜欢与大家沟通。听着他娓娓道来,大家的情绪也被激发了,热烈讨论起来。有人说施工单位太忙,哪有时间创新?梁智却说,创新并不神秘,是来自脚踏实地的实践。

梁智是第九项目部经理王丽军"挖"来的"宝贝"。第九项目部负责中卫南站与全线接触网施工。在中卫南站，吊装中的钢桁架，远远看去像一片洁白羽毛。这个庞大、空心的方格钢桁架，每个交叉点都要一级无缝焊接。整个屋顶有23片钢桁架。焊接这些钢桁架，需要70多名焊工同时高空作业。

"不能有丝毫闪失。"大量高空焊接让王丽军高度紧张。他要求现场所有人员排查安全隐患，每天将结果反馈到微信群。

2019年早春，将要竣工的中卫南站，巨大钢桁架屋顶被涂成了淡黄色，泛着温暖的光泽。现场200多名工人和技术人员的身影掩映其中。当屋面板覆盖了钢桁架屋顶，所有困难与艰辛都消解于美丽的方格曲线中了。

在桥梁工地上

一座座桥墩，像是从地下冒出来，一夜之间拔地而起。先是超过了身旁的树，慢慢与山峰比肩，巍然屹立。

沐着朝阳的桥墩，翘首以待梁的到来。广袤原野上，高低错落地矗立着一组蓝白相间的圆柱体，这里就是梁的生产基地——混凝土拌和站。吴中城际铁路一共2146片梁，每片梁900吨，相当于10辆大货车的重量。2146片梁要在不到1年时间内全部制成，这是前所未有的挑战。

第一项目部3号拌和站站长王丙铁，是一名80后。"梁场要求太高了！""好的沙石料太难找了！"他不住感叹。

闻惯了混凝土味道，说起混凝土，王丙铁如数家珍："夏天混凝土发热，会把自己烧坏，要洒水降温。冬天要全封闭施工，如果受冻，混凝土就碎了。"

混凝土要求水的碱含量必须在80毫克/升以下，为此，他们上了两台大型设备净化黄河水。净化后的水与市场上卖的纯净水几乎一样。这让王丙铁感到很开心。

APP智能管理平台，每个环节都在360度监控下，业主看得一清二楚。混凝土配合比误差超过2%是初级报警，超过5%是中级报警，如果超过10%……那些日子，王丙铁做梦都是搅拌机的报警声。

整片梁的浇筑，从开始到完成不得超过6小时，这时梁的质量最优。制梁24小时不能停。大家在现场吃份饭，吃完接着干，一直干到梁全部制完。

制梁难，提、运、架梁更难。喂梁难上加难。

桥梁工地上，几十台提梁机、运梁车、架桥机同时作业，以极其缓慢的速度向前推进。

架梁专家韦作善神情专注地在电脑上演示着，让人看到这样一组数字：64个轮胎运梁车一次只能运一片梁，重载一小时只能走3公里。运梁车晚上8点从梁场出发，夜里零点到达架梁点，跟架桥机对接半小时开始喂梁，喂完梁返回梁场是早晨7点。当中不能有任何闪失，不管寒冬酷暑、蚊虫叮咬，都要想办法克服。

2017年7月，宁夏最高气温41摄氏度。人在钢梁上行走，像踩着火炉。工人们60人一班，每人一张凉席。架桥机挪一步，人跟一步，累了铺开凉席倒地就睡，稍微歇息后爬起来接着干。

极其缓慢笨重而又无比精确。巨大反差中，人的精神意志像一股"神力"，注入梁中。900吨重混凝土梁，一片一片稳稳落在4个支座上，丝毫不差。

不到1年时间，2146片梁全部生产出来，安全平稳地架了出去。这样的速度是少见的。

一片梁的资料大约200页，有一本书那么厚。全线2146片梁，有多少资料?从埋在地下的桩基础算起,到地面上的墩身、支撑垫石、支座、梁、桥面系等,所有资料加起来,可以成为一座高铁资料档案馆。工程竣工时,11个项目部都要开着大货车去交资料。

铺　　轨

2018年春节前夕,铺轨工地上,大雪飞扬,呵气成冰。工程部长刘丙昌带领90人的施工队,将44万根轨枕一根根人工铺设。刘丙昌是标准的"铁三代",从一根绳索、一把钢钎在悬崖峭壁打眼放炮的铁道兵大爷爷,到铁路科技工作者大伯父,再到他自己,一家三代人为国家的铁路建设挥洒过汗水、奉献过青春,让他感到光荣和自豪。

施工24小时不停,一日三餐都在工地上,送来的饭10分钟吃不完就会冻成冰碴。脸皲裂了,手冻得伸不直,却没有一个人叫苦。刘丙昌感叹,90位工人师傅真是了不起,全都顶住了!

他们抢在了时间前面。2018年1月31日,44万根轨枕全部铺完,第二天136公里钢轨铺设完成。他们马不停蹄,将轨枕与扣件相连接,4台内燃机,牵引着100节老K车(卸道砟车)进行补砟(碎石子)。如果不及时补砟,上午铺好轨,下午钢轨就可能变成蛇形。

除夕夜他们没有休息。远处爆竹的亮光,一闪一闪像孩子顽皮的笑脸。不知谁哼唱起来:"同志呀,你要问我们哪里去呀,我们要到祖国最需要的地方……"歌声在夜空传得很远很远,他们的身影在熹微晨光里拉得很长很长。

走在新铺好的铁轨上,干净的新石砟清新明亮。大型捣固机缓缓驶来,轰隆隆声音传出好远。四排镐钎插入石子,冲击震动,使之稳固。

"这是第四捣了。"第八项目部经理方同雄说。

"列车在有砟轨道上飞驰，石子可能随之飞扬起来，大型捣固机要反复捣固，将石子夯实。通常要捣固4遍以上，我们采用'五捣五稳'。"方同雄比画着。

春节过后，他们进入精调精捣阶段。借助高精密仪器，工人们像是在雕刻工艺品：钢轨平整度误差不超过0.2毫米，两根钢轨距离误差不超过0.2毫米，轨枕磕碰伤不超过指甲盖大小……16台大型养护机、8套运输设备、8台焊轨机、6套打磨设备，1000多名工人有条不紊分布在136公里线路上。一双双老茧手，一身身油腻衣，披星戴月，鏖战TQI（舒适度指数）。按照国家规定，200米范围内，各种指标规矩、轨向、高低等超值加在一起，不能超过7毫米，即TQI为7。吴中城际铁路的TQI控制在2.5以内，达到全国领先水平。

多风沙的西部，2万多名建筑工人日夜苦战，为宁夏人民修建起一条先进舒适的塞上高铁。

2019年12月29日上午10点，一声长啸，一辆动车从银川东站缓缓驶出，如白色闪电，迅疾地在宁夏大地跑起来。那流畅美丽的身姿，承载着多少建设者的光荣与梦想，在人们的欢呼声与恋恋不舍的目光中，潇洒远去。

试运行列车上，几个兴奋的年轻人将一瓶矿泉水瓶盖对着瓶盖倒立在另一瓶矿泉水上，将一枚硬币直立在另一枚平放的硬币上。它们稳稳地立着，一秒、两秒、一分钟、两分钟……足足好几分钟！此时列车时速为275公里。

当地百姓从四面八方赶来，体验头班车。罗生宏、安德柱这些高铁的建设者们也来了。他们头戴白色安全帽，身穿蓝色工服，胸前佩戴红花，整齐地坐在车厢里。面对镜头，他们齐刷刷竖起大拇指，为这条高铁也为自己点赞。他们用智慧和汗水，擦亮了中国高铁这张闻名世界的名片。

贺兰山上,古老的岩画是刻在山石上的文明;贺兰山下,不断延伸的高铁是写在大地上的诗行。写就这诗行的,是一支铁军、一群奋斗者……

《人民日报》2022年11月6日第8版

为国家保管好每一粒粮食

李春雷

河北柏粮粮食储备有限公司,是享誉全国的国有大粮库。

仓库里,溢满醇厚的麦香。几十万吨小麦,静静地贮藏在这里。

一位年过七旬的老人,这里走走,那里看看,摸摸又闻闻……他叫尚金锁。

一

1951年10月,尚金锁出生在河北省柏乡县的一个偏僻农村。兄妹八人,他排行第七。因为饥荒,家里不时断粮,常以野菜树叶为食。

对于饥饿,尚金锁有着刻骨铭心的感受。小时候经常饥肠辘辘的他,后来个头刚刚达到1.6米。

似乎是命运的安排,1974年,尚金锁被调到公社粮库当临时工。由于他初中毕业,喜欢数理化,便被安排做会计工作。

这个粮库始建于1963年,占地4亩,仓容不足百万斤,是河北省基层粮库中很小的一个。

因为设备差、技术弱,粮库经常发生虫咬鼠盗等储粮不安全现象。见此情景,尚金锁主动请缨,担任粮食保管员。

"当保管员?又累又脏。会计多好啊,又轻巧又清闲。"人们都笑他傻。

尚金锁憨憨一笑,也不争辩。

从此，23岁的尚金锁，开始了粮食保管员的生涯。

粮食保管，使命如山。

这份工作虽不起眼，但尚金锁充满了干劲儿。一上岗，他就把仓库内外打扫得干干净净，虫咬鼠盗明显减少。当年，他就戴上了大红花。

虫害是粮食的最大敌人，也是所有保管员的最大对手。

当时各地粮库，大都是年纪较大的保管员负责仓储保管，而尚金锁是保管员中最年轻的。

他虚心向老师傅学习。一些常规治虫技术确实有效，但他发现：有些虫子明明已经杀死，过一段时间却又活蹦乱跳。这是为什么呢？尚金锁决定一探究竟。

凡是粮库中能找到的虫子，他都收集起来。玉米象、赤拟谷盗、杂拟谷盗、锯谷盗、大谷盗、麦蛾、印度谷蛾……他选出了27种，分别养在大大小小100多个瓶子里。每个瓶子都贴上标签，仔细观察其生活习性和繁殖过程。

虫子在什么环境下可以生长，需要什么样的温度、湿度条件……

养虫子看似简单，却是一门高深学问。为了掌握这门学问，了解虫子的习性，尚金锁每天和虫子待在一起，可以说是陪着虫子一起吃饭，一起睡觉。

虫子产卵了，一个个针尖大小，阳光下圆润饱满、五颜六色。幼虫破卵而出了，一个个生龙活虎……

整整3年，尚金锁摸清了各种害虫在不同环境下的生活习性、繁殖过程、耐药性和危害规律，掌握了少用药或不用药的科学依据，并研制出3种低药技术。

国家规定，每立方米粮食的磷化铝杀虫药剂用量为6—9克。而尚金锁，只用1—2克，且杀虫效果更好。

害虫经过卵、幼虫、蛹、成虫4个生命阶段,一般需要45天。尚金锁根据成虫、幼虫抗药力差的特点,应用磷化氢缓释技术,把药物投放到扎有针孔的塑料袋里,让药效缓慢释放,药效期可长达60天。如此,一次用药就能彻底杀死各期害虫,粮食便可常年保鲜。

国家规定,小麦储存期一般为3—5年。常规杀虫一年熏蒸一次,而采用缓释法,整个储存周期只需熏蒸一次。

用药再少,不如无药。

尚金锁敏感地意识到,确保粮食品质安全,需要更加科学、无害的手段。

为了全面掌握科学保粮规律,尚金锁设计了一套大型综合实验方案:三温(粮温、仓温、气温)三湿(粮湿、仓湿、气湿)变化实验。他要弄清一年中每月每天的气候变化与虫、霉、鼠、雀危害粮食的关系,从中找出规律,拿出防治办法。

观测数据:凌晨2点、早晨8点、下午2点、晚上8点,这是固定时间。坚持了整整6年,他没有落下一次记录。

6年,尚金锁没有在家里住过一天,没有回家过过一个春节。

6年,尚金锁没有睡过一个囫囵觉。每天凌晨2点,别人睡得正香,他却在屏息凝神地观察思考。

6年,2192个日夜,8768次观测。尚金锁总共记录了6.9万个数据,把粮库6年来的大气温度、湿度、天气风速、雨晴,不同类型仓库的粮温、仓温、气温、粮湿、仓湿、气湿,不同季节虫、霉、鼠、雀等给粮食造成危害的各种变化规律,全部统计了出来。

尚金锁把这些数据用坐标形式绘制成图,标明一年当中各个时节保粮的措施与重点,直观明了,浅显易懂。为了便于操作,他还写出1万多字的说明书。

这是一幅色彩斑斓的"粮食保管一年早知道示意图",长3.1米、高1.26米,揭示了安全储粮的十大规律,为尚金锁以后的科学保粮实践奠定了理论基础,提供了准确的数字依据。

中国粮油学会专家认为,"粮食保管一年早知道示意图"对科学保粮具有极强的指导性和实用价值,填补了国内空白。

二

持续6年的"粮食保管一年早知道"实验终于结束了。这一年,尚金锁早早地就和妻子约好,在家里过春节。

妻子和两个孩子异常高兴,6年来,终于可以过个团圆年了。

可是,大年二十七,尚金锁托人捎信:"单位有事,春节不回家了。"

原来,粮库出现麻烦:一个仓库储存的15万公斤玉米出现结露现象。结露,即覆盖的塑料薄膜内出现密密麻麻的小冰点。

粮库主任大惊失色:国家规定13个水分为安全范围,他们收购时已经严格控制,怎么还会出现这种情况?

粮库主任紧急请示上级领导和专家,决定按照传统惯例,马上倒仓,即做降温处理,并把粮食全部翻晾,另处入库!

这是一个大动作。

尚金锁建议缓一缓。头一天晚上,他一夜未眠,在观察,在思考。结露,是由于外界冷空气侵入粮仓,粮堆遇冷形成温差而致。如果给粮堆采取压盖保温措施来缩小温差,是不是能够解决问题?他决心试一试。

尚金锁说,你们回去过年,我盯着,如果情况不好,我马上报告。

根据气流平衡原理,他决定反其道而行之,对粮食增温。他把库存的麻袋、棉门帘、破棉被统统加盖到粮面,足足10厘米厚。

果然，春节过后，结露慢慢消失，一切回归正常。

尚金锁，在粮库度过了第七个春节，为国家保住了15万公斤玉米。

1987年，临时工尚金锁被破格提拔为粮库主任。

1993年，尚金锁所在的粮库被国家粮食储备局确定为国家粮食储备库。

身份在变，但他探索粮食储藏技术的初心不变。

老百姓粮食丰收后，由于没有科学储粮技术，辛辛苦苦打下的粮食极易发生虫咬、鼠盗、霉烂变质现象。这是农家的损失，更是国家的损失。

尚金锁花了一年半的笨工夫，研究设计出适合农家的热沙压顶、草木灰压顶等8种储粮技术。

按照国家规定，粮食水分13%以下是安全粮，超过15%就容易霉烂变质，可农户晾晒不便，交来玉米的水分大多超过16%，最高达到23%。而玉米胚部大，水分大，呼吸旺盛，容易发霉。

鉴于这种情况，许多粮库拒收。但尚金锁深知农民辛苦，坚持敞开收购。此举，虽然解决了农户卖粮难问题，却把山大的困难搬进了自己家门。

如何解决高水分玉米储存难题？

自然是通风、晾晒、烘干，但粮库人手有限、面积有限，而且晾晒、烘干成本不菲。

"金锁，20个水分的玉米，你也敢收！"上级领导严厉地批评他。

"我想办法。"

果然，尚金锁经过5年试验，终于发明了一种最简单、最有效的储存法。

他根据不同水分、不同储存环境，将高水分玉米装入正常麻袋后，直接入库，只是在码垛时采取不同标包，且上下错落，留有通透风道。这样，不用晾晒，不用烘干，就可以达到自然降水、保鲜、保质的目的。

秋后收下玉米，马上是冬天，天气寒冷，坏不了；春天气温升高，可风多风大，通过风道，便会将水分基本吹干。

这就是闻名全国的"金钱孔"通风垛技术。

别看这一技术简单，可如何准确掌握，却有一套学问呢。有限的场地，巨量的麻袋，如何码垛？如何留孔？如何保证孔孔通透？皆有奥秘。

这一简单适用的技术，与国际通用降水方式相比，晾晒成本降低50%，烘干成本降低70%左右。

2000年，"金钱孔"通风垛技术被国家粮食部门正式命名为"高水分玉米自然通风降水技术"，在全国推广。

30多年来，尚金锁先后完成16项科学发明，其中3项填补国内空白，4项填补省内空白。

三

大豆，古称菽，五谷之一。

随着国民消费结构的改变，国内市场对大豆需求日盛。但是，大豆不易保管，仓储温度超过25摄氏度就会颜色变红、产油率低、油质下降、蛋白质量劣变、脂肪酸变质。

2009年，国家安排从东北跨省移库一批大豆，分配给尚金锁3万吨储存任务。

地处华北平原南部的柏乡县，夏季气温一般在36摄氏度左右，最高可达40摄氏度，而且从来没有大量储存大豆的先例。

3万吨，可不是小数目！

面对这一特殊任务，尚金锁毅然接受，并表示：不仅要保证不劣变，还要保持新鲜！

粮食行业的口号是"宁流千滴汗，不坏一粒粮"，可尚金锁平时的口头禅是"宁流千滴汗，保鲜粒粒粮"。存粮保粮，不能仅仅满足于不坏，让人吃饱，还要保鲜，让人吃得健康、吃得安全。

可是，"保鲜粒粒粮"谈何容易！

尚金锁曾用棉被覆盖增温技术，解决过玉米结露难题。当时，他就发现，被包裹的玉米，温度很低；只要仓库环境基本恒温，玉米内部温度也会基本恒定。这，其实就是过去老太太卖冰糕采取的保温方式。

面对这批东北大豆，如何保证低温储存？尚金锁反复试验，决定在传统办法上进一步提升。

于是，他批量购买大批棉被，一块一块地缝成一体，形成一张张宽厚的"天衣"。

大豆入库后，经历冬季自然降温，在春季气温回升前用两层棉被和塑料薄膜压盖密封，度过整个夏天和秋天；进入11月，再将棉被和塑料薄膜打开，利用当地冬季寒冷气候降温；次年春季回暖前，再次压盖密封。这样，大豆便会在低温中长期保存。即使三伏天，温度也能保持在8—24摄氏度之间，安全度夏。

没有任何强制制冷，没有任何外在措施，节能、环保、绿色。

经过严格测验，休眠3年5个月之后，这些大豆粒粒如新，不但没有走油，发芽率还保持在95.5%以上。

这个数字，创造了东北大豆在华北地区储存保鲜的新纪录！

一个老太太卖冰糕的土办法引发的灵感，让尚金锁攻克了大豆储藏难题。土办法，大突破！

四

几十年来,随着多种储粮技术特别是玉米、大豆储存技术的一一突破,尚金锁已成为著名的"粮库保管员"。

但是,他的心底,还有一个隐隐的遗憾。

那就是小麦保鲜技术。

小麦,是中国人最重要的口粮,但极难储存,不仅容易发霉,而且害虫太多。自古以来,小麦储存就是一个难题。鉴于此,国家规定,小麦储存期在南方和北方分别为3年和5年,届时推陈储新。而且,传统储存,皆需要药物熏蒸。这样,国家每年都要投入巨额的储藏和轮转费用。

尚金锁想,是否可以探索一条少用药或不用药且保鲜时间更长的路子呢?

小麦是热的不良导体。只要合理利用大自然赋予的免费冷源,只要做好冬天蓄冷、春季保冷、夏秋稳冷的密闭隔热措施,且控制严密,便可使其长期处于冬眠状态。

真正理想的小麦保鲜,是要使其始终保持一个有活力的健康状态,只是在"睡觉",随时可以"唤醒"。

原理很简单,但实践太难,实现更难。粮堆内部,看似安静,也是一个小宇宙,有狂风暴雨,有电闪雷鸣,必须要控制。只有创造一个虫霉无法生长繁殖的环境,才能实现理想效果。

为此,尚金锁已经准备了20多年,他曾进行过各种试验:冷沙压顶、棉被压顶、试用各种保温材料……虽然有效果,但投入太大,都不能推广。

再后来,他改变思路,不做加法,改用减法——不压盖任何保温材料。

经过反复试验,终于找到了一个最简单实用的方法:仓库吊顶;仓墙加厚50—70厘米,外墙喷一层白色泡沫进行隔温,阳面25厘米,阴面20厘米;门窗严格做好密闭隔热。

2020年,他正式向着这个难题冲锋。

这一年,他试验储存1万吨,分两个仓库。

6月中下旬,小麦收获,净干处理后,按常规程序入库。进入冬天后,采集大自然冷风。选择最寒冷且干燥的日子,机械通风两次,每次三五天,使仓库温度降到零下3至零下5摄氏度。而后,密闭隔热,严格监控。

这样,第二年7、8月,即使外界高温接近40摄氏度,仓内温度最高也只有15摄氏度,粮堆内部最低温度仍保持在2摄氏度左右。小麦常年冬眠,残存的害虫更是处于冷麻痹状态,无法生长繁殖。

整套管理,万千细节,滴水不漏,密不透风。

尚金锁希望,这项保鲜技术成功之后,中国粮仓里的小麦储藏轮换期从3—5年延长为8—10年,而且不用任何药物。这样,每吨小麦的储藏和轮换费用可降低50%左右。

两年过去了,1万吨小麦粒粒如新。

从各种数据来看,一切正在抵近理想目标。一项全新的"小麦低温绿色保鲜储存技术"实验,正在顺利进行!

五

全国有数千家粮食储备库。一座座巨大的粮仓,像一个个巨大的稳压器,在无形中稳定着市场,稳定着社会。

对于国内外粮食形势和粮食安全问题,尚金锁有颇多思考。

尚金锁连续多年提出增加地方粮食储备的建议。这一建议得到政府部门的高度重视。2014年,国务院决定增加地方粮食储备500亿斤,进一步确保国家粮食安全。

从2018年开始,他连续多年提交加快制定粮食安全保障法的建议,得到了全国人大常委会的重视。

尚金锁,是一个粮储科学家,是一名党员,是一名全国人大代表。他站在黄土地上,把自己在基层的真实感受,报告给国家。

的确,他的关于粮储和"三农"方面的多项建议,大多都被采纳。

他始终抱有这样的信念:仓廪实,天下安。守好粮仓,才能牢牢地端好中国饭碗。

《人民日报》2022年12月19日第20版

人民日报2022年散文精选

自然与生态

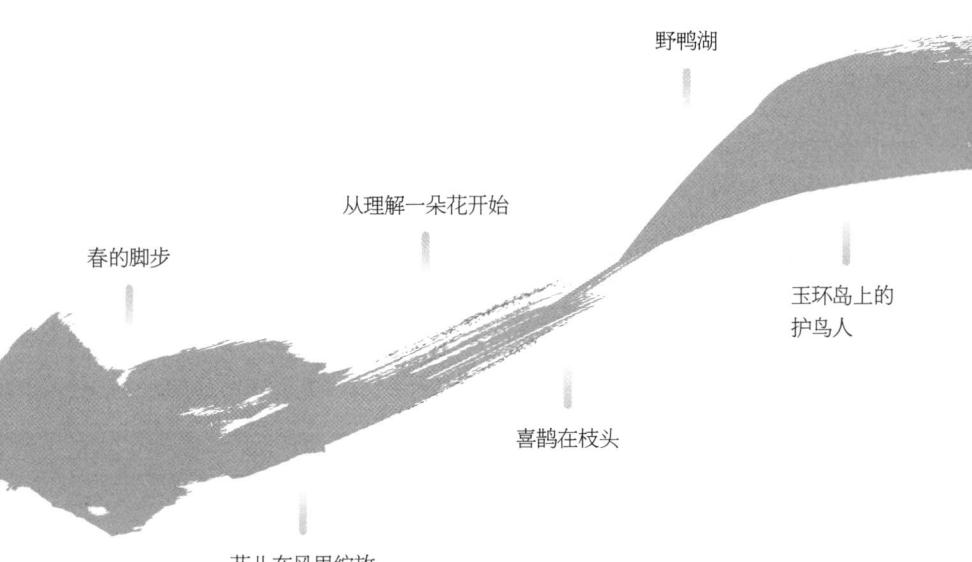

野鸭湖

从理解一朵花开始

春的脚步

玉环岛上的护鸟人

喜鹊在枝头

花儿在风里绽放

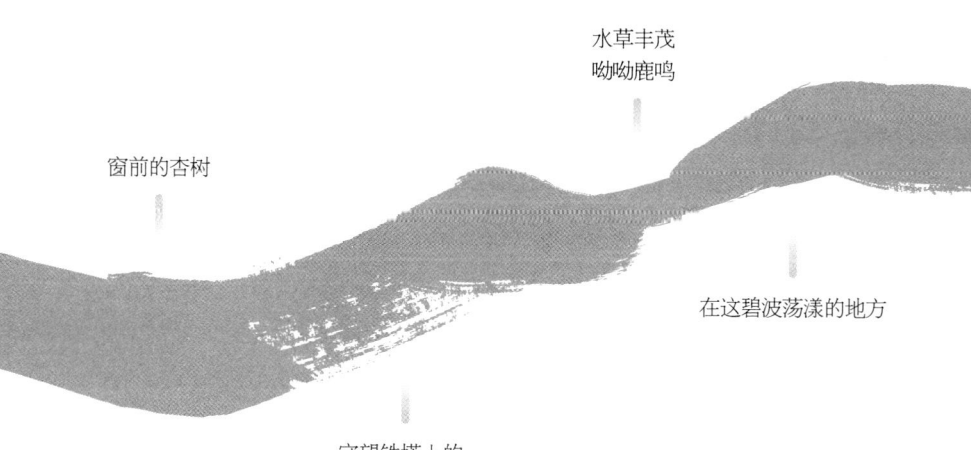

窗前的杏树

水草丰茂
呦呦鹿鸣

在这碧波荡漾的地方

守望铁塔上的
东方白鹳

春的脚步

赵丽宏

谁能阻挡春天的脚步呢？该来的时候，她就悄悄地来了。那奇妙的脚步声，响在空气中，响在原野上，响在世界的每一个角落。那是冰河开裂的声音，是天空飞来的鸟儿欢快的鸣叫声，是流水中鱼儿喋喋，是暖风里花儿吐蕊。

寒风还在呼啸，春天的脚步就已经在我们的身边响起。此刻，我窗下的两棵蜡梅正在开花，金黄的花朵吐出一缕又一缕幽香，在料峭的春寒中飘荡。绽开在严寒中的蜡梅，是春姑娘的莞尔一笑，春天的序幕，就在这清新的微笑中被悄悄拉开。

在我的生命中，这是第70个春天了。人生实在太匆匆！我曾经无数次用文字描绘我看到的春天容颜，记录春天的脚步在我心里留下的回声。在我的记忆中，春天是生命的启迪，是希望和憧憬。

关于春天的脚步，在生命的每一段旅程中，都有不同的记录。我现在还能找到50多年前的日记。那时，我是一个"知青"，在故乡崇明岛"插队落户"。晚上住在一间茅草屋里，窗外北风呼啸，薄薄的被子裹着疲惫的身体，冷得难以入睡。早晨，天蒙蒙亮时，突然被窗外的声音惊醒……

我当时在日记本上这样写道：

早晨，有人轻敲我的窗户。打开窗户，发现敲窗的竟然是窗外的桃树。风吹桃树，树枝晃动，碰到了我的窗户。枝头的桃花含苞待放，露水在花蕾上闪动,早霞照在花枝上,一片玫瑰色的殷红……

花枝敲窗,是什么美妙的预兆?……我起床,开窗,让结满蓓蕾的树枝进入我的小草屋。你好,春天,谢谢你用这样的方式来到我的身边。

1977年,高考恢复,那一年,我参加了高考。1978年春天,背着行李去华东师范大学中文系报到时,那是做梦一样的情景。那时,眼里看到的、耳畔听到的、心中感受到的,都是春天的气息。我们在教室里听教授们讲历史谈文学,在图书馆里尽情阅读世界名著,在教室门外走廊的墙壁上展示新写的诗文。晚上,在宿舍里就着手电筒的微光看书,在半导体收音机里收听大地上的各种好消息。改革开放带来的变化,每天都让人激动惊喜。我忍不住写诗,写散文,表达自己的心情。一次,我在两张废纸上写了一首长诗,题为《春天呵,请在中国落户》,抒发了迎来春天的喜悦,其中有这样的诗句:

你带着被冬天掠去的一切回来了,
广袤的大地上,到处是蓬勃的复苏
…………
在你生气虎虎的前进脚步中,
一定会崛起一个青春焕发的中国!

一天上午,有同学跑到宿舍里告诉我:"快去看,你的一首长诗在报上发表了!"我走到文史楼下的报栏前,只见很多人围在那里看。长诗发表在《文汇报》副刊上,很醒目。我在人群外看了一眼,悄悄地走开了。在文史楼后门口,正好遇到当时的中文系主任徐中玉教授,他笑着喊住我,说:"我读了你今天发表的诗,很好啊,写出了我们大家都有的心情。"

写这首诗，已经是很遥远的事了。时过40多年，还有人在各种场合朗诵这首诗。我想，并不是这首诗写得有多好，而是人们一直心存对春天的钟情和喜爱。

这两年，出门少了，坐在书房里读书写作的时间多了。我书房的西窗外，有一棵大樟树，不管春夏秋冬，树冠总是绿意荡漾，不时有我不认识的小鸟飞到树上鸣唱，有时还会飞到窗台上，隔着玻璃窗，睁着亮晶晶的眼睛窥视坐在书桌前的我。人类有树木花鸟作为朋友，是多么美好的事情。一棵树，一片草地，一声鸟鸣，可以让城市和乡野失去边界。我喜欢凝视着窗外的绿荫，默默想我的心事。

春天的脚步，依然如期而至，在我的心里激荡起奇妙的回声。深藏在心中的很多念头，在春天的脚步中萌动了，苏醒了。那是对生命的思索和期望，如梦中之梦，是无羁的奇思，是孩童一般纯真的幻想。在疫情防控期间，我写成了长篇小说《树孩》。一棵生长了100年的黄杨树，在我的小说中有了智慧和灵性，他在一场山火中死里逃生，被雕刻成一个可爱的孩童，开始了奇异的流浪和探索。树孩在世间的经历，让他感受到人间的爱，也见识了大自然对生灵无微不至的关照。树孩的流浪，止于重返大地的春天。在春的脚步声中，树孩在解冻的泥土中生根长叶，又变成了一棵年轻的树。

小说的尾声，是一只黄鹂在树上歌唱。且让我用这歌声为这篇短文结尾吧：

这生生不息的大地，
让我们一起为生命歌唱。

《人民日报》2022年2月7日第20版

花儿在风里绽放

杜卫东

今年的春天脚步勤,残冬的最后一场积雪还没有融化殆尽,春姑娘就在赶来的路上了。

"远天归雁拂云飞,近水游鱼进冰出。"立,开始之意;春,代表着温暖与生长。立春一到,万物复苏,春姑娘的面纱正被微风掀去,她俊俏的容颜是任谁也遮挡不住了。你看,"不知细叶谁裁出,二月春风似剪刀",她的手何等灵巧,盈盈一握,便把一岸垂柳梳理得分外妖娆;其实不光手巧,春姑娘的胸襟也异常开阔,"日出江花红胜火,春来江水绿如蓝",太阳从江面冉冉升起,一江碧绿胜过蓝草,多壮观的早春景致!难怪诗人雪莱由衷感叹:"春天在美妙的花园里升起,像爱的精神,到处有她的踪迹;大地黝黑的胸脯上花发草萌,相继脱离冬眠中的梦境苏醒。"

春天总是和创造与生长联系在一起。没有冬天的积蓄,哪里有春天的萌发;没有冰雪的消融,哪里有江河的奔涌?从这个意义上说,春天是画家泼洒在宣纸上的山水写意,春天是诗人胸腔中迸发出的深情共鸣,春天是咏唱者献给大地的嘹亮歌声,春天是老师传递给孩子的欢声笑语。走进春天,就是走进汗水与付出;走进春天,就是走进成熟与希望;走进春天,就是走进憧憬与梦想;走进春天,就是走进明天与辉煌。

今年的春天脚步勤,因为立春这一天有一朵最美的花儿争先绽放,那就是北京冬奥会的开幕。体育运动所蕴含的勃勃生机和春天带来的万物生长,在精神上是多么契合。奥林匹克沐浴着体育精神之光,满载着人类追求幸福与美好的愿景，春天也带给我们同样的鼓舞和希望。

公元前776年，在古希腊伊利斯城邦的奥林匹亚小镇，举办了一场载入史册的盛会。这是第一届古代奥运会。那时候没有纯金制作的奖牌，冠军的桂冠是一顶用月桂、野橄榄和棕榈编织成的花环。没有盛大的颁奖仪式，没有如潮涌动的人群，甚至没有鼓号和彩旗，但从那时候起，和平与友谊就成了奥运会所崇尚的体育精神，并且传递给了现代奥林匹克运动。

五个环环相扣的圆圈，代表着世界五大洲的团结。顾拜旦为现代奥林匹克设计的这个标志，和第一顶古代奥运桂冠有着异曲同工之妙，它像一只美丽的花环，生机盎然，把世界人民渴望和平与友谊的心愿，紧紧地连接到一起。

北京是奥运历史上唯一一个举办过夏冬两季奥运会的现代都市。作为生于斯、长于斯的北京居民，我为北京自豪。遥想1932年那个酷热难耐的夏天，刘长春只身一人远渡重洋，代表积贫积弱的旧中国参加在洛杉矶举办的第十届现代奥运会。当时的刘长春，可曾想到90年后，在壬寅年立春这一天，奥运火炬会又一次在北京的鸟巢燃起？

2022年北京冬奥会、冬残奥会的主题口号是：一起向未来。

这句口号令我怦然心动。如果未来是蓝天，我们就做一颗天上的星星吧。把光流注入未来的晨曦之中，让美好的明天引领我们前行的脚步。

立春，是二十四节气之首，是面向未来的起点。春播一粒子，秋收万钟粟，第二十四届冬奥会在立春这一天举办，无疑承载着我们的美好企盼。大地上我们播下谷稷的种子，冬奥会我们播下和平与友谊的种子。我们开始聆听种子破土的声音，我们由衷地期待花儿在春风里绽放。

《人民日报》2022年2月7日第20版

从理解一朵花开始

黄咏梅

说实话，在往前一点的年岁，四季之中我最爱秋季，喜欢它从凉渐变至冷的那个阶段，清凉又不至于萧瑟，而最重要的是，喜欢它不像春天那么热闹。春天看花的时候，我亦独赏枝头的那一朵。土地解冻，万物苏生，百鸟归巢，叽叽喳喳，这种热闹的春天景象，一度被年轻的我偏执地认为不够"酷"。真正认识春天，懂得欣赏春天的时候，我已人届中年。那几乎就是从理解一朵花开始的。

去年春天，我们去安徽砀山县看梨花。梨花，在古典诗词的意象中，总是隐喻离愁别绪。分离、飘零、楚楚可怜，甚至形容女孩的眼泪也是"梨花带雨"。然而在一个叫良梨的村子里，我体会到梨花的另一种隐喻。砀山具有百万亩梨园，每年春天，梨花开的时候，名副其实一片香雪海。在这里，梨花似乎远离了文学作品赋予的形象，它美好、甜蜜、盛大，梨花的盛开便是一张张丰收的笑脸。蜜蜂围着花蕊跳舞，昆虫在花心里探头探脑，甚至一阵微风吹来，对这里的人来说，都是大自然对他们的报答。在良梨村的万顷梨园，我看到果农爬上高高的梯子，手上拿着一根小棍子，像是在对一朵朵梨花施展魔法。当地的村民告诉我，他们这是在争分夺秒点梨花。点梨花是砀山梨园世代沿袭的传统绝活。一根小棍子上系一小团鸡绒毛，蘸一下采集来的花粉，往梨花的花蕊中轻轻一点，这里一下，那里一下，果实就这样获得了孕育的机会。梨花花期短暂，果农争分夺秒，人工授粉可以大大提高梨树的结果率。砀山梨是整个村子的经济支柱，延伸的产业链更是以一朵梨花为开端的。从某种意义上说，梨花成就了这个村。当地有一棵被命名为"乌龙披雪"的梨树王，300多岁了，依旧不负众望，洁白的梨花几乎将树上的虬枝全都覆盖住了。这棵梨树王，丰年的时候，结果可达4000多斤。我从那一树梨花中，仿佛看到压满枝头的金灿灿的梨子，感受到它蓬勃的生命气息。

梨花带活了良梨村的旅游经济，田野上建起了一间间崭新的民宿，设施既现代化又不失乡土气息。令我印象最深的是，在民宿外墙上那一幅幅色彩鲜艳、生趣盎然的农民画。其中有一面墙，画着一个满脸皱纹的老农妇，她的头上裹着绣满梨花的绿色头巾，怀里抱着一只老母鸡。她张大眼睛，深情地望向远方。农民画，画得并不讲究，但画中老妇的眼神一下就吸引了我，我不由自主地随着她目光的方向看过去：那是一片土地上的海洋，梨花如层层海浪，如此壮观，如此繁盛，隔着那么远，我都能感受到梨花在枝间喜悦的颤动。我将这幅画取名为《春天在那里》。

很长一段时间，在对着春花秋月感怀的时候，我几乎忘记了，花朵的盛开不仅仅只有好看，也不是只为了勾起人们朝花夕拾的唏嘘。花朵是对果实的召唤，如同春天是对秋天的召唤，那些被花瓣小心呵护着的花蕊，是鲜花怀抱着的果实的心愿。从一朵娇弱的梨花里，我看到了丰硕的果实，看到了生命的尊严和力量。春天，一年之初，四季之始，在春天盛开的所有花朵里，都蕴藏着一个个果实的心愿，这是花朵的本义，也是春天的本义。我爱上了这样的花朵，也爱上了这样的春天，因为人无论处于哪个年龄段，都应该怀抱着这样的心愿。

《人民日报》2022年2月7日第2版

喜鹊在枝头

魏丽饶

寒冬腊月走在北京的山路上,一颗野果,带我进入一个鸟的世界。

这次来北京出差的目的地,是市郊的一家壁纸厂。原本客户安排车子到地铁站接,我执意自己前往。下车后才发现,这是一个颇为偏僻的地方。放眼空荡荡的山间公路,数百米之内无人无车,只有刺眼的阳光洒在路面上。道路两旁是山,山后面还是山。按照导航提示,还有约2公里的路程,我原地小跳了一阵让身子暖起来,趁热赶路。

空气很冷,山间静幽幽的,只有行李箱在路面上滑出闷声闷气的隆隆响。突然不知从哪飞来一只黑白相间的喜鹊,它落在我前面不远处,轻巧地跳跃着往前走,时不时回头看我一下,喳喳叫两声。"花喜鹊,喳喳喳,知道你娘在哪嗒。"这是小时候村子里流行的歌谣,我不知是在心里想着还是已经念出了声儿,喜鹊跳得更欢了。有这样一个可爱的伙伴,我一时忘记了疲惫和寒冷。

这是一只极有分寸的可爱生灵,它不紧不慢,始终和我隔着一段距离,但又保持互动。我下意识地放慢脚步,让行李箱的动静尽可能轻缓,生怕把它吓走。但喜鹊似乎并不领情,转过身别着小脑袋不解地看我一眼,然后扯开翅膀倏地飞走了。我心头顿时一阵失落。回望来路,不知不觉间,已经将下车的站台落在了另一座山头。

"喳,喳喳,喳,喳喳喳……"一连串喜鹊叫声从不远处的树林里传来,像是在空寂的山林里点燃一挂炮仗。这叫声不依不饶,我停,它也停，我走，它又起。刹那间，一道黑影从我眼前划过，又一只喜鹊落在三五步开外的柏油公路上，也是黑白相间，但我不确定它是不是刚才的那只。这次它动作轻灵且友善，很快我便明白了它的心思，是想带我去一个地方。

在那里，矗立着一棵我所见过的最大的柿子树。枝头几乎不见树叶，沉甸甸的果实将树枝压得很低。深冬时节，柿子已经熟透，在阳光下像一只只点亮的红灯笼，明媚，生动。这里是鸟雀的天堂，有喜鹊，白头鹎，还有一些鸟儿我叫不上名。它们的歌声此起彼伏，交织一片。

那只花喜鹊不再理我，而是全神贯注于枝头的一颗红柿子上。它的动作不慌不忙，很有章法。先是站在旁边的树枝上观察一阵儿，挑个满意处，一口啄进去，又啄一口。连啄四五下，再把喙埋进果肉深处，美美地吸食一通。然后抽身出来跳到另一根枝上，瞅准柿子的另外一面，如法炮制。渐渐地，它便有些忘我了，脑袋已经顺着柿子转了半个圈儿，仍不肯松口。直到整颗果子吃得只剩下小半个壳儿，它才像打完一场胜仗似的，酣畅地歇口气儿，果断转移了阵地。如是观察几次，我才明白鸟雀们对一颗野果的良苦用心。它们之所以分两头入手，又四面夹攻，是为了让果子在被啄食的过程中保持平衡，防止掉落。嗬，多么聪明的小家伙！

"姑娘，您这是干什么呢？"

"看鸟。"回话的同时，我不舍地收回视线。一位戴针织厚帽子的老人，从更深的树林里走出来。从他臂上戴着的袖章得知，他是这片山里的防火员。

老人很和善，也健谈。他大概早看出了我的心思，便从树上的柿子说开去。原来，这片山上有很多柿子树，每年结了果子几乎无人采摘，就任由其自然生长、掉落。即便是沿公路边的树，有人来打柿子的时候，也会特地在枝头留下一部分。

"为啥?"

"留给鸟儿们过冬。"

说这话的时候,老人的眼神慈祥而温柔。我的心为之一动,进而联想到一树枇杷。

我以前工作的地方,在上海康平路上的一幢老洋房内。跨进黑色铁栅栏门,院角有一棵不小的枇杷树。每年5、6月份,一串串鹅黄的枇杷果攀墙而出,令人垂涎。眼看着果子日渐成熟,院主人却从不急于采摘,而是悠然地坐在二楼的阳台上,静看鸟儿们你来我往争相分食。原来,这才是一颗果子在大自然中,自得其所的方式。

人类的友善,让鸟儿亦通人意。刚下车我便得到一只喜鹊的陪伴和热情,该是一种幸运,也许它正将我引向一帆风顺,心下对这次出差的任务也充满了信心。

老人伸手摘下一颗柿子递给我:"姑娘,尝尝?"

我迟疑了一下,有点不好意思。

"尝一个。不然您咋知道鸟儿们吃的是什么滋味儿!"

从柿子树上落下来的阳光,斑斑驳驳照在老人的脸上,他笑得那么爽朗。在那张热情的笑脸里,我恍然感受到了鸟儿的心情。

《人民日报》2022年2月26日第8版

野鸭湖

李青松

一

野鸭湖在哪里?

远方,是北京八达岭苍翠蜿蜒的山影——主脉生出数条长长的支脉,几乎与它们的轴线平行,包围着平坦的山谷,也包围着山谷尽头的野鸭湖。阳光慷慨地洒在湖面上,泛着亮亮的光。

芦苇是野鸭湖的主角,它占据着视野中最显著的位置。近观之,高可达7米,秆壮叶阔。无边的芦苇荡没过头顶,芦花开成了天上的云。

对于野鸭湖来说,当时令即将到来时,期盼也在悄悄蔓延着,蔓延成那些芦苇、香蒲和狸藻。香蒲举着"蜡烛",直挺挺地站立着,却不见点燃,是备着给夜晚照明用吗?狸藻是一种有趣的水草。其叶片的基部藏着捕虫口袋,随时张开设伏。待小虫靠近,张开的捕虫口袋就一下子关闭,小虫便成为狸藻的食物。

野鸭湖的另一个主角,当然就是野鸭了。野鸭跳进水中,咕嘟嘟!湖里的鱼躲闪不及,被它吞进嘴里。然后,野鸭忽地浮到水面,甩了甩脑袋,悠然地向苇丛游去。野鸭喜欢在苇丛中出没。有时,它们单独觅食,有时成双活动。

在苇丛中觅食时,野鸭总是静悄悄的。只有吃饱后展翅升空时,才彼此呼应,发出巨大的声浪。在天空中,它们时而伸展,时而收缩,时而聚成一个球，时而垂成一张幕布，甚是壮观。

筑巢时，野鸭也往往选择苇丛深处隐蔽的角落，那里食物丰富，又能躲避天敌。平时，野鸭不需要巢，只有哺育后代时才需要。野鸭湖繁茂的芦苇荡里藏匿着很多野鸭巢。繁殖期一过，野鸭忽然就出现在开阔的水面上，身后跟着一群探头探脑的小鸭子。

不过，在我看来，野鸭湖最有激情的动物不是野鸭，而是青蛙。当太阳落入八达岭，面前的野鸭湖升腾起一层薄雾，渐渐地，薄雾就与苍茫的暮色混合在一起。天黑下来了。青蛙叫了，继而，别的潜鸟也叫了。沼泽地的草丛里发出窸窸窣窣的声响，夜间的各种声音响起来了。但没有什么声音能够盖住蛙鸣。夏日的夜里，蛙鸣声忽强忽弱、忽高忽低。野鸭在蛙鸣声中才能入眠。如果青蛙突然不叫了，一定是发生了什么。有蛙鸣的夜晚，才是安全的夜晚。

等到黎明时分，鲤鱼跃出水面，划出一道弧线，亮出鱼肚白，又投入水中。这鱼肚白分明是跟黎明有约吧。

二

野鸭湖最常见的野鸭叫绿头鸭。

绿头鸭的头部有一圈绿色羽毛，闪耀着温润而迷人的光泽。它的嗓门略有些沙哑，像是有根刺卡在那里，永远也吐不出来。

迁徙和越冬之前，绿头鸭便开始集群了，成百上千只甚至上万只集结在一起，"嘎嘎——呀呀——"等到水面全部冰封，它们就一批批地起飞，振动着翅膀飞往南方。然而，不知什么原因，总有1000余只绿头鸭选择留下来。这可怎么办呢？于是，巡护员们挥动着冰钎，凿开一块冰层，然后一圈一圈扩展，露出一定面积的水面，供绿头鸭们觅食、栖息。

绿头鸭们其乐陶陶。不过，这却辛苦了巡护员们——他们每天都要凿冰，才能确保那片水域不被完全冻住。

谁知，见绿头鸭留下来，7000余只灰鹤也来凑热闹了。本来就不大的水面变得拥挤起来，冲突开始不断发生。好在灰鹤夜晚不在水面上留宿，而是集体到相对空旷的冰面上过夜。

可是，这些动物们总要觅食。极端天气里，食物问题怎么解决呢？

野鸭湖请来专家，经过数次讨论和多方论证，决定耕种几块鸟粮田，以解决留滞这里的野鸭、灰鹤及其他鸟类，在极端天气里可能出现的无法觅食问题。

我们乘坐一辆电瓶车前往鸟粮田。正是初冬时节，只见野鸭湖湖畔和邻近道路两旁，有人在弯腰收割干枯芦苇。尽管芦苇的经济价值不被看好，但野鸭湖每年还是要收割一些芦苇。野鸭湖自然保护地管理处副主任刘雪梅告诉我们，主要出于三个方面的考虑：一是消除火灾隐患；二是通过一定程度的人工干预，促进芦苇更新；三是补贴一些管护费用。但是实际上算下来，人工费用成本也很高。

听说麋鹿的食物主要是芦苇，2021年野鸭湖就引入了4头麋鹿，试图用麋鹿来抑制芦苇生长。但因数量太少，目前还看不到明显的效果。

"总之，自然的事情还是要交给自然自己去处理。人工干预只能适度，否则越干预越乱，甚至适得其反。"刘雪梅意味深长地说。

"到了，鸟粮田到了。"刘雪梅指着堤岸下的农田说。我正望着那片近似于荒野的鸟粮田，这时，天空中飘下几双翅膀，落到田里悠然地觅食。

"灰鹤来了，我们止步吧，免得惊动它们。"

"无碍，野鸭湖的灰鹤可见过世面呢！"

2020年，巡护员们在湖区一侧荒地上开辟出三块农田。撒下种子不久，便长出谷子、玉米、高粱、大豆等农作物。谷穗、高粱穗、玉米棒子随性生长，有的饱满，有的干瘪。大豆、黍子、荞麦呢，未及秋天，十之四五就成了空壳。不是农作物本身有问题，而是那些贪嘴的鸟儿们心急，把本该应急的食物，竟然提前啄食了。

好在，鸟粮田剩下的东西，总比鸟儿们早早啄食的要多得多。到了秋天的时候，农作物收获一半，丢下一半——那些都是留给鸟儿的。不过，中间地带的秸秆会割掉一些，为的是给大鸨、苍鹭、天鹅这些体形较大的鸟类，留出起飞的助跑跑道。

温情和善意体现在点点滴滴的细节里。

二

早前，这里原本没有野鸭湖。1955年官厅水库建成蓄水后，抬升了水库上游的水位，渐渐地，一片湿地沼泽就形成了。因这片湿地沼泽野鸭特别多，当地人即称之"野鸭湖"。

有人在这里搭起了渔棚，下湖打鱼，也有人在湿地上垦荒种水稻种麦子，还有的圈地养牛养羊养鸡养鸭。

20世纪八九十年代，野鸭湖岸边开办了一个度假村，生意相当红火。经营项目很多，有水上滑梯、水上赛艇、画舫游、马车游等。然而，生态是脆弱的，承载能力也是有限的。过度的开发和经营活动，造成湿地生物多样性急剧下降，甚至污染了水体。一时间，这片湿地伤痕累累，面目皆非。

湿地保护区建立后，对一切无序的开发和经营活动说"不"。刘玉金是保护区首任主任。聊到保护区建立初期的情况时，他回忆道："当时，最大的难题是乡亲们的不理解。"略一停顿，他语气沉重地说："而我是当地人，跟乡亲们抬头不见低头见，工作难做啊！"刘玉金想了三天三夜，最后下定了决心。野鸭湖的养殖种植和其他商业经营活动一律停止，实行封闭式管理。湿地里私搭乱建的棚屋全部拆除，对长年在湖里打鱼的渔民实行生态移民，拆掉鸡舍畜栏，迁出牛羊牲畜。把湿地还给湿地，把野性和自然还给野鸭湖。

谁知，禁令刚刚公布，刘玉金的麻烦就跟着来了。有人把羊赶到他家里，有人把网具扣到他家门上，还有人扬言，要老老少少全来他家吃饭。然而刘玉金毫不动摇。一方面，他带领保护区的人，打桩立界碑，修围栏，竖宣传牌。另一方面，森林公安加大执法力度，对侵害保护区的行为依法论处。一系列刚性动作出手后，引起了不小的震动。

渐渐地，随着野鸭湖的环境越来越好，人们也由对抗抵触到慢慢理解。有的还接受了转移就业成了巡护员。如今，他们带着望远镜，每天围着湖区徒步巡查。用一位巡护员的话说：“听惯了鸟儿的叫声，有一天要是没能听到，心里就空落落的。”

2012年11月初，一场大雪突降野鸭湖，平时鸟类活动的区域都被大雪覆盖，鸟儿找不到食物。巡护员们便用铁锨挖开积雪，露出几块地面，然后抛撒谷物，帮助鸟儿熬过了艰难的日子。野鸭湖自然保护地管理处主任胡巧立说："从生态学的角度来说，不太主张投食，野生动物必须靠自己的智慧和能力生存。投食是没有办法的办法。"

胡巧立是一位80后，毕业于北京林业大学。他将新中国第一任林垦部部长梁希的那段名言——"无山不绿，有水皆清，四时花香，万籁鸟鸣"用作自己微信的签名。他在北京松山自然保护区工作多年，还参加过援藏工作。在胡巧立看来，搞自然保护工作需要一种"信仰"——"你愿意崇敬那些看不见但你却相信的无形的存在；你愿意去承担那些似乎带不来什么直接利益的使命。"

我听后若有所思，瞬间联想到野鸭湖创办的"湿地学校"和"湿地博物馆"。湿地就是课堂——每逢假期，延庆区小丰营小学的孩子们，就带上望远镜和鸟音收录器，走进野鸭湖湿地，观察苍鹭站在水中久久伫立的身影、野鸭飞翔时的姿态，倾听白骨顶鸡取食时发出的声响。在观察和倾听中，关于自然的观念和意识也在孩子们的头脑和心灵里慢慢生成。也许，这就是胡巧立所说的"无形的存在"和"带不来什么直接利益的使命"。

四

野鸭湖是北京西北部最大的一片湿地，它既有涵养水源和净化水质的功能，又有蓄洪防洪及提供灌溉所需用水的功能。作为地球鸟类迁徙路线上的"中转站""加油站"，每年春秋两季，一批批候鸟在此停歇，或补充食物、增强体能，或栖息繁殖、哺育后代。

而野鸭湖本身就是一个巨大的生态系统，它孕育着生物多样性，哺育着万千物种，生生不息。它的吐纳与吸收能力是不可思议的。永定河、洋河、妫河等大大小小的河流在这里汇聚，经过一番整合后，再流向华北大地。

就地理位置而言，野鸭湖处在华北平原与蒙古高原的过渡带上，生态地位相当重要——它拦沙降尘，消解西北风的力气，使其温和地出现在北京城的上空。

描述野鸭湖的生态意义，说它是北京西北部的生态调节器，是北京重要的生态屏障，都不夸张。它关乎这座城市水的问题、空气质量问题、生态安全问题。这些，都是人类生存所离不开的。

在种种利益因素冲击之下，野鸭湖没有被开发和破坏，反而为如何保护自然、构建人与自然之间的和谐关系，创造了成功的范例。也许，野鸭湖是我们认识人与自然关系的一把尺子。

在野鸭湖岸边，我把目光投向空中飞翔着的几只野鸭——唰唰唰！我能听到它们的翅膀扇动空气发出的声音。唰唰唰！一会儿，两只在上，三只在下。唰唰唰！一会儿，三只在上，两只在下。它们由远及近，又由近及远……

《人民日报》2022年3月21日第20版

玉环岛上的护鸟人

苏沧桑

一

旭日为玉环岛披上一层金色的晨光。浙江省玉环市漩门湾国家湿地公园里，无数飞鸟落在树木上，像开满枝头的金色花朵。

一只孤独的飞鸟落在一片滩涂上。它来自西伯利亚，越冬后往北回迁，落到了东海之滨的玉环岛，落在了一个叫陈严雪的观鸟人眼里。

正是春暖花开、大批候鸟北徙的时节。陈严雪一如往常头戴窄檐帽，身穿迷彩服，蹲守在湿地深处，一手望远镜，一手长焦相机。突然，他发现在一群红腹滨鹬中混进了一只另类——麻雀般大小，头圆腿短，萌态可掬，背部羽毛呈灰褐色，腹部白色，胸侧有黄褐色纵纹，小铲子般的奇特的勺形喙暴露了它的身份——世界极度濒危鸟类勺嘴鹬在漩门湾湿地出现了！

陈严雪的心怦怦地跳。全球目前可繁殖的勺嘴鹬大概只有210对到228对，总数不到500只，远少于大熊猫。它们在西伯利亚冻土层地带上繁殖，在东亚及东南亚湿地越冬。此刻，眼前这只勺嘴鹬就是其中的一只，它为何落单？为何选择在此停留？

怕吓到它，陈严雪不动声色地端着相机静静记录：这只勺嘴鹬睁着两只眼睛，摇晃着脑袋，脚步轻巧，姿态欢快，在滩涂上不停地将喙插入泥水中，用宽扁的喙过滤出小鱼小虾和沙蚕等，大快朵颐。

如他所料,他看到了勺嘴鹬脚上的环志,编码为浅绿34。他不禁隐隐担忧。记载中,这只勺嘴鹬有一位雄性伴侣,环志编码为浅绿29。它去哪儿了?它们为何失散?看着它惹人怜爱的样子,他想,但愿它只是被这片湿地诱惑而来,等它在此"加好油",会穿越春天,在远方与它的另一半重逢。

曾经是"鸟盲"的陈严雪,如今即使对第一次见到的勺嘴鹬,也早已了如指掌。他还知道,它们对栖息地环境要求非常高。它选中漩门湾湿地歇脚,和这片海域和滩涂的广袤有关,也和近年来湿地在保护区内启动的水鸟栖息地改造工程有关。很多和陈严雪一样的湿地人,正用力用情守护着这片海洋湿地的生物多样性。

眼下最要紧的是,赶快为勺嘴鹬营造一个安全的停歇觅食补充地,并与相关的勺嘴鹬迁徙研究机构联系,报告勺嘴鹬迁徙停歇地,便于勺嘴鹬迁徙线路的统计监测和研究。

85后陈严雪是浙江省玉环市漩门湾国家湿地公园科普宣教科工作人员,从事湿地鸟类监测和鸟类栖息地监测修复工作。其实在七八年前刚入职时,他对鸟类知识一窍不通。本着对一份职业的尊重,陈严雪从头学起。他买来大量鸟类图谱,对比观鸟时拍到的照片和视频,白天看夜里看,实在看不懂了,便向省里的专家们请教。从开始的门外汉,到慢慢喜欢,直至深深痴迷,他熟悉湿地深处的每一个滩涂、每一片芦苇荡,拍摄记录了上万张鸟类照片。

每天清晨,他驾车从家里出发,从分水山经过漩门二期塘坝到小青岛,大约六七公里的路,他走走停停拍拍看看,再从湿地内部道路绕回湿地科普馆,上码头开船在玉环湖上巡查一番,下午三四点钟时,又出去转一圈——这是他自己精心设计的鸟类监测线路。塘坝外侧的滩涂适合观测水鸟、鸻鹬类,塘坝内侧湖上适合观测猛禽、白鹭、琵鹭、雁鸭类,湿地内部道路适合观测常驻和迁徙过境的林鸟,这些线路和鸟儿保持不远不近的距离,不会惊扰到它们。

二

向着喜欢、熟悉的气息,向着温暖,向着光,飞翔,繁衍,是一只飞鸟的本能,也是使命。2021年10月,我如候鸟迁徙般又一次回到故乡玉环,在漩门湾湿地找到陈严雪,也巧遇了秋天的第一批黑脸琵鹭。

"太巧了!太激动了!今天刚刚到的,有十几只,从东北过来的,离它们上次来有半年多啦,我等了好多天了,就怕它们不来了。你看,水位刚刚好,半干半湿,它们最喜欢了!"

即便如此激动,坐在监控室里的陈严雪,就像蹲守在芦苇荡里一样,压低了说话声,好像怕惊着它们。监控屏幕上,一群黑脸琵鹭正在觅食,他说,等潮水退去,它们就会去海滩觅食。

我跟随他的脚步走上观鸟台时,一只飞鸟飞快地从我们眼前掠过。他说,这是伯劳。

只是一个飞影而已啊。

一阵特别悦耳的鸟鸣声响起。他说,是青脚鹬,叫声很好听,对吧?叫声特别好听的还有云雀。

这时,一棵云松旁,应声响起几声细弱清脆如金铃般的鸟鸣声,一只小鸟悬停在空中飞速振动着翅膀。他说,看,云雀喜欢悬停在空中鸣叫,像个歌唱家。

又飞过翠鸟,飞过红嘴蓝鹊,等等,他都能一一分辨,如数家珍。我看不清他的眼神,但听着他低沉的声音和清脆的鸟鸣一唱一和,如同他们已然一起融入了大自然恢宏的交响乐中,并且彼此听得懂对方的语言,或歌声。

他说，等稻谷割了，草割了，鸟最喜欢这时节了，大雁、天鹅也来，鸿雁、豆雁也来，有6只被称为"鸟中大熊猫"的黑鹳连续来了7年。如果鸟的数量很多，他会请求进行投料喂食，不能把它们饿跑了。

黑腹滨鹬是他的微信头像，相机和望远镜仿佛是长在他身上的器官，45度角仰望是他的标配姿态，此时的他在我眼里，就像是一个"鸟儿保姆"。他每天会整理上报鸟类情况，也会提出建议，比如清淤、疏通河道、营造环境、保证食物链。这个个子不高、平时话很少的人，提起建议来滔滔不绝，甚至很执拗很急切。本来，他只是单纯做观鸟记录的"观鸟人"。如今，他还要做野生鸟类疫源疫病监测报告、鸟类研究、迁飞候鸟保护、候鸟栖息地管护并参与鸟类环志、全球鸟类同步调查，为生态环境建设出谋划策，他已然成了"护鸟人"。

走进漩门湾湿地这片广袤的空间，无尽的苍茫伴随着时时的惊喜。先民围海造田，近10年来玉环人持续开展退渔还湖、退塘还湿、疏浚清淤、水岸修复、生态绿化等一系列生态恢复工作，使这里变成了农耕文化和海洋文化相互交融、具有独特美质的生态空间。一个又一个春天，陈严雪一个人一次又一次呆呆地、长久地遥望着几千只反嘴鹬在蓝色天幕下如海浪般翻滚、起伏、翱翔，和它们在一起，他从不孤独。他也深知，在湿地深处，在玉环岛的无数个角落，有无数和他一样的年轻人，正在做着有意思且有意义的事。

三

跟随陈严雪的脚步走进漩门湾湿地一望无际的稻田时，一群白鹭在我身后腾空而起，我想起纪录片里看到的另一些鸟类。

西伯利亚的100万只阿穆尔隼为了猎食，会一起跨越14个国家、两块大陆、一个大洋，最后到达印度东面一个偏远山谷歇脚。生存对于它们,意味着每年飞行2.5万公里。落叶林里,雄性雀鹰从不休息,小小的身躯穿梭在森林中,每天要捕捉多达10只猎物……

人类视线之外,每一只鸟都在拼尽全力地活着。人类已渐渐懂得,善待它们就是善待自己。陈严雪说,留在漩门湾湿地不走的候鸟越来越多了,纯色山鹪莺、白头鹎等十几种候鸟已不再迁徙,成了"留鸟"。

孤悬于东海的玉环岛,曾长期处于交通末端。从台州、温州、闽南或更远的远方迁徙而来的玉环岛先民,在这里留了下来。祖祖辈辈玉环人开山筑塘,围海造田,硬是创造出8000万立方米淡水域、10多万亩发展空间以及大片工业和民宅用地。如今,乐清湾跨海大桥、高速国道建成,温玉高铁启动建设,结束了玉环无国道、无高铁、无高速的历史。

近年来,我如候鸟般在杭州和玉环之间频繁"迁徙",也认识了越来越多年轻的玉环人,包括一些来自外地的新玉环人。

穿过立春后深夜的冷雨,85后小潘带我走进她的工作室。

多年前,传媒专业毕业的她误打误撞来到玉环工作,迷上了玉环岛独特的气质,迷上了当地人勤劳豪爽热情幽默的性格,从此留了下来。她和小伙伴们,以年轻人独特的审美,用新颖的镜头表达,记录和呈现着玉环的日新月异和动人故事,拍摄了《红帆护渔》等视频作品。

镜头对于她而言,不仅是工具,更是她认识世界和新朋友的媒介。出现在她镜头里的那些玉环年轻人,常让她眼含热泪。比如阳光义务救援队的陈炫憬,他是救援分支里的水上力量,曾在台风中激流逆行,开启绝地救援;曾是一名军人的徐南亮,从一线工人起步,成长为高新技术公司骨干;还有专业知识丰富的民警姜义晨,在广场上向市民普及防诈骗知识;以及那些大学毕业选择回到家乡种植蔬果的"新农人"……

越来越多的年轻人留了下来,因为玉环独特的一方水土、优厚的人才政策，也因为激情和梦想，更因为这片土地上古老传统和崭新活力的交织。这些年轻人以梦想为羽翅，向着更光亮处飞翔。

　　雨水时节，站在漩门湾湿地观光农业园一望无际的农田里，一群又一群白鹭在我身后腾空而起，我想起苏轼的一句诗"万家游赏上春台，十里神仙迷海岛"。我深吸了一口气——玉环岛雨水的味道里有植物蓬勃的清香，又仿佛有淡淡的稻香，稻香里有淡淡的海腥味，是我熟悉的味道、睽违30多年的故乡味道、丰收的味道。我想，也许有一天，我也会留下来，像那些"留鸟"一样。

《人民日报》2022年3月28日第20版

窗前的杏树

陈海强

第一眼看到小杏树开花，我悄悄说了句："从此算是住进杏花村啦。"十多年前的冬天，我抱着最后一箱子图书搬进这处房子。一天清晨，我隐约看见有花枝在窗外浮动，疑心看花了眼，于是出门抵近观察，结果遇见了伫立在晨曦中的小杏树。

农历二月，小杏树准时复苏，枝头升起繁星般的蓓蕾。窗含杏花春意闹啊！我知道一场花事已经临近了。小杏树还是那么认真地遵守着与春天的约定，早早便在春风中呼唤着我的注意。春分之后，昼渐渐长了，夜渐渐短了，小杏树枝头的蓓蕾已愈发饱满，似乎一阵暖风，就可以拉开枝头舞台的帷幕。一连几日，我起床后跑到小杏树下寻觅第一朵绽放的杏花。春分后第三日，天蒙蒙亮，我站在树下张望，见一朵粉扑扑的花儿盘踞在向阳的高枝上，花瓣沐浴着晨光。

接下来的日子，杏花就赶着趟儿绽放了，开得大大方方，开得热热闹闹。我自然知道，眼前的繁花似锦很快就要零落成泥。于是，拍摄杏花成了工作之余要紧的事情。有几天事情稍多，白日里误了时辰，就在夜里打开闪光灯拍。黑暗的背景前，花朵瞬间被照亮，恍如夜空里的星星。夜里有雨随风而至，晨起后从树篱上捡起几朵杏花，放在手心端详，无须放大镜，花茎上毛茸茸的细节纤毫毕现。这才看清，杏花像微缩的枝形吊灯，豆绿色的花蒂如瓶状，匀称地张开五指般的赭色花托，像个小提篮盛着五枚素净的花瓣儿。

或许，小杏树并不小，甚至可能与我同庚呢。我唤其为小杏树，是因为它前后左右都是高大树木——七八米开外的大柳树足有合抱粗，根深势大，郁郁葱葱。而在大柳树和小杏树之间尚有从地面就分叉的大香椿树，挤挤挨挨将小杏树头顶的天空全都掠去了。然而，挡在杏树上的浓荫，主要还是来自一株大柿子树。此树年年枝繁叶茂，结出的柿子足有小儿拳头大小。

去年夏天，一场风雨来临，我真真切切地听到"咔嚓"一声巨响。这声音是从大柳树上传来的，一根粗壮的枝丫开裂了，露出近一米长的缝隙，白生生的木茬裸露出来。维护树木的工作人员闻讯赶来，观察后决定将这段枝杈锯掉，以免哪天掉落伤人。工作人员发动电锯后登高爬低忙活了整整半天，巨大的旁枝在嘶吼的电锯声中落下。那在空中立体舒展的枝叶如今平平地铺在地面上，竟然覆盖了整个草坪。小杏树头顶的天空豁然开朗，似乎一大片乌云忽然散去了。然而，只过了几个星期，这片空中区域就被小杏树一左一右的大香椿树和柿子树联手占领了。仰望着重新聚拢的浓荫，我的心头升起无可奈何的怅然。

一朵杏花在成为一枚青杏儿之前，还要经历各种各样的考验。有段时间，我短暂地居家办公，便有了更多时间注意小杏树。我惊奇地发现，每天都有麻雀呼朋引伴地飞到枝头啄食花蕊，一时间花瓣如雪片般坠落。有时候，我从小杏树下走过，看到小路上已经撒满落花，不禁担忧树上还能结几枚杏子。到了三月的第十八个黄昏，一场大风袭来，院子里叮叮当当响成一片，被风摧折的枯枝噼噼啪啪坠落着。小杏树上的繁花会不会被风刮掉了呢？小杏树会不会失去孕育在枝头的青杏儿呢？我有些惴惴不安。趴在窗口向外张望，却发现大风中的小杏树颇有些临危不乱、气定神闲。小杏树黑黢黢的枝条，正在风中摇晃出健康的光泽。与那些在风雨中折枝断权的大树相比，这小小的杏树，似乎拥有自己的生存智慧。

　　于是，当我再次看到小杏树在窗外探身起舞的样子，心里涌上莫名的感动。身处逼仄之地，依然一年年努力地开花结果，我渐渐觉出小杏树的了不起，常常拎起一桶清水去浇灌。有时，我也会顺带浇灌小杏树周围的树木和花草。因为，我渐渐明白了，小杏树的美，离不开周围一草一木的影响。它们之间似乎相互竞争，但好像也在相互成就。又或许，它们根本无暇顾及这些复杂的问题，因为一草一木全都在认认真真地赴岁月之约，心无旁骛地走在万物生长的春天。

　　二月萌芽发生，三月蓓蕾初绽，四月花自凋零。这个过程，我是见证者，也是记录者。有一天，我站在窗前时，隔着朦胧的玻璃，看到窗外的小杏树焕然一新，似锦的繁花已经落尽，新叶正在风中闪亮。一位老人从小杏树下经过，正抬头张望新绽的叶芽。那一刻，我似乎听到了杏树枝头风吹过的声响。我想，那正是万物生长的律动。

《人民日报》2022年4月6日第20版

守望铁塔上的东方白鹳

李荣华

一

一个大型鸟巢,在高高的输电铁塔顶端,鸟巢里有两枚鸟蛋。飞鸟归巢,它的长腿踩在巢里树枝的一端时,树枝的另一端便翘起来,掀动了巢里的鸟蛋。鸟蛋在40米的高空滚动摇晃起来,三四个来回后,才算有惊无险地恢复了平静。

这发生在高空鸟巢的一幕,让爱鸟人的心都提到了嗓子眼儿。这只翼宽2.2米、体长1.2米的大鸟,正是国家一级保护动物——东方白鹳。这个直径约1米的鸟巢,坐落在江苏高邮境内的一处输电铁塔顶上。在不影响东方白鹳日常生活的前提下,江苏省广电总台与护鸟志愿者联合行动,在铁塔上架设起监控探头,实况直播东方白鹳的"塔上生活"。每天,都有数以万计的鸟类爱好者在线围观东方白鹳繁育下一代的细节。

每年冬季,东方白鹳到长江中下游地区越冬,初春时节产蛋,繁育后代后,又举家北迁。由于高邮境内河网密布、鱼虾众多,东方白鹳便相中了这片丰饶的土地。目前,约有200只东方白鹳生活在高邮,其中一部分由候鸟变成留鸟,定居于此。

高邮境内缺乏高大树木,那些输电铁塔,便成了东方白鹳筑巢搭窝的好地方。如今,筑在输电铁塔上的东方白鹳巢穴有70多处。

鸟巢筑在电杆或铁塔上,弊端是明显的。鸟类的排泄物容易导电,而筑巢的树枝一旦被大风吹落，搭在电线上，也容易引起高压线路放电跳闸。为了确保输电线路的安全运行，供电公司的巡线工曾与铁塔或电杆上的鸟巢进行过"拉锯战"。在这个过程中，被爱家心切的鸟儿飞扑、啄打的事情，也时有发生。

今天，巡线工和鸟儿之间，已是一派其乐融融。其中的故事，要从15年前说起。

二

2007年3月9日，高邮220千伏澄安线跳闸，国网高邮市供电公司巡线工周士清负责前往现场巡查故障点。他沿着输电线路向前，一路仰望高处，搜索故障点，终于在86号输电铁塔上有了发现。只见铁塔顶上新增了一个大鸟巢，看上去就像给巍巍铁塔戴上了一顶深色的草帽。此刻，一只长颈、细腿的大鸟，正在鸟巢周围盘旋。

周士清在野外巡线多年，喜鹊、鸽子等鸟类，见过不计其数，但从未见过如此美丽的大鸟。它身材颀长，姿态优雅。周士清一下子被它吸引住了。

可进一步检查确认，故障点就在此处，部件上遍布鸟粪。无疑，这就是故障起因。周士清给鸟巢和鸟儿都拍下了照片。他心里清楚，护线与护鸟都不能偏废，而且直觉告诉他，这只大鸟不一般，需要加倍留心。

周士清通过查找资料，又请教高邮市野生动物保护站的同志，终于知晓了大鸟的名字——东方白鹳。保护站的同志言辞恳切："东方白鹳很珍稀，我们一定要好好保护它们。"

这番话，周士清牢记在心里。此后，他在巡线的时候对东方白鹳尤其关注，还经常给同事们科普东方白鹳的知识。他还在高邮市供电公司内与同事们自发成立了护线爱鸟志愿服务队。队员们将高邮境内输电线路上发现的东方白鹳一一记录下来,汇编成资料留存。他们又向沿线群众讲解东方白鹳的生活习性,宣传动物保护的法律法规,发动大家一起来保护东方白鹳。

跳闸事故再次发生。参与巡线的周士清发现,故障原因是一座铁塔上的东方白鹳巢穴被大风吹落了部分树枝,树枝掉在高压线上,造成停电事故。这一次,周士清与同事改变以往的做法,没有直接将鸟巢迁移走,而是尝试在鸟巢下面安装一块绝缘挡板,承接住鸟巢里坠落下来的东西。大家找来一种轻便耐腐、硬度较大的新型树脂绝缘材料,手工制作成1平方米大小的防护挡板,安装在鸟巢下方。一个月下来,这条线路再未因鸟巢而发生故障。

初战告捷,志愿服务队队员们深受鼓舞,他们再接再厉,扩大安装范围。截至2022年4月,他们已在22条高压输电线路上共计安装2310块防护挡板。连喜鹊等其他鸟类也都搭上"顺风车",它们在电杆与铁塔上筑巢,享受着和东方白鹳一样的待遇。

起初,在东方白鹳巢穴下安装防护挡板时,它们很恐慌,不安地鸣叫着。但渐渐地,东方白鹳明白了这些登塔作业的人并无恶意,反而是它们的朋友,它们对待队员们的态度发生了改变。或蹲在巢中,安之若素;或站在铁塔尖顶上,悠然注视着下面的一举一动。

周士清记得,在铁塔上抬头仰望东方白鹳时,东方白鹳也不回避他的目光,人与鸟儿就这样近在咫尺地对视。东方白鹳的眼神清澈明亮。那时,周士清感到,所有为保护东方白鹳付出的汗水与辛劳,都是值得的。

三

2020年5月8日,是周士清退休的日子。他将手里的各项工作一一移交。可有一件事,令周士清难以割舍,那便是他与铁塔上东方白鹳的情缘。和睦相处了13年，如今，终究到了道别的时候。

志愿服务队队员们明白他的心意，为他举办欢送会时，特意将地点选择在野外的输电铁塔下。

铁塔巍然屹立。塔顶上，戴着东方白鹳为它编织的"帽子"。

周士清仰望铁塔，深情地对队员徐善军说："铁塔上的输电线永远是黑色的，而我的头发却已经变白了。今后，我负责的这50多公里输电线路与铁塔上的东方白鹳，就都交给你啦。"

周士清刚说完话，一对东方白鹳从铁塔上的巢里飞了出来，像是特意来为周士清送行。同时，也认识一下站在周士清身旁、将来为它们继续提供志愿服务的徐善军。

周士清最后一次使用单位的望远镜眺望铁塔上的鸟巢。然后，他取下挂在脖子上的望远镜，交给徐善军。徐善军接过望远镜，同时，也默默地接下周士清的嘱托。

周士清退休回家后，人虽闲下来了，可心却闲不下来。多年来，他仰望铁塔上东方白鹳的习惯，已经成为生活的一部分。东方白鹳立于塔顶的身姿，展翅飞翔蓝天的风采，令他深深着迷。他很怀念过去的巡线时光，常常沿着输电线路独自往前走。他不觉得孤单，前方有东方白鹳在等待他呢。当他遇见铁塔上有东方白鹳的巢时，便停下脚步，将手里的望远镜对准鸟巢，直到鸟巢中飞出东方白鹳或有东方白鹳觅食归来，他才会心满意足地继续前行。

四

周士清退休后，护线爱鸟志愿服务队队员们接力工作，为东方白鹳在高邮的"安居"而奔走。

2021年5月9日中午，队员周坤在独自巡线途中，猛然发现在铁塔下面的田埂低洼处，蹲着一只大鸟。周坤一眼就认出，它就是大名鼎鼎的东方白鹳。不过，他从未这么近距离观察过东方白鹳。周坤试探地向前走了两步，东方白鹳仍伏在洼地里，身子一动不动，喉咙里不时发出"咕噜、咕噜"的声音。愈走近，听得愈清晰。

东方白鹳一定是受伤了！

周坤快步上前，抱起东方白鹳一瞧，只见它的一条腿无力地低垂着，怕是已经折断。而且，它的口里还滴着血，洼地里有一片凝固的血迹。看来伤势不轻！

周坤立刻掏出手机联系同事。

很快，班长王炜带着杨瑞平、张红两位同事赶到现场。懂得急救知识的王炜，立即对东方白鹳的伤腿进行简易包扎，然后打电话向高邮市野生动物保护站报告现场情况。

保护站建议先将受伤的东方白鹳送到界首镇的野保站分站接受专业救护。他们开着电力抢修车向分站方向驶去。一路上，王炜小心翼翼地将受伤的东方白鹳抱在怀里，尽量减轻汽车行驶时的颠簸对它的影响。此刻，受伤的东方白鹳显得异常乖巧，依偎在王炜怀里。一路上，王炜只思量一件事：抱着东方白鹳的力度必须恰到好处，既不能抱得过紧，以免压伤它，又不能抱得过松，以免它滑落。

下车时，王炜已紧张得出了一身汗。

后来，扬州市野生动物保护部门又派车来，将受伤的东方白鹳接去进一步医治。半个月后传来消息，受伤的东方白鹳已完全康复，并重返大自然。志愿服务队队员们悬着的心终于放了下来。

事后，队员们得知，在这次恶劣天气里，高邮境内有6只东方白鹳因大风原因受伤。他们送去的这只东方白鹳是只强壮的成年大鸟，估计也是受强风影响，从空中摔了下来。被发现时，它已经在地面滞留了好几天，重伤在身，又十分饥饿，若不是遇上志愿服务队队员，它怕是难以存活下来。

后来，队员们遇上了一桩趣事：他们再次巡线到这个铁塔时，一只东方白鹳从天而降，像是在天空中等候已久似的。这只东方白鹳，一会儿飞在他们前面，为他们带路；一会儿又在他们头顶上方盘旋，翩翩起舞。人与鸟儿的友好互动，让大家由衷地感到开心。队员们回忆起过去为东方白鹳所做的一桩桩好事，说鸟儿是来感谢大家的，而王炜隐隐觉得，这或许就是他抱过的那只东方白鹳！

五

退休后，周士清买了一辆电瓶车，爱人问他为啥买，他说是为了方便去偏远乡村的小河边垂钓。其实，他是想与铁塔上生活的东方白鹳经常见面，去欣赏它们的空中舞蹈。不久，他受高邮市野生动物保护站的邀请，再度成为志愿者，正式回归护线爱鸟的行列。

这一天，周士清骑着电瓶车出门，途中看到一座铁塔上有新筑的东方白鹳巢穴。而鸟巢下方正好有口鱼塘。经验丰富的周士清马上意识到了"人鸟矛盾"的苗头。

他停下车来，找到鱼塘主人老吴，和他拉起了家常。

"早晨，我看到有两只大白鸟从巢里飞出去呢。"老吴说。

"这鸟叫东方白鹳，是国家一级保护动物。"周士清告诉他。

老吴并不知道东方白鹳，但他知道这两只大鸟食量不小，鱼塘里的鱼虾已经被吃掉不少。他正为此事伤脑筋，琢磨着怎么把这些"贪吃鬼"赶走。幸好，周士清及时出现。听他这么一说，老吴才恍然大悟，原来这是受法律保护的珍稀动物，幸好没有伤害它们！

"原来这种鸟这么宝贝，我该好吃好喝招待它们才是呢！"

"估计它们马上就要下蛋了,今年会有小东方白鹳在你家鱼塘边出生呢。"

"这是我的福气啊。我会好好珍惜的。"

周士清握着老吴的手说:"我们一起珍惜!"

周士清骑着电瓶车,继续前行。他心里已添了一份喜悦,他庆幸自己今天及时赶到,为保护东方白鹳又做了一件实事。

闲暇时,周士清也加入了在线围观东方白鹳的大军。虽然和东方白鹳打了这么多年交道,但如此近距离又如此方便地看小东方白鹳在巢中嗷嗷待哺,对他来说还是一种新奇的体验。这让周士清由衷感慨社会的发展和技术的进步。看着屏幕上东方白鹳父母觅食归来喂养小宝宝的直播,周士清深深地陶醉在小东方白鹳幸福成长的温馨里……

《人民日报》2022年7月20日第20版

水草丰茂　呦呦鹿鸣

徐鲁

一

绵绵秋雨下了一整夜。

要是在往常，雨水早就平了池塘，没准还会漫过江岸。但是今年，干旱时间太长了，湿地里不少湖塘、池沼已经干涸，长江故道的水位更是一退再退，大片江滩显露出来，龟裂出一道道深深的地缝。一夜秋雨，正好润泽这干旱已久的大地。

天还没亮，巡护员王世军就来敲门，递给我一双高筒雨靴和一套雨衣，笑着说："你不是想体验巡护员的工作吗？跟我走吧，好久没下雨了，鹿子们不定欢闹成什么样呢。"

这一带的农民习惯把麋鹿称作"鹿子"。

"会不会有麋鹿趁机逃跑？"听王世军这么一说，我顿时有点小兴奋，一边赶紧蹬上雨靴，一边迫不及待地问。

"那倒不会，雨水还远远没下到漫过围网的深度，鹿子想跑也跑不出去。"

王世军当巡护员有6年多了，颇有经验。他告诉我，麋鹿们水性好，能排着队横渡长江。有年夏天，长江故道一段发大水，湿地里汪洋一片，大水漫过了自然保护区的围网。麋鹿兴奋得上蹿下跳，有的还结伴游过长江，跑出保护区，跑进了江对岸洞庭湖周边的芦苇林和山野间。

"难怪有年夏天,媒体报道,说是洞庭湖周边惊现麋鹿踪迹,原来是事出有因。"

王世军笑着说:"洞庭湖那边看见的鹿子,大多是从石首这边游水过去的。从石首这边跑出去的鹿子,好认得很,块头大,毛色亮,野性十足。"

"昨天我听介绍,最初迁到这里的麋鹿只有64头,现在发展到2500头了,光是保护区内,就有1500多头。"

"对。跑到保护区外面的鹿子,属于'自然扩散'。其实,保护区的最终目标,就是让鹿子能成群地回归野外。"

"不赖呀,世军,连'自然扩散'这样的名词都晓得啦!"我故意调侃道。

一说到保护区里的麋鹿,王世军就滔滔不绝。见我调侃他,王世军笑道:"跟着好人学好人,跟着鸦雀子学飞禽嘛。"

说话间,他把一个鼓鼓囊囊的兜子挂在一辆摩托车的把手上。

"里面装的什么?"

"我俩过早、过午的干粮和水。"

"巡护员平时都在野外吃早饭和午饭?"

"天气好的时候也回来吃。今天会有雨,路不好走,来回都得一身泥水。我怕你会饿,带上好垫垫肚子。"

王世军原是附近上大垸村的村民,保护区成立后,成了一名巡护员。像他这样以前靠种田、打鱼为生,后来被选进保护区当巡护员的,这一带有6个人,可谓百里挑一。6个人各有分工,王世军负责巡护30公里长的围网围栏。

"是当巡护员收入高,还是当农民、渔民时收入高?"

"实话实说,还是当渔民时,东搞一点,西搞一点,收入高一些。

不过，附近好几个垸子，不是人人都能穿上这身衣服的。"王世军拍了拍缀在黑色制服前胸上闪闪发亮的"XH005"编号工牌，憨厚的笑容里透着自豪。"XH"是"巡护"二字的首字母，"005"是他的工号。

昨天我跟王世军讲，让他带我在保护区里走上一圈，体验一下当巡护员的感受。没想到，今天一大早就心想事成了。

"巡护员一般都是天不亮就得进入保护区。摩托车、巡护日记本、望远镜，再加上用来拍照的手机，一样都不能少。"王世军把巡护员的日常装备，一一给我准备好了。

"还有这雨靴、雨衣和斗笠，应该也算吧？"

他笑着说："这些不算。以往我下田割稻，下湖放网，也是这身打扮。"

二

麋鹿，俗称"四不像"，因为它们长着鹿角、马脸、牛蹄、驴尾。又因生性喜欢水草和湿地，所以也叫"湄鹿"或"泥鹿"。湄，是水边、岸畔的意思；泥，指的就是湿地。

说石首这片湿地是麋鹿的故乡，一点没错。早在距今200万至300万年的长江中游、江汉平原地区，就有麋鹿的踪迹了。如今，石首麋鹿保护区的全称叫"湖北石首麋鹿国家级自然保护区"，位于湖北省石首市长江北岸荆江河段的天鹅洲长江故道区内。保护区内的湿地面积真是够大，东边起自沙口村的大堤，西边抵达柴码头村，南边的屏障是长江，北达长江故道水面。

长江故道，当地老百姓习惯称作"天鹅洲故道"。以前，长江流经石首这一段时，绕了一个大大的马蹄形弯子，当地人形容为"九曲回肠"。船行至此，不仅要多航行几十里的水路，而且一到夏天涨水时，这里就会"水漫金山",大马蹄形弯子就会变成一片汪洋,造成水灾。后来人们进行了好几次较大的"裁弯取直"改造,长江在这一段有了新的直线航道,这个"九曲回肠"的大弯道就变成了"长江故道"。故道环绕的这片沙洲,有个美丽的名字,叫"天鹅洲"。

从地理构造上讲,这片大沙洲是典型的由江流冲积物沉积而成的平原。一年一度的江水泛滥季,受到八百里洞庭湖的顶托,江水流速降低,泥沙不断淤积,在天鹅洲形成一大片广阔的苇草沼泽湿地。这类湿地的土壤质地,叫"轻壤"或"沙壤土",有机质含量高,营养丰富,再加上这一带水汽充足,雨量丰沛,非常适宜芦苇、狗牙根、苜蓿、牛鞭草和各类莎草科植物生长。而这些植物,往往也是食草类动物天然的食粮。

我问王世军:"湿地里的草木植物,大概有多少种?"

"估计有上千种。还有一种野大豆,是国家二级保护野生植物。有了水,有了草,鹿子一年四季的口粮就不愁了。"

"林间、草地、沼泽,都是麋鹿的主要栖息地,高高的芦苇丛和树林子,还为麋鹿提供了挡风、避暑、隐蔽和睡眠的场所。对于麋鹿来说,这里真是一片乐园呢!"

"说得太对了,鹿子们生活在这里,无忧无虑,打打闹闹,想游水就游水,想撒欢就撒欢,每天还有这么多人守护着,给它做记录,真是舒畅得很、幸福得很哩。"看得出,王世军心里满满都是麋鹿的生活。

我想到一个问题:"这片湿地里还有别的野生动物吗?麋鹿在这里有没有天敌?"

"天敌绝对没有。狗獾、兔子、刺猬一类小野物,我平常倒是见到过。听别的巡护员说,还看见过一只小野猪。有小野猪,就有大野猪咯。不过,野猪也不是鹿子的天敌,鹿子在这里可以'称王称霸',快乐得很哩!"

三

沿着湿地的围网和护栏,王世军用摩托车载着我,巡视了大约两个钟头。他每天巡护的重点,是检查有没有围网和护栏出现破损和漏洞,一旦发现就要及时修补,既为防止麋鹿外逃,更重要的是检查有没有麋鹿被围网和护栏卡住,或是受到什么伤害。

麋鹿生性好动,也好斗。我问王世军:"围网和护栏,都是麋鹿自己撞破的?"

"也有人为的。十个手指头不会一般齐。附近的村民大都遵纪守法,晓得保护区是怎么一回事,也有少数人改不了老习惯。"

"什么老习惯?"

"就是见到水就手痒,总想搞一两网子,捞点鱼虾什么的。所以,巡护员还有一项任务,就是要巡查有没有人钻进保护区下网子。"

说到这里,王世军停下摩托,说:"我们去看看那片水面。都是泥巴路,滑得很,当心点。"说着,他从近旁的树林里取出一根又粗又长的竹篙。不用说,这是他事先放在这里的。

"哪里放着竹篙,我自己清楚,挑网子用的。当巡护员,眼力得好使,一眼能看到哪里会有网子。发现了网子就得马上挑出来,收拢到一起烧掉。要是网子缠到鹿角上,那可不得了,甩都甩不掉的。"

雄鹿的角确实挺大,看上去,好像脑袋上长着两棵带树杈的小树。麋鹿在林间和苇丛里奔跑、打斗,在江水和池沼里游水、嬉闹,不时地会把一些花枝、苇秸、水葫芦以及当地称为"鸡藤子"的植物,缠绕到头顶的"树杈"上。鸡藤子是江汉一带水乡常见的水生藤蔓植物,不少人把它当作"藕肠子"(藕带),其实是两种东西。鸡藤子还有个名字,叫"鸡荷梗"。

头角上面"堆红叠翠",是麋鹿群里常见的"景观"。有的雄鹿头上,各类植物缠绕、盘叠得蓬蓬松松、花枝招展的,好像戴着硕大的"花冠"。有些藤蔓植物从鹿角一直披挂到鹿背上。雄鹿昂头奔跑时,英姿勃勃,长长的藤蔓随风飘荡,好像满身披挂着"王者"的绶带。

"要是缠绕的只是鸡藤子、水葫芦什么的,倒没什么事,花枝干枯了,就会掉下来,也容易甩落。有的鹿子游水时,要是把水底的一些破网子翻腾起来,缠到角上,那就麻烦大了,弄不好会伤害鹿子性命的。"

"发现了这种状况该怎么办?"

"那得赶紧想法子给它把网子挑下来。缠得太紧的,巡护员也弄不下来,就要第一时间通知工程师,说不定还得动用麻醉枪。"王世军说,"所以,藏在水里的网子,害人不浅!"

"现在还有人偷偷下网子吗?"

"以往是有的,现在很少了。这些年,保护区天天给周边村民做宣传、讲自然保护知识,村民的觉悟都提高了。有些网子是过去遗留在水下、没有清理干净的。所以,看到头戴'花冠'的鹿子,巡护员都要仔细辨认一下,鹿角上挂的是鸡藤子还是破网子。"

这时,在不远处的水岸边,有个人正在不停地向我们招手,好像很着急的样子。

王世军望了望说:"是哑哥,好像遇到什么事了,我们过去看看。"

四

来麋鹿保护区采访之前,我就暗自期待,能不能亲耳听一听小麋鹿的叫声。谁知道小麋鹿肚子饿了,或是遇到什么危险、要寻找妈妈的时候,是怎样叫唤的呢?

"呦呦——呦呦——呦呦——"没错,小麋鹿就是这样叫唤的。我终于亲耳听到了,《诗经·小雅·鹿鸣》里"呦呦鹿鸣"的描写,看来是准确的。

王世军说的"哑哥",是个残疾人。他本是保护区附近柴码头村六组人,50多岁了,孤身一人,平时手脚勤快,肯吃苦。2003年,保护区和村委会商量后,破例把哑哥收为巡护员。经过培训后,哑哥一边做些保护麋鹿的事情,一边在保护区内的河口管护站烧火做饭,干点后勤保障工作。

哑哥心地质朴,与保护区里每个人都熟悉,大家也都喜欢他、尊重他。王世军告诉我:"保护区就是哑哥'永久的家',我们立了一条不成文的'规矩':保护区会为这个残疾人负责到底,即使有一天哑哥老了,不能动了,保护区也要照顾好他。"

哑哥的大名叫王正华,时间长了,所有人几乎都忘了他的名字,保护区里无论年长、年少的人,都亲切地叫他"哑哥"。

我们走近了,只见哑哥着急地"呜哇呜哇"、比比画画,又指了指不远处的芦苇丛。

"哑哥说,那里有头小鹿,好像被藤子缠住了蹄子。"

我们赶紧侧耳倾听,果然听见从芦苇丛里传出"呦呦"的鸣叫声。声音较小,但听上去有点急切。

"我们过去救一下小麋鹿吧?"我着急地望着王世军。

王世军马上给杨工打了个电话。打完电话后,他说:"以前还发生过母鹿把小鹿产在农田里,母鹿随着鹿群走了,剩下小鹿被农民发现的事情。"

"那是不是得抱回来人工喂养?"

"不能。只能远远地守着,让小鹿自己挣扎着走出来,或是等到母鹿回来找它。不用着急,杨工一会儿就到。"

王世军说的"杨工"名叫杨涛，是保护区里一位年轻的工程师，北京林业大学毕业，读的是野生动物与自然保护区管理专业。他2011年来到麋鹿保护区工作，一晃已有10年多。杨涛的老家在与石首相邻的公安县马河口镇，在保护区工作，算是回到家乡了。

果然，不到10分钟，杨涛就和另一位年轻的工程师张玉铭一起，带着无人机，骑着摩托赶了过来。

张玉铭是福建漳州人，与杨涛同一年来保护区工作。他本科读的是野生动物保护专业，研究生读的是动物学，研究鸟类，没想到现在主要同麋鹿打交道。

看得出来，两位年轻的工程师对救助小麋鹿非常专业。他们遥控着无人机，看清了芦苇丛里的小麋鹿并没有受伤，缠住它的蹄子的，也不是破渔网，而是植物的藤子，这下大家都放心了。

"有些动物救护常识，我们跟巡护员们讲过，他们都懂。遇到这种情况，尽量不要人为去干预，而应该让麋鹿依靠自己的野性和求生本能解决问题。"杨涛说。

杨涛还告诉我："只要不是被渔网、铁丝之类的东西缠住，小麋鹿一般都能自己挣脱的。我们应该做的，就是远远地、耐心地守护着，有时可能要守上一整夜。哑哥和王哥做得对。"

"时间久了，小鹿会不会饿死？"我问杨涛。

"一般不会，母鹿也不会跑太远。我们有过好几次这样的发现：往往几个小时后，就会有母鹿跑回来给小鹿喂奶。有一次，一头小鹿落单了，我们守了一夜，第二天天蒙蒙亮时，发现小鹿不知什么时候不见了。走近现场一看，我们发现了母鹿的蹄印，说明小鹿被妈妈领走了，我们也就放心了。"

"野生动物嘛，必须锻炼它们的生存本能，尽量不要改变它们的习性。"张玉铭告诉我一件小事:冬日里,下雪天,湿地有时会结上一层薄冰。即便这样,也尽量不去投喂食物。麋鹿会凭着本能,自己用蹄子刨开薄雪和冰层,找到冬麦、黑麦草和芦苇嫩芽等食物。

杨涛说:"保护区曾有过一次大的投喂经历。那时我和玉铭还没来。那是在2008年冬天,湿地里遭遇了特大冰灾,野外的食料被冻住了,麋鹿用蹄子刨不开。保护区只好从荆州调来大量的胡萝卜等蔬菜和玉米粉、麦麸等谷物,还有少量的盐砖,进行人工投喂。这种情况属于特例,只有极端气候下才会发生。"

我又想到一个问题:"小麋鹿要长到多大,就算成年了?"

"小麋鹿'自立'能力还是很强的,出生下地几个小时就能独立地站起来,一周之内就可以跟着妈妈到处跑动了。雌鹿,一般是2岁性成熟,3岁体成熟;雄鹿要慢一点,比雌鹿延后1年。小雄鹿2岁时就开始长角了。"杨涛说,"目前,保护区内约有300头小麋鹿,一直保持着20%的稳定出生率。"

杨涛和张玉铭说话的时候,哑哥专注地听着。最后,杨涛又跟哑哥交代了 番,意思是让他不用担心小麋鹿,远远守着就可以。

哑哥点点头,放心地笑了。王世军把带的干粮和水,留下一些给了哑哥,然后带着我继续往前面去巡视。

五

麋鹿被誉为长江中游地区的"旗舰物种"。石首麋鹿保护区1993年、1994年分两次从北京引进共64头麋鹿,开始麋鹿重返原生地、恢复野生种群的探索。到目前,已繁殖至大约2500头,成为"长江大保护"的一个奇迹,被联合国教科文组织称为"全球濒危物种保护领域的成功范例"。

温华军自1991年石首麋鹿保护区正式设立之日起，就再也没有离开过这里，是保护区内跟麋鹿打交道时间最长的几位"元老"之一，担任保护区主任已有27年。有一次采访，我问他："雄鹿那么喜欢打斗，那些掉落的鹿角，是互相撞落的吗？"

温主任说："那倒不是。冬至前后，鹿角一般会自然脱落，那也是我们回收鹿角的时节。"

"原来鹿角也是回收来的。"

"是的。鹿角有药用价值，还能加工成工艺品。为了避免保护区的鹿角流向社会和市场，每年冬至前后，保护区都会全员出动，在较短的时间内进区寻找和回收鹿角，集中储存。到时希望你再来一次，让小杨和世军他们带你体验一下，怎样寻找和回收鹿角。"

于是，我跟温主任约定，冬至前后，一定再来一次保护区。

呦呦鹿鸣，在《诗经》里"听"过，在《楚辞》里"听"过，在唐诗里"听"过，在宋词里"听"过。如今，这来自大自然的野性呼唤，又回响在长江故道水草丰茂的沙洲上，回响在洞庭湖周边和江汉平原的青山绿水间。

《人民日报》2022年11月23日第15版

在这碧波荡漾的地方

陈启文

一

这是一方美丽而神奇的土地：湘江、资江、沅水、澧水四条河流在这里汇入洞庭湖，长江也在这里与洞庭湖交汇，由此形成一片向东洞庭湖倾斜的平原地带。在这碧水交汇、碧波荡漾之处，有一个名字颇为特别的地方——"林阁老"。

此时，一位50多岁的汉子，正站在面朝长江的斜坡上，一条腿在前支撑着身体的重心，一条腿在后保持着平衡，身板挺得笔直，目光扫视着这片碧波荡漾的水面。这位汉子名叫邓铁牛。20世纪80年代末，他应征入伍，历经4年的军旅生涯，锻就了军人风骨。而今，他是湖南东洞庭湖国家级自然保护区林阁老巡护监测点的一名监测员。在他看来，这貌似寻常单调的巡护坚守，就是今天的他保卫河山的方式。

这坚守的意志源于一名退伍军人的情怀，而这情怀又源于一个水乡少年的初心。

谁不说自己的家乡美？在邓铁牛的记忆里，最美的就是童年的故乡。一眼望不到尽头的芦苇荡，从江滩上一直延伸到漫无际涯的东洞庭湖湿地。那年头，芦苇荡里芦笋、藜蒿等多得不得了，养育着形形色色的野生动物。这里是候鸟的天堂、野生麋鹿的家园。还有个天然的水湾，那时候水也清，鱼也多，邓铁牛和小伙伴们经常在浅水湾里摸鱼。有时连摸都不用摸，那鱼仿佛被什么东西追着，一条接一条吧啦吧啦地往江滩上跳，信手就能捡到。当鱼群争先恐后往上跳时，水里便浮现出一张憨态可掬的脸——那是江豚，它们是这里最活跃的主人。江豚最典型的特征就是那张弯弯的、嘴角微微上翘的嘴巴，仿佛总是面带微笑。江豚总是追着鱼跑，当鱼群纷纷跳出水面时，那些在空中盘旋的沙鸥就会飞速掠过水面，从江豚嘴里抢食小鱼。哪怕鱼被抢走了，江豚也依旧微笑着。

那如童话世界一般的景象，随着这个水乡少年渐渐长大，却变得越发让他认不得了。

20世纪90年代初，邓铁牛退伍还乡后，成为君山芦苇总场的一名职工。几年后，随着市场环境的变化，芦苇总场的众多职工仅靠芦苇产业已难以生存，邓铁牛也不得不外出打工谋生。就在他背井离乡的这十几年里，这片水面上冒出了密密麻麻的采砂船。采砂者在攫取河砂后，便将废砂抛弃在水底，既堵塞了水流的自然通道，更对堤防工程和航道造成极大的威胁。这些采砂船还是水中生态的破坏者，挖到哪里，哪里的水生植物就被成片地深埋。连一向灵活敏锐的江豚，也因噪声干扰而误入险滩、撞上暗礁，有些更是丧命在采砂船的螺旋桨下。

一开始，人们还没有意识到生态问题的严重性。2002年，林阁老的江滩上建起了一个砂石堆积和转运的码头。一船船砂石每天从大江大湖深处被源源不断地开采、输送过来，一度占据了大片江滩湿地和江面。多年后，林阁老砂石码头又变成了规模更大的华龙码头，水上的采砂船和岸上的大型混凝土搅拌场，组成了一条日夜不停的流水线。机器轰鸣的噪声传来，飞扬弥漫的灰尘遮蔽了天空，江岸边砂石、垃圾堆积，污水排入江中，浑浊的水面上漂浮着一条条死鱼……

周边的老乡们一个个叫苦不迭，何时才能再看见一湾清水、一片蓝天？

邓铁牛每一次回到家乡都是归心似箭，而随着脚步越来越近，却又"近乡情怯"。每次回到家乡，他总希望能看见那些江豚，可这水湾里哪儿还有江豚活泼的踪影？那些鱼儿也不知游向了何方。

那年春天，江豚繁育的季节，却不见新生的江豚。江边的老乡们在江面寻寻觅觅，目光中满是忧虑。

江豚数量锐减，被列入世界自然保护联盟濒危物种红色名录极危物种。这是大自然给人类又一次敲响了警钟。

二

江豚是检验长江生态系统健康状况的重要指示物种。从这个意义上讲，保护江豚就是保护长江生态，甚至就是保护人类自己。

2016年，随着"共抓大保护、不搞大开发"的提出，一场波澜壮阔的生态修复之战，在长江流域全线拉开了序幕。

长江流经湖南省岳阳市境内的一段，正好位于万里长江的腰部，这是长江中游关键的部位，也是危险的软肋。"万里长江，险在荆江，难在洞庭。"历史上，每到抗洪抢险，这里就被推到风口浪尖，而这一次，岳阳又被推到了另一种风口浪尖。

非法采砂成为一种"顽疾"。这么多年来一直是"年年喊打年年挖"，为什么一直屡禁不止？说到底，只因这背后有着巨大的利益链，只要这条利益链不打掉，长江生态就会继续遭到摧残直至崩溃。这一次，从湖南省到岳阳市采取多部门联合执法，一边查处长江和洞庭湖水域的砂石开采，一边取缔岸上的非法砂石码头，对非法采砂的涉黑组织予以重拳打击，纪检监察机关严厉查处了一批渎职的国家公职人员。一大批违法犯罪分子被绳之以法，一个个非法采砂点和违规设置的码头泊位被强制关停拆除。

每一个积重难返、久治不愈的顽症痼疾，都是多少年来的历史欠账，但历史的欠账必须还！譬如华龙码头，从早先的林阁老砂石码头到后来的华龙码头，已运营了10多年，这是大江大湖之间一道被撕裂的伤口，也是一个生态破坏、环境污染的典型案例，在2017年被列入长江经济带重点整治的非法码头名单。然而，那些大大小小的砂场经营者一听要取缔这个码头，一下子炸开了锅，又是求情，又是吵闹，又是对执法人员进行威胁。但每一个执法人员都没有退缩，都挺身而出，迎难而上。

这个码头还不只关乎那些砂场经营者的利益。由于历史原因，这个码头也是君山芦苇总场的一个经济支柱。十几年来，芦苇市场一直低迷，若是再把码头这个经济支柱一下子砍掉，赖以为生的众多职工又将何去何从？在生存与生态的博弈面前，这是一次异常艰难的抉择。但若继续选择眼前的既得利益和局部利益，这一方水土就会毁在这一代人手里，那又怎么向子孙交代？芦苇总场的领导班子和干部职工在反复权衡后，最终痛下决心，做出了壮士断腕般的抉择："谁背离生态环保，谁就是历史的罪人！"

2017年3月，又一个春天来临。随着华龙砂石码头全部拆除、清理完毕，一段令人痛心的往事终于宣告完结。而接下来，还要对多年来遭受重创的自然生态进行全面修复。

自然生态被破坏，往往只在旦夕之间。但若要修复，则需要一个缓慢而细致的过程。干惯了粗活重活的芦苇总场的职工们，这次一个个都拿出了前所未有的细致。他们回填土方、植播草皮、撒播草籽，在一年多的时间里，几乎是匍匐在江岸边一寸一寸地复绿，那功夫就像绣花一样精细。经过一年多的治理修复，曾经寸草不生的华龙码头又重新焕发出了勃勃生机。岸绿了，春风又绿江南岸；水清了，春来江水绿如蓝。

你都不知道是碧水浸染了江岸,还是江岸染绿了碧水,连风都是绿色的,每一朵浪花、每一片绿叶都迎着春风张开,当风吹过浪花和树叶,风就更绿了。有了生态植被的涵养,便有了岸芷汀兰、莺飞草长、一碧万顷的风景。

有人说,一个地方的生态环境怎么样,最直观的就是看鸟往哪里飞、鱼往哪里游,但最重要的还是要看看这水域里有没有江豚。眼下,那飞走的鸟儿又扑棱棱地飞来了,消失已久的鱼儿又活泼泼地游来了,江豚追着鱼群跑,鸟儿跟着江豚飞,一如100多年前的诗句所云:"江豚吹浪立,沙鸟得鱼闲。"

三

守护好一江碧水!

一看那块"守护好一江碧水"的标志碑,你就能感觉到一种坚如磐石的意志与定力。实践证明,生态保护不只是关乎大自然,良好的生态环境既是重要的公共产品,也是为人们所共享的民生福祉。当一方水土的生态环境变好了,天蓝了,水清了,岸绿了,景美了,老百姓的日子自然也越来越美了。如今,一条长江岸线,从这大江大湖的交汇处不断延伸。这是一条绿意盎然、杂树生花的生态景观带,一条长江百里绿色经济发展走廊,一条自然景观与人文景观交相辉映的百里画廊。

邓铁牛又在江岸边巡查呢。他是2018年回到家乡的。当他又一次走近自己童年时的江湾,一阵清风扑面而来。江面上,一头头江豚频频跃出水面。对于他,这是一道久违的风景,看着从水里浮出的一张张可爱笑脸,就像看见了失散多年的亲人。就在那一刻,他决定了,这一次回来就再也不走了。他要留下来,守护故乡的一片碧水。他先是主动请缨,担任了巡江志愿者,又于2019年干起了监测员,大伙儿都亲切地叫他铁牛哥。他走路带风,那挨着江边的小径就是他高一脚低一脚走出来的。每次沿着江岸走完一圈要一个多小时,一趟下来再冷的天都能热出一身汗。那腿脚依然像当年当兵时一样矫健,鞋子走烂了一双又一双。

几年来,这里的江豚越来越多了,林阁老和华龙码头的老地名,在人们心中不知不觉被另一个名字——"江豚湾"取代。江豚的微笑,麋鹿的倩影,候鸟的欢歌,已成为这里三张响当当的生态名片。来玩的游客越来越多,一些游客随手丢垃圾,铁牛哥一边赶紧过去拾起来,一边好言好语地劝说他们:"你看,你们穿得漂漂亮亮的,这地方也要漂漂亮亮的,玩起来才开心啊。若是这儿变成了垃圾场,蚊子苍蝇满天飞,谁还来呢?就算你不来了,你的孩子长大了,以后还有孙子,也会到这儿来玩,咱们总得给子孙后代留下一块净土、一江清水啊!"

林阁老巡护监测站原来只有邓铁牛一名监测员,后来又来了一个比他年轻的巡江志愿者周辉军。这哥俩白天要轮流巡江,晚上还要轮值夜班。白天还好,一到晚上,在这寂寞冷清的江滩上,一个人要怎样挨过漫漫长夜呢?然而,周辉军不仅不觉得孤单,说起那些独自度过的夜晚,反而露出一脸的陶醉:"你不知道这里夜景有多美啊,特别是晴朗的夜晚,星空特别好看。天上星光闪烁,四周静悄悄的,远远就能清楚地听见江豚的呼吸声,还有草丛里的虫鸣蛙叫,听不清这声音是从哪里传来的,但感觉它们就在身边……"

听着周辉军的描述,看着他陶醉的神情,我不觉也有几分陶醉了。

周辉军还有一个绝技。每当风平浪静的时候,他就会对着江面吹起口哨:"吁——吁——吁——"这嘹亮而悠长的口哨声一阵一阵地飘向长江,江豚听见了,就会浮出水面,冲着他的口哨声摇头摆尾,露出一张张俏皮的笑脸。这一带的江豚越来越多了,从一两头到五六头,再到十几头,前不久周辉军竟然看到了三十几头,还发现了几头活泼可爱的小江豚。江豚一胎只能生一个,其妊娠期一般要11个月。生态环境差的时候,江豚的繁殖力就会降低,小江豚的成活率就更低了。而近几年,好久不见的小江豚终于又露面了。每次看到小江豚在爸爸妈妈的陪伴下快乐地嬉戏,周辉军不知有多开心。

说来,邓铁牛和周辉军这哥俩的岁数都不小了,但他们的眼神却越来越亮了。这些长江的守护者们都抱定这样的信念,生态环保不可能毕其功于一役,这碧水将是他们世世代代的守望。他们守护着一江碧水,也守护着自己内心的清澈。

《人民日报》2022年12月21日第20版